KLOSTER RABENHORST
01 Torhaus
02 Küche
03 Baderaum mit Wärmestube
04 Schreibstube
05 Wohnturm
06 Geheimgang
07 Rüstkammer
08 Kräutergarten
09 Ställe
10 Vorratshaus
11 Abort
12 Noionitenturm
13 Heiligtum
14 Sakristei
PRAIOS
EFFERD
FIRUN
Hauptraum mit Lichtschacht
TEMPEL-QUERSCHNITT
Eingangs-portal

REICHSEND
Die Festung (FE)
FE01 Festung Reichsend
Altenburg (AB)
AB01 Markthaus
AB02 Rüsthaus
AB03 Kaiserin-Rohaja-Tor
Ritterdorf (RD)
RD01 Krämerladen 'Heldenschmiede'
RD02 Apothekarius
Bauerngrund (BG)
BG01 Rodstation
G01 Schänke 'Irrlicht'
G02 Gasthaus 'Horndrache'
G03 Gasthaus 'Zweiter Platz'
G04 Gasthaus 'Kaiserstolz und Orkentod'
G05 Schänke 'Zum Knecht'
T01 Sturmeswall (Rondra)
T02 Halle der Heimat (Travia)
T03 Ingerimmschrein
T04 Lindgardstafel (Peraine)
N
50 Schritt
Platz des Heerlagers
Platz des Heerlagers

In jenen frühen Tagen, als der Mond noch jung war, die Steppe von Herden wimmelte und die Winde keine Namen trugen, lag Tarrakvash, die Erste Welt, unter dem stummen Blick Takhairrachs. Die Orks durchmaßen die Ebenen, reich an Sippen und voller Kraft, doch ohne Prüfung. Kein Feind stellte sich ihnen, kein Sturm härtete ihre Rücken, kein Hunger schärfte ihren Geist.

Dann kam der Tag, an dem die Geschuppten über das Land herfielen. Tarrakvash erzitterte, Berge brachen auf, und ein Wind des Nicht-Lebens legte sich über die Welt. In dieser Stunde erkannte Brazoragh, der Erstgeborene Takhairrachs, die Schwäche seines Vaters und die Wehrlosigkeit seines Volkes.

Aus Zorn über die Untätigkeit des Schöpfers verlangte er von seinem Bruder Gravesh eine Waffe, die einen Gott zu töten vermag. Gravesh tauchte in die Feuer der Berge hinab und schmiedete aus den Erzen eine Axt, schwer vom Willen des Schöpfers, glühend von der Glut der Welt.

Brazoragh ergriff die Waffe und forderte seinen Vater zum Kampf. Die ersten Schläge wehrte der Gottvater ab, bevor er die Arme spreizte und den Stahl empfing. Dreimal senkte und hob sich die Axt und grub sich tief in die Brust Takhairrachs. Das Blut der Hiebe schoss empor, färbte den Mond und fiel als brennende Tropfen zurück auf Tarrakvash.

In jenem roten Licht begann die Endlose Nacht des blutenden Mondes. Aus dem dreifach vergossenen Blut formte Brazoragh die ersten Khurkach, die Krieger der Orks, gezeugt aus Zorn, Macht und dem unbeugsamen Willen ihres Erschaffers.

Doch das Sterben der Ersten Welt hielt nicht inne. Mit jedem Herzschlag des gefallenen Gottes verhärtete Tarrakvash, verdorrte, erstarrte. Finsternis kroch über die Steppe, die Sonne erlosch hinter eisigem Atem, Herden verschwanden, und die Sippen zerfielen.

Als Takhairrachs Leib zerbarst, löste sich sein Geist von der Welt und floss in die Welt der Geister. Dort formte er sich neu und wurde zum Hüter des Nicht-Lebens - Tairach, dessen Reich hinter dem letzten Atemzug beginnt. Sein kalter Hauch legte sich über Tarrakvash und rief die Schwachen zu sich hinab.

Brazoragh erkannte, dass die Erste Welt verloren war. Er zerriss den Schleier der Endlosen Nacht und öffnete einen Pfad durch Finsternis und Asche. Nur die Mutigsten folgten seinem Schritt. Viele jedoch blieben im sterbenden Licht Tarrakvashs zurück und sanken in die Hallen Tairachs, verschluckt von alten Schatten und den Stimmen des Nicht-Lebens.

Die Standhaften aber wanderten mit Brazoragh durch die Nacht. Asche bedeckte die Augen, und die Kälte des Totenreiches griff nach ihren Fersen, doch sie hielten stand, bis der erste Hauch einer neuen Welt sie erreichte.

So betraten die Orks Khazarrach, die Zweite Welt - eine Steppe wie ein endloses Meer, geprägt von Hunger, Wind und Prüfungen. Brazoragh führte die Überlebenden in ihr neues Land und schenkte ihnen die Sonne, Sinnbild jener fremden Mächte, die die Dritte Welt, Mochthrovak, vor ihnen verschlossen hielt.

Unter den Geretteten erwählte er den mächtigsten Krieger zum Ersten Aikar, zum Träger seines Willens. Durch ihn legten die Orks den Schwur ab, nicht in einer gegebenen, sondern in einer erkämpften Welt zu leben.

Doch auch Tairachs Diener, die Schamanen, welche die Geister in den Schatten anriefen, wandelten mit den Orks in die Zweite Welt. Ihre Macht und ihr Wissen vom Nicht-Leben blieben ungebrochen. Brazoragh aber gab seine Kraft allein seinem Erwählten. Denn wenn die Zeit kommt, da Mochthrovak sich öffnet, wird der Aikar nicht nur seine eigene Stärke entfalten, sondern auch die Urmacht Tairachs vereinen. Und an jenem Tag, wenn der rote Mond erneut brennt, wird der Aikar die vereinte Macht von Blut, Geist und Kampf an sein Volk weitergeben - im Namen Brazoraghs.

DIE FEUER VON GRUUZASH – BLUTMOND I

IMPRESSUM

Verlagsleitung
Thomas Michalski

Redaktion
Nikolai Hoch

Regelredaktion
Nikolai Hoch, Alex Spohr

Autor:innen
Nikolai Hoch, Rafael Knop, Sebastian Kreppel, Christian Nehling, Daniel Simon Richter, Nina Schellhas und Christoph Trauth, mit einem Text von Julian Härtl

Lektorat & Korrektorat
Nikolai Hoch, Alia Emma Mährle

Künstlerische Leitung
Nele Klumpe

Coverbild
Dagmara Matuszak

Satz, Layout und Gestaltung
Jessica Dillmann

Layoutdesign
Thomas Michalski, Nadine Schäkel, Patrick Soeder

Innenillustrationen & Pläne
Verena Biskup, Steffen Brand, Sandra Braun, Tim Brothage, Miriam Cavalli, Tristan Denecke, Carlos Diaz, Christof Grobelski, Jens Fiedler, Daniela Hofer, Regina Kallasch, Nele Klumpe, Babette Langer, Verena Lattanzi, Annika Maar, Ben Maier, Dagmara Matuszak, Janine Modler, Nikolai Ostertag, Matthias Rothenaicher, Axel Sauerwald, Anja Di Paolo, Nathaniel Park, Lea Cheyenne Sauskat, Nadine Schäkel, Maximillian Schiller, Wiebke Scholz, Stefan Wacker, Carina Wittrin, Carolin Zupanc

Ulisses Spiele
Zoe Adamietz, Philipp Baas, Mirko Bader, Myriel Balzer, Steffen Brand, Leamon Crafton, Carlos Diaz, Jessica Dillmann, Cora Elsässer, Frauke Forster, Daniel Friedrich, Ingo Grauel, Christof Grobelski, Kai Großkordt, Nikolai Hoch, David Hofmann, Jan Hulverscheidt, Philipp Jerulank, Matthias Kalupner, Johannes Kaub, Annika Kleinschmidt, Nele Klumpe, Christian Lonsing, Thomas Michalski, Carolina Möbis, Janine Modler, Vincent Modler, Carsten Moos, Markus Plötz, Thomas Römer, Nadine Schäkel, Ulrich-Alexander Schmidt, Leon Schuster, Alex Spohr, Viktoria Umbach, Hannah van den Höövel, Jan Wagner, Noah Weisgerber, Anton Weste, Christopher Weule

Aventurien ist ein Kontinent der Vielfalt, in dem sowohl Männer, Frauen als auch alle anderen Geschlechter Teil des Alltags sind. Damit unsere Texte flüssig zu lesen sind, schreiben wir in der Regel im generischen Maskulinum und verwenden durchgehend die Wörter „Meisterin" für die Spielleitung und „Spieler", „Helden", „Abenteurer" u. ä. für die Spielerschaft. Mit allen Begriffen sind immer alle Geschlechter gemeint. In Fällen, in denen das Geschlecht entscheidend ist, wird dies im Text gesondert ausformuliert.

Ulisses Medien & Spiel Distribution GmbH, Industriestraße 11, 65529 Waldems / Steinfischbach

www.ulisses-spiele.de

Printed in EU 2026

Mit Dank an Bernhard Hennen, Tobias Kallen, Johannes Kaub, Johanna Knop, Jens Olaf Müller, Katja Reinwald, Sebastian Thurau, Volker Weinzheimer, Torsten Weitze, Ingo Wimmer, Nina Wingert und Saltatio Mortis.

Vielen Dank an alle Mitgestalter:innen von Aventurien.

INHALTSVERZEICHNIS

Spielhinweise

Wenn du eine bestimmte Szene für die Helden leichter machen möchtest, dann kannst du die Vorschläge dieses Abschnittes übernehmen.

Wenn du eine bestimmte Szene für die Helden schwerer machen möchtest, dann kannst du die Vorschläge dieses Abschnittes übernehmen.

Meisterpersonen mit diesem Symbol sind bereits vor Beginn des Abenteuers verstorben.

- *Gerüchte:* Wenn Helden Informationen sammeln, hören sie gelegentlich Klatsch und Tratsch. Gerüchte sind entweder mit + (wahr), mit – (falsch) oder mit +/– (teilweise wahr, teilweise falsch) gekennzeichnet.
- *Vorlesetexte:* Diese Texte kannst du deinen Spielern am Spieltisch vorlesen. Sie enthalten keine Meisterinformationen.
- *Meisterinformationen:* Die Angaben im Abenteuer sind Meisterinformationen, die den Helden nicht sofort zugänglich sind oder sogar ausschließlich als Hintergrundinformationen für den Spielleiter gedacht sind.
- *NSC-Wertekästen:* Die angegebenen Werte bei Meisterpersonen beinhalten alle spielrelevanten Informationen, sind aber dennoch nicht unbedingt vollständig. Insbesondere bei NSCs mit einer großen Anzahl verschiedener Fertigkeiten, also vor allem bei Zauberern und Geweihten, werden auch Fertigkeitswerte, die von 0 abweichen, ebenso wie manche Sonderfertigkeiten nicht immer vollständig angegeben, wenn sie für das Spiel irrelevant sind.
- Fokusregeln: Hierbei handelt es sich um eine sogenannte Fokusregel der Stufe I, welche die Regeln aus dem DSA5-Regelwerk erweitert und vertieft.

Qualität, Preise, Schlafplätze

Schlafplätze werden nur genannt, wenn sie Fremden offenstehen, meist gegen Geld. Qualität und Preis bemessen sich auf einer Skala von 1 bis 6:

Qualität und Preis

Stufe	Qualität	Preis
1	jämmerliche Bruchbude	sehr billig (50 % der Normalpreise)
2	dreckige Spelunke	billig (75 % der Normalpreise)
3	einfache Herberge	normal (Normalpreise)
4	gutbürgerliches Gasthaus	teuer (150 % der Normalpreise)
5	exquisites Hotel	sehr teuer (200 % der Normalpreise)
6	luxuriöse Unterkunft	horrend (400 % der Normalpreise)

Der Meisterin zum Geleit

Die Zwölfe zum Gruß! In der dreiteiligen **Blutmond-Kampagne** werden die Schildlande scheinbar von einem neuen Orkensturm heimgesucht – und die Helden stehen an der Seite wichtiger Meisterpersonen im Zentrum der Ereignisse.

Im ersten Teil der Kampagne, **Die Feuer von Gruuzash**, werden die Helden mit Angriffen der Schwarzpelze in der Markgrafschaft Greifenfurt und dem Herzogtum Weiden konfrontiert. Sie können Zeugen mehrerer Schlüsselereignisse werden, die dazu führen, dass Prinz Arlan von Löwenhaupt auf seiner Hochzeit schließlich einen Schwertzug ins Herz des Orkreiches, nach Khezzara, ausruft, um den Aikar Brazoragh zu stellen und die Orkgefahr für die Schildlande für lange Zeit zu bannen.

Dabei gilt es, Belagerungen zu überstehen, Kommandomissionen durchzuführen und Bündnisse zu schmieden, um schließlich an der Seite des Weidener Prinzen auf einen Schwertzug ins Orkland zu ziehen.

Wir hoffen, du und deine Gruppe werden viel Freude an dieser Kampagne haben, die euch in scheinbar ausweglose Scharmützel führen, mit uralten Mysterien konfrontieren und letztendlich die Geschichte des Aikar Brazoraghs besiegeln sowie den Götterhimmel Aventuriens nachhaltig verändern wird.

Mit Rondra, Maß und Mut!
Nikolai Hoch (für die DSA-Redaktion)

EINLEITUNG

Die Vergangenheit

Die Tairachschamanen der Orks sehen im Aikar Brazoragh einen von den Orkgöttern gesandten Heroen, den Sohn des Jenseits, den Bewahrer der Vergangenheit, den Herrn der Gegenwart und den Herausforderer der Zukunft. Er ist ein tatsächlich von den Göttern Brazoragh und Tairach Auserwählter und ein wohlplatzierter Spielstein im Kampf der Götter um die Vorherrschaft in Alveran.

Als einziger Ork ist der Einiger der zuvor zerstrittenen Orkstämme in der Lage, im Namen Brazoraghs Wunder zu wirken. Sein vorderstes Ziel ist es, Brazoraghs Diener erneut mit göttlicher Macht auszustatten, wozu er seit 1022 BF im Gebiet der Bodirquellen den *Hornturm* errichten lässt (siehe **Aventurischer Almanach** Seite **247**). Auf seiner Suche nach dem *Wort Brazoraghs*, einer verschollenen Liturgie des Schamanenritus, die der ORDINATION (Priesterweihe) der zwölfgöttlichen Kirchen ähnelt und von Gelehrten auch als *Primärliturgie* bezeichnet wird, folgt er Visionsquesten seiner Götter, die ihn auf die Spur der *Blutsteine* gebracht haben. Bei diesen handelt es sich um karmale orkische Artefakte wie die mächtige tairachheilige Keule *Xarvlesh* (Garethi: Fleischreißer) oder die Axt *Brazoraghs Beender.* Alle Kriegszüge, die der Aikar Brazoragh in der Vergangenheit in die Reiche der Menschen geführt hat, angefangen beim *Dritten Orkensturm* 1010 BF, dienten allein dem Zweck, weitere dieser Artefakte an sich zu bringen, niemals der Eroberung der Menschenreiche oder der Vernichtung der *Glatthäute*, wie die Menschen denken. Die Blutsteine tragen jeweils Splitter einer Vision in sich, die der Aikar wie die Teile eines Puzzles zusammenfügen konnte, um einen göttlichen Plan zu ergründen. Er ist sich gewiss, dass der Untergang der Reiche der Menschen und die Vernichtung ihrer Spezies eine automatische Folge sein werden, wenn er erst sein Ziel erreicht – und so seinem Volk den Weg in die ihnen vorherbestimmte und glorreiche Zukunft als Herrscher über das kommende Zeitalter ebnet.

Tairachs Plan

Tairach wurde zum Ende des 10. Zeitalters von Praios, dem Obersten Richter Alverans, aus der Zitadelle der Götter verbannt, da er in ihm einen Konkurrenten um das Amt des Götterfürsten sah. In mehreren früheren Zeitaltern herrschte Tairach jedoch selbst bereits als Gott über das Totenreich und auch über die Zauberei, nachdem die Göttin Mada in ihrem Frevel die Zitadelle der Kraft zerstörte und so die Magie in die 3. Sphäre strömen ließ. Als Mada im Madamal an den Nachthimmel gebannt wurde, wurde Tairach sogar zu einem ihrer Kerkermeister berufen.

Nach Äonen gilt der Plan des von den Orks als Herr des Totenreiches verehrte Gott nun nicht allein der Rückkehr von Brazoraghs göttlicher Macht oder der Vorherrschaft der Orks im kommenden Zeitalter. Stattdessen will er im Karmakorthäon seinen Platz in Alveran zurückerobern. Doch es ist ihm nicht daran gelegen, Boron dessen Platz als Herr über das Totenreich der 4. Sphäre oder Hesinde ihren als Herrin der Magie streitig zu machen – er strebt nach Höherem: Tairach will den Platz des Obersten Richters und Götterfürsten in Alveran einnehmen, so wie Praios es bereits im 10. Zeitalter vorhergesehen hat, und sich gleichzeitig an diesem rächen.

Für Tairach sind die Orks bei seinem Plan der Schlüssel zum Erfolg. Zunächst tritt er selbst in den Hintergrund und überlässt Brazoragh das Feld als Hauptgottheit der Orks. Gleichzeitig spinnt er als *Blutrote Eminenz* im Hintergrund seine Intrigen und versucht Verbündete zu sammeln, die ihn bei der Umsetzung seines Plans unterstützen sollen:

- Brazoragh verspricht er die Herrschaft über die Luft und die Rolle des Obersten Heerführers in Alveran. Außerdem unterstützt er ihn bei der Rückkehr der karmalen Kräfte seiner Diener. Hierfür erschaffen sie gemeinsam mit Ashim Riak Assai einen Außerwählten. Weiterhin erschafft Tairach eine Reihe von Artefakten, welche den Orks bei der Umsetzung der göttlichen Pläne helfen sollen, die sogenannten *Blutsteine*, die als Anleitung und Werkzeug für dieses Vorhaben dienen sollen.
- Indem er zulässt, dass sich der Glaube an den Schmiedegott Gravesh unter den Schwarzpelzen ausbreitet, wie die Orks Ingerimm nennen, hofft Tairach auf Ingerimms Wohlwollen, für den er die Herrschaft über Erz und Feuer vorgesehen hat.
- Gleiches gilt für Peraine, die von den Orks unter dem Namen Rikai angerufen wird, der er die Herrschaft über das Element Humus und die Rolle der Lebensspenderin versprechen will.
- Als Herrin der Magie sieht er die im 3. Zeitalter von Praios verbannte Göttin Mada vor. Als einer ihrer Kerkermeister will er sie für ihre Unterstützung aus ihrem Gefängnis, dem Madamal, in der 6. Sphäre befreien.
- Weitere Hoffnungen setzt er auch in den grimmen Wintergott Firun, der unter den Schwarzpelzen ebenfalls nach Verbündeten zu suchen scheint, die von ihm gesandten Visionen folgend den Nagrachsplitter der Dämonenkrone geborgen und sichergestellt haben.

Damit Tairachs Plan gelingen kann, muss nicht nur eine Verbindung von der 3. in die 5. Sphäre geschaffen werden, um Brazoraghs Diener mit göttlicher Macht zu versorgen, sondern auch noch Madas Gefängnis in der 6. Sphäre, dem Sternenwall, erreicht werden. Dazu lässt er den Aikar Brazoragh seit 25 Jahren den Hornturm errichten, den die Orks auch als *Mondspeer* bezeichnen, mit dem die Grenzen zwischen den Sphären durchstoßen werden sollen.

Die Fähigkeit, ein solches Werk zu erschaffen, konnte er dem Aikar jedoch nicht einfach in Form von Visionen eingeben, da die anderen Götter, insbesondere Praios und Phex, Tairach im Auge behalten. So sandte er das Wissen und die Fähigkeiten zum Bau und der Nutzung des Hornturms Stück für Stück nach Dere. Unbemerkt von den anderen Göttern gelang es ihm im Laufe von Jahrhunderten, Teile seiner Macht und des notwendigen Wissens in Form von zersplitterten Visionen in orkische Talismane fließen zu lassen. Mithilfe dieser Artefakte, den Blutsteinen, war der Aikar in der Lage, den Mondspeer zu errichten.

Die Blutsteine

Bei den Blutsteinen – ein Begriff, den nur der Aikar selbst verwendet und der unter Menschen gänzlich unbekannt ist – handelt es sich um eine Reihe karmaler Objekte, meist heilige Orktalismane von teilweise großer Machtfülle. Der Aikar allein kennt die wahre Bedeutung dieser Artefakte im göttlichen Plan. Für alle anderen sind es zwar karmale Artefakte, die der Aikar sucht und begehrt, das Geheimnis, welches sie bergen, und die damit verbundene Gefahr sind jedoch niemandem bewusst.

Die Blutsteine tragen die Kräfte Tairachs, Brazoraghs, Graveshs und Rikais sowie Teile der zersplitterten Vision, die der Aikar über Jahrzehnte entschlüsselt hat und die ihn sowohl auf die Spur weiterer Teile des Puzzles wie auch des Wissens gebracht hat, um den göttlichen Plan in die Tat umzusetzen.

Nicht alle Blutsteine sind notwendig, um das Ziel zu erreichen, aber die wichtigsten befinden sich bereits im Besitz des Aikar Brazoraghs:

- Die tairachheilige Keule *Xarvlesh*
- Die Axt *Brazoraghs Beender*
- Tairachs Opfermesser *Largresh*
- Rikais Kessel der nahrhaften Gärung, *Kasharraikach*
- Der Gehörnte Helm *Hurgaka Brazoraghi* (von dem Menschen, Elfen und Zwerge annehmen, er sei verschollen)

Der *Mond von Tarrakvash* ist im Besitz des Tairachschamanen ♝ *Ursdarak mit den kalten Augen*, der *Schild des Gravesh* wurde im Mittelreich in Sicherheit gebracht (siehe **Auf ins Abenteuer – Der Schild der Orkenwehr**), der *Hammer des Gravesh* wird von den Finsterkammzwergen gehütet, während andere, wie *Tairachs Knochenrüstung* oder *Mar Makavash* (Garethi: Das Auge des Sternenwalls) verschollen sind. Näheres zu den einzelnen Blutsteinen erfährst du in Teil 2 der Blutmond-Kampagne, **Der Sturm am Svellt**.

Der Hornturm

Mit dem Bau des Hornturms plant der Aikar Brazoragh, die Grenze zwischen den Sphären zu durchstoßen. Durch eine Zeremonie von gewaltigen Dimensionen, welche die karmalen Kräfte Brazoraghs und Tairachs mit der Macht eines magischen Kraftliniennodix in einem noch nie dagewesenen Blutopfer bündelt, soll der Turm einen Sphärenriss öffnen, der einen Limbusgradienten von der 3. Sphäre durch die 4. Sphäre (das Totenreich) in die 5. Sphäre der Götter schlagen, um Brazoraghs Wort (die Primärliturgie) nach Dere zurückzuholen. So soll außerdem der Weg zum Sternenwall in der 6. Sphäre geebnet werden, so dass Tairach mit Hilfe des Aikars Madas Gefängnis zerstören und die Göttin befreien kann.
Doch um eine Zeremonie von so immenser Machtfülle durchzuführen, ist ein gewaltiges Blutopfer notwendig. Die unzähligen dafür notwendigen Seelen sollen von einem Heer der Menschen stammen, das der Aikar zum Hornturm ins Orkland locken will.

Die Vorbereitungen des Aikars

Der Aikar weiß, dass er auf die Hilfe der *Gharrachai-Orks* des Finsterkamms angewiesen ist, um ein Heer von Menschen zu einem Angriff auf Khezzara zu veranlassen. Dazu benötigt er vor allem die Unterstützung der beiden Harordak der Gharrachai, also die des Tairachschamanen ♝ *Rhushuk Geisterklaue* und die des Häuptlings ♝ *Khargash Blutbiss*, sowie die des Tairachschamanen ♝ *Tschandrach*, der auch *Aschepelz* genannt wird. Tschandrach wird von allen Orkstämmen des Finsterkamms anerkannt, nicht allein von den Gharrachai, sondern auch von den Ghorinchai, den Mokolash, den Zholochai und den Tordochai.
Rhushuk hält die Orks des Orklands jedoch für schwach, da sie keinerlei Bestrebungen mehr zu haben scheinen, die *Finstermark* zurückzuerobern und so das Erbe des Aikar Brazoragh ☠ *Nargazz Blutfaust* von vor über 1.000 Jahren anzutreten, ein riesiges Orkreich zu errichten.

Kraftlinien am Hornturm

Magische Kraftlinien durchziehen die Welt wie unsichtbare Adern. Hier gelingen Zauber leichter, und die Regeneration astraler Energie verläuft schneller. Dieses Wissen ist jedoch rar, denn nur ein Teil der Magiekundigen kennt Aufbau, Richtung und Wirkung dieser Strömungen.
In der Spitze des Hornturms kreuzt die Kraftlinie *Madas Kelch* die *Elementarlinie.* Madas Kelch verläuft bogenförmig vom *Herz des Waldes* in der Waldwildnis der Streitenden Königreiche durch die *Kalkklippen von Hallerû* in Nostria, über den Hornturm zur Trollfestung *Matschagroll-Blutsch* in den Blutzinnen, den Berg *Silberkrone* im Rhorwed bis in die Elfenwälder von *Salamandra* in den Salamandersteinen. Die Elementarlinie verläuft von der *Angel der Eule* durch das *Tal der Elemente* im Finsterkamm, über den Hornturm bis in die *Große Olochtai*. Von Zeit zu Zeit formt sich aus der Kraft des Nodix am Hornturm die *Mondspeerlinie*, die zu den sogenannten orthosphärischen Kraftlinien zählt und senkrecht in den Himmel bis zu den Sternen in der 6. Sphäre weist.

Um dieses Ziel selbst zu erreichen, strebt Rhushuk nach dem Titel des *Meisters der drei Welten* – des höchsten Tairachschamanen aller Orks –, den bisher der verbannte ♝ *Uigar Kai* getragen hat. Der Aikar weiß um Rhushuks Verachtung für die Orks des Orklands und von seinem Interesse an Uigar Kai, und will sich dies zu Nutze machen. Um sich die Gharrachai zu Diensten zu machen, schickt er nach Rhushuk und bestellt den Schamanen nach Khezzara. Er verkündet ihm, dass es nun an der Zeit ist, erneut das Blut der Glatthäute zu vergießen und stellt ihm den Titel des Meisters der Drei Welten in Aussicht. Allerdings befiehlt er ihm keinen Einfall in die Menschenreiche, sondern lediglich Angriffe auf besonders wichtige Ziele, danach sollen die Orks sich immer wieder in die Wälder und das Gebirge zurückziehen.
Um die Angriffe durchzuführen, stellt er den Harordak der Gharrachai ein beträchtliches Heer zur Seite – vor allem, um nicht den Eindruck zu erwecken, dass die Gharrachai den Kampf alleine führen müssen. Rhushuk ist nicht dumm und der Aikar hält ihn nicht dafür. Er weiht Rhushuk jedoch bei weitem nicht in alle seine Pläne ein.
Daraufhin kehrt der Schamane in den Finsterkamm zurück und beginnt gemeinsam mit Khargash Blutbiss mit den Vorbereitungen der Angriffe, während ein Orkheer aus dem Orkland, aufgeteilt in zahlreiche kleine Horden, um keine Aufmerksamkeit zu erregen, den Gebirgssattel zwischen dem Thasch und den Blutzinnen überquert und sich den Gharrachai anschließt.
Dem Schamanen Aschepelz stellt der Aikar ebenfalls den Titel Meister der Drei Welten in Aussicht und beauftragt ihn mit Angriffen im Norden des Finsterkamms.

Die Zukunft

In der Blutmond-Kampagne werden die Bemühungen des Aikar Brazoragh der letzten Jahrzehnte zu einem epischen Abschluss gebracht. Er verleitet ein Heer der Menschen mit zahlreichen Angriffen in Greifenfurt und Weiden zu einem Schwertzug gegen die Stadt Khezzara und lockt es schließlich zum Hornturm, wo es von einem gewaltigen Orkheer erwartet wird und es zur entscheidenden Schlacht kommt.

Die Feuer von Gruuzash

Mit zahlreichen kleinen und nadelstichartigen Angriffen im Auftrag des Aikar Bazoraghs in den Schildlanden traktieren die Schwarzpelze die Menschen in Greifenfurt und Weiden. Im Verlauf der Angriffe fallen zahlreiche Türme der Finsterwacht, eine vorgeschobene Kette von Wach- und Signaltürmen, die dazu dienen, mit Signalfeuern vor Orkangriffen zu warnen, aber auch größere Festungen wie die Grenzfeste Nôrrhöh am Nôrrnstieg. Auch das Boronkloster *Rabenhorst* am Berg *Nebelstein* wird angegriffen, die Städte Nordhag und Olat zeitweise belagert, das rondrianische Pilgergut Leuinried zerstört und schließlich die *Feuer von Gruuzash*, einem Orkheiligtum inmitten des Nebelmoores, entzündet – so wie bei jedem bisherigen *Orkensturm.*

Im ersten Teil der Kampagne werden die Menschen – und damit auch die Helden – zahlreiche Rückschläge hinnehmen müssen und einige vielleicht liebgewonnene Figuren in den Kämpfen ihr Leben lassen. Die Niederlagen zu Beginn der Kampagnenhandlung sollen dazu dienen, die Ausgangslage in den Schildlanden für den folgenden Schwertzug der Menschen ins Orkland zu schaffen und die erzählerische Fallhöhe der Kampagne zu etablieren.

Nach zahlreichen Scharmützeln, bei denen die Helden auf erste Hinweise auf die wahre Natur der orkischen Aretefakte stoßen, die der Aikar begehrt, entscheiden die Weidener und Greifenfurter sich schließlich zu einem Gegenschlag. In einem Schwertzug gegen die Stadt Khezzara, dem Sitz des Aikar Brazoraghs, soll der Schlange der Kopf abgeschlagen werden, damit die Länder der Menschen wieder sicher sind.

Angeführt wird dieser Schwertzug von *Arlan von Löwenhaupt*, dem Sohn der Weidener Herzogin, *Brin vom Rhodenstein*, dem ehemaligen Abtmarschall des rondrianischen Ordens zur Wahrung vom Rhodenstein, der kurz vor dem Schwertzug zurücktritt, sowie *Asa von Eisslingern*. Sie rufen als erste unter den zum Angriff provozierten Mittelreichern dazu auf, die Provokationen der Schwarzpelze nicht ungesühnt zu lassen. Brin ist davon überzeugt, dass er mit einem gezielten Militärschlag einem neuerlichen Orkensturm zuvorkommen kann. Er kann Arlan und Asa von seinen Plänen überzeugen. Auf seiner Hochzeit ruft der Weidener Prinz schließlich den Schwertzug aus und gemeinsam sammeln die drei künftigen Heerführer Verbündete für ihr Vorhaben. Die Helden steigen dabei schnell zu Beratern im Stab der Befehlshaber auf.

Unter den Verbündeten findet sich mit der Magierin *Nahema* eine jahrhundertealte, mächtige Magierin (siehe Seite **25** und **Aventurischer Almanach** Seite **208**). Ihre Neugier hat sie bereits vor langer Zeit auf die Umtriebe der Schwarzpelze aufmerksam werden lassen. Durch eines ihrer Schwarzen Augen, welches sich in Ohort südlich des Orklandes befindet, hat sie den Aikar beobachtet. Sie ahnt zwar seit Jahren, dass er eine gewaltige Sphärenmanipulation vorbereitet, hat seine Pläne aber bisher nicht durchschauen können. Aus diesem Grund begab Nahema sich bereits vor Jahren inkognito als Mitglied des rondrianischen Ordens zur Wahrung in den Nordwesten des Mittelreichs, um die Aktivitäten der Orks im Auge zu behalten.

Der Sturm am Svellt

Mit der Hilfe der Magierin Nahema in ihrer falschen Identität gelingt es den Helden, weitere Hinweise zu den Blutsteinen zu erlangen. Schließlich setzt sich der Schwertzug, bestehend aus mehreren Tausend Freiwilligen, von Reichsend aus in Richtung Gashok in Bewegung, wo es zu ersten Begegnungen mit Orks kommt. Bei Lowangen kommt es zu einer ersten großen Konfrontation mit einem Heer der Schwarzpelze und einem unvorhergesehenen Problem: In Lowangen herrscht Frieden und man ist besorgt, was geschieht, wenn der Schwertzug weitergezogen ist, denn die Stadt zahlt seit über 30 Jahren Tribut an die Orks und hat nichts zu befürchten – ein Status, der sich ändern würde, wenn die Stadt ein mehrere Tausend Köpfe starkes Heer passieren lassen würde.

Zwischen geschlossenen Stadttoren auf der einen und einem Heer der Orks auf der anderen Seite, müssen die Helden einen kühlen Kopf und ihre diplomatischen Fähigkeiten beweisen. Ihre Nachforschungen zu den orkischen Artefakten führen sie außerdem in die Altsvellsümpfe und zu einer eigeborenen, menschlichen Schamanin, die bei Echsenmenschen aufgewachsen ist und bereits in der Vergangenheit das Interesse des Aikar Brazoragh geweckt hatte, *M'Darssla*. Gemeinsam mit der mysteriösen Schamanin und mit Nahemas Hilfe können die Helden schließlich weitere Geheimnisse der Blutsteine entschlüsseln und dem Aikar einen Schritt voraus sein.

Die Schlacht der Drei Welten

Als der Schwertzug Khezzara erreicht, finden sie die Stadt der Orks verlassen vor, doch eindeutige Spuren unzähliger Orks führen nach Nordwesten tiefer ins Orkland hinein – ins Quellgebiet des Bodirs und das Tal, in dem der Hornturm sich erhebt.

Am Fuße des monumentalen Bauwerks wird der Schwertzug von einem gewaltigen Orkheer erwartet und es kommt unter einem blutroten Mond zur entscheidenden Schlacht. Durch das in der Schlacht vergossene Blut gelingt es dem Aikar, mit der Aktivierung der *Mondspeerlinie* einen Sphärenriss zu erschaffen, der zu einer Überlagerung zwischen der 3., 4. und 5. Sphäre führt. Mit Hilfe der Greifen des Greifengrases und einem uralten Bündnis aus der Zeit der Hochelfen, können die Helden den Aikar in der 3. Sphäre stellen. Um ihm in die 4. Sphäre zu folgen, bedarf es der Hilfe M'Darsslas, Nahemas und eines orkischen Artefaktes – eines Blutsteins.

Am Ende sind es die Helden, die mit Nahemas Unterstützung verhindern, dass *der Plan Tairachs* vollends aufgeht. Während der Sphärenriss über dem Orkland sich schließt, verbleibt die Magierin jenseits der 4. oder 5. Sphäre. Doch *der Plan des Aikars* gelingt. Auch, wenn der Auserwählte Brazoraghs dabei selbst den Tod findet oder in die Sphären entrückt wird, gelingt es ihm, die göttliche Macht Brazoraghs in die 3. Sphäre zurückzuholen, so dass die Schamanen unter den Orks in Zukunft eine Ordination mit der göttlichen Kraft Brazoraghs erfahren können. Die Mondgöttin Mada bleibt in ihrem Gefängnis, doch durch die Macht des Mondspeers wird dieses enorm geschwächt.

Zur Benutzung dieses Abenteuerbandes

Die Feuer von Gruuzash, der erste Teil der Blutmond-Kampagne, stellt die Ereignisse im Vorfeld des Schwertzuges nach Khezzara ins Zentrum der Handlung. Die nadelstichartigen Angriffe der Schwarzpelze sind ein Teil der Strategie des Aikar Brazoragh und sollen dazu dienen, die Weidener und Greifenfurter so weit zu reizen, dass diese sich aus der Position der Verteidiger herausbegeben, selbst in die Offensive gehen und einen Schwertzug ins Orkland führen – dorthin, wo der Aikar sie benötigt.

Diese Art der Kriegsführung, die eine Eroberung strategisch wichtiger Schlüsselpositionen abgesehen von den Türmen der Finsterwacht von vornherein ausschließt, führt dazu, dass die Orks scheinbar überall gleichzeitig angreifen – und deine Helden können schlichtweg nicht überall gleichzeitig sein.

Die Abenteuer dieses Bandes sind zwar so konzipiert, dass ihr sie theoretisch – bis auf die jeweils ersten Angriffe in Weiden oder Greifenfurt – alle hintereinander spielen könnt, allerdings ist dies nicht notwendig, um die Blutmond-Kampagne zu spielen. **Die Feuer von Gruuzash** bereitet zunächst nur die Bühne für den folgenden Schwertzug. Es ist sogar möglich, die Helden erst mit Teil 2 der Kampagne – **Der Sturm am Svellt** – in dem der eigentliche Schwertzug beginnt, in die Ereignisse hineinzuziehen.

In den Abenteuern dieses Bandes erhalten die Helden jedoch einen ersten wichtigen Hinweis auf die wahre Natur der Blutsteine und haben Gelegenheit, teilweise sogar mehrfach, einigen zentralen Personen der Kampagne sowohl in den Reihen der Menschen wie auch denen der Orks zu begegnen und persönliche Bindungen oder Feindschaften aufzubauen, die spätere Aufeinandertreffen umso eindringlicher wirken zu lassen. Du kannst diesen Abenteuerband als eine Art Baukasten für eure ganz persönliche Blutmond-Kampagne verstehen und das Beste daraus für dich und deine Spielrunde benutzen, während du anderes weglässt. Von besonders zentraler Bedeutung sind die Abenteuer **Graveshs Hammer** (aufgrund eines ersten Hinweises auf die Natur der Blutsteine), **Blutige Sonne** (aufgrund der Bergung eines noch verborgenen Blutsteins) sowie **Das Brüllen des Bären**, in dem der Schwertzug ausgerufen wird.

Die Wahl der Helden

Im Verlauf der **Blutmond-Kampagne** werden die Helden an einem Schwertzug von Freiwilligen nach Khezzara im Orkland teilnehmen und mit großer Wahrscheinlichkeit bereits vorher in die Ereignisse um die orkischen Angriffe in Weiden und Greifenfurt hineingezogen.

Um den Herausforderungen der vor ihnen liegenden Abenteuer gewachsen zu sein, sollten alle Helden mindestens den Erfahrungsgrad *meisterlich* erreicht haben. Da ein Schwertzug das Zentrum der Handlung darstellt, sollten alle Helden über gewisse kämpferische Fähigkeiten verfügen, während Ritter, Rondrageweihte, Soldaten, Söldner oder auch ein Schwertgeselle das kämpferische Rückgrat der Gruppe stellen sollten.

Neben dem Kampf werden die Helden jedoch auch vielfältigen anderen Aufgaben gegenüberstehen, so dass es sinnvoll ist, Spezialisten für unterschiedliche Bereiche wie Magie und Götterwirken, das Überleben in der Natur, die Heilkunde sowie für gesellschaftliche Talente und Diplomatie dabei zu haben.

Elfen und Zwerge lassen sich problemlos in die Kampagne integrieren. Exotischere Spezies wie Goblins, Achaz und vor allem Orks oder auch Halborks erfordern an einigen Stellen der Kampagne größere Anpassungen. Vor allem Orks und Halborks, aber auch Goblins, werden in Greifenfurt und Weiden nicht nur misstrauisch beäugt, sondern als Feinde betrachtet. Einen Achaz haben die meisten Menschen aus diesen Regionen noch nie zu Gesicht bekommen und werden daher kaum wissen, mit was für einer für sie fremdartigen Kreatur sie es zu tun haben – und was sie von ihr zu erwarten haben. Wenn der Rest der Heldengruppe sich jedoch regelmäßig und insbesondere gegenüber den Heerführern des Schwertzuges für sie verbürgt und sie in die menschliche Gesellschaft integriert sind, sind einzelne derartige Figuren durchaus denkbar und vielleicht sogar besonders reizvoll.

Tsa-Anhänger, Pazifisten, Schelme und ähnliche Figuren, die Gewalt grundsätzlich ablehnen und sich vielleicht nicht einmal selbst verteidigen können oder wollen, sind eher ungeeignet und bergen eventuell

sogar das Potenzial, den Spaß von anderen Spielern der Gruppe zu mindern, die sich explizit für eine kampflastige Kampagne wie diese entschieden haben.
Besonders gut für die Blutmond-Kampagne geeignet sind die sechs spielfertigen Helden aus dem **Auf ins Abenteuer – Der Schild der Orkenwehr**. Jede der sechs Figuren verfügt über eine ausgearbeitete Hintergrundgeschichte, die direkte Verbindungen zu jeweils einer der wichtigsten Persönlichkeiten im Hintergrund des Schwertzuges und eine passende Motivation für die Kampagne hat.
Wenn ihr lieber eigene Helden spielen wollt, dann könnt ihr diese Figuren als Orientierung für eine sinnvolle Zusammenstellung einer Heldengruppe nutzen oder sie für den Fall, dass einer der ursprünglichen Helden im Verlauf der Abenteuer sein Leben verliert, als Ersatz in der Hinterhand behalten. Dazu können die Figuren zu einem beliebigen Zeitpunkt in die Kampagnenhandlung integriert werden und sich aus ihren jeweils individuellen Gründen dem Schwertzug anschließen.

Orkisches Mini-Glossar

Ai Kattach – Keine Gefangenen (orkischer Schlachtruf)
Brazcoros – Bezeichnung Brazoraghs bei den Minotauren
Ergoch – Sklaven, Kriegsgefangene
Harrguhlach – Geist in Tairachs Totenreich
Harordak – Kaste der Tairach- und Brazoraghpriester
Khazarrach – Große Steppe / großes Grasland im Orkland
Khurkach – Jäger und Krieger
Makavash – 6. Sphäre / Sternenwall
Mochthrovak – Eroberung der Welt (Fremde Götter und Glatthäute)
Okwach – Elitekämpfer
Rakyach – Minotauren, die Orks nennen sie Rakyach Brazoraghi (Brazoraghs Rammböcke) und betrachten sie als heilige Wesen, die der Aikar Brazoragh durch eine heilige und nur ihm bekannte Verschmelzung von Stier und Krieger geschaffen hat.
Ranagh – Gottheit des Wassers, verehrt beim Stamm der Mokolash
Tai'Makach – gehörnte Mischform von Tairach und Levthan, die früher in einigen Gegenden Nordwestaventuriens verehrt wurde
Takaibragh – (Garethi: Blutiger Tann) Tairachheiligtum im Orkland
Takhairrach – Alte mythologische Bezeichnung Tairachs, „Der als Erster das Blut trank"
Tar'olak – Meister der Drei Welten, der oberste Tairachschamane aller Orks
Tarrakvash – Tairachs Totenreich
Woschra – Blankhäute/Glatthäute, orkische Bezeichnung für Menschen

Orkstämme und -sippen

Gharrachai – beherrschen weite Teile des Finsterkamms. Sie gelten als traditionsbewusster, kriegerischer Orkstamm und sind seit Generationen erbitterte Feinde der Schildlande.
Ghorinchai – Siedeln im nördlichen Finsterkamm. Ihre rot gefärbte rechte Hand macht sie unverwechselbar. Selbsternanntes erwähltes Volk des letzten Aikar Brazoraghs, Nargazz Blutfaust. Berühmt für ihre Bergwolfzucht.
Girikh – eine Sippe der Zholochai.
Korogai – gelten als die besten Schmiede unter den Schwarzpelzen. Sie leben in den Ogerzähnen, im Firunswall und im nördlichen Svelttal.
Mokolash – Sumpforks, färben ihr Fell mit Schlamm, verehren Ranagh, siedeln in den Quellsümpfen des Bodirs, des Finsteren Svellts, sowie in den Svelltsümpfen und im Nebelmoor.
Tordochai – bewohnen den südlichen Finsterkamm. Sie galten einst als die stärksten und brutalsten Krieger unter den Orks, wurden jedoch nahezu ausgelöscht. Verbündete der Finsterzwerge.
Zholochai – leben zerstreut im Vorgebirge des südwestlichen Finsterkamms und in der östlichen Messergrassteppe des Orklandes. Ihre bunt, meist rot gefärbten Haare mit rasierten Schläfen kennzeichnen sie ebenso wie ihr meist sehr dunkles Fell. Sie gehören zu den kriegerischsten und besten Kämpfern unter den Orks.

RANG UND NAMEN IN DEN SCHILDLANDEN

Orks unter dem Blutmond

Ashim Riak Assai, der Aikar Brazoragh

Ashim Riak Assai trägt viele Namen. Gesandter der Götter, Sohn des Jenseits, Bewahrer der Vergangenheit, Herr der Gegenwart, Herausforderer der Zukunft, Träger der Gespaltenen Hörner und der Blutroten Mondscheibe, meist aber nur Aikar Brazoragh – Erwählter Brazoraghs (siehe **Aventurischer Almanach** Seite **206** und ab Seite **246**). Als unangefochtener Herrscher fast aller Orkstämme gilt er als Geißel der Menschheit und Erzfeind aller aufrichtigen Menschen, Zwerge und Elfen in Nord- und Mittelaventurien.

Kurzcharakteristik: *978 BF, Körper eines jungen, kraftstrotzenden Orks mit einer imposanten Körpergröße von 1,89 Schritt, schwarz glänzender Pelz, rote Augen, göttliche Ausstrahlung, je nach Situation intelligent-verschlagen, bedrohlich-kraftvoll, strategisch-klug oder todesverachtend-mutig, legendärer Häuptling, Schamane und Götterkrieger, Auserwählter Brazoraghs und Tairachs, spricht alle gängigen Sprachen Nordaventuriens fließend

Motivation: Ashim Riak Assai sieht sich als Werkzeug seiner Götter und glaubt fanatisch an die Herrschaft der Orks über das kommende Zeitalter. In seltenen Momenten fühlt er sich einsam und hadert mit der Aufgabe Brazoragh und Tairach gleichermaßen zu dienen, weiß er doch, dass seine Götter nicht immer die gleichen Ziele verfolgen. Seit M'Darrslas Gefangenschaft (siehe Seite **8**), spürt er eine Verbindung zu der Auserwählten Madas, versteht sie doch als Einzige, was es bedeutet, Teil eines göttlichen Plans zu sein.

Agenda: Der Aikar ahnt, dass seine Zeit in dieser Welt zu Ende geht. Nun, da der Hornturm (siehe **Aventurischer Almanach** Seite **247**) vollendet ist, will er einen Schwertzug der Menschen ins Orkland locken und mit einem riesigen Blutopfer die Sphären durchstoßen, um Brazoraghs Primärliturgie zurück nach Dere zu holen.

Funktion: Übermächtiger Götterkrieger, Geißel der Menschheit, Graue Eminenz, die seit Jahrzehnten im Hintergrund agiert und deren Pläne sich in dieser Kampagne offenbaren werden.

Hintergrund: Ashim Riak offenbarte sich 1003 BF der zum Stamm der Korogai zählenden Assai-Sippe. Nachdem er alle Häuptlinge und Schamanen im Duell bezwungen hatte, verkündete er das große orkische Zeitalter und unterwarf in den folgenden Jahren der Wanderschaft fast alle Stämme des Orklands. 1008 BF begann

er mit dem Bau Khezzaras, der Hauptstadt seines neuen Reichs. Im Jahr 1010 BF, dem Großen Jahr 2000 nach dem orkischen Mondkalender, zerstörten seine Truppen im *Dritten Orkensturm* den Svelltschen Städtebund und drangen tief ins Mittelreich ein, wo sie erst vor den Toren Gareths geschlagen wurden. Im Kern ging es ihm jedoch nie um die Eroberung der Reiche der Menschen, sondern um das Aufspüren alter Artefakte und Heiligtümer der Orks. 1026 BF, im *Vierten Orkensturm*, gelang es ihm, mehrere Talismane und ein Schwarzes Auge zu erobern, womit er die Vergangenheit seines Volkes studieren und die Standorte weiterer orkischer Heiligtümer ausfindig machen konnte. 1029 BF befahl er den Bau des Hornturms in einem riesigen Krater in der Nähe der Bodirquellen. 1032 BF entführte der Aikar die Eigeborene Schamanin M'Darrsla, eine Auserwählte Madas, und prophezeite ihr ein gemeinsames Schicksal, ehe er sie wieder gehen ließ. 1039 BF gelangte er in den Besitz des Nagrach-Splitters (siehe **Aventurischer Almanach** Seite **240**), widerstand jedoch der Versuchung, seine Macht zu nutzen und verbarg ihn im Firunswall. Seitdem hält er sich meist in seinem Palast in Khezzara oder am Hornturm auf und tritt nur noch selten vor sein Volk.

Schicksal: Der Aikar Brazoragh wird im Finale der Kampagne sein Schicksal erfüllen und dabei sein Ende finden.

Zitat: *»Zahlreich sind sie die Götter der Woschras, und doch blind. Wir werden den Pfad vom Diesseits ins Jenseits bis zu den Sternen beschreiten, ihre Wächter überlisten, Brazoraghs Worte nach Khazarrach tragen, Mochthrovak erobern und die Herrschaft über das neue Zeitalter erringen. Tairach aber wird die Ketten seiner Schwester, Herrin von Makavash, sprengen und als Takhairrach über das Wirken seiner Kinder wachen.«*

Aschepelz - Tschandrach

Kurzcharakteristik: *1002 BF, fahlgelbe Augen, grauer Pelz, geflochtener Bart, robuste Gestalt, tritt immer mit Nebelkrähe an seiner Seite auf; legendärer Hochschamane aller Orkstämme des Finsterkamms

Funktion: Als einziger von allen Stämmen anerkannter Hochschamane des Finsterkamms ist Aschepelz der aussichtsreichste Kandidat auf den Posten des Tar'olak (Garethi: Meister der Drei Welten) und erhält seine Befehle direkt vom Aikar Brazoragh. Zusammen mit Rhushuk Geisterklaue plant und koordiniert er die orkischen Angriffe auf die Schildlande (siehe ab Seite **34**) und fädelt ein Bündnis mit den Finsterzwergen ein, um **Graveshs Hammer** zu erbeuten (siehe Seite **38**). Im Szenario **Der Tanz der Luchsin** (siehe Seite **75**) tritt er persönlich in Erscheinung und verübt ein Attentat auf Gräfin *Walderia von Löwenhaupt.*

Hintergrund: Tschandrach war Schüler und Vertrauter des *Vagabunden*, des bis dato mächtigsten Orkschamanen im Finsterkamm. Nach dem Freitod seines Meisters 1029 BF übernahm Aschepelz dessen Position, steht jedoch weiterhin im Kontakt zu seinem Meister, dessen Geist ihn im Körper einer Nebelkrähe weiter begleitet. Dank ihm entriss er der Totenwelt zahlreiche Geheimnisse und wurde nach dem Tod *Uigar Kais* zum mächtigsten lebenden Tairachschamanen. Obwohl seine Pläne in der Vergangenheit bereits mehrfach durch Helden vereitelt wurden, wagte es bis heute kein anderer Schamane, ihn herauszufordern. Dank seiner Armee aus loyalen Orks unter dem Zeichen des *Weißen Speers*, Minotaurenmumien und Knochenmammuts ist er unabhängig von den Häuptlingen und folgt einzig den Weisungen des Aikars.

Aschepelz - Tschandrach

MU 16 **KL** 14 **IN** 17 **CH** 14
FF 13 **GE** 13 **KO** 14 **KK** 13
LeP 36 **AsP** - **KaP** 50 **INI** 15+1W6
AW 7 **SK** 3 **ZK** 3 **GS** 8
Schip: 3

Vorteile: Biss I, Dunkelsicht I, Geweihter, Hohe Karmalkraft V, Hohe Seelenkraft, Kälteresistenz, Natürliche Waffe (Biss), Natürlicher Rüstungsschutz I, Verbesserte Regeneration (Karmaenergie) II, Zäher Hund

Nachteile: Persönlichkeitsschwäche (Arroganz)

Sonderfertigkeiten: Aspektkenntnis (Geisterwelt), Finte I, Fokus der Verwirrung, Geisterfetischweihe, Gestählter Körper, Keulenweihe, Schild des Glaubens, Wuchtschlag I, Tairachs Magieentzug, Tradition (Tairachschamane), Unbezwingbarer Körper

Sprachen: Ologhaijan III, Oloarkh III, Garethi II, Ogrisch II

Schriften: Kusliker Zeichen

Harkumavash (Knochenkeule, lang): AT 18 **PA** 7 **TP** 1W6+5 **RW** lang

Opferdolch: AT 15 **PA** 7 **TP** 1W6+2 **RW** kurz

Biss: AT 14 **PA** 7 **TP** 1W6+1 **RW** kurz

RS/BE: 1/0

Talente: Bekehren & Überzeugen 11, Einschüchtern 12, Götter & Kulte (Tairach) 16 (18), Klettern 4, Körperbeherrschung 5, Kraftakt 5, Kriegskunst 7, Magiekunde 12, Menschenkenntnis 10, Reiten 6, Selbstbeherrschung 10, Sinnesschärfe 9, Sternenkunde 12, Überreden 9, Verbergen 10, Willenskraft 14

Liturgien: Befehl des Schamanen 11, Brazoraghs Krieger 13, Furchteinflößende Tiergeister 8, Freie Seelenfahrt 9, Gnade des Vergessens 16, Herbeirufung von Tairachs Dienern (Nebelkrähen) 17 (inklusive aller Liturgieerweiterungen), Magiesicht 8, Nebelkrähenschwarm 16 (inklusive aller Liturgieerweiterungen und *Andere Krähe*), Ogerruf 14, Rat der Ahnen 8, Schlaf 17 (Tradition Tairachschamane), Tairachs machtvolle Erhebung von Untoten 18, Untotenerhebung 18 (inklusive aller Liturgieerweiterungen)

Kampfverhalten: Aschepelz wird meist von Wachen, Untoten oder Ogern begleitet, die er mit Brazoraghs Krieger stärkt. Er selbst geht nur in Notfällen in den Nahkampf und attackiert seine Gegner mit Schlaf oder Herbeirufung von Tairachs Dienern.

Flucht: individuell, nutzt zur Flucht meist Nebelkrähenschwarm

Schmerz +1 bei: 27 LeP, 18 LeP, 9 LeP, 5 LeP oder weniger

Liturgieerweiterung:

- *Andere Krähe* (FW 14, 6 AP): Der Schamane kann die Liturgie durch eine Berührung auf einen anderen Kulturschaffenden wirken.

Schicksal: Aschepelz verliert bei der Ermordung Walderias ein Auge und wird von Gwynna verflucht, sodass die Altgräfin ihn fortan in seinen Träumen heimsucht. Er wird im weiteren Verlauf der Kampagne den Tod finden.

Darstellung: Gib dich selbstsicher und zeige keinerlei Schwäche oder Zweifel. Sieh die Spieler durchdringend und mit gebleckten Zähnen an, als würdest du ihre Kampfkraft abschätzen. Werde zornig, wenn deine Pläne scheitern oder den Helden etwas Herausragendes gelingt.

Besonderheiten: Aschepelz wird stets von einer Nebelkrähe begleitet, durch die der Geist des Vagabunden mit ihm spricht. Seine Knochenkeule ist aus der Wirbelsäule eines Lichtelfen gefertigt und war einst im Besitz von *Gruschar Knochenfresser*, der vor über 8.000 Jahren einen Krieg gegen den Elfenkönig *Simia-der-aus-dem-Licht-trat* führte.

Orkes Stimme:

+ *»Die Gharrachai, die Tordochai, die Girikh von den Zholochai und selbst die arroganten Wolfsreiter der Ghorinchai. Die ganze Finstermark neigt ihr Haupt vor Tschandrach, dem Herrn der Toten.«*
- *»Die Niederlage in Greifenfurt, der Verlust des Schwarzen Stabes und des Hammers des Gravesh, das Scheitern seiner Pläne in den Ogerzähnen. Wie oft muss er noch versagen, bis der Aikar ihn für seine Unfähigkeit bestraft?«*

Rhushuk Geisterklaue

Kurzcharakteristik: *1002 BF, mit Asche gefärbtes Fell, blutrote Augen, spricht in Rätseln und Metaphern, meisterlicher Stratege, brillanter Intrigant, Schamane und Mystiker

Funktion: Einer der mächtigsten Schamanen im Finsterkamm und rechte Hand von *Khargash Blutbiss*, der zusammen mit Aschepelz die Angriffe der Orks (siehe ab Seite **34**) koordiniert. Rhushuk konzentriert seine Aktivitäten auf die Markgrafschaft Greifenfurt (siehe Seite **36**) und belagert das Kloster Rabenhorst mit einer Untotenarmee (siehe Seite **92**). Darüber hinaus steht er in engem Kontakt mit dem menschlichen Geheimbund der Schnitter und koordiniert ihre Verschwörung bei der Heerschau in Reichsend (siehe Seite **114**).

Hintergrund: Mit viel Blut und zahlreichen Intrigen hat es Rhushuk Geisterklaue geschafft, aus dem Schatten seines Ziehvaters *Rhurach* zu treten, die Prüfung des Takaibragh (Garethi: Blutiger Tann) zu meistern und als Tairach-Hochschamane zu einem Harordak der Gharachai aufzusteigen. Mit Aschepelz rivalisiert er um den Titel des obersten Tairachschamanen des Finsterkamms, und strebt ebenso wie dieser danach, der neue Tar'olak (Garethi: Meister der Drei Welten), der oberste Tairachschamane aller Orks, zu werden. Um seine Macht weiter auszubauen, pflegt er heimlich Kontakt zu den Schnittern (siehe Seite **114**), und bildet magiebegabte Jungorks zu Blutkriegern aus, die ihm als persönliche Leibgarde dienen.

Schicksal: Rhushuk wird im Laufe der Kampagne sterben.

Darstellung: Verlange von deinen Untergebenen absoluten Gehorsam und gib kurze, knurrende Befehle. Deinen Feinden gegenüber fühlst du dich überlegen. Schenke ihnen nur die Aufmerksamkeit, die unbedingt notwendig ist, während du zielstrebig deine Pläne verfolgst.

Besonderheiten: Rhushuk hat immer mindestens zwei Blutkrieger an seiner Seite, die ihm als Leibgarde dienen und ohne zu zögern ihr Leben für ihn opfern.

Zitat: *»Tschandrach spricht mit den Geistern und hat einen Späher in der Geistersteppe. Er hat nicht verstanden, dass die Ahnen uns alles, was wir wissen müssen, bereits im Blut hinterlassen haben. Man muss nur wissen, wie man seine Macht nutzt.«*

Orkes Stimme:

+ *»Rhushuk kennt die Macht des Blutes wie kein anderer. Der Aikar vertraut ihm und Khargash hört auf seine Worte. Was muss man mehr wissen?«*
- *»Ich habe Aschepelz' Armeen gesehen. Wolfsreiter der Ghorinchai, untote Minotauren und riesenhafte Mammuts, die er aus dem Geisterreich ruft. Was will Rhushuk da mit seinen Blutkriegern ausrichten?«*

Khargash Blutbiss

Kurzcharakteristik: *1011 BF, 1,72 Schritt, dunkler Pelz mit grauen Strähnen, extrem muskulös, herausfordernder Blick, brillanter Krieger und Anführer

Funktion: Als oberster Häuptling der Gharrachai ist Khargash der Inbegriff des brutalen Orkkriegers und zählt zu den mächtigsten Kämpfern in den Reihen des Aikars. Die Feinheiten der Kriegsplanung überlässt er Aschepelz und Rhushuk. Er selbst tritt nur in großen Schlachten in Erscheinung, wenn der Ruhm es wert ist. Khargash steckt hinter der Eroberung von Burg Nordwall und der Ermordung *Halgans von Hirschenborn* (siehe Seite **50**). Anschließend führt er sein Heer gegen die Stadt Nordhag (siehe Seite **55**).

Rhushuk Geisterklaue

MU 15 **KL** 16 **IN** 15 **CH** 14
FF 11 **GE** 13 **KO** 14 **KK** 13
LeP 36 **AsP** - **KaP** 40 **INI** 13+1W6
AW 7 **SK** 2 **ZK** 3 **GS** 7
Schip: 2

Vorteile: Biss II, Dunkelsicht I, Geweihter, Kälteresistenz, Natürliche Waffe (Biss), Natürlicher Rüstungsschutz I, Zäher Hund

Nachteile: Persönlichkeitsschwäche (Arroganz)

Sonderfertigkeiten: Aspektkenntnis (Zauberei), Blutende Keule, Finte I, Geisterfetischweihe, Gestählter Geist, Keulenweihe, Keulenwurf, Knochenbrechende Keule, Tradition (Tairachschamane), Unbeugsam, Unbezwingbarer Geist, Wuchtschlag I

Sprachen: Ologhaijan III, Oloarkh II, Garethi II, Ogrisch II

Schriften: Kusliker Zeichen

Knochenkeule, mittel: **AT** 17 **PA** 8 **TP** 2W6+3 **RW** mittel

Opferdolch: **AT** 16 **PA** 7 **TP** 1W6+2 **RW** kurz

Biss: **AT** 16 **PA** 8 **TP** 1W6+2 **RW** kurz

RS/BE: 2/0 (Schwere Fellrüstung) (Modifikatoren durch Rüstung bereits eingerechnet)

Talente: Bekehren & Überzeugen 15, Einschüchtern 11, Götter & Kulte (Tairach) 14 (16), Klettern 6, Körperbeherrschung 8, Kraftakt 6, Kriegskunst 11, Magiekunde 16, Menschenkenntnis 12, Reiten 6, Selbstbeherrschung 8, Sinnesschärfe 10, Sternenkunde 14, Überreden 11, Verbergen 8, Willenskraft 10

Liturgien: Befehl des Schamanen 14, Brazoraghs Krieger 17 (inklusive aller Liturgieerweiterungen), Furchteinflößende Tiergeister 10 (Angsteinflößende Tiergeister, Noch Furchteinflößender), Gnade des Vergessens 5, Hauch des Elements 7, Rat der Ahnen 8, Magiesicht 14, Tairachs machtvolle Erhebung von Untoten 12, Untotenerhebung 14 (Mehr Dienste, Längerer Wirkungsdauer, Vierfache Erhebung)

Kampfverhalten: Rhushuk stärkt seine Blutkrieger mit Brazoraghs Krieger und schwächt seine Gegner mit Furchteinflössende Tiergeister, ehe er sie mit seinem Keulenwurf angreift. Im Nahkampf nutzt er Knochenbrechende Keule und schützt sich mit seinem Geisterfetisch gegen magische Angriffe.

Flucht: Rhushuk ist schlau genug, sich zurückzuziehen, wenn ein Kampf aussichtslos ist. Er schreckt jedoch nicht davor zurück, bis zum bitteren Ende zu kämpfen, wenn eine Flucht nicht möglich ist.

Schmerz +1 bei: 27 LeP, 18 LeP, 9 LeP, 5 LeP oder weniger

Hintergrund: Seit Khargash 1028 BF den vormaligen Häuptling der Gharrachai mit einem Biss in die Kehle tötete, trägt er den Beinamen *Blutbiss.* Mit seiner rohen Kampfkraft und seinen tollkühnen Ausfällen hinter die Wachturmkette der Finsterwacht verschaffte er sich schnell den Respekt seiner Stammesgenossen und die Aufmerksamkeit des Aikars, dem er in unerschütterlicher Treue dient. Khargash will alle Orkstämme des Finsterkamms unterwerfen und die alten Grenzen der Finstermark, wie das Orkreich in den heutigen Schildlanden unter dem Aikar Brazoragh ☠ *Nargazz Blutfaust* vor über 1.000 Jahren genannt wurde, wiederherstellen - oder bei dem Versuch sterben. Seine größte Furcht ist es, den Aikar zu enttäuschen und als gebrechlicher Krieger einen kampflosen Tod zu finden.
Schicksal: Khargashs Wunsch wird in der Kampagne in Erfüllung gehen und er findet einen blutigen Tod.
Darstellung: Blicke dein Gegenüber herausfordernd an und wäge ab, ob er ein würdiger Gegner ist. Falls ja, überschütte ihn mit obszönen Beleidigungen und wirf dich todesverachtend in den Kampf. Lache über misslungene Attacken deiner Feinde und fluche lautstark bei gelungenen Angriffen.
Besonderheiten: Khargash reitet auf seinem Bergwolf *Schwarzfang* in die Schlacht und kämpft mit einem orkischen Kriegshammer, der Gruufhai *Knochenbrecher,* der in den Feuern der Orkschmieden von Kharkush geschmiedet wurde.

Zitat: *»Die Luft der Finstermark wird schwarz vom Rauch unserer Feuer und der Boden rot vom Blut unserer Feinde sein.«*
»Wo ist der Häuptling dieser Woschras? Er gehört mir!«

Khargash Blutbiss
MU 16 **KL** 11 **IN** 13 **CH** 12
FF 13 **GE** 15 **KO** 17 **KK** 17
LeP 46 **AsP** - **KaP** - **INI** 15+1W6
AW 8 **SK** 0 **ZK** 5 **GS** 7
Schip: 3
Vorteile: Biss III, Dunkelsicht I, Kälteresistenz, Natürliche Waffe (Biss), Natürlicher Rüstungsschutz I, Zäher Hund
Nachteile: Blutrausch, Niedrige Seelenkraft, Schlechte Eigenschaft (Aberglaube, Jähzorn)
Allgemeine Sonderfertigkeiten: Anführer, Anpeitscher, Provozieren
Kampfsonderfertigkeiten: Aufmerksamkeit, Belastungsgewöhnung I-II, Berittener Kampf, Finte I-II (Byakka, Knochenbrecher), Hammerschlag (Byakka, Knochenbrecher), Rundumschlag I (Byakka, Knochenbrecher), Sturmangriff (Byakka, Knochenbrecher), Verbeißen (Biss), Vorstoß (Biss, Byakka, Knochenbrecher), Wuchtschlag I-III (Biss, Byakka, Knochenbrecher), Zweihändiger Reiterkampf, Zweihandwaffen-Doppelschlag (Knochenbrecher), Zweihandwaffen-Kampf
Sprachen: Ologhaijan III, Garethi II, Oloarkh II
Biss: AT 18 **PA** 11 **TP** 1W6+6 **RW** kurz
Byakka: AT 18 **PA** 10 **TP** 1W6+9 **RW** mittel
Knochenbrecher (Gruufhai): AT 20 **PA** 9 **TP** 1W6+12 **RW** mittel
RS/BE: 7 / 1 (Orkische Plattenrüstung) (Modifikatoren durch Rüstung bereits eingerechnet)
Talente: Einschüchtern 14, Klettern 8, Körperbeherrschung 13, Kraftakt 15, Kriegskunst 12, Menschenkenntnis 4, Reiten 11, Selbstbeherrschung 9, Sinnesschärfe 8, Überreden 8, Verbergen 5, Willenskraft 5
Kampfverhalten: Khargash sucht in Kämpfen stets die größte Herausforderung. Er provoziert den aus seiner Sicht stärksten Gegner mit wüsten Beschimpfungen und fordert ihn mittels *Provozieren* heraus. Beritten nutzt er die Wendigkeit und Kampfkraft seines Wolfes Schwarzfang und kämpft bevorzugt mit dem Byakka. Zu Fuß verlässt er sich auf seinen Gruufhai. Kämpfe eröffnet Khragash mit einem *Sturmangriff* und kombiniert anschließend Wucht- und Hammerschläge. Gegen mehrere Gegner nutzt er den Rundumschlag.
Flucht: Khargash flieht nur, wenn es strategisch sinnvoll ist. Bei Aussicht auf einen ehrenvollen Tod oder wenn er den Status *Blutrausch* hat, kämpft er bis zum bitteren Ende.
Schmerz +1 **bei:** 35 LeP, 23 LeP, 12 LeP, 5 LeP oder weniger
Sonderregeln: Dank seines Vorteils *Zäher Hund* verfällt Khargash erst in *Blutrausch,* wenn seine LeP unter 24 fallen.

Orkes Stimme:

+ *»Nun, da der Aikar ihm endlich den Befehl zum Angriff gegeben hat, werden die Woschras von Mochthrovak in ihrem eigenen Blut ersaufen.«*
- *»Khargash ist alt und starrsinnig. Sein Ruhm und Blutdurst sind ihm wichtiger als die Pläne des Aikars.«*

Zhorkash Kharguhl

Kurzcharakteristik: Zhorkash (*1021 BF, 1,80 Schritt, blauschwarzes Fell, blutunterlaufene rote Augen, überraschend flink, verachtet Schwäche und die Angst der Menschen vor dem Tod) ist ein hochgewachsener Zholochai aus der im Orkland lebenden Pakoor-Sippe. Ihn umgibt eine düstere und blutige Aura, wozu vor allem sein blauschwarzes Fell, der rotgefärbte Haarkamm, die gnadenlosen, blutroten Augen und seine weißblitzenden Hauer beitragen, welche aus einem – für ihn typischen – spöttischen Grinsen ragen. Er vereint astrale sowie karmale Kräfte in sich – und zeigt so sein Potenzial, einer der größten Hochschamanen der Orks zu sein.

Funktion: Zhorkash übernimmt nach und nach die Rolle eines der einflussreichsten Orks im Umfeld des Aikar. Im ersten Teil der Blutmond-Kampagne tritt er nur als Nebenfigur auf, aber er ist derjenige, der in **Der Tanz der Luchsin** die Feuer von Gruuzash entfacht und damit den letzten Stein in des Aikars Plan ins Rollen bringt.

Hintergrund: Zhorkash wurde in einer Nacht des Roten Mondes geboren, und als Zeichen seiner Erwähltheit gewährte Tairach ihm eine tiefe Verbindung

Zhorkash Kharguhl
MU 14 **KL** 14 **IN** 14 **CH** 15
FF 12 **GE** 15 **KO** 13 **KK** 13
LeP 34 **AsP** 38 **KaP** 30 **INI** 15+1W6
AW 10 **SK** 1 **ZK** 3 **GS** 9
Schip: 3
Vorteile: Biss I, Dunkelsicht I, Flink, Geweihter, Hass auf Menschen, Kälteresistenz, Natürliche Waffe (Biss), Natürlicher Rüstungsschutz I, Zäher Hund, Zauberer
Nachteile: Schlechte Eigenschaft (Jähzorn), Stechender Orkgeruch
Sonderfertigkeiten: Aufmerksamkeit, Bindung der Waffe, Entwaffnen, Festnageln, Finte I, Geisterfetischweihe, Keulenweihe, Kreisende Wurfwaffe, Tradition (Blutkrieger, Tairachschamane), Unbeugsam, Verbessertes Ausweichen II, Vorstoß, Waffen-Apport, Wuchtschlag I, Zu Fall bringen
Sprachen: Ologhaijan III, Oloarkh II, Garethi I, Ogrisch I
Schriften: Kusliker Zeichen
Orkischer Blutspeer: AT 18 **PA** 9 **TP** 1W6+5 **RW** lang
Knochenkeule, mittel: AT 15 **PA** 7 **TP** 1W6+3 **RW** mittel
Opferdolch: AT 16 **PA** 8 **TP** 1W6+3 **RW** kurz
Biss: AT 15 **PA** 8 **TP** 1W6+2 **RW** kurz
RS/BE: 1/0
Talente: Bekehren & Überzeugen 8, Einschüchtern 9, Götter & Kulte (Tairach) 11, Klettern 9, Körperbeherrschung 9, Kraftakt 6, Kriegskunst 5, Magiekunde 10, Menschenkenntnis 9, Reiten 0, Selbstbeherrschung 11, Sinnesschärfe 9, Überreden 6, Verbergen 9, Willenskraft 9
Zauber: Abkühlung, Feuerfinger; Adlerauge 7, Axxeleratus 8, Spurlos 5, Blut trinken 6, Harte Haut 7, Kampffähigkeiten verbessern 5, Schneller Angriff 6, Talentverbesserung 5
Liturgien: Befehl des Schamanen 6, Brazoraghs Krieger 6, Furchteinflößende Tiergeister 5, Freie Seelenfahrt 7, Geisterfalle 7, Gnade des Vergessens 6, Herbeirufung von Tairachs Dienern (Nebelkrähen) 5, Magiesicht 5, Rat der Ahnen 11, Untotenerhebung 7
Kampfverhalten: Zhorkash agiert am liebsten als Einzelkämpfer und konzentriert sich auf sich und seine Opfer. Wenn er die nötige Zeit hat, nutzt er vor einem Kampf AXXELERATUS, HARTE HAUT und BRAZORAGHS KRIEGER. Zu Beginn greift er seine Feinde aus der Ferne mit Kreisende Wurfwaffe an. Im Nahkampf versucht er seine Gegner zu entwaffnen, zu Fall zu bringen und anschließend aufzuspießen.
Flucht: Zhorkash flieht, wenn seine Lebenspunkte unter 15 fallen, mit Hilfe des AXXELERATUS.
Schmerz +1 bei: 26 LeP, 17 LeP, 9 LeP, 5 LeP oder weniger

zur Geisterwelt. Er begab sich furchtlos im Rahmen seiner Karmalqueste in die Erste Welt *Tarrakvash*, in Tairachs Totenreich. Dort wurde ihm sein Lehrmeister offenbart: ein Schamane, der selbst seinen Meister im Totenreich hat. Er fand diesen schließlich nach langer Suche in Aschepelz. Seit einigen Jahren wird Zhorkash von Aschepelz und dessen Meister im Totenreich, dem *Vagabunden*, seinem Schicksal gemäß ausgebildet. Die Gharrachai nennen ihn Tairachs Blutschwinge.

Schicksal: Zhorkash überlebt die Blutmond-Kampagne und wird die Nachfolge von Aschepelz antreten. Tairachs Blutschwinge wird im Verlauf der Zeit der vielversprechendste Anwärter auf den Titel des Tar'olak (Garethi: Meister der Drei Welten), des ranghöchsten Tairachschamanen aller Orks.

Darstellung: Zhorkash erkennt allein Tairach als seine Autorität an. Er ist auch den seinen gegenüber arrogant und toleriert keine Fehler – wer ihm nicht im Hier und Jetzt nützt, wird das später als Untoter oder Geist.

Besonderheiten: Zhorkash trägt neben seiner Knochenkeule und einem Opferdolch die kupferne Mondscheibe und dazu vielerlei Zähne und Knochen seiner Opfer.

Zitat: *»Es sind Woschra, ihre widerliche Feigheit und Schwäche stinken bis hier! Sobald die Nacht hereinbricht, tränken wir den Boden mit ihrem Blut! Opfert im Namen Tairachs und Brazoraghs, und die Harrguhlach werden unter uns sein! Die Götter verlangen Blut, die Geister trinken Blut, wir baden in Blut! Ai Kattach!«*

Orkes Stimme:

+ *»Tairachs Macht pulsiert durch ihn und Tschandrach.«*
– *»Er kommt nicht von hier und gehört nicht hierher. Ein verfluchter Pakoor soll bei uns Harordak werden? Pah!«*

Weitere Orks

Varrak Funkenleser

Kurzcharakteristik: Varrak Funkenleser (erfahrener Graveshpriester, 52, 1,59 Schritt, glänzendes, graues Fell, stechende graue Augen, wirkt stets ruhig und konzentriert) aus dem Stamm der Gharrachai, ist ein meisterlicher Schmied und von Gravesh berührt. Man sagt ihm nach, dass er im Funkenspiel der Esse die Zukunft sehen kann. Er ist nie ohne seine Schmiedeschürze mit den vielen Metallverzierungen oder ohne seinen Schmiedehammer anzutreffen und trägt immer einen selbstgeschmiedeten Stirnreif aus Stahl.

Funktion: Varrak taucht bei den ersten Angriffen in Weiden sowie in den Abenteuern **Die Krähen des Krieges** und **Der Tanz der Luchsin** auf. Er ist Aschepelz' Ein-Ork-Belagerungsmaschine, der Burgtore sprengen kann und die Waffen der Schwarzpelze scharf hält.

Hintergrund: Varrak wurde an den Hängen des Finsterkamms geboren und erinnert sich noch gut an eine Zeit, in der der Vagabund die Gharrachai mit harter Hand führte. Er hat sich ganz und gar dessen Schüler Aschepelz verschrieben, der dem alten Graveshpriester im Gegenzug großes Vertrauen entgegenbringt. Varraks Weihe fand 1011 BF während des *Dritten Orkensturms* im Feuerring von Gruuzash statt, als dessen Hüter er sich mittlerweile begreift. So lebt er die meiste Zeit im Nebelmoor in der Nähe der orkischen Waffenschmiede und versucht durch tiefschürfende Blicke ins Feuer zu ergründen, welche Zukunft diesem Ort bevorsteht.

Schicksal: Varraks Schicksal ist nicht festgelegt, er kann vor Olat zu Tode kommen oder später noch auftauchen. Nach der Blutmond-Kampagne kehrt er jedoch nicht nach Gruuzash zurück, sondern wird durch einen Schüler abgelöst.

Varrak Funkenleser

MU 12 **KL** 13 **IN** 15 **CH** 12
FF 11 **GE** 10 **KO** 12 **KK** 13
LeP 29 **AsP** – **KaP** 35 **INI** 11+1W6
AW 5 **SK** 2 **ZK** 1 **GS** 8
Schip: 1

Vorteile: Geweihter (Gravesh), Mystiker, Natürlicher Rüstungsschutz I

Nachteile: Prinzipientreue II (Graveshkult), Verpflichtungen II (Stammesregeln)

Sonderfertigkeiten: Wuchtschlag I, Geschärfte Klinge (Kupferroter Schleifstein), Graveshs Brandimmunität (Graveshhammer), Graveshs glühende Esse (Graveshhammer), Graveshs Meisterhandwerk (Kupferroter Schleifstein)

Graveshhammer: **AT** 13 **PA** 4 **TP** 1W6+3 **RW** mittel
Raufen: **AT** 11 **PA** 6 **TP** 1W6 **RW** kurz
RS/BE: 1 / 0

Talente: Bekehren & Überzeugen 8, Geschichtswissen 8, Götter & Kulte 9, Körperbeherrschung 6, Kraftakt 8, Metallbearbeitung 12, Sagen & Legenden 10, Selbstbeherrschung 10, Sinnenschärfe 7, Steinbearbeitung 9, Willenskraft 10

Liturgien: Feuerwall 6, Erdbeben 8, Gebieter der Flammen 12, Hauch des Elements 6, Herr der Flammen 9, Objektsegen 10, Objektweihe 4, Steinhaut 7

Zeremonien: Blick in die Flammen

Kampfverhalten: Varrak versucht Nahkämpfe zu vermeiden und unterstützt andere mit seinen karmalen Kräften. Oder aber er legt die Verteidigungsanlagen der Menschen in Schutt und Asche, um den Stammeskriegern den Weg zu ebnen.

Flucht: Varrak flieht, wenn er 2/3 seiner Lebensenergie verloren hat.

Schmerz +1 bei: 22 LeP, 15 LeP, 7 LeP, 5 LeP oder weniger

Ausrüstung: Varraks Schmiedehammer ist mit *Brandimmunität* und *Graveshs Glühender Esse* belegt. Zudem führt er einen Kupferroten Schleifstein mit sich, mit dem er auf *Graveshs Meisterhandwerk* und *Durchdringende Klinge* zurückgreifen kann.

Darstellung: Sprich wenig und wenn, dann äußerst einsilbig und mit rauer Stimme. Halte deine Gesten ebenfalls knapp und halte deinen Blick aufmerksam auf demjenigen, der gerade spricht.
Besonderheiten: Varrak trägt einen geweihten Schmiedehammer und seinen Stirnreif, der mit OBJEKTWEIHE versehen ist.
Zitat: *»Unnütz. Tand! Gravesh mag das nicht.«*

♝ Drasogh Nebelspeer

Kurzcharakteristik: Drasogh Nebelspeer (meisterlicher Jäger und Sumpfläufer, 26, 1,61 Schritt, hellbraunes Fell, wache, rote Augen) ist ein Mokolash, der Ranagh hoch verehrt und glaubt, dass der Wassergott die Mokolash zu größerem Ruhm führen wird – allerdings nur, wenn die Pläne von Aschepelz und dem Aikar Früchte tragen.
Funktion: Drasogh kann in allen Szenarien auftauchen, in denen Mokolash vorkommen oder die im oder am Nebelmoor oder anderen Sümpfen spielen, vor allem in **Der Tanz der Luchsin** (siehe Seite **75**).
Hintergrund: Der Unterhäuptling der Mokolash hat sich früh auf die Seite Aschepelz' und des Aikar gestellt und ist unter seinen Stammesgenossen nicht unumstritten. Er fand den mit Glyphen versehenen Nebelspeer, der ihm seinen Beinamen gab, in den Ruinen der vor über 700 Jahren verlassenen Akademie der Geisteskraft im Nebelmoor und hält ihn für ein Artefakt Ranaghs. Bei den Glyphen handelt es sich um magische Gimaril-Glyphen, die ursprünglich an der Akademie entwickelt wurden. Der magische Nebelspeer hat ihm unter den Seinen Ruhm eingebracht und der Häuptling der Nebelmoor-Mokolash konnte nicht anders, als Drasogh zum Unterhäuptling zu ernennen, eine Position, die der ausnutzt, um Aschepelz bestmöglich zu unterstützen.
Schicksal: Drasogh überlebt die Ereignisse von Teil 1 der Blutmond-Kampagne und wird in Teil 2 erneut auftauchen, wo er versucht, die Orks der Svelltsümpfe gegen die Helden aufzubringen.
Darstellung: Drasogh spricht leise und vergisst eine ihm angetane Schmach niemals. Er versteht es meisterlich, seine eigenen Pläne durch geschicktes Taktieren durchzusetzen.
Besonderheiten: Drasogh führt einen verzauberten Speer, der im Kampf feine Nebelschwaden produziert, sodass Paraden gegen seine Angriffe um –1 erschwert sind.
Zitat: *»Ranagh kann nur dann befreit wirken, wenn wir das Licht des Mondes nicht mit den Glatthäuten teilen müssen!«*

♜ Ugrashak der Schwarze Stier

Kurzcharakteristik: Die Seele des Schamanen *Ugrashak* (*1001 BF, meisterlicher Tairachschamane) lebt im Körper eines riesigen, untoten Steppenrindbullen mit fauligem, schwarzen Pelz und zahlreichen Narben, dessen Augen in schwarzer Glut zu lodern scheinen und aus dessen Nüstern dunkle Atemwolken aufsteigen. Das Stapfen seiner Hufe lässt den Boden erzittern und wenn er brüllt, ist das meilenweit zu hören.
Funktion: Ugrashak ist der Hauptantagonist der Helden in den Szenarien **Des Löwen Wille** und **Die Rache des Stiers**.
Hintergrund: Ugrashak ist der Tairachschamane, der im *Vierten Orkensturm* die Feuer von Gruuzash entzündete und zusammen mit den Girikh einen Großangriff auf den *Rhodenstein* führte, den Hauptsitz des rondrianischen Ordens zur Wahrung. Abtmarschall ♝ *Brin von Rhodenstein* gelang es zwar, Ugrashak zu stellen und zu besiegen, doch kurz bevor er den Ork erschlagen konnte, riss sich dieser seine Seele aus dem Körper und bannte sie in den Kadaver eines toten Stiers. Seither streift er durch die Wälder Weidens und sucht einen Weg, sich an Brin zu rächen, und einen neuen Wirt für seine Seele.
Schicksal: Ugrashak überlebt **Die Rache des Stiers** nicht.
Darstellung: Genieße, wie deine unnatürliche Gestalt Angst und Schrecken verbreitet. Bewege dich immer gemessen – außer, du hast einen Gegner im Kampfesrausch an den Rand des Todes getrieben.
Werte: Ugrashaks Werte verändern sich deutlich zwischen den beiden Szenarien. Du findest die zugehörigen Wertekästen auf Seite **65** und Seite **110**.

Drasogh Nebelspeer
MU 12 **KL** 11 **IN** 14 **CH** 10
FF 15 **GE** 14 **KO** 14 **KK** 12
LeP 36 **AsP** - **KaP** - **INI** 13
AW 7 **SK** -1 **ZK** 3 **GS** 8
Vorteile: Biss I, Dunkelsicht I, Kälteresistenz, Natürlich Waffe (Biss), Natürlicher Rüstungsschutz I, Zäher Hund
Nachteile: Niedrige Seelenkraft, Schlechte Eigenschaften (Aberglaube, Rachsucht)
Sonderfertigkeiten: Sumpfkundig, Verbessertes Ausweichen
Dolch: AT 11 **PA** 7 **TP** 1W6+1 **RW** kurz
Speer: AT 16 **PA** 9 **TP** 1W6+4 **RW** lang
Raufen: AT 13 **PA** 8 **TP** 1W6 **RW** kurz
Kurzbogen: FK 17 **LZ** 0 (1) Akt **TP** 1W6+4 **RW** 10/50/80
RS/BE: 1 / 0
Talente: Boote & Schiffe 10, Fährtensuchen 15, Fesseln 8, Fischen & Angeln 10, Klettern 6, Körperbeherrschung 12, Kraftakt 6, Orientierung 13, Schwimmen 12, Selbstbeherrschung 8, Sinnenschärfe 12, Tierkunde 8, Verbergen 12, Wildnisleben 15
Kampfverhalten: Drasogh kämpft am liebsten aus dem Hinterhalt. Im Nahkampf setzt er auf schnelle Stiche mit dem Speer.
Flucht: Drasogh flieht, wenn er die Hälfte seiner Lebensenergie verloren hat.
Schmerz +1 bei: 27 LeP, 18 LeP, 9 LeP,5 LeP oder weniger
Sonderregeln: Mit dem Nebelspeer kann Drasogh 1x pro Woche einen magischen Effekt auslösen, der einen magischen Nebel ähnlich dem Zauber NEBELWAND erschafft, der für alle außer dem Träger des Speers einen Sichtmodifikator der Stufe 2 verursacht.

Menschen unter dem Blutmond

♟ Walpurga von Löwenhaupt, Herzogin Weidens

Kurzcharakteristik: Die Herzogin Weidens (*990 BF) ist kampfgestählt, aber auch gezeichnet. Mit 1,91 Schritt ist sie von stattlicher Größe, ihr Gesicht ist scharf geschnitten, mit einer starken Nase, einem eigensinnigen Kinn und den für Angehörige des Hauses von Löwenhaupt so typischen, hellblauen Augen. Die langen, hellblonden Haare werden mittlerweile von grauen Strähnen geziert und sie trägt sie bevorzugt in praktischen Flechtfrisuren. Als Ritterin alter Schule ist Walpurga im Grunde stets gerüstet sowie im Wappenrock und mit gegürtetem Schwert anzutreffen, selten nur ohne den Zweihänder *Windsturm*.

Funktion: Als Herrscherin Weidens hält sie den Kriegszug für falsch, will aber dafür sorgen, dass Arlan, ihr Sohn und Erbe, möglichst unbeschadet zurückkehrt. Sie stellt es ihren Vasallen daher frei, den Schwertzug zu begleiten, solange sie nicht die Heldentrutz oder den Westen Bärwaldes verteidigen müssen. Walpurga taucht vor allem im Szenario **Das Brüllen des Bären** auf.

Hintergrund: Walpurga ist eine durch und durch aufrechte und ehrenhafte Frau und geht der Weidener Ritterschaft mit leuchtendem Beispiel voran. Auch an Mut mangelt es ihr nicht, allerdings handelt sie heute deutlich besonnener als noch vor 20 oder gar 30 Jahren und geht keine unnötigen Risiken mehr ein. Die Vergangenheit hat sie gelehrt, dass es manchmal besser ist, Konflikte zu vermeiden und nach friedlichen Lösungen zu suchen. Da es unter ihren Vasallen viele gibt, die gerne mit dem Kopf durch die Wand gehen, trifft diese Haltung in Weiden allerdings nicht überall auf Verständnis. Nach allem, was sie in der Vergangenheit durchgemacht hat, darf man sie heute bis zu einem gewissen Grad als kriegsmüde bezeichnen, was in den Schildlanden eine durchaus umstrittene Eigenschaft für eine Herrscherin darstellt.

Schicksal: Walpurga begleitet den Schwertzug nicht und überlebt die Kampagne unbeschadet.

Darstellung: Die Züge der Löwenhaupterin werden meist von einem stolzen, aber dennoch freundlichen Ausdruck beherrscht. Die Herzogin wirkt heutzutage mitunter fast gütig und viel nachgiebiger, als es früher der Fall war. Davon sollte man sich aber nicht allzu sehr in die Irre leiten lassen: Wenn jemand ihr allzu respektlos begegnet, kann ihr Temperament unter ungünstigen Umständen zu alter Höhe aufflammen.

Wichtige Werte: MU 16, KL 13, IN 14, CH 15, KK 16, Geschichtswissen (Weiden) 8 (10), Kriegskunst 15, Sagen & Legenden (Weiden) 10 (12), Willenskraft 14, viele Kampfsonderfertigkeiten

Zitat: *»Rondrasdonnerhall! Ihr vergesst zu denken, Herr Ritter, lasst das Schwert stecken und hört euch erst einmal an, was der Späher zu berichten weiß.«*

Volkes Stimme:

+ *»Die Herzogin ist wie eine Mutter: gütig, wenn es Güte bedarf, und unnachgiebig, wenn es starke Führung braucht.«*
– *»Seit sie die Walpurgensbotschaft überbringen musste, zaudert sie zu sehr. Sie sollte sich besinnen und die Bärenkrone an ihren Sohn übergeben, der das Blitzen eines Schwerts zu schätzen weiß.«*

♟ Arlan von Löwenhaupt

Kurzcharakteristik: *1016 BF, 1,97 Schritt, kurze blonde Locken, hellblaue Augen, muskulös, markante Nase; brillanter Ritter, ehrenhaft, aufrichtig und frei von Dünkel, aber auch aufbrausend, stur und mit einem ungesunden Maß an Wagemut ausgestattet.

Motivation: Arlan verachtet Orks, anders als ♟ *Brin von Rhodenstein* und ♟ *Emmeran von Löwenhaupt* geht es ihm aber nicht darum, sie zu vernichten. Vielmehr will er den Erbfeind mit einem entscheidenden Schlag sowie dem Tod des Aikar Brazoragh in die Knie zwingen, damit er so bald nicht wieder auf die Füße kommt. Er will einen länger anhaltenden Frieden für Weiden erstreiten – und Ruhm an seinen Schild heften, auf dass er von Barden besungen werde, wie sein Großvater ✾ *Waldemar der Bär*.

Agenda: Das abwartende Verhalten seiner Mutter Walpurga kann Arlan kaum ertragen: Er will für sich und das Herzogtum selbst die Schlachtfelder wählen, auf denen sich das Schicksal entscheidet. Zudem fürchtet er, dass der Schild des Reiches ohne Hilfe nicht lange standhalten kann. Als Held eines gerechten Kriegszugs will er seinen Wert vor sich selbst, Rondra und der Welt beweisen.

Funktion: Arlan ist nicht der erfahrenste der drei Heerführer, aber derjenige, der den Kriegszug ausruft und zu dessen Galionsfigur wird. Die Helden begegnen ihm und werden wahrscheinlich in den Stab seiner Berater aufgenommen.

Hintergrund: Die Schrecken des Krieges hat der Prinz schon als Kind kennengelernt: Vater und Großvater fielen im Kampf gegen Borbarad, seine Mutter kehrte verändert heim, er selbst geriet kurz darauf in Gefangenschaft und erlebte später, wie Teile Weidens im *Vierten Orkensturm* verheert wurden. Das alles hat seinen Kampfesmut aber nicht geschmälert, sondern dafür gesorgt, dass er umso entschiedener für seine Interessen streitet. Knappe war Arlan bei ♟ *Aldare VIII. Donnerhall*, der Metropolitin der Senne Nord der Rondrakirche. Selbst in der rondranahen Ritterschaft Weidens ist sein Verständnis von Ehre, Kampf, Schutz und Verantwortung beispielhaft. Der Begriff „Schild des Reiches“ ist für ihn keine leere Hülse, er sieht diese Aufgabe als die heilige Pflicht seiner Familie. Der Prinz ist ein leidenschaftlicher Mann mit Neigung zum Schwärmerischen – Eigenschaften, die seiner nüchternen Mutter Sorgen bereiten und die er von seinem musisch begabten Vater, ✾ *Dietrad von*

Ehrenstein geerbt hat, dem jüngeren Bruder des zweiten Ehemanns seiner Mutter, des tobrischen Herzogs *Bernfried von Ehrenstein.*

Schicksal: Arlan überlebt und hat weitere Auftritte in der Kampagne während des Schwertzuges.

Darstellung: Der Prinz hält die ritterlichen Tugenden in hohen Ehren, ist den Menschen zugewandt und hat ein einnehmendes Wesen. Zuversicht wie Selbstbewusstsein sind bei ihm sehr ausgeprägt und sein Idealismus überschreitet des Öfteren die Grenze zur Naivität. Kampf sieht Arlan als legitimes Mittel zur Lösung vieler Probleme und greift daher schnell zur Waffe. Untätigkeit ist ihm zuwider: Er begibt sich lieber blind in Gefahr, als abzuwarten und abzuwägen.

Wichtige Werte: Bekehren & Überzeugen 9 (17/11/14), Etikette 11 (11/13/14), Rechtskunde 7 (11/11/13), Kriegskunst 12 (17/11/13), Körperbeherrschung 15 (15/15/15), Reiten 14 (14/15/16), Sagen & Legenden 12 (11/11/13), Selbstbeherrschung 10 (17/17/15), Sinnesschärfe 7 (11/13/13), Willenskraft 12 (17/13/14) Zweihandschwerter 17, SK 2, LeP 43

Zitat: *»Wir sind die Wacht im Norden, der Schild des Reiches. Uns wurde aufgetragen, für seinen Schutz zu sorgen. Und wenn wir zum Schwert werden müssen, um dieses Ziel zu erreichen, soll uns das nicht schrecken, sondern Pflicht und Ehre zugleich sein.«*

Volkes Stimme:

+ *»Der Prinz hat das Herz am rechten Fleck und einen starken Schwertarm – er wird ein großartiger Herrscher, wie einst der Bär von Weiden.«*
– *»Er sollte mit dem Kopf statt mit seinem Bauch denken, so wie es seine Mutter tut. Sonst führt er uns eines Tages noch alle in den Untergang.«*

Walderia von Löwenhaupt

Kurzcharakteristik: Man sieht der vormaligen Gräfin Bärwaldes (*956 BF, legendäre Lehnsherrin und Sagenkennerin, kompetente Kriegsherrin) ihr hohes Alter an: Altersschlank und gebeugt von Statur, trägt sie ihre weißen Haare zu einem Rad geflochten, aber die wachen graublauen Augen der 90-Jährigen zeigen immer noch einen unbeugsamen, scharfen Verstand.

Funktion: Walderia ist die perfekte Auftraggeberin für die meisten Szenarien, weil sie vehement gegen die Schwarzpelze kämpft. Sie ist die zentrale Protagonistin in **Der Tanz der Luchsin**.

Hintergrund: Wie ein Leuchtfeuer residiert die belesene Altgräfin auf Olats Feste und verfolgt akribisch Spuren und Hinweise aus der Vergangenheit, um Weiden vor den Gefahren aus dem Nebelmoor und dem Finsterkamm zu schützen. Walderia hat die Geschicke der Region als Herrscherin beinahe 60 Jahre lang geprägt. Immer noch hängt ihr die Liebschaft mit dem Schwertkönig Raidri Conchobair nach und viele spötteln über ihre Liebe zu alten Märchen und Sagen, aber Walderia folgt ihrem Weg unbeirrt und kann beinahe überall Gefälligkeiten einfordern.

Schicksal: Walderia stirbt durch die Hand von Aschepelz in **Der Tanz der Luchsin**.

Darstellung: Walderia spricht für gewöhnlich sanft und leise. Sie hört aufmerksam zu. Ihre Umgebung versucht, der alten Dame jeden Wunsch von den Augen abzulesen. Eine sanfte Bitte der alten Löwenhaupt wird von vielen wie ein unumstößlicher Befehl ausgeführt. Die Orks fürchten die Altgräfin wie einen leibhaftigen Alptraum, denn es gibt keinen lebenden Schwarzpelz, der sich nicht bewusst ist, dass diese

Menschenfrau ihnen bereits seit sechs Generationen trotzt. Daher haben sie ihr den Namen *Mondmahr* gegeben.

Werte: KL 17, IN 16, CH 15, Geschichtswissen (Weiden) 15 (17), Sagen & Legenden 15 (17)

Zitat: *»Es braucht Verstand und Unbeirrbarkeit, um aus der Vergangenheit zu lernen.«*

Volkes Stimme:

+ *»Niemand kennt die Sagen und Geschichten der Gegend so wie die alte Gräfin.«*
- *»Die alte Träumerin sollte sich endlich den Gefahren des Hier und Jetzt zuwenden.«*

Gwynna die Hex'

Kurzcharakteristik: Gwynna die Hex' (*825 BF, brillante Hexe und Hellseherin, erfahrene Artefaktherstellerin) ist eine kleine, schmale Person. Die wilden Locken der Ewigen Prinzessin sind flammend rot, ihre Augen jadegrün und die Züge so fein, als wären sie von einem begnadeten Steinmetz gemeißelt worden. Sie kleidet sich gern in recht opulente, teuer aussehende Gewänder, Eitelkeit ist ihr nicht fremd. Gwynna ist für ihren intensiven Blick berüchtigt, der tiefer geht, als es ihren Mitmenschen lieb ist. Ihre Ratschläge gibt sie mit sanfter, säuselnder Stimme, kühl und unnachgiebig, aber doch irgendwie vertrauenerweckend.

Funktion: Gwynna handelt fast nur aus dem Hintergrund und dient dazu, den Helden die Möglichkeit zu geben, einige der Abenteuer mitzuerleben. Wie sie in die Geschehnisse eingreift, wird in den Kästen beschrieben, die mit der Überschrift **Die Gwynna-Option** gekennzeichnet sind. Sie stellt für Walderia den Dolch her, den diese gegen Aschepelz einsetzt, und taucht in Persona in **Das Brüllen des Bären** auf.

Hintergrund: Viele Geheimnisse ranken sich um die scheinbar alterslose Frau, die eine der engsten Vertrauten von Herzogin Walpurga ist und bereits Waldemar dem Bären mit Rat und Tat zur Seite stand. Die bekannteste Vermutung zu ihrer Herkunft geht davon aus, dass es sich bei Gwynna um eine Weidener Prinzessin handelt, die bereits vor rund 200 Götterläufen geboren wurde. In Weiden weiß jedes Kind, dass sie eine Hexe ist, und ihre Vertraute, eine Pechnatter, den Namen *Nyssara* trägt. In ihrem langen Leben hatte Gwynna genug Zeit, sich zu einer vielseitigen Zauberin mit zahlreichen herausragenden Fertigkeiten zu entwickeln. Sie ist heute eine der einflussreichsten und wohl auch mächtigsten Töchter Satuarias des aventurischen Nordens, hat jedoch wenig Sendungsbewusstsein und wird daher viel weniger als andere Schwestern wahrgenommen.

Schicksal: Gwynna begleitet den Heerzug nicht und überlebt die Kampagne unbeschadet.

Darstellung: Gwynna gibt sich gerne geheimnisvoll und taucht immer wieder aus den Schatten auf, das Gesicht von einer dunklen Kapuze beschattet. Die Hex' redet gerne in Rätseln und zögert nie, ihre Gefühle auch lautstark zu äußern – vor allem ihr Missfallen.

Wichtige Werte: MU 16, KL 17, IN 20, CH 21, AsP 70, Geschichtswissen (Weiden) 13 (15), Sagen & Legenden (Weiden) 15 (17), Magiekunde 16, Sphärenkunde 14, Sternkunde 15, viele Zauber mit der Verbreitung Hexen auf 16+

Zitat: *»Die Wasser wispern von einer unerfreulichen Wendung der Dinge. Und es ist bei Weitem nicht deutlich, wie unerfreulich sie werden wird. Fatas Seiten sind störrisch in diesem Fall.«*

Volkes Stimme:

+ *»Einen Rat der Hexe lässt du besser nicht unbeachtet – sie hört viel im Rauschen des Windes und im Plätschern des Wassers. Und selbst wenn du nicht schlau aus ihrer Rede wirst: Folge ihren Worten.«*
- *»Diese Hexe soll sich aus den Belangen der Herzogin heraushalten. Alles hirnerweichender Blödsinn, was sie vor sich hinstammelt.«*

Irmenella von Wertlingen, Markgräfin Greifenfurts

Kurzcharakteristik: Die *Greifin* (*999 BF, kompetente Landesherrin), wie die Markgräfin weithin genannt wird, ist frühzeitig ergraut und ihr hübsches Gesicht wird, vor allem um die wachen grünen Augen, von vielen Altersfältchen gezeichnet. Schon in jungen Jahren wurde sie zur Markgräfin ernannt, jedoch lange bevormundet und hat erst nach und nach die Regierungsgeschäfte selbst übernommen. Heute muss ihr aber sogar der starrsinnige Adel der Mark attestieren, dass sie zu einer umsichtigen Herrscherin geworden ist.

Funktion: Als Herrscherin der Markgrafschaft Greifenfurt entscheidet sie, wer von ihren Vasallen den Schwertzug begleitet. Sie befürwortet das Vorhaben von ganzem Herzen. Irmenella taucht vor allem im Szenario **Das Brüllen des Bären** auf.

Hintergrund: In ihrem Leben musste Irmenella viele herbe Tiefschläge einstecken, die sie beinahe gebrochen hätten, so dass sie manchmal selbst an ihrem Verstand zweifelte. Vor allem der Tod ihres Erstgeborenen ☠ *Ulfried Halmdahl* bei der Schlacht am Stein im Jahre 1034 BF war für sie kaum zu ertragen. Dass sie bestrebt ist, eine möglichst große, harmonische Familie aufzubauen, verstellt manchem den Blick auf den klaren Verstand und starken Willen der Markgräfin – die Märker sehen Irmenella gerne als Mutter der Provinz.

Allein gegenüber den Orks hegt Irmenella abgrundtiefen und beinahe selbstzerstörerischen Hass: Sie wurde selbst von Schwarzpelzen entführt, ihre Stadt wurde mehrfach von Orks belagert und verwüstet, und Gefolgsleute, denen sie ihr Vertrauen schenkte, belohnten das Vertrauen mit Verrat. Sie dienten sich den Orks an – allen voran der damalige Meister der Mark und einige seiner Vertrauten, die die Seele eines uralten Orkschamanen in den Körper des Erbprinzen gebannt hatten, und dessen Seele dafür in den Körper der Greifin.

Schicksal: Irmenella begleitet den Schwertzug nicht und überlebt die Kampagne unbeschadet.

Darstellung: Die Greifin ist auf den ersten Blick zurückhaltend und nachgiebig, doch verbirgt sich hinter dieser Fassade ein beträchtlicher Ehrgeiz, für sich und ihr Land das Beste zu erreichen. Irmenellas Weg zum Ziel sind Diplomatie und politisches Geschick. Und sie hat einen langen Atem, denn vorrangig will sie erreichen, dass Greifenfurt wieder zu einer Landgrafschaft wird, unter der Herrschaft des Hauses von Wertlingen.

Wichtige Werte: MU 14, KL 15, IN 15, CH 15, Bekehren & Überzeugen 15, Etikette 15, Menschenkenntnis 14, Überreden 15, Willenskraft 13, SF Hofzeremoniell, Staatskunst

Zitat: *»So sehr wir den Frieden brauchen, kann unser Land nur gedeihen, wenn der verruchte Schwarzpelz bezwungen ist. Bitter haben wir lernen müssen, in welches Unheil Untätigkeit führt.«*

Volkes Stimme:

+ *»Auch wenn ihre Worte weich klingen, verfolgt sie mit der Härte eines Adamanten ihre Ziele.«*
– *»Ihre wirren Gedanken vermag nicht einmal ihr eigener Meister der Mark nachzuvollziehen.«*

Emmeran von Löwenhaupt, Graf der Heldentrutz

Kurzcharakteristik: Der Graf der Heldentrutz, Emmeran von Löwenhaupt (*981 BF, schulterlange, dunkelblonde Haare, wasserblaue Augen, stattlich gebaut, meisterlicher Ritter), vertritt ein konservatives Rittertum und begreift den Schutz seiner Untertanen als wichtige Aufgabe. Weil er dabei fromm und standhaft ist, achten ihn die meisten Heldentrutzer.

Funktion: Emmeran ist der Graf der Heldentrutz und einer der lautstärksten Befürworter des Schwertzugs. Er taucht in Persona in **Das Brüllen des Bären** und **Das Hecheln der Meute** auf.

Hintergrund: Er unterhält sich gern mit ausgedehnten Jagdritten in Gesellschaft Gleichgestellter oder unternimmt mit seinen Rittern Erkundungsexpeditionen in die Weiten seines Lehens, und lässt daher den Baronen und Vögten weitgehend freie Hand beim Regieren. Zu einfachen Leuten hat er nur selten Kontakt und kann sich kaum zu freundlichen Gesten durchringen. Er hat auch kein Gespür für die Sorgen seines Volkes, sieht sich selbst aber dennoch als fürsorglichen und kampfstarken Landesvater. Den Grafentitel hat er maßgeblich seiner Base Herzogin *Walpurga von Löwenhaupt* zu verdanken, der er stets treu zur Seite steht, auch wenn beide häufig unterschiedlicher Meinung sind und Emmeran gern eigene Entscheidungen trifft.

Schicksal: Emmeran begleitet den Schwertzug und kommt dabei zu Tode.

Darstellung: Emmeran ist polterig und direkt. Für Untergebene hat er kein besonderes Händchen, sondern beschäftigt sich lieber mit Gleichgestellten.

Wichtige Werte: MU 14, KL 12, IN 13, CH 12, Willenskraft 12

Zitat: *»Orkendreck und Goblinklöten! Warum ist das nicht längst erledigt?«*

Volkes Stimme:

+ *»Wenn er sagt, dass etwas getan wird, dann wird es auch genauso geschehen.«*
– *»Sein Jähzorn wird ihn eines Tages zu Fall bringen.«*

Asa Gwinfrieda von Eisslingern, Wachtvögtin Greifenfurts

Kurzcharakteristik: *1023 BF, hochgewachsen und drahtig, blondes Haar, meist streng zum Zopf gebunden, graublaue Augen, die ernst oder spöttisch blitzen können, stets akkurat ausgerüstet; brillante Kriegerin

Motivation: Asa sucht die Anerkennung anderer Soldaten und Adliger für ihre Führungsstärke. Ihr Ziel ist es, den Rang, der ihr durch den Ausfall ihres Vorgängers zufiel, dauerhaft zu behaupten.

Agenda: Sie will Ordnung und Disziplin in den Reihen der Grenzreiter sichern, ihre Männer und Frauen gegen die Orks zusammenhalten und das Vertrauen der Markgräfin *Irmenella von Wertlingen* festigen. Der Kampf gegen den Schwarzpelz ist ihr aber nicht nur Mittel zum Zweck. Sie sieht es als Ehre an, zur Verteidigung der Greifenfurter gegen den Erbfeind an derart verantwortungsvoller Stelle beizutragen.

Funktion: Als Wachtvögtin befehligt sie die Greifenfurter Finsterwacht und tritt als Verbündete und Auftraggeberin für die Helden auf. Sie kann Befehle und Unterstützung geben, erwartet aber Disziplin. Als Stimme seiner militärischen Schlagkraft verkörpert sie Greifenfurts Wehrhaftigkeit und dient als Bindeglied zwischen Helden und Obrigkeit.

Hintergrund: Asa übernahm die Führung, als *Bernwart von Schattenstein* schwer verwundet wurde. Aus der

Notlösung wurde eine dauerhafte Ernennung. Ihre Ordnungsliebe und ihr Eifer brachten ihr das Vertrauen der Markgräfin, doch ihre kantige Art stößt ältere Offiziere bisweilen vor den Kopf. Abseits des Dienstes sucht sie Ausgleich in leidenschaftlichen, aber geheimen Liebschaften.
Schicksal: Asa überlebt dieses Abenteuer und wird im weiteren Verlauf der Kampagne als Anführerin der Greifenfurter Truppen in Erscheinung treten.
Darstellung: Asa spricht scharf und direkt, gibt Befehle kurz und präzise. Wer ihren Ansprüchen genügt, kann sie als kameradschaftlich und sogar scherzhaft erleben. Ihre Gestik bleibt aber stets kontrolliert, nur selten verliert sie sich in ungestümen Bewegungen.

Zitat: *»Disziplin ist unser Schild – wer ihn sinken lässt, braucht nicht an meiner Seite zu reiten!«*
Volkes Stimme:
+ *»Sie hat den Mut, den wir in diesen Tagen brauchen – und sie stellt sich immer an unsere Seite.«*
– *»Wer so jung so viel Einfluss hat, kann schnell übermütig werden und uns alle ins Unglück stürzen.«*

Brin Lirondiyan von Rhodenstein, Abtmarschall des Ordens zur Wahrung

Kurzcharakteristik: Brin von Rhodenstein (*995 BF, brillanter Rondrageweihter und Ordensführer) hat sich ein erstaunlich vitales Aussehen bewahrt: Das rote Haar ist nach wie vor voll und weist kaum grauen Strähnen auf. In seinen grünen Augen brennt ein Feuer, das auf Lebensmut und -kraft schließen lässt. Die Züge des Abtmarschalls sind mit der Zeit härter geworden und um Augen wie Mund herum können aufmerksame Beobachter kleine Fältchen erkennen.
Funktion: Brin ist einer der Heerführer des Schwertzuges und kann als Anlaufstelle dienen, um Informationen oder Hilfe in Anspruch zu nehmen. Ebenso gut kann er Auftraggeber in Erscheinung treten. Er ist in **Des Löwen Wille** und in **Das Brüllen des Bären** anzutreffen.
Hintergrund: Als Novize des umstrittenen Schwerts der Schwerter *Dragosch Aldêwin von Sichelhofen* hatte Brin mit großen Vorurteilen und Hindernissen zu kämpfen. Dennoch gelang es ihm, seinen Ruf reinzuwaschen und zum Abtmarschall der Rhodensteiner sowie zum Meister des Bundes des mittlerweile aufgelösten Dominiums Orkenwehr und der Senne Mittellande aufzusteigen. Seinen Titel als Sennenmeister hat er niedergelegt, um sich auf seine Aufgabe als Abtmarschall zu konzentrieren.
Brin neigt in seiner Auslegung der Ordenspflichten dazu, der Orkenwehr eine höhere Priorität einzuräumen als der Bewahrung rondragefälliger Taten. Durch diese Haltung stößt er immer wieder auf Widerstand in den

Asa Gwinfrieda von Eisslingern
MU 15 **KL** 12 **IN** 12 **CH** 14
FF 11 **GE** 16 **KO** 15 **KK** 15
LeP 41 **AsP** - **KaP** - **INI** 16+1W6
AW 8 **SK** 2 **ZK** 3 **GS** 8
Schip: 3
Vorteile: Adel I, Hohe Lebenskraft IV, Waffenbegabung (Schwerter), Zäher Hund
Nachteile: Jähzorn, Verpflichtungen II (Markgrafschaft Greifenfurt)
Sonderfertigkeiten: Anführer, Berittener Kampf, Belastungsgewöhnung I-II, Einhändiger Kampf, Finte I-II, Formation, Heraldik, Kunstreiten, Fertigkeitsspezialisierung Reiten (Kampfmanöver), Schmerzen unterdrücken, Wuchtschlag I-II
Sprachen: Garethi III, Bosparano I, Oloarkh II
Schriften: Kusliker Zeichen
Langschwert: **AT** 19 **PA** 11
TP 1W6+6 **RW** mittel
Waffenlos: **AT** 15 **PA** 9
TP 1W6+1 **RW** kurz
RS/BE: 4 / 0
Talente: Einschüchtern 10, Etikette 9, Fährtensuchen 8, Körperbeherrschung 10, Kriegskunst 15, Reiten 15, Selbstbeherrschung 7, Tierkunde 10, Überreden 9, Wildnisleben 7, Willenskraft 9,
Kampfverhalten: Asa kämpft bevorzugt vom Sattel aus, schont weder sich noch ihr Pferd und prescht brutal in die Reihen ihrer Gegner. Im Nahkampf setzt sie auf *Wuchtschläge* und *Finten*, um den Feind unter massiven Druck zu setzen.
Flucht: Asa flieht erst beim Verlust von 75 % ihrer LeP.
Schmerz +1 bei: 31 LeP, 21 LeP, 11 LeP, 5 oder weniger

eigenen Reihen. Brin hegt eine persönliche Fehde mit ♜ *Ugrashak*, den er unbedingt zur Strecke bringen will.

Schicksal: Brin wird im Laufe der Kampagne sein Amt als Abtmarschall des Ordens zur Wahrung vom Rhodenstein niederlegen und in der Funktion des Heermeisters des Ordens als einer der drei Heerführer des Schwertzugs diesen begleiten. Er überlebt das Ende der Kampagne nicht.

Darstellung: Je nach Gemütslage handelt Brin pragmatisch und aufbrausend oder melancholisch und nachdenklich. Der Abtmarschall ist heute deutlich weniger impulsiv als in jungen Jahren, verfügt aber immer noch über ein Temperament, das seiner stürmischen Herrin sehr zum Gefallen sein dürfte. Er ist mit den Jahren zu einem nachdenklichen, umsichtigen Geweihten gereift und noch dazu ein exzellenter Stratege.

Wichtige Werte: MU 17, IN 15, GE 15, KO 15, KK 17, Finte II, Belastungsgewöhnung II, Kampfreflexe II, Meisterparade, Rundumschlag II, Sturmangriff, Wuchtschlag III, Zweihandwaffen-Doppelschlag, Zweihandwaffen-Kampf, viele Liturgien mit der Verbreitung Rondrakirche 14+

Zitat: *»Rondra, die Herrin der Stürme, hat uns mehr aufgegeben, als über Taten zu berichten. Sie hat uns auch zu ihren Schwertern gemacht, die diese Taten vollbringen sollen.«*

Volkes Stimme:

+ *»Er hat nicht nur das Herz am rechten Fleck, er weiß auch ganz genau, wie man mit dem Ork umzugehen hat – ihn Rondras Schwert kosten lassen!«*
– *»Es ist zu viel Ehrgeiz in ihm, zu noch größerem Ruhm aufzusteigen. Er sollte sich besser auf die Tugenden seines Ordens besinnen und sich nicht in Dinge einmischen, die der Adel zu entscheiden hat.«*

♝ Halgan von Hirschenborn, Wachtgraf der Finsterwacht

Kurzcharakteristik: Halgan von Hirschenborn (*989 BF, meisterlicher Ritter und Heerführer) ist ein kräftiger Mann von 1,79 Schritt und kompakter Statur. Sein Körper ist von den jahrelangen Kämpfen gegen die Orks gestählt und von der einen oder anderen Narbe gezeichnet. Sein kantiges, von blonden schulterlangen Haaren eingerahmtes Gesicht ist stets glattrasiert. Seine Augen sind klar und von charmanter Güte, der sich niemand so recht entziehen kann.

Funktion: Halgan ist als Wachtgraf der Oberbefehlshaber der Weidener Finsterwacht. Er kann als Auftraggeber für die Helden auftreten, um in verschiedene Szenarien oder Zwischenepisoden einzusteigen. Er ist der Protagonist in **Der Ruf des Hirsches**.

Hintergrund: Der Wachtgraf ist Absolvent der Kriegerakademie Schwert und Schild zu Baliho, weswegen mancher Adlige auf ihn herabsieht. Das ändert aber nichts an seiner Verbundenheit zu rondrianischen Tugenden oder daran, dass er sich auf zahlreichen Schlachtfeldern seine Sporen verdiente und von Herzog Waldemar selbst zum Ritter geschlagen wurde.

Schicksal: Halgan von Hirschenborn stirbt in **Der Ruf des Hirsches**.

Darstellung: Halgan ist Heermeister der Heldentrutz und weiß genau, dass seine Wacht einem echten Orkensturm kaum gewachsen ist. Er lässt sich davon aber nicht aus der Ruhe bringen, sondern vertraut darauf, dass in die Ecke gedrängte Weidener götterfürchtig bis zum letzten Atemzug streiten werden. Bis dahin plant er genau und organisiert, was eben möglich ist. Seine absolute Furchtlosigkeit, gepaart mit seiner gütigen und ehrlichen Art, versichert ihm die Loyalität seiner Ritter und Kämpferinnen, die für Halgan jederzeit in den Finsterkamm ziehen würden.

Wichtige Werte: siehe *meisterlicher Wachtritter* auf Seite **126**

Zitat: *»Ihr täuscht Euch. Verzweifelte gewinnen häufiger Schlachten, als man annimmt.«*

Volkes Stimme:

+ *»Wo das Wappen des Hirschenborners weht, geht kein Scharmützel verloren!«*
– *»Er schwingt nur große Reden, wo sind denn die Kettenhemden, die er uns versprochen hat?«*

Tahir Chadizirat al'Meretin ay Khunchom, Mystiker und Siegelmeister im Orden zur Wahrung vom Rhodenstein

Kurzcharakteristik: Hinter dem Rondrageweihten Tahir verbirgt sich niemand geringeres als die legendäre Magierin Nahema ai Tamerlein (*unbekannt, wirkt wie 30, 1,72 Schritt, schwarzes Haar, meist zu einem Eslamszopf gebunden, braune Augen, glattrasiert, ruhige Ausstrahlung), siehe **Aventurischer Almanach** Seite **208**. In ihrer Rolle als tulamidischer Mystiker der Rondrakirche im Orden zur Wahrung steht sie den Helden als Kenner der orkischen Kriegszüge der letzten Jahrhunderte und als Experte für orkische Relikte zur Seite.

Besonderheit: Bei Nahemas Tarnnamen *Tahir al'Meretin* handelt es sich, wie bei allen ihren falschen Identitäten, um ein Anagramm von *Nahema ai Tamerlein*, eine Angewohnheit, die sie einfach nicht ablegen kann. In diesem Fall erschwert jedoch der Weihename ihres Khunchomers Chadizirat (tul.: Eiserne Voraussicht) ein zu schnelles Entschlüsseln. Bei der Klinge handelt es sich in der Tat um eine rondrageweihte Klinge. Die brillante Magierin hat den *Bann des Eisens* schon vor Jahrhunderten überwunden und trägt wie ihre Ordensgeschwister ein Kettenhemd.

Motivation: Nahema hat durch eines ihrer Schwarzen Augen eine vage Vorstellung von dem sphärendurchdringenden Ritual, das der Aikar plant. Dass er sich dadurch die Wiedererlangung der Primärliturgie Brazoraghs erhofft, ahnt sie lediglich, dennoch will sie sich das Spektakel nicht entgehen lassen. Von Tairachs Plan und der Falle, in die der Schwertzug der Menschen im Orkland geraten wird, ahnt sie jedoch nichts.

Agenda: Sie plant den Schwertzug der Menschen bis zu dessen Ende zu begleiten und das Ritual des Aikars zu studieren und zu verstehen. Sie hat kein Interesse daran, die Menschen untergehen zu sehen und steht ihnen daher im Kampf bei.

Funktion: Verbündete der Helden und Auftraggeberin. Sie wird die Helden im weiteren Verlauf der Kampagne bei der Entschlüsselung der Geheimnisse der Blutsteine und im Kampf gegen den Aikar unterstützen.

Hintergrund: Als eine der mächtigsten Zauberkundigen Aventuriens gelang es Nahema im Jahr 1041 BF, eine direkte und zeitweise stabile Verbindung von der 3. in die 2. Sphäre zu erschaffen, durch die sie das geheimnisvolle und sagenumwobene Urelement *Sumuryl* in die 3. Sphäre brachte.

Durch ihr Schwarzes Auge in Ohort, einer Siedlung in der Nähe des Orklands, erfuhr sie von den Plänen des Aikars, der offenbar ein ähnlich sphärendurchdringendes Ritual durchzuführen gedenkt – jedoch nicht in die 2. Sphäre, sondern in die 4. und darüber hinaus. Sie ahnt, dass der oberste Brazoraghpriester der Orks einen solchen Schritt nur wagen würde, wenn er sich davon etwas erhofft, das das Risiko eines solchen Unterfangens wert ist – und sie will wissen, worum es sich dabei handelt. Daraufhin widmete sie sich der jüngeren Geschichte und der Kriegszüge der Orks, die diese unter der Führung des Aikars unternommen haben. Sie erkannte, dass es dem Aikar in erster Linie scheinbar nie um die Eroberung der Menschenreiche ging, sondern um das Erbeuten uralter orkischer Artefakte. Um ihre Neugier zu stillen, begab sie sich in der Identität des tulamidischen Rondrageweihten Tahir nach Weiden, um als Gast auf dem Rhodenstein Zugang zu den Schriften und Berichten des Ordens zur Wahrung zu erhalten, der bei zahlreichen Kämpfen der letzten Jahrzehnte stets an vorderster Front mit dabei war.

In Gestalt Tahirs trat sie dem Orden 1043 BF bei und hat sich durch geschicktes Taktieren auf dem für sie leicht zu manipulierenden sozialen Parkett des Ordens in eine für sie sinnvolle Position gebracht. Sie dient dem Truchsess *Wolfhardt Melynlas von Rhodenstein* als Siegelmeister am Herzogenhof in Trallop.

Tahir Chadizirat al'Meretin ay Khunchom
MU 23 **KL** 24 **IN** 24 **CH** 24
FF 13 **GE** 14 **KO** 13 **KK** 13
LeP 32 **AsP** 120 **KaP** – **INI** 18+1W6
AW 7 **SK** 5 **ZK** 5 **GS** 8
Schip: 6
Vorteile: Zauberer
Nachteile: Persönlichkeitsschwäche (Eitelkeit)
Sonderfertigkeiten: Belastungsgewöhnung I, Einhändiger Kampf, Finte I (Waffenlos, Khunchomer), Wuchtschlag I (Waffenlos, Khunchomer), zahlreiche magische Sonderfertigkeiten
Sprachen: Tulamidya III, Bosparano III, Garethi III, Isdira II, Ologhaijan III, Oloarkh III, Urtulamidya III und weitere
Schriften: Isdira-Zeichen, Kusliker Zeichen, Tulamidya-Zeichen, Urtulamidya-Zeichen und weitere
Khunchomer: **AT** 19 **PA** 9 **TP** 1W6+6 **RW** mittel
Waffenlos: **AT** 16 **PA** 7 **TP** 1W6 **RW** kurz
RS/BE: 4 / 1
Talente: Bekehren & Überzeugen 9, Betören 19, Etikette 12, Gassenwissen 14, Geschichtswissen 20, Götter & Kulte 19, Heilkunde Seele 15, Körperbeherrschung 9, Kraftakt 8, Kriegskunst 8, Magiekunde 23, Menschenkenntnis 17, Reiten 16, Sagen & Legenden 21, Schwimmen 12, Selbstbeherrschung 16, Singen 8, Sinnesschärfe 17, Überreden 17, Verbergen 14, Verkleiden 20, Willenskraft 22
Zauber: Freizauberin (kann die Wirkung aller bekannten Zauber mit QS 6 anwenden)
Kampfverhalten: Tahir kämpft bedacht und zurückhaltend und unterstützt ihre Kampfgefährten im Notfall auch mit ihren magischen Kräften.
Flucht: Tahir flieht beim Verlust von 50 % seiner LeP.
Schmerz +1 bei: 24 LeP, 16 LeP, 8 LeP, 5 LeP oder weniger

Schicksal: Nahema trifft die Helden in **Das Brüllen des Bären** sowie **Das Hecheln der Meute** und begleitet den Schwertzug nach Khezzara. Sie wird zu einer Vertrauten der Helden. Im Verlauf von Teil 2 der **Blutmond-Kampagne**, **Der Sturm am Svellt**, wird sie die Helden ins Vertrauen ziehen und sich ihnen offenbaren. Sollten die Helden sie zu einem früheren Zeitpunkt enttarnen, wird sie ihre Identität nicht leugnen, sondern ihre Motive darlegen und den Helden versichern, dass sie den Schwertzug begleitet, um die Menschen im Kampf gegen den Aikar zu unterstützen. Da sie fürchtet, aufgrund ihres weithin bekannten Rufes das Vertrauen der Anführer des Zuges zu verlieren, bittet sie die Helden, ihre wahre Identität geheim zu halten. Am Ende der Kampagne wird sie die Helden in der finalen Auseinandersetzung mit dem Aikar unterstützen und dabei aus der 3. Sphäre entrückt.

Darstellung: Tahir spricht stets überlegt. Nahema weiß mehr über die Natur der Welt als die meisten ihrer Zeitgenossen, und diese Überlegenheit ist ihr bewusst. Um nicht mit Kenntnissen aufzufallen, die den Horizont der meisten Menschen weit übersteigen, gibt sie ihr Wissen daher selten direkt preis, sondern meist erst in einem Dialog mit zahlreichen Gegenfragen, bei dem sie dem Wissen ihres Gesprächspartners Stück für Stück entgegenkommt. Tahirs Gegenüber hat somit manchmal das Gefühl, als befinde er sich in einem belehrenden Dialog mit einem immerhin wohlwollenden Lehrer in der Hesindeschule (ein sogenannter *Rohalscher Dialog*, nach *Rohal dem Weisen*), oder als müsse man ihm alles aus der Nase ziehen.

Wenn Tahir um karmalen Beistand gebeten wird, weist er stets daraufhin, dass die Göttin die Sterblichen niemals leichtfertig vor eine Herausforderung stellt, ebenso wenig sollte man leichtfertig mit den Gaben der Göttin umgehen, wenn sich eine Herausforderung auch durch eigene Kraft meistern lässt.

In Notsituationen greift Nahema im Zweifelsfall auf ihre magischen Kräfte zurück. Dabei verzichtet sie im Zweifelsfall auf Formeln oder Gesten, tarnt den Magieeinsatz mit einer freizauberischen Variante eines SCHLEIERS DER UNWISSENHEIT und setzt ihre Kräfte wohldosiert ein. Sie hatte in den letzten Jahren ausreichend Zeit, um Rondrageweihte zu studieren und weiß, wie machtvoll ein freizauberischer BALSAM SALABUNDE im Vergleich zu einem Kleinen Heilsegen wäre.

Zitat: *»Ist Euch bekannt, dass die Angriffe der Orks 1026 BF in Albernia auf der einen und in Weiden und Donnerbach auf der anderen Seite nur wenige Monde auseinander lagen? Glaubt ihr, die Orks wollten damals diese Ländereien erobern? Nein? Was glaubt ihr steckte hinter diesen Angriffen?«*

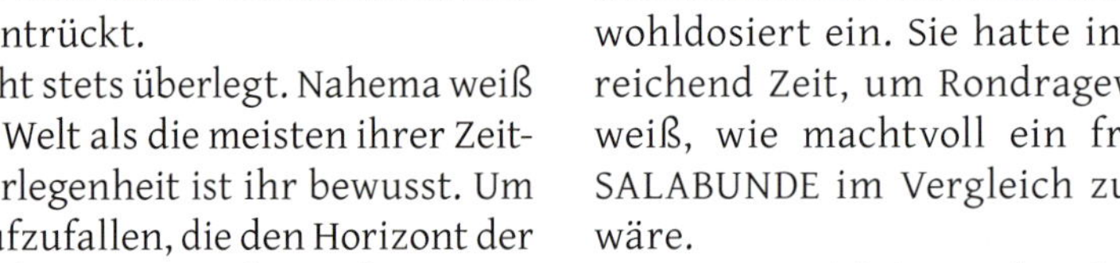

Die Schildlande

Die Markgrafschaft Greifenfurt

Die Markgrafschaft Greifenfurt gilt als etwas hinterwälderische, aber ausnehmend treue Provinz: Sie erstreckt sich über das Gebiet zwischen den Flüssen Ange und Dergel südöstlich des allüberragenden Finsterkamms. Im Nordosten grenzt sie an die Grafschaften Heldentrutz und Bärwalde des Herzogtums Weiden, im Osten an die Rommilyser Mark. Im Süden verläuft die Grenze zum Königreich Garetien durch den Reichsforst, der als Teil des Mittwalds einst den gesamten Norden bedeckte. Im Südwesten markiert die Ange die Grenze zum Fürstentum Kosch.

Das Leben in der Mark, wie die Region oft verkürzt genannt wird, war noch nie einfach, denn die Region im Schatten des Finsterkamms ist abgelegen und an seinen Hängen droht der Ork jederzeit, über das Land herzufallen, wie schon so häufig in der kriegsgebeutelten Geschichte Greifenfurts.

Die Provinz wird von der Reichsstadt Greifenfurt auf dem Praiosberg aus von Markgräfin *Irmenella von Wertlingen* regiert, die ihren etwas halsstarrigen Baroninnen und Freiherren eine gute Landesmutter zu sein sucht.

Die Mark unterteilt sich grob in sechs Regionen, von denen der *Lichthag* die nördlichste ist. Er zieht sich von den Ausläufern des Finsterkamms, über das Vorgebirge bis hinauf auf die höchsten Grate und hinein in die tiefsten Täler des düsteren Gebirges. Die *Breitenau* im Westen ist das fruchtbarste Gebiet der Mark, und ihre grünen Ebenen werden als Kornkammer Greifenfurts bezeichnet. Östlich davon schließt sich das *Greifener Land* an, das Herzland der Mark, in dem auch die eindrucksvolle Reichsstadt liegt. Die *Altenau* umfasst die moorigen Ländereien, die am Dergel liegen, und nur langsam in Auwiesen und Felder übergehen. Südlich davon erstreckt sich der *Märkische Reichsforst*, der sich entlang der Breite als lichter Mischwald darstellt. Im Osten davon liegt die *Harschenheide* abweisend, rau und schroff da, allein am Zusammenfluss von Ange und Breite gibt es fruchtbares Land.

Die wenigsten Dörfer der Mark zählen mehr als 200 Einwohner, Weiler von drei oder vier kleinen Gehöften, lehmverputzten Blockhäusern oder Bruchsteingebäuden sind eher die Regel. Überall in der Region finden sich Wehranlagen, Wehrgehöfte, Wehrtempel oder Burgen. Diese Zeichen althergebrachter Baukunst sind

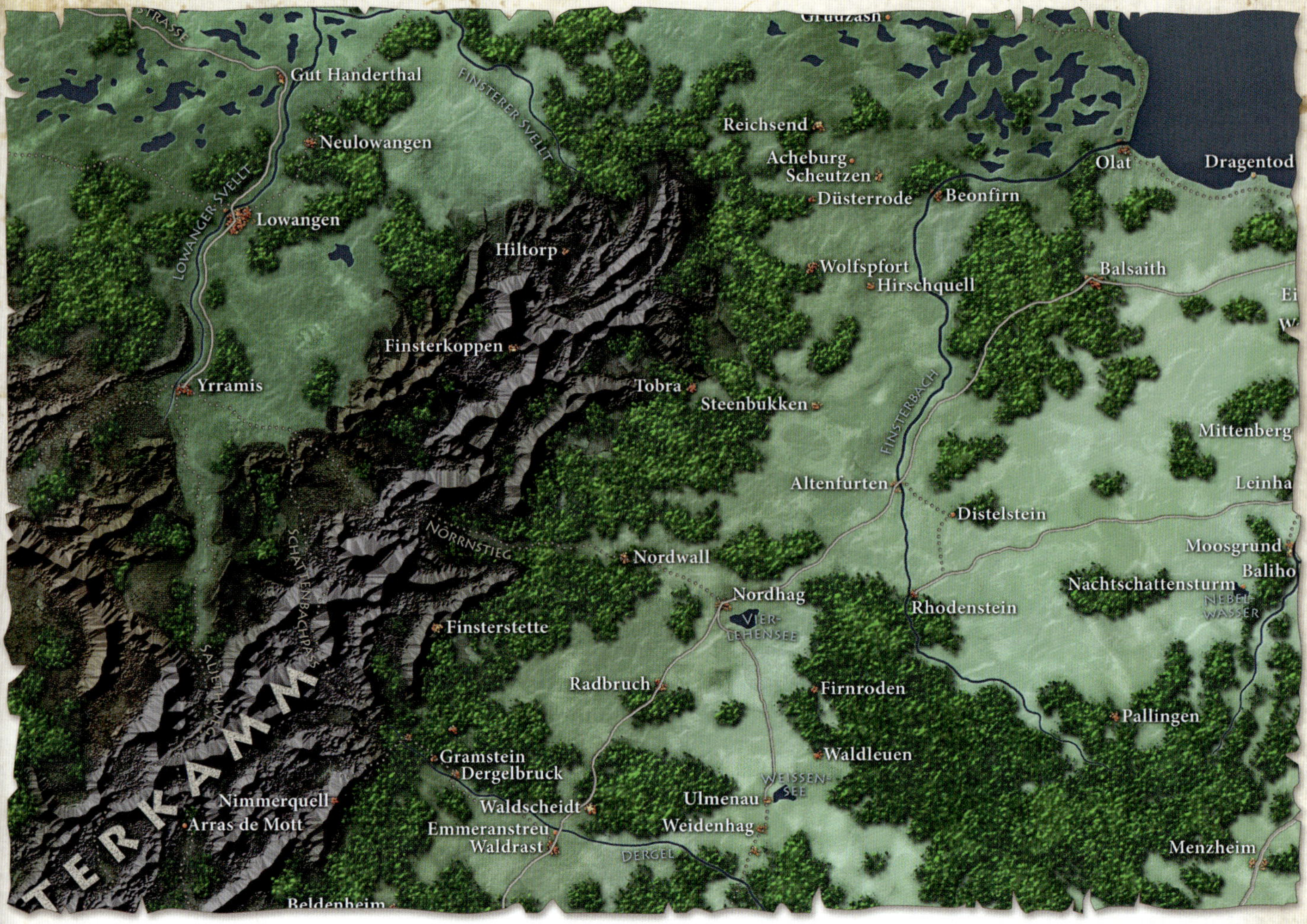

aus dem Stein der benachbarten Berge erbaut und bieten den Bewohnern der umliegenden Dörfer im Ernstfall ein eher wehrhaftes als wohnlich gestaltetes Quartier. Die Reichstraße 1, die von Greifenfurt über die Ruinen von Wehrheim nach Gareth führt, ist die einzig gut ausgebaute Straße. Abgesehen vom *Markenweg*, der die Stadt Greifenfurt mit Nordhag in Weiden verbindet, gleichen die meisten anderen Straßen eher Karrenwegen.

Die Handelsgüter Greifenfurts stammen vornehmlich aus der Landwirtschaft, wie etwa Getreide und Kohl. Holz und Kalkstein werden mit Ochsenkarren transportiert oder die Breite hinunter geflößt. Wertvollere Güter wie Kristalle, Edelsteine, Blei, Silber und Salz werden im Finsterkamm bei den Zwergen oder in den markgräflichen Minen gefördert und dies letztlich in Mengen, die kaum einer Erwähnung wert sind.

Märker Sitten und das Brauchtum haben oftmals Wurzeln in der tiefen Verehrung des Götterfürsten Praios und seiner milden Schwester Peraine. Teilweise wirken die Riten so archaisch als stammten sie aus einer Zeit vor dem Silem-Horas-Edikt. Und das mag sein, denn in den Dunklen Zeiten wurde das Land häufig von Geweihten dieser beiden Gottheiten kultiviert und erschlossen. Nicht umsonst gelten die Märker als ehrliche, arbeitsame, aber etwas hinterwäldlerische Zeitgenossen.

Das Herzogtum Weiden

Das raue Herzogtum Weiden ist die nördlichste Bastion des Mittelreichs: Es wird im Nordwesten durch die Gebirgszüge des Finsterkamms, im Norden durch die Sümpfe des Nebelmoores sowie den Neunaugensee und im Osten durch die Bergrücken von Roter und Schwarzer Sichel begrenzt.

Das Leben in der Mittnacht, wie die Region häufig etwas antiquiert genannt wird, war noch nie einfach, denn der Schwarzpelz macht das Land seit jeher unsicher und auch die Rotpelze machen den Menschen das Leben schwer.

Die Provinz wird von der Herzogenstadt Trallop in den Schären des Neunaugensees aus von Herzogin *Walpurga von Löwenhaupt* regiert. Vier Grafen sind ihre Augen und Ohren, denn die einzelnen Regionen Weidens unterscheiden sich deutlich. Im Westen herrscht *Graf Emmeran von Löwenhaupt*, ein Vetter der Herzogin, von Reichsend aus über die karge Grafschaft *Heldentrutz* im Schatten des Finsterkamms. Die Finsterwacht soll diese stets umkämpfte Region vor den andauernden Angriffen der Orks schützen. Östlich davon, bis zum Fluss Pandlaril, herrscht die junge Gräfin ♞ *Griseldis von Pallingen* von Burg Rotdorn aus über die Grafschaft *Bärwalde*, deren Geschicke zuvor gut 60 Jahre lang von Olat aus von der Tante der Herzogin, *Walderia von*

Löwenhaupt, gelenkt wurden. In der alten Königsstadt Baliho am Pandlaril residiert Graf *Arnwulf von Pandlaril* und versucht, die wohlhabenderen Ritter des fruchtbaren Weidener Lands in der Grafschaft *Baliho* im Zaum zu halten. Die östliche Grafschaft *Sichelwacht*, die immer wieder mit den Rotpelzen zu kämpfen hat, wird von Salthel aus durch den ruchlosen Grafen *Bunsenhold von Wolkenstein und Wettershag* mit eiserner Hand regiert.

Wind und Regen sind ständige Gäste in der Grenzprovinz. Der *Biundtar*, der Nordwind, trägt häufig dunkle Nebelfetzen aus dem Nebelmoor mit sich, die der Ostwind *Gebelaus* erst zur Mittagsstunde wieder vertreibt. Herbst und Frühling sind durch das Steigen des Nebels gekennzeichnet, die Winter bringen grimmen Frost und so kann es in besonders kalten Wintern geschehen, dass das Leben draußen bis zum Tage der Erneuerung am Ende des Tsamondes fast völlig zum Erliegen kommt.

Die meisten Siedlungen in den Weidener Landen sind klein – Wehrdörfer, umwallt von einer Palisade, um besser der andauernden Gefahr der Schwarzpelze trotzen zu können, häufig in den Schatten einer wehrhaften Baronsburg oder eines gut befestigen Ritterturms geschmiegt. Oft findet sich eine kleine Schänke am Dorfanger und die Weidener, denen Travias Gastfreundschaft heilig ist, werden keinen Fremden die Nacht im Freien verbringen lassen. Unterkunft sucht öfter mal jemand, denn das Straßennetz in Weiden ist eher dürftig und macht das Reisen beschwerlich. Es gibt nur eine gut ausgebaute Straße, die Reichstraße 2, die von Trallop über Baliho und Menzheim nach Gareth führt. Viele andere Straßen ähneln eher Karrenwegen, manche sind sogar nur Trampelpfade durch die Wildnis.

In den reicheren Weidener Regionen wird vornehmlich Viehzucht betrieben, daher sind die meisten Handelsgüter tierische Produkte – vornehmlich von Rind und Schwein. Aber es kommen auch bekannte Pferderassen aus dem Herzogtum, die Nordmähnen und die Tralloper Riesen, die häufig als Schlachtrösser dienen.

Weidener Sitten und das Brauchtum wirken oft antiquiert und überholt. Wie sich schon die Sprache in einer altertümlichen Form erhalten hat, so pflegen die Weidener auch im täglichen Leben viele Traditionen und alte Bräuche, die im Rest des Mittelreichs vergessen sind. Nicht umsonst gelten die Weidener Barone als „Ritersleut von altem Schrot und Korn" und bringen vielen neumodischen Dingen wenig Verständnis entgegen.

Städte und Dörfer der Schildlande

Die Reichsstadt Greifenfurt

Greifenfurt (5.000 Einwohner) ist die wehrhafte und oft gebeutelte Hauptstadt der Markgrafschaft Greifenfurt. Die Reichsstadt liegt an der Breite und schmiegt sich an den Praiosberg, wo Markgräfin *Irmenella von Wertlingen* residiert. Greifenfurt ist der Inbegriff städtischen Lebens und bescheidenen Wohlstands in der Mark, vor allem aber eine sichere Zuflucht an der Grenze zu den Orkgebieten. Die Stadt, die einst unter dem Namen Saljeth bekannt war, wurde im Laufe ihrer 1.700-jährigen Geschichte immer wieder von Horden der Schwarzpelze angegriffen und einmal sogar ein ganzes Jahr lang besetzt, gefallen ist sie jedoch nie. Kein Wunder, dass der Hass auf die Orks bei den Bürgern tief verwurzelt ist und der Stolz, ihnen stets getrotzt zu haben, jedem Greifenfurter innewohnt. Sie sind für ihren zähen Willen bekannt, mit dem sie im Namen Praios' und Peraines allen Widerständen in der Mark zu trotzen verstehen.

Die Greifenfurter Stadtteile sind um den *Praiosberg* mit dem berühmten Praiostempel, der dem Herrn Praios und dem Greifen Scraan geweiht ist, und um die Neue Residenz angeordnet. Hier findet man zudem den Ingerimmtempel der Stadt, in dem auch Angrosch verehrt wird. Der Stadtteil *Neustadt* wird vom Handel geprägt, hier sind der Markt, das Magistratsgebäude, der burgähnliche Rondratempel und der Turm des *Ordens vom Bannstrahl Praios'* zu finden. *Perainestadt* beherbergt den Perainetempel im heiligen Perainehain, das Spital des auf die Heilkunst spezialisierten Peraineordens der Therbûniten und den kleinen Traviatempel. *Bauerngrund* und *Schifferstadt* sind Heimstatt der namengebenden Berufe. Das Tuchweberviertel und der Hafen werden vor allem von ärmeren Leuten und Flüchtlingen bewohnt. Inmitten der Breite erhebt sich auf einer Insel die *Markgräfliche Festung*. Im Süden vor der Stadt erhebt sich ein Hügel, der *Answins Sicht* genannt wird und in dem die Asche der Orks vergraben ist, die Greifenfurt 1028 BF überfallen haben. Hier wird sich, unter dem Schrein, in dem die Rüstung des selbsternannten Kaisers *Answin von Rabenmund* aufbewahrt wird, das Greifenfurter Heer sammeln, bevor es zur Heerschau nach Reichend zieht.

Weitere Informationen zur Stadt Greifenfurt findest du im **Aventurischen Almanach** auf Seite 74.

Die Herzogenstadt Trallop

Trallop (6.000 Einwohner) ist das eherne Herz Weidens. Kaum eine Stadt im Mittelreich ist so stark befestigt wie die Hauptstadt der Bärenlande. Eine Notwendigkeit, betrachtet man die durch zahlreiche Kriege gegen die Orks, die Erbfeinde der Mittnacht, gezeichnete Stadtgeschichte. Seit der Gründung der Stadt vor 1.400 Jahren wurden die Wehranlagen stetig erweitert und ausgebaut. Trallop liegt an der Mündung des Pandlaril in den Neunaugensee und erstreckt sich über mehrere Inseln in den Schären des unheimlichen Gewässers.

Die Stadt liegt um die mächtige *Bärenburg* der Weidener Herzöge herum, die ob ihrer Größe als eigener Stadtteil angesehen wird. Die anderen vier Stadtteile sind *Neuentrallop, Niederufern, Hohenufern* und *Altentrallop*. *Neuentrallop* ist das ärmste Viertel, hier trifft man neben Bettlern und Huren viele Versehrte und Landflüchtige und daher auch ein Kloster des Traviaordens des Heiligen Badilak, die sich um die Ärmsten kümmern. Die verwinkelten Gassen *Niederuferns* beherbergen vor allem die Tagelöhner der Stadt, hier sitzen die Dolche lockerer als in den anderen Stadtteilen. *Hohenufern* betritt man durch eine Stadttorburg, in der der Rondratempel *Bernhelms Halle der Orkenwehr* untergebracht ist. Die Kornhäuser wirken wie eine weitere trutzige Wehranlage. *Hohenufern* ist das Handelszentrum Trallops mit dem *Großen Markt*, der *Markthalle* und dem *Siegelhaus*. Das *Haus der Eisigen Stelen* ist der derzeitige Haupttempel der Firunkirche. In *Altentrallop* leben die, die es in der Stadt zu Ansehen und Reichtum gebracht haben. Die meisten Tempel finden sich hier, etwa der Boron-, der Rahja-, der Phex- und der Perainetempel sowie die von Travia und Praios. Der *Flusshafen* gewinnt seit einigen Jahren wieder an Bedeutung, hier liegt stets eine erkleckliche Anzahl von Flusskähnen an.

Weitere Informationen zur Stadt Trallop findest du im **Aventurischen Almanach** auf Seite **86**.

Weihenhorst

Weihenhorst (320 Einwohner) ist ein erstaunlich gut befestigter Ort an der Breite, der sich um die gleichnamige Burg gebildet hat. Burg Weihenhorst, eine markgräfliche Besitzung, ist zudem Sammelplatz der Landwehren und als Hauptquartier der *Greifenfurter Grenzreiter* das Zentrum der Greifenfurter Finsterwacht. Die Orks sind hier besonders verhasst, denn sie haben einst die Bevölkerung über den Finsterkamm verschleppt und es ist nur dem Lokalhelden ☸ *Jonus Schieler* zu verdanken, dass die Dörfler befreit werden konnten. Burg und Ort stellen durch die Lage im Breital einen strategisch wichtigen Punkt dar, sollten die Orks erneut ins Reich einfallen wollen. Neben der kleinen Burg findet sich ein Perainetempel im Ort und das gut besuchte Gasthaus *Zum gelben Schnabel*.

Waldrast

Waldrast (300 Einwohner) ist ein Weiler mit Marktrecht im Lichthag an der Grenze Greifenfurts nach Weiden, direkt am Dergel und der hiesigen Furt gelegen. Als Rastplatz am *Markenweg* und dem Abzweig zum *Schattenbachpass* über den Finsterkamm lebt das kleine Örtchen hauptsächlich vom *Rodverkehr*, wie der Warentransport über den Finsterkamm von Portenstation zu Portenstation genannt wird. Kein Wunder, dass der Gasthof *Silberner Humpen* und die Schänken *Beim Brauer* und *Greifinkopf* gut besucht sind. Waldrast besitzt einen Perainetempel, in dem lange Jahre der Saatstecken des Heiligen *Shazar des Pflanzers* aufbewahrt wurde.

Ungefähr eine Meile vom Ort entfernt liegt auf einem Felssporn oberhalb des Dergel die Wehrfeste *Emmeranstreu*, die über den Markenweg gen Nordhag, den kleinen Ort und vor allem den Finsterkamm wacht. Der *Alte Hof* der Feste mit dem Bergfried und dem daran anschließenden Gebäude ist ein Kloster des rondrianischen Ordens zur Wahrung und wird von einer Handvoll Geweihter und ihren Novizen unter der Äbtissin ♜ *Ullgreîn Fidelincs von Rhodenstein* bewohnt. Der *Neue Hof* beherbergt instandgesetzte Gebäude, in der markgräfliche Truppen sowie Zöllner untergebracht sind. Verbunden werden die Höfe durch den neu errichteten, großen *Rondratempel*.

Die Wacht gegen den Schwarzpelz

In den Schildlanden existiert das Feudalsystem mit seinem Lehnswesen noch in einer sehr ursprünglichen Form – im Herzogtum Weiden noch ursprünglicher als in der Markgrafschaft Greifenfurt. Darin ist es die Pflicht der Bauern, die Felder zu bestellen, um den Adel und den Klerus durch die Zahlung des Zehnts zu ernähren, während es die Pflicht des Adels ist, die Untertanen vor Gefahren aller Art zu schützen, notfalls – und das ist eine Selbstverständlichkeit – auch mit dem eigenen Leben.

Um der steten Bedrohung durch die Schwarzpelze in der Grenzregion Herr zu werden, haben die Menschen des Herzogtums und der benachbarten Markgrafschaft Greifenfurt nach dem *Vierten Orkensturm* im Jahre 1026 BF die Finsterwacht ins Leben gerufen: eine Kette von Wachtürmen an den Hängen des Finsterkamms. Auf den entlegenen Türmen ist es die Aufgabe der Wachtritter und Soldaten, Angriffe der Schwarzpelze abzuwehren und die benachbarten Türme und das Hinterland mit lodernden Signalfeuern von Hesindelburg in Greifenfurt bis zum Turm bei Ognin im Herzogtum Weiden vor der sich nähernden Gefahr zu warnen.

In Weiden werden die Türme von Wachtrittern und Soldaten der *Heldentrutzer Bergschützen* bemannt. Bei den Bergschützen handelt es sich um leichtes Fußvolk unter dem Befehl von Wachtgraf *Halgan von Hirschenborn*, der auf Burg *Nordwall* residiert. Sie unterteilen sich das I. und II. Banner, die nach ihren einfachen schwarzen Holzschilden oder der schwarzen Befiederung ihrer Pfeile auch *Schwarzschilde* oder *Schwarzfedern* genannt werden.

In Greifenfurt werden die Türme von der leichten Reiterei der *Greifenfurter Grenzreiter* unter dem Befehl von *Asa von Eisslingern* auf Burg *Weihenhorst* bemannt.

Die meisten der Türme versorgen sich größtenteils selbst und können einem Angriff mehrere Tage standhalten. Mit den Signalfeuern wird die Kunde von einem solchen Angriff den benachbarten Türmen gemeldet, so dass im Falle einzelner Angriffe Entsatz entsendet werden kann. Bei anhaltenden Angriffen durch zahlenmäßig überlegene Horden von Schwarzpelzen, die gleichzeitig auf mehrere Türme ausgeführt werden, sind die tapferen Turmbesatzungen jedoch auf sich allein gestellt. Ihnen ist bewusst, dass sie im Zweifelsfall auf einem vorgeschobenen und verlorenen Posten Dienst tun, wofür sie respektiert und hoch angesehen werden. Eine Übersicht der Türme der Finsterwacht findest du im hinteren Innenumschlag, die dort angegebenen Nummern geben wir in Klammern hiner dem jeweiligen Turmnamen an.

Darüber hinaus gibt es mit den *Wehren des Nordens* weitere Befestigungsanlagen in direkter Nähe zur Finsterwacht, die das Herzogtum Weiden ebenfalls vor der Orkgefahr schützen sollen und die im Falle eines Orkensturms als Rückzugsort auch für die Bevölkerung dienen können:

- die *Festung Hohenstein*, eine mächtige Höhenburg mit zahlreichen Türmen, die auf der *Sperberkuppe* oberhalb des Hohenforsts liegt und Stammsitz der Familie *von Hohenstein* ist, welche die Burg für das Herzogenhaus verwaltet. Auf der Festung sind zwei Rotten der Weidener Grünröcke stationiert.
- die weithin leuchtende *Burg Weißenstein*, Stammsitz der Familie *von Weißenstein* ist, die seit Generationen die Haus- und Hofmeister der herzoglichen *Bärenburg* in Trallop stellen.
- die aus schwarzem Basalt erbaute *Burg Distelstein* in der Weidener Grafschaft Bärwalde.
- der *Rhodenstein*, die Stammburg des Rondraordens zur Wahrung vom Rhodenstein.
- die *Nôrrburg* in Nordhag (siehe Seite **56**).
- die *Feste Reichsend*, die auch Teil der Finsterwacht ist.

Nicht Teil der eigentlichen Wachturmkette oder der Wehren des Nordens, aber dennoch erwähnenswert ist *Olats Feste*, eine Wasserburg an der Mündung des Finsterbaches in den Neunaugensee bei Olat. Die zugige Burg ist der Sitz von Altgräfin *Walderia von Löwenhaupt* und beherbergt einige gräfliche *Ritter des Hains* in den Diensten Walderias, ein Banner Bogner von *Olats Schar* sowie eine Rotte Burgwachen.

In der Markgrafschaft Greifenfurt gibt es ebenfalls zahlreiche kleine Befestigungsanlagen, die nicht zur Finsterwacht zählen und von Rittern, Junkern und Baronen bewohnt werden, aber häufig nur eine kleine Besatzung von Burgwachen und Waffenknechten aufweisen. Eine Ausnahme stellt die wiederaufgebaute *Burg Emmeranstreu* an der Grenze zum Herzogtum Weiden dar, die heute zu einem Teil als Kloster des Ordens zur Wahrung vom Rhodenstein und zum anderen als Zollburg dient und daher auch mit einigen märkischen Rittern und Zöllnern besetzt ist.

Garnisonen

In Weiden und Greifenfurt gibt es eine begrenzte Zahl stehender Truppen, die seit der Unterzeichnung der Ochsenbluter Urkunde als provinzherrliche Truppen Herzogin Walpurga von Löwenhaupt und Markgräfin Irmenella von Wertlingen unterstehen. Im Kriegsfall können die Landesherrinnen den Heerbann einberufen, dann sind alle Freien verpflichtet, pro Jahr bis zu 8 Wochen Dienst an der Waffe zu leisten – was im Fall der anhaltenden Orkangriffe – oder des später folgenden Schwertzugs – jedoch kaum Sinn ergibt.

Ansonsten ist der Adel verpflichtet, seine Untertanen zu schützen. Es ist die Pflicht der Barone und Junker mit ihren Waffenknechten und Rittern die Bevölkerung zu verteidigen. In einer solchen Situation muss ein jeder zuvorderst die eigenen Vasallen schützen, weshalb ein Hilfegesuch bei einem benachbarten Adligen auf taube Ohren stoßen kann, denn dieser muss mit seinen begrenzten Mitteln die Sicherheit seiner Untertanen gewährleisten. Um dir dennoch einen Überblick über die in Weiden und Greifenfurt stationierten militärischen Einheiten zu gewähren, findest du im Folgenden eine Übersicht.

Banner: 50 Personen/Fußsoldaten
Schwadron: 50 Personen/Berittene
Rotte: 10 Personen/Fußsoldaten
Lanze: 10 Personen/Berittene

Garnisonen in Greifenfurt

2 Schwadronen Markgräflich Greifenfurter Grenzreiter (Leichte Reiterei)

1 Banner Markgräflich Greifenfurter Langschwerter (Leichtes Fußvolk, Leichte Reiterei)

2 Banner Markgräfliche Grenzjäger (Leichtes Fußvolk)

10 Lanzen Bannstrahler

Garnisonen in Weiden

Herzogliche Garnisonen:

3 Schwadronen Herzglich-Weidener Lanzenreiter, ‚Rundhelme' (Schwere Reiterei)

5 Banner Herzoglich-Weidener Pikeniere, ‚Grünröcke' (Schweres Fußvolk)

3 Banner Herzoglich-Weidener Spießlinge der Sichelgarde (Leichtes Fußvolk)

3 Dutzend Ritter des Bären mit ihrem Gefolge (Schwere Reiterei)

Finsterwacht der Grafschaft Heldentrutz:

2 Dutzend Ritter der Wacht mit ihrem Gefolge (Schwere Reiterei)

2 Banner Heldentrutzer Bergschützen (Leichtes Fußvolk, Bogenschützen)

Bärenwacht der Grafschaft Bärwalde:

2 Dutzend Ritter des Hains mit ihrem Gefolge (Schwere Reiterei)

1 Banner Bogner von Olats Schar (Bogenschützen, Bärwalde)

1 halbes Dutzend Ritter von Olats Wacht, die auf den zur Finsterwacht zählenden Türmen am südlichen Rand des Nebelmoores wachen (Schwere Reiterei)

Wilderwacht der Grafschaft Baliho:

2 Dutzend Ritter der Au mit ihrem Gefolge (Schwere Reiterei)

2 Lanzen Grenzreiter (Leichte Reiterei)

1 Schwadron Auenreiter (Leichte Reiterei)

1 Banner Espener Bogner (Bogenschützen)

Sichelwacht der Grafschaft Sichelwacht:

2 Dutzend Ritter der Sichel mit ihrem Gefolge (Schwere Reiterei)

2 Rotten Rotröcke (Leichtes Fußvolk)

DIE FEUER VON GRUUZASH

Die folgenden Ereignisse schließen sich nahtlos an die Geschehnisse in **Auf ins Abenteuer – Der Schild der Orkenwehr** an und greifen auch Erzählstränge aus **Finsterwacht – Ritter der Wacht** sowie vorangegangenen Publikationen auf, die das Ringen zwischen Mensch und Ork zum Thema hatten. Sie spielen in Weiden und Greifenfurt, jenen Provinzen, die seit jeher *Schild des Reiches* geheißen werden, weil sie als Bollwerk der Mittellande gegen den Schwarzpelz dienen. **Die Feuer von Gruuzash**, der erste Band der **Blutmond-Kampagne**, deckt den Zeitraum von Rondra bis Peraine 1047 BF ab. Er enthält Abenteuer und Szenarien, die räumlich und zeitlich so angeordnet sind, dass die Helden sie theoretisch in Gänze erleben können. Letztlich obliegt es dir als Spielleiterin, zu entscheiden, wo du Schwerpunkte setzen willst – was deine Gruppe aus erster Hand erfahren soll und was ihr über Umwege zugetragen wird, damit sie nicht ständig von einem Schauplatz zum nächsten eilen muss.

Die Spielwerte für orkische Gegner und ihre Begleiter findest du gesammelt im Anhang ab Seite **129**.

In aller Kürze

Auch wenn der zeitliche Ablauf der Ereignisse weitgehend festgelegt ist, da sie einander teils bedingen, handelt es sich um optionale Spielanreize. Das verbindende Element ist ein lang gehegter Plan (siehe Seite **5**) des *Aikar Brazoragh*, der nun endlich in die Tat umgesetzt werden soll: Um ein Heer von Menschen zum Hornturm zu locken, reizt er die Mittelreicher so lange, bis sie wagen, was ewig niemand mehr gewagt hat: den Krieg ins Orkland zu tragen.

Die Ereignisse beginnen im Rondra 1047 BF mit den Szenarien **Die ersten Angriffe auf Weiden** (siehe Seite **34**) und **Die ersten Angriffe in Greifenfurt** (siehe Seite **36**), in denen die Orks vom Stamm der *Gharrachai* aus dem Finsterkamm Türme der Finsterwacht in Weiden und Greifenfurt angreifen. Im Szenario **Der Hammer des Gravesh** (siehe Seite **38**) erhalten die Helden Ende Rondra den Auftrag, die Zwerge vor der Gefahr durch den Ork zu warnen.

Darauf folgt Anfang Efferd das Abenteuer **Der Ruf des Hirsches** und der Fall von Burg Nordwall (23) (siehe Seite **50**), in dem der Untergang des Wachtgrafen der Finsterwacht, *Halgan von Hirschenborn*, beschrieben wird. Ein weiterer Tiefpunkt für Weiden ist die Belagerung von Nordhag in **Die Krähen des Krieges** (siehe Seite **55**) Mitte Efferd. Gleichzeitig dringt ein Stoßtrupp unter der Führung des Tairachschamanen *Ugrashak* tiefer ins Herzogtum vor, um mit dem Fall des Pilgerguts Leuinried in **Des Löwen Wille** (siehe Seite

Datum	Ereignis	Abenteuer/Szenario
Mitte Rondra 1047 BF	Brin lädt zum Rat der Orkenwehr auf den Rhodenstein ein. Der *Schild des Gravesh* wird entdeckt und außer Landes geschafft.	**Auf ins Abenteuer – Der Schild der Orkenwehr**
Ende Rondra 1047 BF	Die Orks beginnen mit ersten Angriffen auf die Türme der Finsterwacht in Weiden und Greifenfurt.	**Die ersten Angriffe in Weiden** (siehe Seite **34**), **Die ersten Angriffe in Greifenfurt** (siehe Seite **36**)
Ende Rondra 1047	Aschepelz versucht, den *Hammer des Gravesh* aus den Bingen der Finsterkammzwerge von Finsterkoppen zu stehlen.	**Graveshs Hammer** (siehe Seite **38**)
Anfang Efferd 1047 BF	Khargash Blutbiss zerstört Nordwall (23) und tötet den Wachtgrafen Halgan von Hirschenborn.	**Der Ruf des Hirsches** (siehe Seite **50**)
Mitte Efferd 1047	Khargash Blutbiss belagert Nordhag. Seine Krieger dringen gemeinsam mit dem Schwarzen Stier Ugrashak in den Blautann vor und zerstören den Pilgerort Leuinried nahe Rhodenstein. Brin von Rhodenstein legt sein Amt als Abtmarschall des Ordens zur Wahrung nieder.	**Die Krähen des Krieges** (siehe Seite **55**), **Des Löwen Wille** (siehe Seite **60**)
Ende Efferd 1047	Orkhorden machen den Saljethweg unsicher, stehlen die *Sonnenscheibe* aus dem Paioskloster Praiosblick und erwecken versteinerte Minotauren zum Leben.	**Blutige Sonne** (siehe Seite **67**)
Anfang Travia 1047 BF	Orks belagern Olat, während Aschepelz in Olats Feste eindringt und Walderia von Löwenhaupt tötet.	**Der Tanz der Luchsin** (siehe Seite **75**)
Mitte Travia 1047 BF	Prinz Arlan von Löwenhaupt heiratet Linnea von Wertlingen. Während der Hochzeitsfeier ruft er einen Schwertzug gegen die Orks aus.	**Das Brüllen des Bären** (siehe Seite **85**)
Ende Travia 1047 BF	Rhushuk Geisterklaue belagert das Boronkloster Rabenhorst (54) und versucht, die Gebeine der Thuranischen Legion zu erwecken.	**Im Schatten des Nebelsteins** (siehe Seite **92**)
Winter 1047	Während sich Arlan und seine Getreuen auf die Heerschau im Frühjahr vorbereiten, erschüttert eine vermeintliche Vampirplage die Heldentrutz.	**Die Rache des Stiers** (siehe Seite **102**)
Tsa 1047 BF	Vor den Toren von Reichsend wächst das Heerlager des Schwertzuges.	**Das Heer der Freiwilligen** (siehe Seite **111**)
Mitte Peraine 1047 BF	Die Greifenfurter Streitmacht trifft unter Wachtvögtin Asa von Eisslingern ein und schließt sich dem Heer an.	**Das Hecheln der Meute** (siehe Seite **114**)
Ende Peraine 1047	Kultisten der Schnitter sorgen für Unruhen unter den Soldaten und entführen die Wachtvögtin.	**Das Hecheln der Meute** (siehe Seite **114**)

60) Abtmarschall *Brin von Rhodenstein* und den rondrianischen Orden zur Wahrung vom Rhodenstein direkt herauszufordern. Ende Efferd führt die **Blutige Sonne** wieder nach Greifenfurt, wo es ein altes Brazoragh-Artefakt zu bergen gilt (siehe Seite **67**).

Anfang Travia wird die Altgräfin von Bärwalde, *Walderia von Löwenhaupt* während der Belagerung von Olat in **Der Tanz der Luchsin** getötet (siehe Seite **75**). Mitte Travia 1047 BF wird in **Das Brüllen des Bären** die Vermählung des Weidener Kronprinzen *Arlan von Löwenhaupt* (siehe Seite **85**) in Trallop gefeiert – und vom ihm dazu genutzt, einen Schwertzug ins Land des Feindes auszurufen. Im Abenteuer **Im Schatten des Nebelsteins** (siehe Seite **92**) können die Helden Ende Travia den Plan des Tairachschamenen *Rhushuk Geisterklaue* vereiteln, eine Untotenarmee zu erheben, um die Greifenfurter Finsterwacht zu zerschlagen. Im Winter oder Frühjahr 1047 BF bekommen sie es mit der **Rache des Stiers** (siehe Seite **102**) zu tun.

Den Abschluss von **Die Feuer von Gruuzash** bildet die Heerschau in Reichsend mit **Das Hecheln der Meute** (siehe Seite **114**). Dort sammelt sich das Freiwilligenheer der Menschen bis zum Peraine 1047 BF – und Mitglieder des *Geheimbunds der Schnitter* versuchen, das Heer zu schwächen, bevor es sich überhaupt auf den Weg ins Orkland machen kann.

Die ersten Angriffe in Weiden

Ende Rondra 1047 BF finden die ersten größeren Angriffe auf die Türme der Finsterwacht statt. Sie sind der Auftakt einer Serie von Provokationen, die die Menschen ins Orkland locken sollen. Die Tairachschamanen *Rhushuk Geisterklaue* und *Aschepelz* haben gemeinsam geeignete Ziele ausgemacht und als Einzige den Überblick über das große Ganze. Kriegshäuptling *Khargash Blutbiss* tritt zu diesem Zeitpunkt zunächst kaum in Erscheinung. Seine Stunde schlägt, wenn es an die Ermordung *Halgans von Hirschenborn* (siehe Seite **50**) und die Belagerung von Nordhag (siehe Seite **55**) geht.

Bei den Menschen haben die Geschehnisse vor dem Szenario, darunter kleinere Scharmützel mit Orks, zu erhöhter Wachsamkeit geführt. Nicht nur in der Heldentrutz, sondern auch in Bärwalde und der Herzogenstadt Trallop sind gräfliche wie herzögliche Garden in Bereitschaft versetzt worden, um im Notfall bereitzustehen. Einige wenige Einheiten wurden vorsorglich in Richtung Finsterkamm verschoben.

Mittlerweile weiß jeder: Irgendetwas ist im Busch. Nur was, das gibt den Bewohnern der Schildlande noch Rätsel auf. In der Vergangenheit wurde jeder große Sturm der Orks durch das Entzünden der *Feuer von Gruuzash* angekündigt, doch bislang ist es still im Nebelmoor.

Die Offensive der Orks

Die Orks tauchen meist wie aus dem Nichts auf, bei schwachen Stellungen gelegentlich in überwältigender Anzahl und unterstützt von Kriegsogern, so dass auch von einem hölzernen oder aus Fachwerk erbauten Turm nur Trümmer übrigbleiben. Bei trutzigeren Gemäuern kann es zu belagerungsähnlichen Szenen kommen, die sich dadurch auszeichnen, dass die Schwarzpelze sich zurückziehen und wieder ins Gebirge verschwinden, ehe Entsatz eintreffen kann.

Mehrere Dinge stechen dabei hervor:

- Die Angriffe konzentrieren sich auf das südliche Ende der Weidener Wachtkette.
- Sie erfolgen in schneller Folge. Zwischen Angriffen auf einzelne Stellungen liegen manchmal nur Stunden, selten ist es mehr als ein Tag. Das lässt immerhin den Schluss zu, dass etliche verschiedene Kampfverbände ihr Unwesen treiben – und dabei koordiniert vorgehen, was durchaus ungewöhnlich ist.
- Bei den Angriffen gehen die Gharrachai gemeinsam mit Orks anderer Stämme vor. Im Finsterkamm sind dies vor allem Orks vom Stamm der Ghorinchai, erkennbar an ihrer rot gefärbten rechten Hand, und auch zahlreiche Zholochai, erkennbar an ihrem dunkleren, fast schwarzen Fell und den häufig gefärbten Haarkämmen, die vermutlich aus dem Orkland stammen. Es gibt zwar auch einige Zholochai im Finsterkamm, die große Anzahl der Zholochai unter den Angreifern legt jedoch nahe, dass sie von Kriegern aus dem Orkland unterstützt werden.

Südliche Stellungen

- Turm **Tennach (34)** liegt im äußersten Süden der Weidener Wachtkette und ist ihr weit vorgelagert. Das besiegelt sein Schicksal: Er ist das erste Ziel der Orks vom Stamm der Gharrachai. Er wird mit voller Wucht getroffen und dem Erdboden gleichgemacht. Das Wachtfeuer wird während des Angriffs entzündet, verlischt aber gleich wieder, als die Stellung fällt. Unter den Bewohnern des naheliegenden Dorfs richten die Orks ein Blutbad an.
- Weiter landeinwärts liegt der Sitz des Barons von Dergelquell ♟ *Walthari von Leufels* (*998 BF, 1,90 Schritt, kräftig, rotblondes Haar, Vollbart, Ritter alter Schule; Willenskraft 10 (17/13/12), SK 2): Der **Gramstein (33)** erhebt sich an der Grenze nach Greifenfurt auf einem Felsen über dem Dergel. Die Höhenburg ist stark befestigt, weshalb die Orks gar nicht erst versuchen, sie einzunehmen. Stattdessen lässt sich ein fast 100 Kämpfer starker Trupp am Fuß des Berges nieder und schließt den Baron in einem Belagerungsring ein, aus dem er mit den wenigen ihm zu Verfügung stehenden Kämpfern keinen Ausfall wagen kann. Immerhin werden die Bewohner des nahen Ortes *Dergelquell* durch das Signalfeuer vom Turm Tennach gewarnt und können sich rechtzeitig auf den Gramstein zurückzuziehen.
- Auf Turm **Falkenhort (29)**, der Teil einer Burg auf einem Tafelberg nördlich des Gramsteins ist, sind zwei Rotten zu jeweils 10 Soldaten der Heldentrutzer Bergschützen, *Schwarzschilde* genannt, stationiert. Die Orks wissen das und halten sich nicht lange mit dem Turm und der Burg auf, weil der Lohn die Mühen nicht aufwiegt. Im Weiler *Hohenhain* zu Füßen der Burg gibt es jedoch Tote, Verletzte und beschädigte Gebäude.
- Noch weniger Glück hat das Rittergut **Orkenwacht (28)** auf halber Strecke zwischen Gramstein und Nordwall: Es ist schlecht befestigt und daher ein lohnendes Ziel. Als Verstärkung von Turm Falkenhort eintrifft, steht bereits kein Stein mehr auf dem anderen.
- Daneben bieten sich weitere Angriffe auf die Türme **Trollzwinger** (**32**, einst eine kleine Festung, heute steht nur noch der Turm) und **Arsenthal** (**30**, Turm an einer steilen Bergflanke) an, die beide östlich vom Gramstein liegen und schwer in Mitleidenschaft gezogen werden können.

Der Wachtgraf reagiert

Die Angriffe sorgen dafür, dass sich die Augen der Verteidiger auf den Süden der Grafschaft Heldentrutz richten. Als Näheres über die Geschehnisse in *Dergelquell* eintrifft, setzt der Wachtgraf einen Teil seiner Leute in Marsch und sendet Nachrichten an den Grafenhof in Reichsend sowie an die Herrscher der südlichen Heldentrutzer Baronien: Er fordert Unterstützung an, übernimmt die Führung seines Trupps dann aber unerwartet nicht selbst, sondern schickt seine engste Vertraute ♟ *Vieska von Hüttingen* (*1007 BF, 1,75 Schritt, drahtig, braune Locken, ungestüm

aber loyal; Willenskraft 9 (14/13/12), SK 2) gen Gramstein und bleibt in Nordwall.

Der Wachtgraf vertraut einem Bauchgefühl, behält rund 30 Bergschützen bei sich und sendet Späher ins Umland, um einen Überblick über die Lage zu erlangen. Diese Strategie erweist sich bald darauf als weise: Die Offensive im Süden der Grafschaft sollte dazu dienen, die Aufmerksamkeit der Verteidiger von den zentralen Baronien abzulenken, damit sich orkische Truppen dort möglichst ungestört in Stellung bringen können.

Zentrale Stellungen

- Die Passfeste **Nôrrhöh (22)** erhebt sich hoch oben im Finsterkamm an der Grenze zwischen dem Mittelreich und dem Svelltland. Sie gehört nominell zur Wachtkette, ist den eigentlichen Türmen aber weit vorgelagert. Zwei Tage nachdem die Truppen des Wachtgrafen in Richtung Süden aufgebrochen sind, erreicht ein erschöpfter Bote Halgan. Er berichtet, dass mehrere Hundert Orks von Westen her die schwach besetzte Feste mit Zauberei und Kriegsogern berannt haben. Die Passfeste fiel etwa zur gleichen Zeit wie Turm Tennach. Die Überlebenden retteten sich in den Bergfried der Festung. Einige Schwarzpelze blieben zurück, um die Überlebenden daran zu hindern, Kunde vom Fall der Grenzfeste nach Weiden zu tragen.
- Dem Wachtgrafen bleibt kaum Zeit, sich damit zu befassen, denn gleich darauf erreicht ihn die Nachricht, dass das Signalfeuer auf Turm **Lichtwacht (25)** entzündet wurde: einer kleinen Burg weit nördlich der bisherigen Kampfhandlungen, dafür aber nahe bei **Nordwall (23)**, der Burg des Wachtgrafen. Junker ♟ *Trautmann von Gugelforst* (*1014 BF, 1,85 Schritt, stämmig, braunes Haar, Dreitagebart, pflichtbewusst, stoisch; Willenskraft 8 (13/13/12), SK 2) befolgt damit die Weisung einer wachtgräflichen Späherin: Die Frau ist in den Wäldern bei der Burg auf eine beachtliche Anzahl Orks gestoßen und glaubt, dass sie die Stellung bald angreifen werden. Damit ist belegt, dass das Interesse der Schwarzpelze nicht nur dem Süden der Heldentrutz gilt.

Einbindung der Helden in Weiden

Die geschilderten Vorgänge dienen als Einstieg ins Geschehen und sollen den Ton für das setzen, was Weiden in naher Zukunft blüht. Du als Meisterin entscheidest, wie sehr du ins Detail gehen willst und vor allem, ob deine Helden diese Ereignisse bereits selbst erleben oder nur Berichte davon erhalten. Für den Fall, dass du dir eine aktive Rolle wünschst, folgen hier zwei mögliche Aufhänger:

- Der Fall von **Nôrrhöh (22)** ist ein denkbarer Einstiegspunkt: Die Passfeste beherbergt eine Taverne und ein Gasthaus. Die Helden können hier am falschen Tag absteigen und erleben, wie sich das orkische Heer seinen Weg bahnt: Der Graveshpriester *Varrakh Funkenleser* schwächt das Gemäuer mit einem ERDBEBEN so weit, dass Kriegsoger das Westtor niederreißen können. Danach strömen Hunderte Orks ins Innere der Grenzfeste und scheren sich kaum um die Gegenwehr der Verteidiger (sechs Soldaten der Heldentrutzer Bergschützen und 20 herzögliche Soldaten der *Grünröcke*) am inneren Tor. Es bleibt nur der Rückzug in den Bergfried, denn vor dem dritten Tor Richtung Weiden warten ebenfalls Orks. Den Helden fällt die Rolle des Boten zu: Sie müssen sich aus dem Bergfried schleichen und informieren im Szenario **Der Ruf des Hirsches** (siehe Seite **50**) den Wachtgrafen.
- Ein weiterer möglicher Schauplatz ist die Baronsburg **Gramstein (33)**. Helden, die in der Region bekannt sind, vielleicht gar den Wachtgrafen kennen, können den Auftrag erhalten, Heldentrutzer Truppen bei der Zerschlagung des Belagerungsrings zu helfen. Alternativ geraten sie durch Zufall, etwa auf einer Reise von Greifenfurt nach Weiden, ins Geschehen, finden sich mit dem Baron auf der Burg wieder und harren dort aus, bis Verstärkung kommt. Sollten deine Helden es allein mit fast 100 Orks aufnehmen wollen, weise darauf hin, dass nur ein schmaler Weg den Felsen hinab führt und alle, die sich darauf befinden, ein leichtes Ziel abgeben. Die Orks haben den Befehl, sich nicht zurückzuziehen, denn sie dienen ohne ihr Wissen als Köder für die wachtgräflichen Truppen aus dem Norden.

Die ersten Angriffe in Greifenfurt

»Der Pass ist der Schlüssel, Rabenhorst das Tor, und die Toten darin: mein Heer.«
—Rhushuk Geisterklaue zu einem Blutkrieger kurz vor der Schlacht 1047 BF

Ende Rondra 1047 BF beginnt unter dem Kommando des Tairachschamanen *Rhushuk Geisterklaue* eine orchestrierte Angriffswelle auf die Türme der Finsterwacht in der Markgrafschaft Greifenfurt. Im Gegensatz zu früheren Orkenstürmen ist sein Ziel jedoch nicht ein sofortiger Durchbruch, stattdessen setzt Rhushuk auf eine Strategie der Täuschung und Staffelung: Zuerst sollen die Türme im Norden der Finsterwacht angegriffen werden, um das Hauptaugenmerk der Greifenfurter Grenzreiter unter dem Kommando von *Asa Gwinfrieda von Eisslingern* dorthin zu lenken. Während die Verteidigung sich im Norden sammelt, rückt Rhushuk persönlich mit seinen Blutkriegern nach Süden vor. Dort nimmt er gezielt die Türme entlang des *Schattenbachpasses* ins Visier, um schließlich den Zugang zum **Kloster Rabenhorst (54)** im Süden des Finsterkamms zu öffnen. Die Angriffe erfolgen koordiniert, aber dezentral, mit dem Ziel, Signalfeuer zu verhindern, die Reaktionszeit der Verteidiger für deren organisierte Gegenwehr zu minimieren und lokale Garnisonen zu isolieren. Einige Türme werden überrannt, andere belagert, manche nur zum Schein angegriffen, um Truppen zu binden und die Pläne des Aikars voranzutreiben. Dabei werden in den Reihen der Gharrachai aus dem Finsterkamm, die Rhushuk gemeinsam mit Khargash Blutbiss anführt, auch immer wieder große Gruppen von Zholochai unter den Angreifern gesehen, erkennbar an ihrem dunkleren, fast schwarzen Fell und den häufig gefärbten Haarkämmen. Die Zahl der Zholochai unter den Angreifern lässt vermuten, dass viele von ihnen für den Kriegszug aus dem Orkland gekommen sind, um die Finsterkamm-Orks zu unterstützen.

Der Schamane *Rhushuk Geisterklaue* hat es nicht allein auf militärischen Erfolg abgesehen: Sein Blick gilt den ungezählten Toten der *Schlacht am Nebelstein* während des *Dritten Orkensturms* 1012 BF, die im Schatten des Klosters ruhen. Ihre Erhebung zu Untoten durch die Macht Tairachs soll nicht nur das Land erschüttern, sondern auch eine offene Machtdemonstration gegenüber dem Schamanen *Aschepelz* sein, mit dem Rhushuk in Konkurrenz um den Titel des Tar'olak steht.

Die Chronologie der Ereignisse

Anfang Efferd 1047 BF fällt als Erstes fast lautlos der selten besetzte Turm **Erlenbruch (35)** der Greifenfurter Finsterwacht am Schattenbachpass. Späher der Gharrachai töten die beiden einzigen Wachtposten. Das Signalfeuer bleibt dunkel – ein kalkulierter Auftakt. Schwieriger gestaltet sich die Eroberung von **Burg Finster (36)**. Die Höhenburg thront am *Finsterhaupt* und gilt als bedeutender Vorposten der Greifenfurter Linie im zentralen Finsterkamm. Unterhalb der Festung liegt der kleine Weiler Finsterdorf, dessen Bewohner sich bei Gefahr üblicherweise in die Burg zurückziehen.

In der Nacht des Angriffs schleichen sich kleinere Gruppen von Orks ins Dorf. Die wenigen Wachen schlagen Alarm, doch innerhalb der Burg verkennen Ritter und Waffenknechte die Lage. Man hält die Angreifer für versprengte Plünderer – das Signalfeuer wird nicht entzündet. Statt Alarm zu schlagen, ruft der Burgvogt zu einem raschen Ausfall, um den Weiler zu sichern.

Die Bewaffneten stoßen auf erbitterten Widerstand: In den engen Gassen lauern Bogenschützen, Speerträger und ein Oger. Kaum die Hälfte der Einheit kann sich verwundet zur Burg zurückziehen. Während des Ausfalls durchbrechen die Orks und zwei Oger mit Wucht das nun ungesicherte Tor. Die Verteidiger versuchen, sich im Palas zu verschanzen, doch der Widerstand bricht binnen weniger Stunden. Das Signalfeuer bleibt dunkel. Burg Finster fällt innerhalb eines Tages – und mit ihr der erste Pfeiler der südlichen Schildlande.

Am nächsten Morgen machen sich die Orks den Nebel zunutze und greifen den Turm **Dohlentrutz (37)** an. Die Kombination aus Turm und Palisadenanlage hält nur ein paar Stunden stand. Doch das Signalfeuer kann rechtzeitig entzündet und so die südlich gelegenen Türme gewarnt werden. Die wenigen Überlebenden fliehen flussabwärts. Auf Turm **Nimmerwacht (38)** wird daraufhin ebenfalls das Feuer entfacht, um die Nachricht eines Angriffs weiterzutragen, die kümmerliche Besatzung flieht nach dem Entzünden in Richtung von Burg *Beldenruh* in *Beldenheim*.

Ein kleineres Orkheer versucht fast gleichzeitig am *Saljethweg*, die auf einem Felssporn thronende **Burg Orkentrutz (42)** sowie den Turm **Heldenwacht (43)** zu erobern. Dank der Warnungen aus dem Nordosten kann sich die Bevölkerung des umliegenden Dorfs rechtzeitig in Sicherheit der Orkentrutz zurückziehen. Die Feste wird über eine ganze Woche hinweg belagert. Anstatt eines direkten Angriffs setzen die Orks auf Zermürbung: Immer wieder versuchen sie, die wenigen Trinkwasserquellen der Anlage mit Leichen zu verunreinigen, um die Verteidiger zur Aufgabe zu zwingen.

Dagegen ist Turm **Heldenwacht** ein leichtes Opfer der Schwarzpelze. Die schlecht ausgerüstete Anlage oberhalb des Saljethwegs wird von einem plötzlichen Angriff getroffen. Der Turm fällt innerhalb weniger Stunden.

Rhushuks Plan geht auf: Da die Greifenfurter Führung davon ausgeht, dass die Orks einen Vorstoß ins Landesinnere vorbereiten, werden alle rasch verfügbaren Truppen zur **Burg Orkenwacht (44)** beordert – dem wichtigsten Kontrollpunkt am Saljethweg. Dort erwartet man den nächsten Angriff. Tatsächlich lassen die Orks einige Oger einen Frontalangriff vortäuschen, brechen diesen jedoch kurz darauf wieder ab.

Währenddessen beginnt Rhushuk Ende Efferd mit der eigentlichen Offensive im Südwesten. Bei **Scraans Horst (51)** kommt ihm die exponierte Lage des Turms auf einem abgelegenen Felsplateau zugute. Durch einen gezielt ausgelösten Steinschlag wird der Pass, der zur Anlage führt, verschüttet und der Nachschubweg abgeschnitten. Tage später findet ein Spähtrupp die kleine Besatzung tot vor – geopfert in einem orkischen Blutritual. In der Mitte der Anlage: ein erhobenes Greifenskelett, offenbar von Rhushuk belebt, um künftig Schrecken über die Region zu bringen.

Die ausgebauten Höhlen, die den Posten **Drachenauge (52)** bilden, fallen rasch in die Hände der Angreifer – nicht zuletzt durch die heimliche Unterstützung der Finsterzwerge, der abtrünnigen Zwerge, die den südlichen Finsterkamm bewohnen. Verborgene Zugänge ermöglichen es den Orks, den Verteidigern in den Rücken zu fallen und sie in einem kurzen, brutalen Gefecht zu überwältigen.

Nach dem Sieg entbrennt ein hitziger Streit zwischen Orks und Angroschim: Während Letztere die Gefangenen als Arbeitssklaven in ihre Minen bringen wollen, verfolgt Rhushuk Geisterklaue andere Pläne. Er beabsichtigt, die Überlebenden am Berg *Nebelstein*, wo einst eine große Schlacht während des *Dritten Orkensturms* stattgefunden hat und wo sich heute ein Boronkloster erhebt, dem Gott Tairach als Blutopfer darzubringen.

Besonders hart trifft es den letzten aktiven Wachposten, die **Schattenwacht (53)** oberhalb des Schattenpasses. Der schwer befestigte Turm thront auf einer Felsnadel und gilt als uneinnehmbar. Rhushuk selbst greift ein: In Gestalt eines Krähenschwarms gelangt er unbemerkt auf die Spitze des Turms und zerstört dort den Aufbau des Leuchtfeuers, während gleichzeitig eine Belagerung beginnt.

Mitte Travia 1047 BF hat Rhushuk Geisterklaue sein Ziel erreicht: Er betritt das verlassene Schlachtfeld am Nebelstein. In der Klamm von Bärenfels, wo im *Dritten Orkensturm* im Jahre 1012 BF ein Heer des Mittelreichs vollständig zerschlagen wurde, plant er, die Gefallenen zu einem untoten Heer für Tairach zu erheben.

Einbindung der Helden in Greifenfurt

Falls du für deine Spielgruppe einige der düsteren Ereignisse rund um Rhushuks Vormarsch selbst ausgestalten möchtest, findest du hier zwei Vorschläge, wie sich Stimmung und Brutalität der Eroberungen direkt ins Spiel bringen lassen:

- Die Gefährten geraten in Gefangenschaft, etwa bei **Burg Orkenwacht (44)** oder Turm **Dohlentrutz (37)**. Rhushuk lässt sie einsperren und zwingt sie, in einer improvisierten Arena zu ritualisierten Zweikämpfen gegen erhobene untote Kameraden anzutreten – zur Belustigung der Gharrachai und zur Ehre Tairachs.

Schaffen es die Abenteurer, sich im Kampf zu behaupten, gewährt man ihnen – unter dem höhnischen Gejohle der Orks und ohne Ausrüstung – die Freiheit. Von dort aus müssen sie sich durch die Kälte und Nässe des Finsterkamms schlagen, um ihren Weg zurück in sicheres Gebiet zu finden.

- Nach der Eroberung von **Drachenauge (52)** oder **Scraans Horst (51)** entbrennt ein offener Streit zwischen Orks und Finsterzwergen. Die Zwerge fordern die Gefangenen als Sklaven für ihre Minen, Rhushuk will sie als Blutopfer zum Nebelstein bringen. Inmitten des Streits erhalten die Helden eine Gelegenheit zur Flucht. Ein verborgener Zugang führt sie in alte Tunnel und Kavernen unterhalb des Postens. In der Dunkelheit verlieren die Verfolger die Spur der Flüchtenden. Doch bald zeigt sich, dass in der Tiefe noch etwas anderes jagt, erbarmungsloser und tödlicher als Orks oder Finsterzwerge. Es kann zu einem kurzfristigen Zweckbündnis mit den orkischen Verfolgern kommen, bevor sich die Wege trennen – oder enden.

GRAVESHS HAMMER

»Der Aikar giert nach Relikten seiner orkischen Götzen und streckt seine Klauen nach Weiden aus. Vor Jahren bargen Helden in den Tiefen des Nebelmoores ein solches Artefakt, Graveshs Hammer. Da die Schergen des Aikars unablässig nach dem Hammer suchten, ließ ich ihn in die Bingen der Finsterkammzwerge bringen, wo er bislang von Bergkönig Garbalon sicher verwahrt wurde. Doch nach dem vereitelten Raub des Schilds des Gravesh plagen mich düstere Ahnungen. Ich bitte euch: Reist nach Finsterkoppen, warnt den Bergkönig vor den Häschern des Aikars und schaut, dass der Hammer dort sicher verwahrt ist. Wenn ihr könnt, nutzt die Gelegenheit, das Band zwischen Menschen und den Finsterkammzwergen zu stärken, denn dunkle Zeiten nahen.«
—Gräfin Walderia zu den Helden, im Rondra 1047 BF

Dieses Szenario führt die Helden in den Finsterkamm, wo seit fast 20 Jahren Graveshs Hammer vor dem Zugriff der Orks bewahrt wird. In Finsterkoppen müssen die Helden zunächst Verbündete unter den Finsterkammzwergen gewinnen, um Zugang zu dem Angroschtempel zu erhalten, in dem das Artefakt verwahrt wird. Beim Tempel angekommen, stellen die Helden fest, dass die Orks bereits über versiegelte Tunnel in die Bingen von Finsterkoppen eingedrungen sind und den Hammer gestohlen haben. Die Verfolgung führt tief in ein verlassenes Tunnelsystem, das von vielbeinigen Schrecken aus vergangenen Zeitaltern bewohnt wird, denen auch die Orks zum Opfer gefallen sind.

Walderias Auftrag

Seit der Schild des Gravesh beinahe in die Hände des *Aikar Brazoragh* gefallen wäre – ein Vorfall, der in **Auf ins Abenteuer – Der Schild der Orkenwehr** beschrieben ist – lässt Altgräfin *Walderia von Löwenhaupt* ein finsterer Verdacht nicht mehr los. Wenn der Schild Ziel eines gezielten orkischen Vorstoßes war, könnte es nur eine Frage der Zeit sein, bis die Späher des Aikar herausfinden, wo sich der *Hammer des Gravesh* befindet. Dieser wurde vor fast zwei Jahrzehnten in die Obhut der Finsterkammzwerge gegeben, die ihn seither in ihrer Hauptstadt Finsterkoppen verwahren. Walderia will den Angroschim eine Warnung senden und bittet die Helden zu prüfen, ob das Artefakt sicher verwahrt wird. Gleichzeitig sollen die Helden das freundschaftliche Band zwischen Menschen und Zwergen stärken, um sich im Fall eines neuen Orkensturms die Unterstützung der Zwerge zu sichern. Zwar sind die Angroschim tapfere und loyale Verbündete im Kampf gegen die Orks, doch weiß die Altgräfin, dass das kleine Volk stolz und misstrauisch ist. Der Herrscher der Finsterkammzwerge, Hochkönig *Garbalon Sohn des Gerambalosch* (siehe Seite **43**) ist ein alter Bekannter der Gräfin, doch bei den Zwergen wird ein jedes Wort dreifach gewogen. Ein plumper Hinweis auf den Aikar könnte Argwohn wecken oder schlimmer noch: Zwergenstolz verletzen. Daher bittet Walderia die Helden um diplomatisches Geschick und behutsames Vorgehen.

Zu Gast bei Walderia

Sobald die Helden sich im Kampf gegen die Orks einen Namen gemacht haben – etwa nach dem **Auf ins Abenteuer – der Schild der Orkenwehr** oder während der ersten Angriffe auf Weiden und Greifenfurt (siehe Seite **34** und **36**), jedoch noch vor dem Fall von Nordwall (siehe Seite **50**), lädt Walderia sie auf ihre Residenz *Olats Feste* am Südwestufer des Neunaugensees ein. Die Wasserburg liegt bei Olat an der Mündung des Finsterbachs und gilt als trutzige Feste. Ausführlichere Informationen zum Dorf Olat und zur Burg findest du im Szenario **Der Tanz der Luchsin** ab Seite **76** und Seite **79**.

Walderia empfängt die Helden in ihrem steinernen Garten, einem idyllischen Ort der Entspannung inmitten der kalten Festungsmauern. Die Altgräfin lobt die Taten der Helden und zeigt, dass sie gut über ihre Erfolge wie auch Misserfolge informiert ist. Anschließend nimmt sie sie ins Vertrauen, berichtet von Graveshs Hammer und bittet die Helden, als ihre Gesandten zu den Zwergen zu reisen.

Walderia sieht ihren Auftrag als Ehrensache für das Wohl des Herzogtums. Bestehen die Helden auf einer Bezahlung über Kost und Logis hinaus, erhalten sie nach einer erfolgreichen Probe auf *Handel (Feilschen)* +1 pro QS 5 Dukaten und weitere 10 Dukaten, falls sie in bewaffnete Kämpfe verwickelt werden.

Sobald der Auftrag angenommen wurde, übergibt Walderia den Helden ein gesiegeltes Schreiben, das sie offiziell als gräfliche Gesandten ausweist (Erleichterung von +1 auf alle gesellschaftlichen Talente außer *Menschenkenntnis* und *Willenskraft* innerhalb der Grenzen des Herzogtums). Zusätzlich erhalten sie pauschal 10 Dukaten für die Reisekosten. Darüber hinaus teilt die Altgräfin einige Hinweise über die politischen Verhältnisse im Finsterkamm mit ihnen:

- *Der Hochkönig:* Garbalon Sohn des Gerambalosch ist ein bedächtiger Herrscher, der gern alten Geschichten lauscht, gute Pfeifen schätzt und selten spricht, ohne vorher lange nachzudenken. Wer seine Achtung gewinnen will, muss mehr bieten als laute Worte.

Der Gegenspieler: *Bonderik Sohn des Duglim* ist der selbst ernannte Bergkönig der Finsterzwerge, einer Gruppe Abtrünniger, die weite Teile des südlichen Finsterkamms besetzt haben. In den dortigen Stollen lässt er Erze und Zwergenkohle fördern. Seine Anhänger gelten unter den Angroschim als Schande. Man munkelt, sie würden Sklaven halten und gar mit Orks Handel treiben.

Zeit spielt immer eine Rolle

Im Verlauf des Abenteuers können die Helden und ihre Gegner Geschwindigkeitsmarken sammeln. Als Spielleiterin notierst du diese heimlich und vergleichst sie vor dem Finale. Dies beginnt direkt nach dem Aufbruch in Olat. In der untenstehenden Tabelle sind mögliche Geschwindigkeitsmarken aufgeführt. Zögere nicht, weitere Geschwindigkeitsmarken an beide Seiten zu vergeben, wenn sich die Helden geschickt anstellen oder Zeit verlieren. Wer mehr Geschwindigkeitsmarken angesammelt hat, wird im finalen Kampf im Vorteil sein.

Geschwindigkeitsmarken

Ereignis	mögliche Geschwindigkeitsmarken	Seite
Der Fall Nôrrhöhs	Helden +1 / Gegner bis zu +2	39
Verhandlungen in Finsterkoppen	Helden +1 / Gegner bis zu +2	41
Die Audienz beim Hochkönig	Helden +1 / Gegner bis zu +3	42
Weg durch die Binge zum Tempel	Helden 0 / Gegner bis zu +3	43
Überraschung im Angroschtempel	Helden +1 / Gegner +1	44
Hinterhalt der Orks	Helden +1 / Gegner +1	46
Kaverne der Brutmutter	Helden +1 / Gegner +1	47

Die Reise nach Finsterkoppen

Von Olat führt der Weg zunächst in Richtung Nordhag, was etwa eine Woche dauert. Von dort aus geht es den *Nôrrnstieg* hinauf, der über den Finsterkamm führt und nach etwa vier Tagen an Feste **Nôrrhöh** (**22**, siehe Seite **35**) vorbeiführt. Der dortigen Passstraße nach Norden folgend erreicht man nach drei weiteren Tagen Finsterkoppen am Berg Finsterkopf. Der Weg ist schmal, aber gut befestigt und breit genug für beladene Handelskarren. Er windet sich durch steiles Felsgelände, vorbei an Abhängen und engen Kehren, und ist daher für Reiter kaum passierbar.

Begegnungen

Auf dem Weg zur Binge des Bergkönigreichs stoßen die Helden auf erste Vorboten des heraufziehenden Konflikts. In Postenstationen oder bei Gesprächsfetzen in Wachtürmen machen Gerüchte von überfallenen Handelszügen, ausgebrannten Vorposten und verschollenen Spähern die Runde. Diese Erzählungen stehen in direktem Zusammenhang mit den gezielten Nadelstichen der Orks in der Region.

Die folgenden Beispiele bieten mögliche Szenen, um die zunehmende Bedrohung greifbar zu machen. Sie können von dir nach Belieben ergänzt, angepasst oder durch eigene Ideen ersetzt werden. Wichtig ist jedoch, dass der Angriff der Tordochai (siehe unten) stattfindet.

Der Händler

Auf dem Nörrnstieg treffen die Helden auf den tobrischen Händler *Sarl Humblatt* (42, wildes blondes Haar, gestikuliert viel; Handel 12 (12/13/13), Willenskraft 7 (13/13/13), SK 1). Sichtlich nervös bittet er um Hilfe, da er den Weg nach Nordhag aus den Augen verloren hat. Helfen die Helden dem verängstigten Händler, dankt er ihnen mit einer kleinen Gabe: einer Dose feinen Tabaks und einem Satz kunstvoll gearbeiteter Spielkarten. Außerdem kann er den Helden vom Fall der *Feste Nôrrhöh* berichten, falls sie bei deren Eroberung durch die Orks nicht selbst dabei waren.

Der Fall Nôrrhöhs

Die Befestigung wurde vor Kurzem von den Orks der Gharrachai eingenommen (siehe Seite **35**). Die Helden müssen sich der Wehranlage vorsichtig und unentdeckt nähern und sie im Schutz der Dunkelheit oder über einen versteckten Pfad umgehen, um nicht in einen Kampf verwickelt zu werden.

Gruppensammelprobe auf *Verbergen (Schleichen)*, 4 Aktionen, maximal 3 Versuche, alle Helden müssen eine Probe ablegen, bei mehr als 3 Helden ist für jeden zusätzlichen Helden die Probe um –1 erschwert.

Teilerfolg (6 QS): Die Helden schaffen es, ungesehen an der Feste vorbeizuschleichen.
Erfolg (10 QS): Die Gefährten kommen unauffällig und geschwind an der Festung vorbei. +1 **Geschwindigkeitsmarke**.
Misserfolg (weniger als 6 QS): Misslingt die Probe, werden die Helden von einer Patrouille (Anzahl Helden +1) Schwarzpelze (Werte wie *Orkische Elitekämpfer*, siehe Seite **134**) entdeckt. Die Gegner erhalten +1 **Geschwindigkeitsmarke**.
Patzer: Die Helden alarmieren die gesamte Besatzung der Festung. Sie müssen fliehen und verlieren wertvolle Zeit! Die Gegner erhalten +2 **Geschwindigkeitsmarken**.

Orkische Patrouille

Nahe der Passstraße nach Finsterkoppen geraten die Abenteurer in ein Gefecht mit einer orkischen Patrouille. Die Gruppe besteht aus (Anzahl der Helden +2) Orks und (Anzahl der Helden) Kriegshunde.

Probe auf *Geografie (Greifenfurt)*

QS 1: Die Orks sind vom Stamm der Tordochai. Sie gelten als besonders große und kräftige Krieger, berüchtigt für ihre Brutalität.
QS 2: Im *Dritten Orkensturm* wurden sie bei der Schlacht auf den Silkwiesen nahe Gareth nahezu ausgelöscht.
QS 3: Die wenigen Überlebenden zogen sich in den südlichen Finsterkamm zurück.
QS 4+: Dort gingen sie ein Zweckbündnis mit Bonderik, dem König der Finsterzwerge ein, der ihnen Unterschlupf gewährt und sie mit Waffen versorgt.

Die Patrouille soll gezielt Aufmerksamkeit auf sich ziehen und die zwergischen Spähposten alarmieren. Ihr Ziel ist es, die Blicke nach außen zu lenken, während zeitgleich weitere Tordochai mit Hilfe der Finsterzwerge durch stillgelegte und versiegelte Tunnelstraßen nach Finsterkoppen reisen.

Die Helden sind siegreich

Gehen die Helden als Sieger aus dem Gefecht hervor, trifft kurze Zeit später eine zwergische Abordnung auf dem Schlachtfeld ein. Angeführt wird sie vom grimmigen Hauptmann *Drumosch Sohn des Drawolosch* (200, 1,32 Schritt, braunes Haar, dichter Bart, fehlende Nasenspitze, wortkarg, pflichtbewusst; Werte siehe Seite **126**).
Drumosch mustert die Helden mit misstrauischem Blick, zollt ihnen jedoch Anerkennung für ihren Kampfesmut und erkundigt sich nach ihrem Begehr. Legen die Helden Walderias Schreiben vor und schildern ihre Mission, werden ihnen die Augen verbunden, ehe sie durch einen versteckten Zugang in das weitverzweigte Stollensystem von Finsterkoppen geführt werden.
Aufgrund ihres Erfolgs gegen die Orks erhalten die Helden keine Erschwernis auf gesellschaftliche Proben gegenüber den Angroschim.

Die Helden unterliegen

Drohen die Gefährten den Orks zu unterliegen, wendet sich das Blatt erst durch das Eingreifen einer zwergischen Patrouille unter dem Befehl von *Drumosch* (siehe oben). Die Angroschim schlagen die Orks zurück, doch ihr Auftreten ist kühl und voller Misstrauen. Der Hauptmann begegnet den Helden mit Skepsis. Er spricht nur das Nötigste, lässt sich das Schreiben der Gräfin zeigen und ordnet an, die Gefährten mit verbundenen Augen in die Binge zu geleiten. Die Abenteurer werden zwar eingelassen, doch ist ihre Niederlage nicht unbemerkt geblieben. Für alle folgenden Proben auf Gesellschaftstalente gegenüber den Angroschim gilt eine Erschwernis von –1.

Empfang in Finsterkoppen

Nachdem die Helden Zugang in die Binge erhalten haben, werden sie von Hauptmann Drumosch in die große Empfangshalle gebracht. Hier müssen die Helden sich in Geduld üben, denn eine Stunde lang hört man nichts außer dumpfen Jubelschreien. Kurze Zeit später taucht der Angroscho wieder auf und führt die Helden in eine große Halle, wo gerade das *867. Finsterkammer-Schützenfest* stattfindet. Der Boden klebt von Bier, Bratenduft hängt schwer in der Luft, und überall schallen Trinklieder, Gelächter und Schlachtrufe. Zwischen Langtischen, Zielscheiben und halbleeren Krügen bahnen sich die Helden ihren Weg, beobachtet von den misstrauisch Blicken der feiernden Angroschim.

Mögliche Szenen beim Schützenfest

Die folgenden Begegnungen dienen nicht nur dem Farbenspiel, sie beeinflussen konkret, wie der Zwergenrat über die Helden denkt. Jede Szene kann, je nach Reaktion der Helden, **positive** oder **negative Ansehenspunkte** einbringen. Diese entscheiden darüber, ob die Helden direkt zu Hochkönig Garbalon vorgelassen werden oder sich erst vor dem Rat rechtfertigen müssen (siehe Seite **41**).

- **1-2 positive Ansehenspunkte:** Die Helden erhalten eine Erleichterung von +1 auf gesellschaftliche Proben gegenüber dem Zwergenrat.
- **3+ positive Ansehenspunkte:** Die Helden erhalten eine Erleichterung von +2 auf gesellschaftliche Proben gegenüber dem Zwergenrat.
- **1-2 negative Ansehenspunkte:** Der Rat zeigt Misstrauen; Proben erhalten eine Erschwernis von –1.
- **3+ negative Ansehenspunkte:** Der Rat zeigt deutlichen Argwohn; Proben erhalten eine Erschwernis von –2.

Für Spielwerte kannst du auf die des *Finsterkammzwergs* auf Seite **126** oder die der *Bürgerin* im **Aventurischen Almanach** auf Seite **258** zurückgreifen und diese im Zweifelsfall natürlich an die Lebensweise der Angroschim anpassen.

- *Angerempelt*: Der sturzbetrunkene Veteran *Gandrasch Sohn des Ballasch* (152, schwarzes Haar, zahlreiche Brandnarben im Gesicht) stolpert in einen der Helden und schüttet ihm einen Humpen Dunkelbier auf das Wams. Reagieren die Helden gelassen oder gar mit Humor, ernten sie schallendes Gelächter und erste Sympathien (**Positiv**). Werden sie wütend oder aggressiv, zieht das schnell die Aufmerksamkeit mehrerer Umstehender auf sich – keine wohlwollende (**Negativ**).
- *Ein Bolzen für den Bartlosen*: Das Zwergenmädchen *Theruka* (13, dicke rote Zöpfe, Sommersprossen) schießt kichernd mit einer Spielzeugarmbrust und stumpfen Holzbolzen auf einen der Helden. Wer es freundlich zurechtweist oder zurückscherzt, darf mit einem kleinen Publikumslachen rechnen (**Positiv**). Wer grob wird, zieht den Unmut der Zwergenmütter auf sich. (**Negativ**).

- *Armbrust zum Bier?*: Zwischen zwei Tischen, an denen bereits mehrere Zwerge lallen und grölen, steht eine gezimmerte Zielscheibe. Der greise *Sordolax Sohn des Kurax* (368, wettergegerbtes Gesicht, wuchtiger grauer Bart) drückt einem der Helden die Armbrust in die Hand und schiebt ihn Richtung Linie. Umstehende Zwerge johlen und klopfen mit ihren Krügen auf den Tisch und schließen Wetten ab. Ob der Held trifft, wird schnell zur Nebensache. Wer sich nicht drückt und mitspielt, erntet Respekt und Schulterklopfen (**Positiv**). Wer abwinkt oder die Einladung arrogant ausschlägt, spürt rasch die Kälte zwergischen Stolzes (**Negativ**). Der Schuss wird mit einer Leichten Armbrust auf 15 Schritt Entfernung (Nah, FK+2) auf eine stillstehende (FK+2) Kleine Zielscheibe von 1 Spann Durchmesser (FK –8) ausgeführt. Durch Zielen kann ein Schütze sich den Schuss pro Aktion um +2 erleichtern (maximal um +4). Gelingt der FK-Angriff, trifft man ins Zentrum der Zielscheibe, misslingt die Probe um 2 oder weniger Punkte, trifft man immerhin noch den äußeren Bereich der Zielscheibe.
- *Lebensflamme*: Zwischen all dem Trubel schiebt sich der grinsende *Gundar Sohn des Rambosch* (114, rußverschmierte Schürze, Kampftrinker, Ratsmitglied) durch die Menge und hält einem der Helden ein kleines, tönernes Schnapskrüglein entgegen, aus dessen Hals eine blaue Flamme lodert. Der Schnaps ist hochprozentig und wird traditionell brennend getrunken. Stürzt der Held das brennende Getränk beherzt herunter, johlen die Umstehenden, klopfen auf Fässer und grölen: „Lebensflamme, Lebensflamme!" (**Positiv**). Zögert der Held sichtbar oder lehnt das Getränk ab, verfinstern sich die Gesichter der Anwesenden (**Negativ**).

Der Rat Finsterkoppens

Nachdem die Gefährten den vorderen Teil der Halle durchquert haben, werden sie zu einem steinernen Tisch geführt, an dem mehrere Ratsmitglieder der Binge Finsterkoppen sitzen und dem Fest aus sicherer Distanz beiwohnen. Inmitten von prunkvoll verzierten Bartspangen, dampfenden Pfeifen und kunstvoll gravierten Bierkrügen mustern die Ratsältesten die Fremden mit prüfendem Blick. Sobald die Helden das gesiegelte Schreiben Walderias vorzeigen und ihren Auftrag darlegen, beginnt eine angespannte Beratung. Hier erhalten die Helden die Gelegenheit, ihr Anliegen durch Worte, Auftreten und Haltung zu untermauern. Die zuvor gesammelten Ansehenspunkte (siehe oben) beeinflussen dabei direkt, wie empfänglich die Ratsmitglieder für ihre Argumente sind. Abhängig vom Ausgang dieser Szene entscheiden die Angroschim, ob die Gefährten dem Hochkönig Garbalon persönlich gegenübertreten dürfen – oder ob sie sich gedulden müssen, während wertvolle Zeit verstreicht.

Die Ratsmitglieder

Die eilig zusammengerufenen Ratsmitglieder bestehen aus verdienten und angesehenen Zwerginnen und Zwergen. Die hier aufgeführten Räte können durch weitere Zwerge ergänzt werden.

- Die misstrauischen Mitglieder *Ibralosch Sohn des Aurelosch* (234, bronzener Bart, auf einem Auge blind), *Roglom Sohn des Xotosch* (*795 BF, grauer Bart, stechender Blick, heimlicher Spitzel für Bonderik) und *Adamantosch Sohn des Marnax* (207, goldenes Haar, roter Bart, eitel) sind der Meinung, dass der Hammer sicher verwahrt ist, und alles Weitere die Menschen nichts angehe.
- Hauptmann Drumosch ist ebenfalls Mitglied im Rat und wird die Helden vor allem an ihrem Einsatz und Erfolg im Kampf gegen die Orkpatrouille messen.
- Die menschenfreundliche *Nartescha Tochter der Sorscha* (118, schwarze Locken, grüne Augen, liebt Goldschmuck, empathische Zuhörerin) unterstützt das Anliegen der Helden. Da sie jedoch erst seit 15 Jahren im Rat sitzt, schenkt man ihren Worten nur wenig Beachtung.
- Auch Sordolax (siehe oben) ist Mitglied im Rat. Er ist zu Beginn neutral, wird den Helden aber viele bohrende Fragen stellen, ehe er eine Entscheidung trifft.

Verräter im Rat
Bereits seit vielen Jahren ist Roglom Sohn des Xotosch ein Spitzel Bonderiks. Die Finsterzwerge entführten einst seine Frau und benutzen sie seither als Druckmittel gegen das Ratsmitglied. Roglom gibt sich den Helden gegenüber zwar misstrauisch, lässt sich im Zweifel aber auch überzeugen, um seine Tarnung nicht auffliegen zu lassen. Sein Schicksal und der damit verbundene Konflikt zwischen Garbalon und Bonderik soll in diesem Szenario noch nicht aufgelöst werden.

Gruppensammelprobe auf *Überreden* (*Schmeicheln*) oder *Etikette* (*Benehmen*) oder *Bekehren & Überzeugen* (*Diskussionsführung*) 10 Aktionen, maximal 4 Versuche

Teilerfolg (6 QS): Die Ratsmitglieder sind uneins. Ein Teil erkennt die Dringlichkeit, der andere mahnt zur Vorsicht. Die Helden müssen auf eine Entscheidung warten.

Erfolg (10 QS): Die Mehrheit der Ratsmitglieder konnte überzeugt werden. Die Helden werden zeitnah zum Hochkönig vorgelassen und erhalten **+1 Geschwindigkeitsmarke**.

Misserfolg (weniger als 6 QS): Die Ratsherren bleiben skeptisch. Es werden Zweifel an der Lauterkeit ihres Auftrags geäußert. Die Helden werden auf unbestimmte Zeit vertröstet. Die Gegner erhalten **+1 Geschwindigkeitsmarke**.

Patzer: Einer der Helden beleidigt versehentlich die Ehre des Rates – sei es durch Ungeduld, einen kulturellen Fehltritt oder unbedachte Worte. Zwei Ratsmitglieder verlassen empört den Saal. Ein Gespräch mit Garbalon wird vertagt. Die Gegner erhalten **+2 Geschwindigkeitsmarken**.

Die Audienz beim Hochkönig

Nachdem es den Helden gelungen ist, den Rat zu überzeugen, gestatten die Angroschim schließlich die Audienz beim Hochkönig. Unter der Führung von Hauptmann Drumosch und mehreren Zwergenkriegern werden die Gefährten durch die ehrwürdige Audienzhalle zum Thronsaal des Monarchen geleitet.

Zum Vorlesen oder Nacherzählen:

Der Gang durch die Audienzhalle ist breit, aber düster, nur wenige Fackeln werfen flackerndes Licht auf polierte Wände, in die Szenen aus der Geschichte der Finsterkammzwerge geschlagen sind: der Kampf gegen Orks, das Schürfen in dunkler Tiefe, das Schmieden mächtiger Waffen.

Schließlich öffnet sich eine schwere Tür, und der Geruch von Pfeifenkraut liegt in der Luft, herb und harzig. Auf einem erhöhten Steinsitz, eingerahmt von zwei stählernen Feuerschalen, sitzt ein gedrungener Zwerg mit breiten Schultern, rotweißem Bart und einer langstieligen Pfeife in der Hand. Er sagt zunächst nichts. Seine dunklen Augen ruhen lange auf euch, während er schweigend einen Zug nimmt und langsam Rauchkringel in die Halle steigen lässt. Dann, ohne jede Eile, hebt er die Stimme – ruhig und kratzig, mit dem Gewicht jahrzehntelanger Urteile: „Ihr habt gekämpft, getrunken, euch sehen lassen. Schön. Aber sprecht nun: Was führt euch wirklich in meine Binge?“

Der Hochkönig lauscht rauchend und ohne Regung dem Bericht der Helden. Erst als das letzte Wort verklungen ist, lehnt Garbalon sich langsam zurück, stützt sich auf die Armlehne seines steinernen Sitzes und spricht mit ruhiger, schwerer Stimme:

„Der Rat sagt, der Hammer sei sicher. Ich habe keinen Grund, an seinem Wort zu zweifeln.“

Stille breitet sich aus. Die Audienz droht zu versanden – doch noch ist nicht alles gesagt. Hier haben die Helden Gelegenheit, mehr zu zeigen als bloßes Bitten:

- *Gastgeschenk:* Überreichen die Gefährten ein Zeichen der Achtung, etwa einen Beutel feinen Tabaks (wie jenen des Händlers Sarl Humblatt), ein kunstvolles Kleinod oder ein selbst gefertigtes Andenken, kann das die Stimmung merklich aufhellen (Gruppensammelprobe +1, siehe unten).

- *Es war einmal:* Mit einer gelungenen Probe auf *Geschichtswissen* erinnert sich ein Held an ein passendes Beispiel aus alten Zeiten, ein Bündnis, ein Opfer, einen Sieg gegen die Orks (z. B. das Bündnis zwischen Elfen, Zwergen und Menschen gegen die Orks in der *Schlacht von Saljeth* 141 v. BF). Wird die Geschichte gut erzählt, unterstreicht sie das Anliegen der Helden und verschafft ihnen Garbalons Respekt (Gruppensammelprobe +1).
- *Taktgefühl:* Besinnen sich die Gefährten auf Walderias Warnung, keine Forderung zu stellen, sondern mit Achtung und Bedacht zu sprechen, kann eine gelungene Probe auf *Etikette (Benehmen)* die Tür zum Vertrauen öffnen. Garbalons Blick wird weicher, sein Ton wohlwollender (Gruppensammelprobe +1).

Gruppensammelprobe auf *Überreden (Schmeicheln)* oder *Etikette (Benehmen)* oder *Bekehren & Überzeugen (Diskussionsführung)* 10 Aktionen, beliebig viele Versuche

Teilerfolg (6 QS): Garbalon beginnt den Helden zu vertrauen. Wiederholungsproben (siehe **Regelwerk** Seite 27) im Falle einer misslungenen Probe sind nicht wie üblich um –1 erschwert.
Erfolg (10 QS): Die Helden gewinnen Garbalons Vertrauen und erhalten Zugang zum Hammer. Sollten sie 3 Versuche oder weniger gebraucht haben, erhalten sie **+1 Geschwindigkeitsmarke**. Ansonsten erhalten die Gegner **+1 Geschwindigkeitsmarke**.
Misserfolg: Die Helden können den Hochkönig nicht überzeugen. Die Helden werden erst Stunden später über den Diebstahl informiert und reumütig gebeten, die Verfolgung aufzunehmen. Die Gegner erhalten **+3 Geschwindigkeitsmarken**.

Garbalon Sohn des Gerambalosch
Kurzcharakteristik: 839 BF, weiser Monarch der Finsterkammzwerge, leidenschaftlicher Geschichtenerzähler und zäher Krieger; Geschichtswissen 15 (14/15/15), Willenskraft 12 (16/15/15), SK 3
Hintergrund: Garbalon Sohn des Gerambalosch, ist seit über sieben Jahrzehnten Anführer der Finsterkammzwerge. Er gilt als Bewahrer alter Traditionen und sucht nach Wegen, das Erbe seines Volkes gegen Bedrohungen von außen und innen zu verteidigen. In seiner Jugend kämpfte er selbst gegen Orkhorden. Heute ist er das Rückgrat eines zerrissenen Reichs, das vom selbsternannten Hochkönig der Finsterzwerge, *Bonderik*, und seinen Anhängern bedroht wird.
Motivation: Garbalon will sein Volk vereinen und seine Bingen sichern. Er misstraut Fremden – doch wer sich bewährt, dem hört er zu. Den Hammer des Gravesh hält er für ein heiliges, aber gefährliches Vermächtnis.
Darstellung: Lehne dich zurück, ziehe langsam an deiner (imaginären) Pfeife und verweile einen Moment. Fixiere dein Gegenüber, als würdest du jedes Wort sorgfältig abwägen, bevor du antwortest.
Schicksal: Der Monarch wird auch weiterhin die Geschicke der Finsterkammzwerge leiten.
Zitat: *»Versprechen sind schnell gesprochen. Doch was daraus folgt, muss man auch halten können!«*

Unter dem Finsterkamm

In Begleitung des Bergkönigs und vier seiner Wachen begeben sich die Helden über eine große Treppe in das Untergeschoss der Zwergenbinge. Du kannst die folgenden Beschreibungen nutzen, um die Binge mit Leben zu füllen und den Helden einen kurzen Einblick in die Welt der Finsterkammzwerge zu geben. Halten sich die Helden auf dem Weg nach unten zu lange auf, kannst du den Gegnern **+1 Geschwindigkeitsmarke** gewähren.

- Auf der großen Treppe in die Tiefe sind immer wieder Verzierungen und Fresken zu sehen, die die Geschichte der Finsterkammzwerge erzählen: die Besiedlung des Finsterkamms, der Kampf gegen Drachen, die Errichtung von Vorposten, aber auch die Aufgabe von Minen. Kurz bevor die Helden den Übergang in die tieferen Ebenen erreichen, passieren sie eine Gruppe Zwerge, die ein Fresko an einer stützenden Säule ausbessert. Die Handwerker sind uneins, wie sie vorgehen sollen. Als sie den Bergkönig erblicken, bitten sie diesen um einen Ratschlag. Es beginnt eine Diskussion (auf Rogolan), die sich lange hinziehen könnte. Um die Entscheidung zu beschleunigen, ist eine Vergleichsprobe auf *Überreden (Schmeicheln)* –1 gegen die *Willenskraft* der Zwerge (FW 7, 14/13/11) erforderlich.
- Ein gewaltiges Kohlebecken wird auf der unteren Ebene von mehreren Zwergen betrieben, die mit mechanischen Mitteln der Glut Luft zuführen und Kohlen in das Becken schaufeln. Die Umgebung um das Becken ist sehr heiß. Helden mit dem Nachteil *Hitzeempfindlich* müssen eine Probe auf *Selbstbeherrschung* –1 ablegen, um nicht eine Hitzestufe (siehe **Regelwerk** Seite **348**) zu erhalten.
- Als die Gruppe eine Kreuzung passiert, fällt den Helden auf, dass ein Gang weniger stark behauen ist, und in eine bunt schimmernde Höhle übergeht. Helden mit der schlechten Eigenschaft *Neugier* müssen eine Probe auf *Willenskraft* –1 bestehen, um nicht den Bergkönig zu bitten, die Höhle aufzusuchen, oder sich gar heimlich in die Höhle zu begeben. Garbalon ist bei einer gelungenen Probe auf *Überreden (Manipulieren)* –1 bereit, den Helden die Kristallhöhle zu zeigen. Sie ist voller funkelnder Edelsteine, die das Licht in allen Farben reflektieren. Zwergische Zauberwirker, Geoden genannt, und auch Angroschpriester nutzen sie bisweilen zur Meditation.
- Der weitere Weg weist immer wieder Verengungen auf. Mit einer Probe auf *Sinnesschärfe (Wahrnehmen)* fallen den Helden zudem Löcher und Schlitze in den sich verengenden Wänden auf (**QS 1**), die so beschaffen sind, dass ein Zwerg mit einem Speer oder einer Armbrust gut durch die Wand stechen bzw. schießen kann (**QS 2**). Sprechen sie den Bergkönig oder seine

Wachen darauf an, berichten diese stolz, dass die Verengungen zur Drachenabwehr dienen und im Angriffsfall die Ungeheuer aufhalten und den Zwergen gute Positionen zur Verteidigung ermöglichen sollen.

Falls deine Helden nicht gut genug ausgerüstet sind, kannst du in der letzten dieser Verengungen direkt vor dem Angroschtempel eine *Schwere Armbrust* sowie einen *Xorloscher Wurmspieß* platzieren. Beide sind meisterliche Zwergenarbeiten und richten +1 TP an. Die Helden können diese Waffen später mit auf die Verfolgung nehmen.

Sind die Helden bisher zu leicht vorangekommen, kann Garbalon selbst den Weg verlangsamen und ihnen die Kristallhöhle zeigen oder die Helden zu einer ausschweifenden Diskussion mit den Handwerkern einladen. In diesem Fall erhalten die Gegner **+2 Geschwindigkeitsmarken**.

Überraschung im Angroschtempel
Schließlich führt der Bergkönig die Helden in den Angroschtempel, in dem der Hammer und weitere Schätze aufbewahrt werden. Doch die Helden sind zu spät.

Zum Vorlesen oder Nacherzählen:
Bergkönig Garbalon stellt sich vor ein kunstvoll verziertes Portal und bedeutet euch, ihm zu folgen. Die Wachen bleiben in respektvollem Abstand zurück, als der Bergkönig gegen das Portal klopft und dann die Doppeltür mit beiden Händen aufstößt.
„Folgt mir in den Tempel des Herrn Angrosch, wo der Hammer und weitere Schätze meines Volkes aufbewahrt und von treuen Dienern unseres feurigen Herrn bewacht werden!"
Der Hochkönig tritt ein und bleibt wie angewurzelt stehen. Ihr könnt über ihn hinwegsehen und seht die Körper zweier Angroschpriester in ihrem Blut liegen. Ihre Hände weisen ausgestreckt nach vorne, auf den Altar des Angrosch. Um diesen herum stehen zahllose Schatullen voller Edelsteine und großer Erzklumpen, die unberührt zu sein scheinen. Nur eine Vitrine vor dem Altar ist zerbrochen.
„Der Hammer!", flüstert Garbalon leise und voller Verzweiflung. Dann wandert sein Blick an die hintere Wand des Tempelraumes, in dem zahlreiche Fliesen, Schmucksteine und farbige Granitsplitter auf dem Boden liegen. Einst war hier wohl ein prächtiges Wandmosaik zu sehen, doch nun klafft ein großes Loch in der Wand, das offenbar von hinten in das Kunstwerk geschlagen wurde.

Garbalon drängt die Helden, den Hammer zu bergen. Er vermutet zu Recht, dass die Eindringlinge durch die Wand kamen und mit dem Hammer wieder geflohen sind. Er befiehlt den Wachen, Alarm zu schlagen und weitere Zwerge zu Hilfe zu holen, während er selbst im stummen Gebet verharrt und der Toten gedenkt.

Der Hochkönig befiehlt zwei weiteren Zwergenwachen, die Helden durch den Durchbruch zu begleiten.
Falls die Helden direkt aufbrechen erhalten sie **+1 Geschwindigkeitsmarke**. Sollten sie sich längerfristig vorbereiten, ausrüsten oder zunächst beschließen, die beiden Leichen zu untersuchen, erhalten die Gegner **+1 Geschwindigkeitsmarke**.

Probe auf *Heilkunde Wunden*

immer – die beiden Angroschpriester sind tot und nicht mehr zu retten.

Das Krabbeln aus der Tiefe
Bereits kurz nach dem Tag des Zorns vor über 4.000 Jahren und tausende Jahre, bevor die ersten Ambosszwerge den Finsterkamm besiedelten und zu den Finsterkammzwergen wurden, versuchten sich die Zwerge der Sippe Aboralms dort niederzulassen. Bei ihrer Suche nach Bodenschätzen stießen sie auf uralte Höhlen und Nester aus dem 7. Zeitalter (siehe **Aventurischer Almanach** Seite **218**). Die Arbeit der Angroschim weckte zahlreiche vielbeinige Kreaturen aus ihrem Äonenschlaf, und es kam zu erbitterten Kämpfen. Den Zwergen gelang es zwar, die Angreifer zurückzuschlagen, doch die Verluste waren immens und so versiegelten die Kinder Aboralms ihre Bingen und zogen weiter gen Norden, wo sie später die legendäre Stadt Umrazim gründeten.
Bis heute stoßen die Zwerge im Finsterkamm immer wieder auf versiegelte Schächte und Höhlen, deren Ursprung sie sich nicht erklären können. In der Hoffnung auf Schätze und mächtige Artefakte versuchen Garbalon und Bonderik unabhängig voneinander, das Rätsel ihrer geheimnisvollen Vorgänger zu entschlüsseln und schicken immer wieder Expeditionen in die Tiefe. Während Garbalon dafür erfahrene Krieger, Söldner und Helden aussendet, greift Bonderik auf Sklaven und Orks vom Stamm der Tordochai zurück. Vor wenigen Monaten entdeckten Bonderiks Sklaven so eine uralte zwergische Tunnelstraße, die direkt ins Herz von Finsterkoppen führt. Lediglich eine verborgene Mauer trennt sie von dem Angroschtempel, in dem Graveshs Hammer aufbewahrt wird. Bonderik selbst weiß dank seines Spitzels Roglom (siehe Seite **42**) schon länger von der Existenz des Hammers und sieht nun eine Möglichkeit, Garbalon loszuwerden. Er bot Aschepelz an, ihm den Hammer zu besorgen, wenn dieser ihn im Gegenzug dabei unterstützt, die Finsterkammzwerge zu unterwerfen. Aschepelz willigte ein und Bonderik wies den Orks den Weg durch den Berg. Bei ihren Arbeiten weckten sie versehentlich die Brutmutter eines uralten Spinnenvolkes, die sich wegen der Nahrungsknappheit tief unter dem Gebirge in einen Jahrtausende währenden Schlaf gelegt hatte. Die Königin lauerte den Orks bei deren Flucht durch die Gänge auf, spann sie ein und beginnt nun damit, sie an ihre frisch geschlüpften Kinder zu verfüttern.

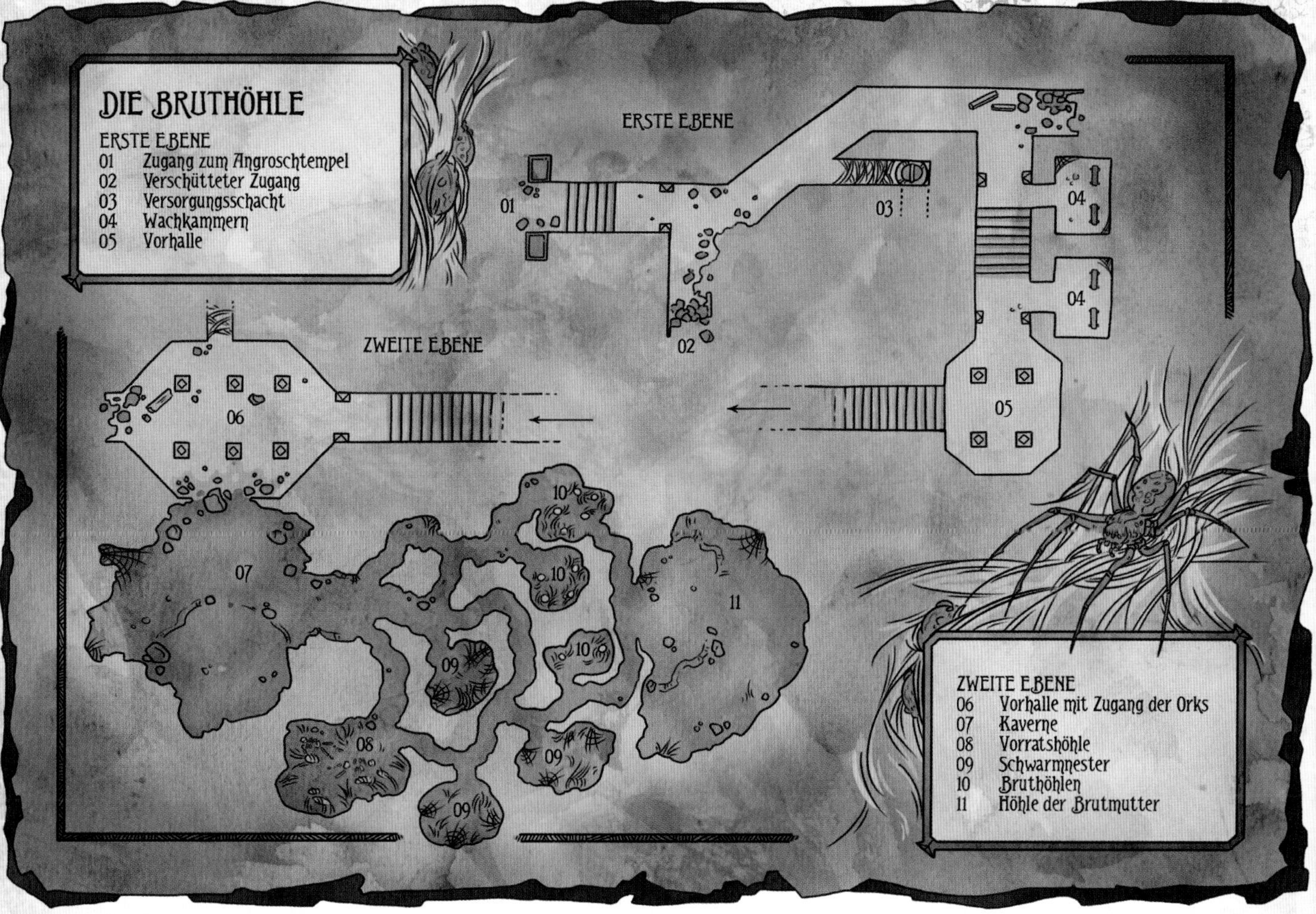

QS 1 – Die Wunden der Leichen stammen von scharfen Waffen.
QS 2 – Es handelt sich um Säbel und Äxte.
QS 3+ – Unter den Fingernägeln einer der Leichen finden sich schwarze Haar- und Fellreste, die vermutlich von Orks stammen.

Dem Hammer hinterher

Die Verfolgung der Diebe führt die Helden durch einen vor Jahrtausenden versiegelten zwergischen Stollen in das Gelege einer Brutmutter aus dem Zeitalter der Vielbeinigen. In den Gängen herrscht völlige Dunkelheit (Sichtmodifikator Stufe 4), was durch Vorteile wie Dämmerungssicht und Lichtquellen ausgeglichen werden kann (siehe **Regelwerk** Seite **348**).

01 Zugang zum Angroschtempel

Bei der Gründung des Tempels wurden die Wände mit kunstvollen Mosaiken aus Edelsteinen und bunten Steinfliesen verziert, weshalb der zugemauerte Gang in Vergessenheit geriet. Der Durchbruch der Orks hat einen Durchmesser von etwa 60 cm und führt in einen rund drei Schritt breiten und hohen Gang.

02 Verschütteter Zugang

Nur wenige Schritt nach dem Zugang gibt es eine Abzweigung, die in einer Sackgasse endet. Eine Probe auf *Steinbearbeitung (Steine brechen)* –1 offenbart, dass der Gang seit Jahrhunderten verschüttet ist und es wahrscheinlich Wochen dauern würde, ihn wieder freizulegen.

03 Versorgungsschacht

An einer weiteren Gabelung gibt es einen durch alte, nicht mehr klebende Spinnennetze versperrten und blockierten Gang, der zu einem ehemaligen Versorgungsschacht führt. Falls sich die Helden durch den Gang (50 Strukturpunkte) arbeiten, finden sie im Versorgungsschacht einen Kokon (20 Strukturpunkte) aus Spinnenseide. Darin liegt das Skelett eines Zwergenkriegers, der vor Jahrtausenden ein Opfer der Brutmutter wurde. Neben einem unbrauchbaren Kettenhemd und einem rostigen Felsspalter trägt der Zwerg einen Beutel mit Edelsteinen im Wert von 15 Dukaten bei sich.

Ins Netz gegangen
Die Kokons und Netze der Spinnen sind immun gegen Pfeile, Bolzen, Stich- und stumpfe Hiebwaffen. Feuerschaden wird hingegen verdoppelt.

04 Wachkammern

Die ehemaligen Wachkammern werden heute von einer kleinen Glutling-Kolonie besiedelt, einer aggressiven Asselart, die vor allem in tiefen Höhlen vorkommt und vor Kurzem über die Tunnelstraße eingedrungen ist. Glücklicherweise ist der Hauptschwarm gerade auf Jagd und nur wenige Tiere (Anzahl der Helden –1 in jeder Kammer) sind zur Brutpflege zurückgeblieben. Aufmerksame Helden (Probe auf *Sinnesschärfe (Wahrnehmen)* –1) können

Glutling
Größe: 1,00 bis 1,20 Schritt
Gewicht: 13 bis 18 Stein
MU 15 **KL** 8 **(t)** **IN** 13 **CH** 11
FF 11 **GE** 13 **KO** 13 **KK** 10
LeP 20 **AsP** – **KaP** – **INI** 12+1W6
VW 7 **SK** 1 **ZK** 1 **GS** 7
Beißwerkzeug: **AT** 11 **TP** 1W6+1(+Säure)* **RW** kurz
RS/BE: 2/0
Aktionen: 1
Vorteile/Nachteile: Dunkelsicht II
Sonderfertigkeiten: keine
Talente: Einschüchtern 6, Klettern 10, Körperbeherrschung 5, Kraftakt 3, Selbstbeherrschung 4, Sinnesschärfe 7, Verbergen 8, Willenskraft 5
Anzahl: Anzahl der Helden –1 in jeder Kammer
Größenkategorie: klein
Typus: Tier, nicht humanoid
Beute: 7 Rationen (ungenießbar)
Kampfverhalten: Glutlinge greifen potenzielle Opfer, und dazu zählen auch Humanoide, meist in größerer Zahl an und verlassen sich dabei auf ihre Bisse und den ätzenden Säurespeichel.

Flucht: Verlust von 50 % der LeP
Schmerz +1 bei: 16 LeP, 12 LeP, 8 LeP, 5 LeP oder weniger
Tierkunde (Ungeheuer):
- **QS 1:** Glutlinge sind eine unterirdisch lebende Asselart
- **QS 2:** Glutlinge greifen nie allein, sondern in kleinen Gruppen an.
- **QS 3+:** Vom ätzenden Speichel der Glutlinge geht eine besondere Gefahr aus.

Sonderregeln:
***)** *Ätzender Speichel:* Immer, wenn ein Gegner einer AT des Glutlings nicht ausweicht, muss 1W6 gewürfelt werden. Bei 1–3 erleidet der Gegner den Status *Brennend* auf kleiner Fläche. Sollte ein auf kleiner Fläche brennender Gegner noch einmal mit dem Beißwerkzeug in Berührung kommen, brennt er auf großer Fläche.
Meute: Glutlinge, die gemeinsam einen Gegner angreifen, erhalten pro Glutling in der Überzahl +1 AT (bis zu einem Maximum von +4 AT).

bereits von weitem das Kratzen und Krabbeln der Asseln vernehmen. Mit gelöschtem Licht und einer gelungenen Probe auf *Verbergen (Schleichen)* +1 können die Helden unbemerkt an den Wachkammern vorbeischleichen. Bei Misslingen der Probe oder dem Betreten der Kammern werden die Glutlinge ohne Vorwarnung angreifen und ihr Revier hartnäckig verteidigen.

05 Vorhalle
Die kleine Vorhalle wird von vier filigranen Basaltsäulen getragen. Eine breite Treppe führt, übersät mit Dutzenden Zwergenskeletten, abgebrochenen Mandibeln und versteinerten Chitinpanzer albtraumhafter Rieseninsekten, weiter nach unten. Hier tobte einer der letzten Kämpfe gegen die Vielbeinigen, bevor die Zwerge die Tunnel versiegelten. Hinter den Säulen haben sich (Anzahl der Helden –2) meisterliche Orks in einem *Hinterhalt* versteckt, um den Rückzug ihrer Kameraden zu decken (siehe **Regelwerk** Seite **237**). Benötigen die Helden länger als 5 Kampfrunden, um die Orks auszuschalten, erhalten die Gegner **+1 Geschwindigkeitsmarke**. Ansonsten bekommen die Helden **+1 Geschwindigkeitsmarke**. Überlebende Orks können mit einer Vergleichsprobe auf *Einschüchtern (Verhör)* gegen *Willenskraft (Einschüchtern widerstehen)* der Orks verhört werden. Die Befragten wissen nur, dass Bonderik und Aschepelz ein loses Zweckbündnis eingegangen sind und sie den Hammer für den Tairachschamanen stehlen sollten. Weitere Details oder Hintergründe kennen sie nicht.

06 Vorhalle mit Zugang der Orks
Die Vorhalle in der unteren Ebene war ungleich größer und prächtiger als die kleine Vorhalle (05) in der oberen Ebene. Sechs mächtige Basaltsäulen tragen das Deckengewölbe, das heute allerdings einige Risse aufweist. Überall liegen Schutt und Geröll. Mit einer gelungenen Probe auf *Sinnesschärfe (Suchen)* können die Helden Kampfspuren und zwei tote Spinnen entdecken. Hier befindet sich auch der Zugang zur Tunnelstraße, durch den die Eindringlinge kamen. Mittlerweile ist er jedoch vollständig von Spinnenweben eingesponnen, was die Flucht der Orks blockierte. Eine Probe auf *Tierkunde (Ungeheuer)* offenbart, dass die Netze noch frisch sind. Darüber befindet sich hinter einem frisch herausgebrochenen Steinhaufen der Zugang in die Kaverne der Brutmutter.

07 Kaverne
Der Eingang in das Nest der Brutmutter bildet eine große natürliche Kaverne. Im Siebten Zeitalter lebten hier hunderte Spinnen, die im Auftrag der Brutmutter die Jungen versorgten, Gänge ausbauten oder Nahrung für den Schwarm heranschafften. Heute ist die Kaverne überwiegend leer. Lediglich eine einzelne Spinne (Werte wie *Höhlenspinne*, aber KL 14 statt 9, siehe **Aventurischer Almanach** Seite **159**) bewacht heute den Eingang. Sobald sie die Gefährten bemerkt, flieht sie ins Innere der Bruthöhle (Vergleichsprobe auf *Sinnesschärfe (Wahrnehmen)* gegen *Verbergen (Schleichen)*), um die Brutmutter zu warnen. Gelingt ihr dies, erhalten die Gegner **+1 Geschwindigkeitsmarke** und auf Seiten der Brutmutter kämpft +1 Jungspinne, ansonsten bekommen die Helden **+1 Geschwindigkeitsmarke**.

08 Vorratshöhle
In der Vorratshöhle lagern die Spinnen die Beute, die nicht sofort verspeist wurde. Da die Brutmutter nach

ihrem Äonenschlaf sehr hungrig war und auch ihre frisch geschlüpften Kinder versorgen muss, können die Helden hier lediglich zwei in Kokons (20 Strukturpunkte) eingesponnene Orks und den Kadaver eines halb angefressenen Glutlings finden. Sollten die Helden mehr Geschwindigkeitsmarken als die Gegner haben, lebt einer der Orks noch, und kann mit einer gelungenen Probe auf *Heilkunde Gift (tierisches Gift)* –1 von seiner Paralyse geheilt und verhört werden. Die Probe für ein Verhör des Geretteten ist um +3 erleichtert (siehe Seite **46**).

09 Schwarmnester

Teile dieser Kavernen sind dicht mit Spinnenweben durchzogen. Da glücklicherweise erst wenige Spinnen geschlüpft sind, sind andere Teile aber noch leer. Begeben sich die Helden dennoch in die Kavernen, müssen sie eine Probe auf *Körperbeherrschung (Akrobatik* oder *Balance)* –1 ablegen, um nicht in einem der Netze hängen zu bleiben (siehe Sonderregeln der *Höhlenspinne*, **Aventurischer Almanach** Seite **159**).

10 Bruthöhlen

In den Bruthöhlen liegen immer noch Dutzende in Kokons eingewobene Eier, die die Brutmutter in der Hoffnung auf bessere Zeiten abgelegt hat.

Probe auf *Tierkunde (Ungeheuer)*

QS 1 – Einige Kokons sind aufgebrochen. Hier sind vermutlich erst vor kurzem Tiere geschlüpft.
QS 2 – Die Eier und Kokons ähneln stark denen von Höhlenspinnen.
QS 3+ – Wenn man berücksichtigt, dass die Jungtiere häufig ihre nicht geschlüpften Geschwister fressen, lässt die Anzahl der aufgebrochenen Kokons darauf schließen, dass etwa 6 bis 10 Spinnen geschlüpft sind.
Patzer – In einem der Kokons hat sich eine frisch geschlüpfte Jungspinne versteckt, die die Helden angreift.

11 Höhle der Brutmutter

Im hinteren Teil der Höhle befindet sich die riesige Kaverne der Brutmutter. Da die ausgeklügelten zwergischen Luftschachtsysteme nicht bis in die Höhle der Brutmutter reichen und die Luft kaum atembar ist, erhalten die Helden beim Betreten des Raumes +1 Stufe *Betäubung*, bis sie die Höhle wieder verlassen.

Das Finale

Bei Ankunft der Helden sitzt die Brutmutter umgeben von ihren Kindern in einem feinen Spinnennetz und verschlingt einen getöteten Orkkrieger.

- *Wir sind der Schwarm:* Die Brutmutter verlässt ihr schützendes Netz zunächst nicht und lässt ihre Kinder für sich kämpfen, während sie die Helden mit ihrem Netzangriff attackiert.
- *Einmal mit Profis:* Erst wenn alle ihre Kinder tot sind, krabbelt sie aus ihrem Netz und greift die Helden an.
- *Nutze deine Umgebung:* In den engen Gängen der Spinnenhöhle hat die Brutmutter aufgrund ihres massiven Leibs Probleme voranzukommen. Wenn sie dorthin gelockt wird, erhält sie den Status *Eingeengt*.
- *In die Falle gegangen:* Unter dem Leib der Brutmutter liegt ein weiterer Orkkrieger, der mit Graveshs Hammer am Gürtel in einen Kokon (25 Strukturpunkte) eingewickelt wurde. Der Ork blutet aus zahlreichen Wunden und der Hammer ist über und über mit Blut besudelt (*Sinnesschärfe (Wahrnehmen)* –1, um dies zu bemerken). Wollen die Helden zum Kokon vordringen, müssen sie sich durch das Netz der Brutmutter schlagen (30 Strukturpunkte). Vor jedem Angriff muss dem Angreifer eine Probe auf *Körperbeherrschung (Balance)* +1 gelingen, um sich nicht in dem Netz zu verfangen (siehe Sonderregeln Höhlenspinne).

Die Anzahl der Gegner ermittelt sich aus den gesammelten Geschwindigkeitsmarken der Helden und Gegner. Zusätzlich kämpft die Spinne aus der Kaverne (siehe Seite **46**) auf Seiten der Brutmutter, sofern sie noch nicht ausgeschaltet wurde.

Option A: Helden haben mehr Geschwindigkeitsmarken als die Gegner gesammelt.

Die Brutmutter wird von (Anzahl der Helden –2) Jungspinnen (Werte siehe **07 Kaverne**, Seite **46**) unterstützt.

Option B: Helden und Gegner haben gleich viele Geschwindigkeitsmarken gesammelt.
Die Brutmutter wird von (Anzahl der Helden –1) Jungspinnen unterstützt.

Option C: Die Gegner haben mehr Geschwindigkeitsmarken gesammelt.
Die Brutmutter wird von (Anzahl der Helden) Jungspinnen unterstützt.

Die Brutmutter
Größe: 4 Schritt
Gewicht: 390 Stein
MU 15 **KL** 15 **IN** 13 **CH** 10
FF 15 **GE** 11 **KO** 16 **KK** 23
LeP 120 **AsP** – **KaP** – **INI** 12+1W6
VW 7 **SK** 2 **ZK** 4 **GS** 7
Biss: **AT** 15 **TP** 3W6+3 **RW** kurz
Giftstachel: **AT** 14 **TP** 2W6+3(+Gift)** **RW** mittel
Netzangriff*: **FK**13 **LZ** 1 **TP** – **RW** 10/15/25
RS/BE: 3/0
Aktionen: 2 (max. 1 x Biss, max. 1x Giftstachel)
Vorteile/Nachteile: Dunkelsicht II, Herausragender Sinn (Tastsinn, Gehör)
Sonderfertigkeiten: Anspringen (Biss, Giftstachel), Festnageln (Giftstachel), Finte I (Biss, Giftstachel)
Talente: Einschüchtern 12, Klettern 13, Körperbeherrschung14, Kraftakt 12, Selbstbeherrschung 9, Sinnesschärfe 13, Verbergen 8, Willenskraft 11
Größenkategorie: groß
Typus: Übernatürliches Wesen, nicht humanoid
Beute: 100 Rationen Innereien (ungenießbar), Mandibel (30 Silbertaler), Gift (150 Silbertaler)
Kampfverhalten: Siehe **Das Finale** oben.
Flucht: kämpft bis zum Tod
Schmerz +1 **bei:** 90 LeP, 60 LeP, 30 LeP, 5 LeP oder weniger
Tierkunde (Ungeheuer):

- **QS 1:** Die Brutmutter ähnelt keiner bekannten Spinnenart. Ihre Kinder weisen jedoch Ähnlichkeiten mit den Höhlenspinnen auf.
- **QS 2:** Sie scheint deutlich intelligenter als alle bekannten Spinnenarten zu sein. Neben ihrem Beißwerkzeug kann sie Netze verschießen und hat einen Stachel, der vermutlich ein Gift enthält.
- **QS 3:** Das Gift wirkt vermutlich ähnlich paralysierend wie das der Höhlenspinnen.
- **QS 4+:** Die Brutmutter stammt vermutlich aus einem anderen Zeitalter, als die Vielbeinigen über Aventurien herrschten.

Sonderregeln:
***)** *Netzangriff:* Der Netzangriff zählt als Wurfangriff. Eine Schildparade gegen den Netzangriff ist nicht möglich. Bei einer gelungenen Attacke wickelt das Netz sich um den Helden und er erhält den Status *Eingeengt* und *Fixiert*. Für die Befreiung gelten die gleichen Regeln, wie beim Netz der *Höhlenspinne* (siehe **Aventurischer Almanach** Seite **159**)
****)***Brutmuttergift:* Die Brutmutter kann das Gift mehrfach einsetzen. Die Wirkung ist kumulativ.

Stufe: 5
Art: Waffengift, tierisch (komplex)
Widerstand: Zähigkeit
Wirkung: zwei Stufen Paralyse/ eine Stufe Paralyse
Beginn: 2 KR
Dauer: 24 Stunden/ 12 Stunden
Kosten (Kauf/Verkauf): 600 Silbertaler / 150 Silbertaler

Anspringen (Spezialmanöver)

Regel: Gegen diesen Angriff kann man sich normal verteidigen. Ist die Verteidigung misslungen, stürzt der Gegner und erleidet den Status *Liegend*. Der Angriff verursacht 1W3 TP anstelle des eigentlichen Schadens. Die Kreatur sitzt zudem auf ihrem Opfer und genießt eine *Vorteilhafte Position*. Um das Wesen herunterzubekommen, ist eine Vergleichsprobe auf *Kraftakt (Stemmen & Heben)* notwendig, die um –7 erschwert ist. Dies kostet 1 Aktion. Will der Held gleichzeitig auch noch aufstehen, so ist die Probe zusätzlich um –3 Punkte erschwert. Ein misslungener Angriff bedeutet, dass dem Gegner ein Passierschlag zusteht. Die Attacke ist um –4 erschwert.
Erschwernis: –4

Festnageln (Spezialmanöver)

Regel: Ein Festnageln-Manöver kann nur gegen Gegner durchgeführt werden, die den Status *Liegend* aufweisen. Gelingt die um –4 erschwerte AT und misslingt die Verteidigung, so ist das Opfer festgenagelt. In den nachfolgenden KR gelingt die AT automatisch, ohne dass die Spielleiterin würfeln muss. Jede KR richtet der Angriff +1 TP an (in der 1. KR noch keinen zusätzlichen TP, in der 2. KR +1 TP, in der 3. KR +2 TP usw.). Die TP werden wie üblich ausgewürfelt. Der Gegner erhält den Status *Fixiert* und behält den Status *Liegend*. Solange das Opfer festgenagelt ist, kann es sich nicht verteidigen. Die Angreiferin kann am Ende einer KR entscheiden loszulassen. Um sich zu befreien, muss das Opfer eine Vergleichsprobe auf *Kraftakt (Drücken & Verbiegen)* gegen die Kreatur gewinnen. Jede Probe kostet 1 Aktion.
Erschwernis: -4

Graveshs Hammer
Graveshs Hammer ist ein schwerer Schmiedehammer, dessen Kopf aus schwarz schimmerndem Metall besteht. Über beide Seiten ziehen sich Ornamente, die an züngelnde Flammen erinnern. Der Stiel besteht aus sprödem und hartem Holz, das mit Echsenleder umwickelt und mit kupfernen Amuletten verziert wurde.

- *Metallbearbeitung* –1: der Hammerkopf besteht aus einem unbekannten Sternenmetall.
- *Holzbearbeitung*: der Stiel besteht aus Steineiche und ist mindestens 1000 Jahre alt.
- *Götter & Kulte (Gravesh* oder *Tairach)* –1: Die Symbole im Hammerkopf stehen für Gravesh, den orkischen Götzen des Feuers und der Schmiedekunst. Die Kupferplättchen tragen auch Symbole des Tairach, des orkischen Götzen des Blutes, des Todes, der Erinnerung und der Magie.
- *Sinnesschärfe* –1: Der Hammer ist fast vollständig mit dem Blut des Orkkriegers besudelt. Es sieht fast so aus, als hätte der Hammer das Blut in sich aufgesaugt und sich damit verbunden.
- *Magische Analyse*: Der Hammer ist nicht magisch.
- *Karmale Analyse:* Der Hammer ist von karmaler Macht durchdrungen (QS 1). Er trägt die Macht Graveshs (QS 3) und Tairachs (QS 5) in sich.

Blutige Offenbarung
Durch das Blut des Orkkriegers wurde der Hammer aktiviert und die von Tairach versteckte Botschaft wird dem ersten Helden offenbart, der den blutigen Hammer berührt. Er erhält eine Vision Tairachs (1W6+2 SP), die dem Helden ein Stück seiner Pläne offenbart (siehe Seite **5**).

Zum Vorlesen oder Nacherzählen:
Als du den Hammer berührst, verdunkelt sich die Welt um dich. Du blickst nach oben und vor dir steigt ein blutroter Mond empor, dessen Licht wie geronnenes Blut über eine endlose Grassteppe sickert. In der Mitte der Steppe erblickst du einen gewaltigen Turm, der wie ein Speer in den Sternenhimmel ragt und das Madamal fast zu berühren scheint. Dein Kopf schmerzt und du spürst, wie Blut aus deiner Nase tropft, auf den Hammer fällt und gierig von diesem aufgesogen wird. Dir wird klar, dass der Hammer mehr ist als das Artefakt eines Orkgötzen. Aber was? Dann reißt der Himmel auf, das Licht erlischt und du stehst schreiend und mit blutigen Händen inmitten deiner Gefährten.

Epilog und der Lohn der Mühe
Mit dem Tod der Brutmutter und der Bergung des Hammers haben die Helden die Bedrohung vorerst gebannt und konnten einen wichtigen Sieg gegen die Orks erringen. Dank der Vision des Tairach haben sie nun auch eine erste Vorstellung davon, dass es sich bei den orkischen Artefakten, die der Aikar in den letzten Jahrzehnten gesucht und meistens auch gefunden hat, um mehr handelt, als bisher gedacht – eine Information, die sie mit wichtigen Personen der Schildlande teilen können.

- Garbalon wird sich beschämt bei den Helden bedanken und jedem Helden eine passende Zwergenwaffe (+1 TP) oder -armbrust (+1 TP und +10 % Reichweite) schenken. Zusätzlich erhalten sie eine Brosche aus Zwergenstahl, die sie als Freunde der Finsterkammzwerge ausweist (Erleichterung von +1 auf alle gesellschaftlichen Talente bei den Finsterkammzwergen, außer *Menschenkenntnis* und *Willenskraft*).
- Nach eingehender Beratung sind sich Garbalon und der Rat einig, dass der Hammer in Finsterkoppen nicht mehr sicher ist. Sie senden die Helden mit dem Hammer und einer Eskorte von 30 Kriegern zur Hauptburg des rondrianischen Ordens zur Wahrung vom Rhodenstein über dem gleichnamigen Dorf, wo die Helden die Möglichkeit haben, mit dem Abtmarschall Brin vom Rhodenstein über die Vision zu sprechen. Schließlich ist es Siegelmeister Tahir al'Merethin, der sich als Experte für orkische Artefakte für eine weitere Untersuchung des Hammers auf dem Rhodenstein ausspricht, was nach den jüngsten Ereignissen nicht bei allen Eingeweihten auf Verständnis trifft. Altgräfin Walderia wird mit einer Brieftaube über die Geschehnisse informiert und stimmt der vorläufigen Verwahrung bei den Rondrianern zu.
- Wenn die Helden herausgefunden haben, dass Bonderik hinter dem Angriff steckt und ein Bündnis mit den Orks geschlossen hat, wird Garbalon nach der Ausrufung des Schwertzuges zusätzlich zu den 50 Zwergenkriegern weitere 40 Kämpfer sowie 10 Sappeure zur Heerschau nach Reichsend entsenden (siehe Seite **111**).
- Für das Bergen des Hammers und das Töten der Brutmutter erhalten die Helden **20 Abenteuerpunkte**.

DER RUF DES HIRSCHES

»Die ersten Türme sind überrannt, die Menschen blicken ängstlich auf uns. Nun werden wir ihren Anführer vernichten – den Einzigen, der es mit uns im Finsterkamm aufnehmen kann. Hol dir seinen Kopf, er wird uns noch gute Dienste leisten!«
—der orkische Schamane Aschepelz zum Gharrachai-Häuptling Khargash Blutbiss, Ende Rondra 1047 BF

»Also ist es so weit, die Orks machen ernst. Irgendwann musste es kommen. Ich hoffe nur, wir können noch rechtzeitig reagieren – Tennach, Gramstein und Orkenwall sind gefallen oder müssen als gefallen gelten. Bringen wir die Wehrlosen in Sicherheit und stellen wir den Ork zum Kampf!«
—Wachtgraf Halgan von Hirschenborn zu seinen Getreuen, im Efferd 1047 BF

In **Der Ruf des Hirsches** erleben die Helden die Macht der Orks am eigenen Leibe und stehen dem Wachtgrafen *Halgan von Hirschenborn* in seinen letzten Stunden bei. Dies kann eine Schwierigkeit für deine Runde bedeuten: Der Wachtgraf wird im Abenteuer nicht zu retten sein, er wird in aussichtsloser Situation die Helden bitten, Kunde nach Nordhag zu bringen, während er mit seinen verbliebenen Getreuen die Stellung hält. Dies mag nicht allen Spielern gefallen, so dass du dieses Szenario auch auslassen oder anpassen kannst, wenn es nicht zu eurem Spielstil passt.
Die Helden erreichen im Efferdmond 1047 BF den Turm **Nordwall (23)**, wo sich Wachtgraf Halgan von Hirschenborn aufhält. Sie könnten erste Gerüchte über Orkangriffe auf die Finsterwacht vernommen, selbst den Angriff auf einen der südlichen Türme mitbekommen oder im Abenteuer **Graveshs Hammer** das Wirken der Orks in Finsterkoppen erlebt haben. Halgan selbst kennt die Finsterwacht wie kaum ein anderer und hat durch vertrauenswürdige Späher bereits erfahren, dass es Angriffe der Orks gegeben hat und hinter diesen kein Zufall oder ein dreister Kriegshäuptling steckt. Etwas Größeres bedroht die Finsterwacht oder gar das ganze Herzogtum Weiden. Aus diesem Grund organisiert er die Verlegung seiner Familie und seiner Vasallen ins stärker befestigte Nordhag. Doch die Orks sind schneller als erwartet und zwingen Halgan zum Handeln. Mit den Helden und kampfkräftigen Vasallen bricht er auf, um sie zu stellen, gerät dabei aber in eine Falle. Halgan erkennt den Plan der Orks, als Nächstes gegen Nordhag zu ziehen und bittet die Helden, diese Kunde in die Stadt zu bringen, während er mit wenigen verbleibenden Kämpfern ihren Abzug deckt. In einer wilden Flucht, verfolgt von den Orks, gelingt den Helden der Durchbruch, während der Turm Nordwall und mit ihm der Wachtgraf Halgan von Hirschenborn fallen.

Der Turm Nordwall

Nordwall ist eher eine klassische Ritterburg als ein einzelner Turm, doch in der Finsterwacht werden der Einfachheit halber alle zur Wachturmkette gehörenden Befestigungsanlagen als *Turm* bezeichnet. Neben dem Wachtgrafen und der Vögtin ♟ *Firre von Waldtreuffen* (Ende 20, kantiges Gesicht, misstrauisch; Willenskraft 9 (14/12/11), SK 1) sind hier zwei Rotten (20) *Schwarzschilde* und sechs *Schwarzfedern* (Bogenschützen) stationiert, wie die Soldaten des I. und II. Banners der *Heldentrutzer Bergschützen* genannt werden. Die Burg dient als Ausbildungsstätte von Bogenschützen und ist eigentlich groß genug, um das vorgelagerte Dorf Nordwall zu sichern. Zu Beginn des Abenteuers ruft Halgan die Dörfler von Nordwall schon hinter die schützenden Mauern, doch ihm ist bewusst, dass mit gut 30 Bewaffneten das Halten der Burg gegen eine Überzahl aussichtslos ist.

Feuer in der Nacht

Die Helden erreichen Turm Nordwall an einem Nachmittag und bemerken sogleich das emsige Treiben um die Burg. Aus dem kleinen Dorf werden Nahrungsmittel und Habseligkeiten unter Anleitung von vier Soldaten zur Burg gebracht. Weitere zwei Soldaten halten Wacht am Tor, während die Mauern und der Turm der Burg von Bogenschützen und Spähern besetzt sind, die angestrengt nach Westen blicken.
Vor Betreten der Anlage werden sie von einem Soldaten aufgehalten, der sie nach ihrem Ziel befragt. Kommen sie von Osten, rät er ihnen, zurück nach Nordhag zu reisen, in anderen Fällen bittet er sie nach kurzem Gespräch darum, Vögtin *Firre von Waldtreuffen* aufzusuchen, die sich ein Bild von der Lage macht. Bringen die Helden Kunde vom Fall der südlichen Türme oder gar der Grenzfeste **Nôrrhöh (22)**, oder handelt es sich bei ihnen um Adlige oder bekannte Helden, werden sie stattdessen sofort zum Wachtgrafen vorgelassen.

Zum Rapport

Die Helden werden von Firre oder Halgan ausgefragt – sind sie zunächst bei der Vögtin, wird diese schnell mit ihnen gemeinsam den Wachtgrafen aufsuchen. Dieser bittet die Helden, an seiner Seite zu bleiben und gegen die Orks zu streiten. Er macht klar, dass dies kein Befehl ist, sondern seine Bitte – für die Finsterwacht und für Weiden.
Anschließend können sie sich in der Burg noch etwas ausruhen und erhalten bei Bedarf je einen *Wirseltrank* (bei Einnahme 2 LeP, nach einer Stunde weitere 1W3 LeP, folgende Regeneration um 1W3 LeP erhöht), ehe sie am späten Abend zu einer Lagebesprechung gerufen werden.

Zum Vorlesen oder Nacherzählen:

Das Licht der flackernden Fackeln erhellt den kleinen Rittersaal des Turmes, in den der Wachtgraf seine Vögtin, die drei Unteroffiziere der Soldaten und euch einberufen hat – und einen Späher, der noch immer mit dem Atem ringt, wiewohl er dem Wachtgrafen bereits Bericht erstattet hat.

„Die Lage ist sehr ernst!“, beginnt Halgan und blickt in die Runde. „Nôrrhöh wurde von zahlreichen Orks erobert, sie ziehen weiter in Richtung Weiden. Sollten sie in ähnlicher Stärke hier eintreffen, werden wir Nordwall nicht halten können.“

Die anderen nicken und senken den Kopf, als Halgan fortfährt: „Wir müssen morgen mit Tagesanbruch die Dorfbewohner nach Nordhag bringen. Terkol, das wirst du übernehmen, mit zweien deiner Männer!“

Als der Soldat aufbegehren will, hebt Halgan die Hand. „Das ist keine Feigheit, sondern sehr ehrenvoll. In euren Händen liegt das Leben Dutzender Menschen! Du, Firre, wirst das Kommando über Nordwall übernehmen. Wenn die Orks kommen, müssen die Feuer entzündet werden – aber nicht früher, da wir noch nicht wissen, was ihre nächsten Schritte sind! Und wir ...“

Der Wachtgraf kommt nicht dazu, den Satz zu beenden. Von draußen erklingen laute Rufe.

„Das Feuer! Das Feuer von Turm Rabenfels brennt! Der Ork ist heran!“

„Sie kommen zu früh!“, flucht Halgan laut.

Das Feuer von Turm **Lichtwacht (25)** südwestlich von Nordwall wurde entzündet (siehe Seite **35**) und vom Turm **Rabenfels (24)** bis zum Sitz des Wachtgrafen weitergegeben. Schnell entfacht man auch auf **Nordwall (23)** das Signalfeuer. Nur wenige Stunden später schlagen die Türmer erneut Alarm: In einigen Meilen Entfernung haben sie Lagerfeuer ausgemacht: drei verschiedene Lager, zwischen denen jeweils mehr als eine Meile liegt. Halgan berät sich kurz und bezieht auch die Helden dabei mit ein. Sein Plan ist wie folgt:

- Mit den ersten Strahlen der Praiosscheibe werden die Dorfbewohner und Schutzlosen von drei Soldaten nach Nordhag eskortiert. Sie überbringen zudem eine Botschaft an die dort herrschende Baronin ♟ *Leudane von Finsterkamm*.
- Vögtin Firre von Waldtreuffen hält mit fünf Soldaten und Bogenschützen Turm **Nordwall (23)**, um Flüchtende einzulassen und ihn nicht kampflos aufzugeben, falls doch noch rechtzeitig Verstärkung eintreffen sollte.
- Halgan bricht mit den restlichen 18 Soldaten und Bogenschützen sowie den Helden auf, um eines der am Rande gelegenen Lager auszuspähen und je nach Situation anzugreifen. Danach erfolgt ein Rückzug oder Entsatz von Turm **Irschenborn (20**, im Norden) oder Turm **Rabenfels (24**, im Süden).

Die Helden können in den Plan eingreifen. Allerdings wird Halgan keine langen Diskussionen zulassen. Bei einer gelungenen Probe auf *Kriegskunst (Belagerung* oder *Partisanenkampf)* –1 schenkt Halgan ihnen Gehör (**QS 1**), lässt kleinere Anpassungen zu (**QS 2**) oder überlässt den Helden die Entscheidung, sich nach Süden oder Norden zu wenden (**QS 3**).

Abschied für immer?

Gib den Helden am nächsten Morgen die Möglichkeit zu beobachten, wie sich Halgan von Firre verabschiedet. Der Vögtin ist klar, dass sie einen Angriff auf Turm **Nordwall (23)** nicht überleben wird, und auch Halgan weiß, dass dieser Ausfall sein Letzter sein könnte. Beide blicken sich stumm an, schlagen sich dann mit der Faust aufs Herz – der Rondrianergruß, der klassische Gruß unter Waffenvolk – und verbeugen sich voreinander. Anschließend bricht der Wachtgraf mit seinen Getreuen auf.

In die Wildnis

Die Gruppe um den Wachtgrafen bricht zu einem der Lager auf, deren Lage man vom Turm erkennen konnte. Es führt kein direkter Weg dorthin, so dass du eine Probe auf *Orientierung (Sonnenstand)* +1 verlangen kannst, um die Richtung beizubehalten. Misslingt die Probe, braucht die Gruppe länger und wird das Lager erst zum Anbeginn der Nacht erreichen. Turm **Nordwall (23)** liegt noch ein gutes Stück vor den zerklüfteten Hängen des Finsterkamms, so dass die Gegend hier bewaldet und hügelig ist, aber nicht im Hochgebirge liegt. Da die Soldaten zu Fuß unterwegs sind, verzichtet auch Halgan auf sein Pferd und empfiehlt den Helden, es ebenso zu halten. In den dichten Wäldern sind Pferde sowieso nicht von Nutzen. Zur Beschreibung der Gegend kannst du folgende Szenen nutzen:

- Schon wenige hundert Schritt nach Verlassen des Turms betritt die Gruppe einen Nadelwald, der zunächst noch licht ist. Baumstümpfe zeugen vom Wirken der Holzfäller, die so nahe am Turm keinen dichten Wald belassen wollten. Aufgeschichtete und zerlegte Holzstämme bilden einen Wintervorrat für den Turm und das nahegelegene Dorf. Bald wird der Wald dichter, so dass die Gruppe nur noch langsam vorankommt. Die ortskundigen Soldaten finden aber stets einen Trampelpfad oder Wildwechsel.
- Auf einer Lichtung im Nadelwald liegt ein gewaltiger Stein, dessen Ränder abgerundet sind. Wer den Stein genau betrachtet, kann verwitterte archaische Symbole erahnen, die jedoch nicht zu den Schriften der Orks passen. Ein Mitglied der Schwarzschilde murmelt etwas von einem *Trolltisch* und macht ein Schutzzeichen. Sprechen die Helden ihn darauf an, flüstert er von Trollen, die einst die Region besiedelt haben und deren Zauberei noch heute zu spüren ist.
- Die Gruppe erreicht einen Lagerplatz, der noch nicht lange verlassen wirkt. Mit einer Probe auf *Fährtensuchen (humanoide Spuren)* stellen sie fest, dass hier Orks gelagert haben (**QS 1**), und zwar etwa zehn (**QS 2**). Sie sind aus verschiedenen Richtungen zusammengekommen und haben sich in Richtung des Lagers aufgemacht, das die Helden aufsuchen (**QS 3**). Während die Helden den Platz inspizieren, hören sie ein Knacken aus der Umgebung und das Heulen von Wölfen. Da die Gruppe sehr groß ist, wagen die Wölfe keinen Angriff, aber eine gewisse Unruhe macht sich unter den Soldaten breit. Gelingt Halgan oder den Helden keine ermutigende Rede mit einer erfolgreichen Probe auf *Bekehren & Überzeugen (öffentliche Rede)* +1, sind die Soldaten beunruhigt und müssen immer wieder motiviert werden.

Im dichten Nadelwald kann sich ein *Waldschrat* (siehe **Aventurischer Almanach** Seite **166**) verbergen, der sich von den Soldaten gestört fühlt und sie angreift, wenn sie ihn passieren.

Feindkontakt

Etwa eine Meile vor dem erwarteten Lagerplatz kommt es zum Kontakt mit den Orks. Lege eine Vergleichsprobe auf *Sinnesschärfe (Wahrnehmen)* der Helden gegen *Verbergen* +1 der Orks ab (FW 7,16/11/13), um zu ermitteln, ob die Gruppe die Schwarzpelze zuerst bemerkt. Sind die Helden erfolgreich, erkennen sie ein gutes Dutzend Gegner und (Anzahl der Helden) orkischer Kriegshunde, die sie überraschen können. Ob ihrer Übermacht und dem Vorteil der Überraschung befiehlt Halgan den Angriff.

Misslingt ihre Probe, stellen die 14 Orks ihnen erfolgreich einen Hinterhalt und beschießen die Gruppe mit einer Salve Pfeile, ehe sie in den Nahkampf übergehen. Der Kampf dauert nur kurz, da die Helden fast in doppelter Überzahl sind. Jeder Ork zieht sich zurück, wenn er 2 Stufen *Schmerz* erlitten hat. Sobald vier Orks geflohen oder tot sind, flieht auch der Rest – spätestens aber nach der 3. Kampfrunde im Nahkampf.

Einige Soldaten setzen den in verschiedene Richtungen fliehenden Orks nach, bis Halgan lautstark den Befehl erteilt, sich zu sammeln und weiter auf das Lager zuzuhalten. Der Kampfesmut und die Moral sind durch den Erfolg im Scharmützel gestärkt, und ohne zu Zögern – oder auf mögliche Warnungen der Helden zu hören – setzt die Gruppe ihren Weg auf das Lager der Orks fort.

Die Falle schnappt zu

Angeführt von Halgan dringt die Gruppe tiefer in den Wald vor, nur ab und zu gibt der Wachtgraf das Zeichen, innezuhalten und zu lauschen. Erst als sie nahe an dem Lager der Orks sind, lässt Halgan die Männer und Frauen ausschwärmen und sich vorsichtig der Stellung nähern. Die Helden haben die Möglichkeit, die Lage zu sondieren.

Probe auf *Sinnesschärfe (Suchen)* –1 oder *Kriegskunst (Partisanenkampf)*

- **QS 1**: Das Lager der Orks ist verlassen, es war jedoch durchaus groß. Wenigstens 50 Orks haben hier genächtigt.
- **QS 2**: Es waren sogar mehr, vermutlich rund 80 Orks. Der Aufbruch ist etwa bis zum Mittag erfolgt, die Feuer sind längst erkaltet.
- **QS 3**: Das Lager wurde professionell errichtet und liegt in einer Senke, die nicht leicht zu verteidigen ist. Im Fall eines Angriffs wären die Orks in einer schlechten Situation.
- **QS 4+**: Andererseits ist das Lager so eine gute Falle für Angreifer – wie die Helden es nun sind.

Das Lager selbst ist verlassen, keine Orks sind in einer Umgebung von etwa 30 Schritt um das Lager zu erkennen. Die Schwarzpelze haben sich allerdings nur zurückgezogen und warten auf einen Angriff der Menschen. Sollte ein Held die weitere Umgebung absuchen, kannst du ihm eine Vergleichsprobe auf *Sinnesschärfe (Suchen)* gegen *Verbergen* +1 der Orks (siehe oben) zugestehen, bei deren Gelingen er einzelne Schwarzpelze gut versteckt im Wald entdeckt.

Der Held hat die Möglichkeit, seine Gefährten zu warnen – andernfalls stürmen die Orks plötzlich und unerwartet aus ihren Verstecken.

Umstellt!

Zum Vorlesen oder Nacherzählen:
Das Lager ist vollständig verlassen, von den Orks keine Spur. Der Wachtgraf gibt das Zeichen, sich zu sammeln und weiter nach den Schwarzpelzen zu suchen.
Da durchbricht ein kehliger Schrei die Stille, und aus der Nähe setzt dumpfes Trommelschlagen ein. Im Wald um euch ist Bewegung zu erkennen – Orks, die auf euch zustürmen. Dutzende Orks.

Gib den Helden die Möglichkeit, sich zu positionieren. Halgan bellt einige Befehle und lässt seine Leute Deckung suchen. Es kommt zu einem ersten Angriff der Orks, für den du folgende Szenen nutzen kannst:

- Noch während die ersten Schwarzpelze auf die Weidener zustürmen und von Halgans Bogenschützen unter Beschuss genommen werden, ertönt ein mächtiger Trommelschlag. Nur einen Herzschlag später geht ein Pfeilregen auf Halgans Schar nieder. Drei seiner Soldaten gehen zu Boden, jeder Held muss mit einem W6 würfeln. Bei einer 1–2 wird er getroffen und kann dem nur mit einer Probe auf *Ausweichen* oder einer *Parade* mit einem Schild, jeweils um –4 Punkte erschwert, entgehen. Misslingt diese, erleidet der Held 1W6+4 TP.
- Mehrere Nebelkrähen erscheinen wie aus dem Nichts und fliegen über die Menschen hinweg. Ein Held mit der schlechten Eigenschaft *Aberglaube* muss eine Probe auf *Willenskraft (Bedrohungen standhalten)* –1 ablegen, um nicht 1 Stufe *Furcht* zu erhalten. Jeder Held muss mit einem W6 würfeln; bei einer 1 wird er von einer Krähe angegriffen (**AT** 13, **TP** 1W6+1, *Angriff auf ungeschützte Stellen*, d.h. bei einer gelungenen AT –2 ignoriert die Krähe normalen RS).
- Versucht ein Held, sich den Überblick über die Situation zu verschaffen, kann er eine Probe auf *Sinnesschärfe (Wahrnehmen)* –1 ablegen. Damit kann er erkennen, dass rund 25 Orks die Gruppe angreifen (**QS 1**), noch etwa weitere 20–30 verzögert heranstürmen (**QS 2**) und im Hintergrund Schamanen oder andere Zauberwirker lauern, die von weiteren Kämpfern geschützt werden (**QS 3**). Geräusche aus der weiteren Umgebung deuten darauf hin, dass weitere Orks in der Nähe sind (**QS 4**).

In aussichtsloser Position
Selbst wenn die Helden zunächst erfolgreich sind und den ersten Angriff abwehren können, sind es zu viele Orks, die immer weiter auf den Kampfplatz drängen.

- Nach den ersten Fernkampfangriffen werden die Helden in der dritten KR von (Anzahl der Helden) Orks erreicht. Falls sie keine besondere Formation einnehmen, wird jeder Held von einem Ork attackiert. Erfolgreiche Zauberei oder Fernkampfangriffe können die Gegnerzahl reduzieren.
- In der folgenden KR stoßen halb so viele Orks (aufgerundet) wie Helden hinzu, die nach Möglichkeit die Helden attackieren, die bereits viel Schaden verursacht oder Orks durch Zauber oder Liturgien außer Gefecht gesetzt haben.
- Eine KR danach erscheinen am Waldrand noch mehr Orks, zudem ertönen die Kriegstrommeln und Hornsignale lauter. Alle Helden müssen eine Probe auf *Willenskraft (Bedrohungen standhalten* oder *Einschüchtern widerstehen)* –2 ablegen, bei deren Misslingen sie 1 Stufe *Furcht* erhalten.

Spätestens nach 3-5 Kampfrunden im Nahkampf erkennt Halgan – und auch die Helden, wenn ihnen eine Probe auf *Kriegskunst (Feldschlacht)* +1 gelingt – dass die Weidener auf verlorenem Posten stehen. Sollte die Gruppe noch darauf bestehen, es mit den Orks aufnehmen zu können, kannst du die Reihen der Orks durch zwei Kriegsoger verstärken, die auf das Lager und die Menschen zumarschieren.

Flucht nach Nordhag

Der Wachtgraf trifft die Entscheidung, mit seinen Soldaten die Orks aufzuhalten und den Helden die Möglichkeit zur Flucht zu geben, damit diese die Stadt Nordhag erreichen und warnen können. Halgan fürchtet zu Recht, dass sich die Orks nicht mit den Türmen der Finsterwacht zufriedengeben werden – und ihm ist schmerzlich bewusst, dass er die Schutzbefohlenen von Nordwall nach Nordhag geschickt hat, wo ihr Leben nun in Gefahr ist.

Zum Vorlesen oder Nacherzählen:
„Es sind zu viele!", schallt die Stimme Halgans über den Kampfplatz.
Wie zur Bestätigung geht einer der Schwarzschilde unter den Angriffen zweier Orks zu Boden, während die restlichen Soldaten versuchen, die Lücke zu schließen.
Der Wachtgraf wirft <Name des ihm nächsten Helden> einen Blick zu. Er ist grimmig, geradezu entschlossen.
„Wir können hier nicht gewinnen. Aber wir können Weiden schützen. Meine Soldaten und ich halten die Stellung, während ihr einen Ausfall wagt. Brecht durch die Linien und eilt nach Nordhag, warnt die Stadt! Es sind zu viele Orks, sie machen nicht an den Türmen halt. Meldet Hochgeboren Leudane, dass die ganze Stadt in Gefahr ist!"
Seine Miene lässt keinen Widerspruch zu, zumal der nächste Angriff der Orks die dezimierten Verteidiger ins Wanken bringt.

Durch die Linien des Feindes

Um die beste Position für einen Durchbruch zu erkennen, kann ein Held eine Probe auf *Kriegskunst (Feldschlacht)* ablegen. Um durch die feindlichen Reihen zu brechen, müssen die Helden 3 KR lang gegen zwei Orks je Held kämpfen. Die Anzahl der Angriffe wird um die erreichte QS aus der Probe auf *Kriegskunst* reduziert (bei 3 QS müssen die Helden sich also in der ersten KR gegen zwei Orkangriffe verteidigen, in der zweiten KR nur noch gegen einen). Nach Ablauf dieser KR kann jeder Held mit einer Probe auf *Körperbeherrschung (Kampfmanöver)* –1 entkommen. Misslingt ihm die Probe, muss er noch einen Passierschlag hinnehmen, hat dann jedoch erfolgreich die Linien durchbrochen.

In der ersten KR achten die Orks noch nicht auf das Vorhaben der Helden und halten es für eine Verzweiflungstat. Ab der zweiten KR bemerken ihre Anführer den Durchbruch. Beschreibe, wie sich das Kampfgeschehen wandelt: Zunächst ertönen laute Rufe und Hornsignale, dann versuchen sich die orkischen Bogenschützen auf die Helden zu konzentrieren. Dies nimmt Halgan zum Anlass, mit dem Schlachtruf *„Für Weiden und die Bärenkrone!"* selbst einen Ausfall in Richtung der orkischen Schützen zu unternehmen, um von den Helden abzulenken. Da der Kopf des Wachtgrafen eine wichtige Trophäe für die Orks ist, löst dies Unordnung aus, und die Schwarzpelze wenden sich für den Moment von den Helden ab.

Erst wenn diese erfolgreich ihre Gegner überwunden haben, werden wiederum Rufe der Anführer laut, und ein Dutzend Orks nimmt die Verfolgung der Helden auf.

Wenn du besonders kampfstarke Helden hast oder ihnen die Ausweglosigkeit noch stärker vor Augen führen willst, stellt sich den Helden kurz vor Gelingen des Durchbruchs ein Kriegsoger in den Weg.

Lasst sie nicht entkommen!

Die Schwarzpelze nehmen sofort die Verfolgung der Helden auf. Sie haben nicht vor, sie lebend zu fangen, doch der dichte Wald erschwert Fernkampfangriffe. Für die Verfolgung nutze die Regeln für Verfolgungsjagden (siehe **Regelwerk** Seite **348**) in schwierigem Gelände. Die Helden starten mit einem Vorsprung von 5. Für die Jagd werden jede Runde Proben auf *Körperbeherrschung (Laufen)* –1 abgelegt.

Nutze die folgenden Beschreibungen und Ereignisse, um die Jagd spannend zu gestalten:

- Sind die Helden zu schnell, lassen die Orks einen ihrer *Kriegshunde* dem schnellsten Helden nachsetzen. Er darf für die Verfolgung seine volle GS addieren und lässt vom Helden nicht ab, ehe er tot ist oder die Orks ihn erreicht haben.
- Mehr Glück kann ein einzelner Held haben, der sich abgesetzt hat (Vorsprung mehr als 15). Die Geräusche seiner Verfolger werden leiser, doch anhand der Rufe bemerkt er, dass sich die Orks nun auf seine Gefährten stürzen. Der Held hat die Wahl: Er kann seine Flucht nun nahezu ungestört fortsetzen (Probe +1 statt –1, zudem darf er die volle GS addieren), oder er eilt seinen Gefährten zu Hilfe. In dem Fall darf er keine Probe ablegen, kann aber einen Fernkampfangriff durchführen (bei Gelingen scheidet ein Verfolger aus) oder die Orks am weiteren Vorankommen hindern (Probe auf *Wildnisleben*, bei Gelingen ist die Probe auf *Körperbeherrschung* der Verfolger zusätzlich um QS/2 erschwert).
- Kommen weder Orks noch Helden voran, geben die Schwarzpelze mit einem Horn ein Signal, auf das kurz darauf eine Antwort folgt. Eine weitere Gruppe von drei Orks ist etwas seitlich der Verfolger und versucht den Helden den Weg abzuschneiden. Der Vorsprung auf diese Orks beträgt 3 Punkte weniger als auf die restlichen Verfolger. Beschreibe, wie es im Wald raschelt und knackt, als weitere Gegner herannahen und gib findigen Helden die Möglichkeit, den Orks mittels Proben auf *Wildnisleben* den Weg zu verstellen.
- Haben die Orks den Vorsprung eines Helden auf 3 oder weniger reduziert, nutzen sie dies, um eine Pfeilsalve auf ihn abzufeuern. 1W3–1 Pfeile würden ihn treffen; für jeden Versuch auszuweichen (*Ausweichen* oder *Schilde*-Parade –4) ist die folgende Probe auf *Körperbeherrschung* für den Helden um –1 erschwert.
- Helden wie Orks können bei der Verfolgungsjagd in das Revier eines *Schwarzbären* oder wieder in die Nähe des *Waldschrats* (siehe **Aventurischer Almanach** Seite **169** bzw. **166**) geraten. Nutze den plötzlichen Angriff einer der Kreaturen, um die Jagd abwechslungsreich und spannend zu gestalten, den Helden zusätzliche Steine in den Weg zu legen oder ihnen unter die Arme zu greifen, wenn die Orks ihnen bereits arg zugesetzt haben.

Schließlich sollten die Helden ihre Verfolger abgeschüttelt oder im Kampf besiegt haben. Der Weg nach Nordhag dauert knapp zwei Tage. Je nach Zustand der Helden können sie noch auf weitere Orkpatrouillen treffen, oder sie erreichen die Stadt ohne Schwierigkeiten.

Der Mühen Lohn

Für das Erlebte haben sich die Helden jeweils **15 Abenteuerpunkte** verdient. Weitere **2 AP** kannst du zum Steigern von *Kriegskunst* oder *Orientierung* vergeben.

Der Fall von Nordwall

Sollten die Helden versuchen, den Turm **Nordwall (23)** zu erreichen, bemerken sie frühzeitig zwei größere Orkverbände, die sich dem Turm von zwei Seiten nähern. Weit über 100 Orks sind so nahe am Turm, dass die Helden ihn nicht mehr erreichen können, ohne danach eingeschlossen zu werden. Die Belagerung des Turms ist kurz, schon am zweiten Tag stürmen die Orks die Wehranlage und töten alle Verteidiger.

DIE KRÄHEN DES KRIEGES

»Wir haben diese elende Stadt schon einmal belagert, das werden die Glatthaut-Grishiks nicht vergessen haben. Dieses Mal aber zeigen wir ihnen wahren Schrecken. Schrecken, der solche Angst schürt, dass auch die gepanzerten Khurkach der Menschen uns nie wieder vergessen. Ai kattach!«
—Khargash Blutbiss, Kriegshäuptling der Gharrachai, zu Beginn der Belagerung Nordhags

Das Szenario spielt Mitte Efferd des Jahres 1047 BF und schließt unmittelbar an **Der Ruf des Hirsches** an.

Vergangenheit

Die vermehrten Angriffe der Orks sorgen dafür, dass erste Flüchtlinge aus der Heldentrutz die wehrhafte Stadt Nordhag erreichen und dort die Vorräte in den Speichern aufgestockt werden. Nach **Der Ruf des Hirsches** (siehe Seite **50**) suchen viele weitere Menschen Schutz hinter den Mauern Nordhags, in banger Erwartung des nächsten Angriffs der Orks.

Was geschehen wird

Tatsächlich ziehen mehrere Horden der Schwarzpelze wie aus dem Nichts vor oder besser hinter der Stadt auf und richten sich scheinbar auf eine Belagerung der alten *Wehr des Nordens* ein, zu denen die Festung der Stadt, die *Nôrrburg*, gezählt wird.
Die Helden erleben mit, wie die Horden von *Khargash Blutbiss*, dem Kriegshäuptling der Gharrachai, die Stadt einschließen. Sie helfen dabei, die Stadt auf eine Belagerung vorzubereiten. Der orkische Kriegshäuptling spießt den abgetrennten Kopf des Wachtgrafen Halgan zur Demoralisierung vor den Mauern auf. Die Leichname weiterer Mitglieder von Halgans Schar werden dort ebenfalls gepfählt, um die Schwäche der Menschen zu verspotten. Khargash lässt provozierend offen eine Ramme bauen: ein massives Gerüst, an dem ein mächtiger Baumstamm mit zwei stählernen Stierhörnern an Ketten aufgehängt wird. Die Helden müssen verhindern, dass das Ungetüm gegen die Mauern und Tore der Stadt eingesetzt wird, und Halgans Kopf retten.
Die Belagerung von Nordhag ist jedoch lediglich eine Finte, um die Verteidigung der Weidener auf die wichtige Stadt zu konzentrieren. Das blutige Schauspiel dient vor allem dem Zweck, die Kräfte Nordhags zu binden, damit der Schwarze Stier *Ugrashak* insgeheim mit einer Kriegsrotte an der Stadt vorbei durch den Blautann ziehen kann, um dem Abtmarschall *Brin von Rhodenstein* eine finale Herausforderung entgegenzubrüllen (siehe **Des Löwen Wille** auf Seite **60**).
Während alle Augen auf Nordhag ruhen, führen die Orks einen heimtückischen Angriff auf das Pilgergut Leuinried aus. Ihr Ziel ist es, den rondrianischen Orden zur Wahrung vom Rhodenstein zum Handeln zu zwingen.

Einstieg ins Abenteuer

Die Helden befinden sich zu Beginn des Szenarios in der Stadt Nordhag. Mögliche Gründe, die sie hierher verschlagen haben, könnten folgende sein:

- Zufällige Durchreise oder Erholung, nachdem sie einen Handelszug hierher beschützt haben.
- Sie haben die Warnung des Wachtgrafen Halgan überbracht (siehe **Der Ruf des Hirsches** auf Seite **50**).
- Sie bringen als Boten der Wachtvögtin Asa von Eisslingern die Botschaft aus Greifenfurt, dass **Burg Finster (36)** gefallen ist und Greifenfurt seine Kräfte bei **Burg Orkenwacht (44)** sammeln will (siehe **Die ersten Angriffe in Greifenfurt** auf Seite **36**).

In den letzten beiden Fällen haben sie den Respekt der Baronin von Nordhag und werden als fähige Recken geschätzt.

Schauplatz: Die Stadt Nordhag

Nordhag
Einwohner: etwa 900
Herrschaft: Stadtmeister Erlbrecht Kaltensieder (oft hat die Baronin aber das letzte Wort)
Verteidigung: etwa ein Dutzend Stadtgardisten, Torwachen und Nachtwächter, 3 Rotten Söldner von *Hagendorfs Rauhreitern*, etwa ein halbes Dutzend Ritter und Waffengefolge der Baronin auf der Nôrrburg, etwa ein halbes Dutzend Schwarzfedern
Tempel: Rondra („Halle der Orkenwacht"), Peraine, Phex, Travia, Ingerimm (mit Simia-Schrein)
Schänken/Gasthäuser: Gasthaus Oberhager Hof (Q4/P5/S8), Gasthaus Orkenspalter (Q3/P3/S30), Schänke Töpferklöppel (Q5/P4/S8), Schänke Unterfang (Q2/P2)
Wichtige Handwerker: Töpfer, Salzsieder, Steinmetz, Schreiner, Bogenbauer, Schmied, Krämer, Stellmacherei Kolenbrander

Durch seine Lage am Kreuzungspunkt des nach Greifenfurt führenden *Markenwegs* mit dem über den Finsterkamm führenden *Nôrrnstieg* ist Nordhag der wichtigste Handelsplatz und mit Abstand die größte Siedlung der

Heldentrutz. Nordhager Töpferwaren und Salz, das sogenannte *Weiße Gold*, das der Stadt einen gewissen Reichtum beschert, sind überall begehrt.

Vom Markenweg aus betritt man durch das südliche **Nôrretor (VH01) den Stadtteil** *Vorhag*, in dem sich direkt um den *Kleinen Jammer* herum, den kleineren der beiden Marktplätze der Stadt, die **Stellmacherei Kolenbrander und Mietställe (VH02)**, das **Haus der Beilunker Reiter (VH03)**, die **Garnison (VH04)** der Söldner von *Hagendorfs Raureitern*, die **Stadtwache (VH05)**, der **Schuldturm und Kerker (VH06)** sowie die **Gasthäuser Töpferklöppel (G01) (Q4/P3/S8)** und **Orkenspalter (G02)** (Q3/P3/S30) finden, in denen reisende Händler aus dem Svelltal, dem Bornland und allen Provinzen des Mittelreiches angetroffen werden können.

Über den *Hohen Weg* erreicht man den *Großen Jammer*, den großen und gut besuchten Marktplatz, passiert jedoch zunächst das von Handwerkern beherrschte *Töpferviertel*, in dem das **Zunfthaus der Salzsieder (TV01)** und der **Halle der Meister (T01)** genannte Ingerimmtempel stehen, in dem sich auch ein Simiaschrein findet.

Östlich liegt der Stadtteil *Unterhag*, in dem viele Tagelöhner leben und in dessen Schenken, wie der **Schänke Unterfang (G03)** (Q2/P2), man auch auf lichtscheues Gesindel trifft. In den Gassen dieses Viertels verbirgt sich sogar ein zwielichtiges **Alchimistenlabor (UH01).** Hier liegen aber auch die **Eibenhalle (T02)** des Phex mit der berühmten Grauen Eibe, der **Zippelhaus (T03)** genannte Traviatempel und jenseits des Pulvermühlenteichs über eine Brücke erreichbar der sich an die Stadtmauer anschmiegende **Boronschrein (T04).** Hier führt eine kleine Mannpforte durch die Stadtmauer zum vor den Mauern liegenden *Boronanger* der Stadt.

Im Nordwesten des Großen Jammers liegt *Peraines Grüner Garten*, wo sich neben dem **Grüner Hof (T05)** genannten Perainetempel das **Gerichtsgebäude (PG01)** und das **Hasentor (PG02)** befinden, durch welches man den *Nôrrnstieg* erreicht, der über den Finsterkamm ins Svelltland führt, und der bisweilen auch *Finsterkammpass* oder *Saljethstieg* genannt wird.

Das bessere Viertel *Oberhag* kann man vom Großen Jammer aus über den steilen *Sprung*, eine kleine, das Viertel begrenzende Felsformation, oder über die *Fischtreppe* entlang des *Weißen Kaltwassers*, eines Seitenarms des Bachs *Kaltwasser*, erreichen. Auf der unteren Ebene des Viertels findet sich neben dem besten Haus am Platz, dem Gasthaus **Oberhager Hof (G04)** (Q4/P5/S8), mit der prächtigen **Halle der Orkenwacht (T06)** der Rondratempel. Auf der oberen Ebene stehen das **Rathaus (OG01)** und das **Haus der Finsterwacht (OG02)**, während sich an der höchsten Stelle die **Nôrrburg (OG03)** erhebt, eine der alten *Wehren des Nordens*, in der Baronin ♙ *Leudane Emer von Finsterkamm* residiert.

Zusätzliche Informationen zu Nordhag findest du im Szenario **Die Rache des Stiers** ab Seite **102**.

Wichtige Personen in Nordhag während der Belagerung
Die Helden können mit diversen Fraktionen in der Stadt interagieren: Adel, Klerus und Bürgerlichen.

- **Leudane von Finsterkamm:** Die Baronin von Nordhag (38, blond, hochgewachsen und kantig, impulsive Ritterin; Willenskraft 8 (15/12/12), SK 1) ist erstaunlich tatendurstig und hat keine Standesdünkel. Sie ist immer und überall zu finden, wo es etwas zu tun oder zu organisieren gilt. Die Helden müssen sie mehrfach davon abhalten, mit gezogenem Schwert einen Ausfall anzuführen.
- **Cailinnis von Hirschenborn:** Die Witwe des Wachtgrafen Halgan (55, hellbraune Haare, sehnige Statur, pragmatisch; Willenskraft 7 (13/13/14), SK 2) wird schnell zur Sprecherin der Geflüchteten in Nordhag. Sie ergibt sich weder der Trauer noch dem Hass, sondern sucht handfeste Lösungen für die vielfältigen Probleme ihrer Leute. Dazu sucht sie immer wieder Hilfe bei den Helden.
- **Maquedar Montebar:** Der Hauptmann der Söldnereinheit *Hagendorfs Rauhreiter* (44, dunkle Augen, langes schwarzes Haar in einem Eslamszopf, Oberlippenbart, brillanter Säbelfechter, Weinkenner; Handel 13 (11/15/13), Willenskraft 10 (15/15/13), SK 2) kann zu einer Schlüsselfigur werden, denn seine Söldner sind im schmutzigen Kampf gegen die Orks versiert. Wenn die Helden sich dafür einsetzen, dass seine Abgaben gesenkt werden oder er einen exklusiven Kontrakt beim Schutz von Handelszügen aus Nordhag erhält, ist er ihr Mann.
- **Erlbrecht Kaltensieder:** Der Stadtmeister (68, graue Augen, weißhaarig, altersdünn und leicht zittrig, exzellenter Buchhalter und Händler; Handel 16 (14/16/15), Willenskraft 10 (11/16/15), SK 2) will zunächst die Baronin ausstechen, ist aber schnell zutiefst verängstigt, so dass er entweder beruhigt oder angestachelt werden muss. Konzentriert er sich auf seine Fertigkeiten, gelingt es ihm, Lebensmittel geschickt zu rationieren oder effektive Löschketten zu bilden.
- **Traute Ackermann:** Die Sprecherin der Tagelöhner (44, blaue Augen, zerzauste schwarze Haare, kräftig und mit Schwielen an den Händen, nimmt kein Blatt vor den Mund; Überreden 10 (14/12/11), Willenskraft 10 (11/16/15), diverse Handwerkstalente 10+, Meister der Improvisation, SK 2) kann eine echte Hilfe werden, denn die Arbeiter haben wenig zu verlieren und sind es gewohnt, sich die Hände schmutzig zu machen.

Kargashs Horden

Das Morgengrauen bringt für die Einwohner der Stadt tatsächlich das Grauen. Von Nebel geschützt, ist eine riesige Kriegsmeute Orks aus den Wäldern des Finsterkamms herabgestiegen. Unter den Angreifern finden sich Orks der Gharrachai, auf Bergwölfen reitende Ghorinchai und Zholochai aus dem Orkland. Tumbe Kriegsoger haben begonnen, Spießwälle aus abgerissenen Tannen zu errichten, das Geifern von Kriegshunden und das Jaulen von Bergwölfen liegt in der Luft. Ein großes Rundzelt wird errichtet und bald flattert ein krudes Banner darüber, das die geschwungenen Hörner Brazoraghs zeigt. Noch ist der Belagerungsring nicht geschlossen, aber immer mehr Orks strömen heran und bald wird auch der Süden der Stadt eingekesselt sein. Die Belagerung Nordhags hat begonnen – die Zeit für echte Helden.

Die Verteidiger von Nordhag

In der Stadt sind keine größeren Verbände gräflicher oder gar herzöglicher Truppen stationiert, die Verteidiger der Stadt setzen sich aus den folgenden Waffenfähigen zusammen:

- Ein Dutzend Ritter und Waffenknechte der Baronin auf der Nôrrburg.
- Einige Soldaten der Finsterwacht des I. und II. Banners der Heldentrutzer Bergschützen: eine Rotte (10 Personen) *Schwarzschilde* und fünf *Schwarzfedern* (Bogenschützen).
- Insgesamt 30 Männer und Frauen der Stadtgarde.
- 30 Söldner von Hagendorfs Raureitern, 10 davon beritten.
- 300 Einwohner der Stadt sind wehrhaft genug, um sich an der Verteidigung der Stadt zu beteiligen, weitere 150 können beim Errichten von Barrikaden, Botenläufen und einfachen Arbeiten etc. helfen.

Belagerungsfest!
Die Helden können an vielen Stellen helfen, die Stadt auf die Belagerung vorzubereiten. Lass sie gute Ideen umsetzen oder die Unterstützung finden, die sie brauchen.
Diese Punkte können dir als Anhaltspunkte dienen:

- Hohen Symbolwert hat es, auf dem Bergfried der Nôrrburg ein Signalfeuer wie die Feuer der Finsterwacht zu entzünden. Das ist schwierig, da der vormalige Baron die Feuerschale entfernen ließ, die sich dort früher befand. Orkische Bogenschützen versuchen, die Bemühungen zu unterbinden.
- Das Weiße Kaltwasser fließt im Norden durch eine Öffnung in der Stadtmauer. Es gilt, ein Gitter dort anzubringen, um ein Eindringen der Schwarzpelze zu unterbinden. Die Helden können Unterstützung im Ingerimmtempel oder bei den Schmieden im Töpferviertel finden.
- Ein einsamer Wagen hetzt über den *Nôrrnstieg* auf die Stadt zu. Von den Zinnen kann man erkennen, dass eine Familie mit ihrem vollbeladenen Wagen verzweifelt auf das *Hasentor* zuhält, während orkische Wolfsreiter die Verfolgung aufnehmen und immer dichter aufschließen. Ein beherzter Ausfall kann die Familie (und auch den Proviant, den sie mit sich führen) retten.

Orkische Gräuel

Das Heer, das Nordhag eingeschlossen hat, besteht aus über 500 Orks, darunter Blutkrieger und Wolfsreiter, etwa einem halben Dutzend Kriegsoger und zahlreichen Kriegshunden. Die Orks begehen, angestachelt von Khargash, viele Grausamkeiten und ziehen immer wieder ins Umland aus, um zu plündern. Das Lager selbst besteht aus ungeordneten Lederzelten und schnell errichteten Verschlägen, die sich je nach Rang um das große Rundzelt Khargashs gruppieren.

- Bald nachdem der Ring um Nordhag geschlossen ist, beginnt das eintönige und enervierende Dröhnen der orkischen Kriegstrommeln. Zahllose Feuer brennen ab dem Abend und immer wieder rufen Orks in ihren kehligen Stimmen unflätige Dinge zu den Verteidigern hinauf.
- Unter grausigen Rufen lässt Khargash die Leichen einiger Mitglieder von Halgans Schar vor den Mauern pfählen, während er selbst mit großer Geste den Kopf des Wachtgrafen *Halgan von Hirschenborn* auf einen Pfahl spießt, ihn anspuckt und eine eindeutige Geste in Richtung der Stadt macht. Bei der Bevölkerung löst dieses Vorgehen den Zustand *Furcht II* aus, der so lange anhält, bis der Kopf des Wachtgrafen entfernt wird oder die Belagerung beendet ist.
- In der Nacht fällt ein besonders großes Feuer im Süden der Stadt auf, gerade außerhalb der Reichweite der Bogenschützen. Im flackernden Licht beginnen die Orks, ein massives Gerüst auf Rädern zu errichten. Der Klang von Schmiedehämmern erklingt und man kann erkennen, dass irgendetwas Längliches und Spitzes glühend darin liegt. Bei Tagesanbruch wird klar: Die Orks bauen eine mächtige Ramme. Eine riesige Eiche wird an Ketten in das hölzerne Gestell gehängt und selbiges mit einem Dach aus feuchtem Leder bespannt.
  Dann offenbart sich, was im Feuer liegt: eine Rammenspitze, geformt wie aufeinander zulaufende Stierhörner, aus schwarzem Stahl. Ein graupelziger Ork mit stählernem Stirnreif sticht bei den Arbeiten hervor: Angetan mit einer schweren Lederschürze schwingt er ununterbrochen einen Schmiedehammer und singt dabei in abgehackten Silben. Helden, die beim Fall der Feste **Nôrrhöh (22)** dabei waren, können den Ork als jenen Graveshpriester erkennen, dessen Erdbeben die Tore der Grenzfeste im Finsterkamm zerbersten ließ (siehe Seite **35**), *Varrak Funkenleser.*
- Am zweiten Tag der Belagerung beginnen Kriegsoger, kopfgroße Geschosse in die Stadt zu werfen. Zum Schrecken der Bürger sind es tatsächlich Köpfe, nämlich die abgetrennten Häupter der Menschen, die die Orks bei Nordwall und an anderen Angriffsschauplätzen getötet haben. Bei der Bevölkerung löst dieses Vorgehen eine weitere Stufe des Zustands *Furcht* aus, der anhält, bis die Belagerung beendet ist.
- Beginnend mit dem zweiten Tag führen die Orks gemeinsam mit einigen Kriegsogern die ersten, aber noch zaghaft vorgebrachten Angriffe aus. Die Kriegsoger rennen dabei gegen die Mauern an, während Orkgruppen versuchen, mit Leitern die Mauern zu erklimmen, ihre Bogenschützen decken die Wächter auf den Mauern mit Pfeilen ein.
- Nachdem die ersten Orks bei ihren Angriffen getötet wurden, greift in der Stadt die Angst um sich, dass getötete Orks von den Tairachschamanen einfach zu Untoten erhoben werden.

Heldenhafte Verteidigung

Die Helden haben immer wieder mit heimtückischen Einfällen der Orks zu kämpfen, die dazu dienen, sie zu demoralisieren und aus der Stadt heraus zu locken.

- Halgans Haupt muss unter allen Umständen gerettet werden, damit die Moral der Bürger Nordhags nicht noch weiter leidet. Seine Witwe Cailinnis kann die Helden darum bitten. Die Helden sollten einen Plan austüfteln und vermutlich am besten im Geheimen versuchen, den Kopf des Wachtgrafen in Sicherheit zu bringen. Die Phexgeweihten der Stadt kennen geheime Wege aus der Stadt (verborgene Pforten in der Mauer, alte, ausgebeutete Salzgrotten oder vergessene Fluchttunnel), die eine solche Mission ins Herz des orkischen Lagers ermöglichen.

- Den Zustand *Furcht* in der Bevölkerung können die Helden durch gutes Zureden und schnelles Entfernen z. B. der Köpfe lindern. Es hilft auch, wenn sie die Geweihten Nordhags bitten, sich der Sache zügig anzunehmen. Gelingt eine Probe auf *Bekehren & Überzeugen (öffentliche Rede)* –2, so sinkt die *Furcht* um QS/2.
- Den Verteidigern wird schnell klar, dass alles unternommen werden muss, damit die monströse Ramme nicht gegen die Tore und Mauern der Stadt geführt werden kann. Lass die Helden einen Plan entwickeln, sie zu zerstören. Die Ramme verfügt über 250 Strukturpunkte, sie wird bei Verlust der Hälfte unbrauchbar. Mögliche Ansatzpunkte sind folgende:
  - Die Helden können den Alchimisten *Rohwied Kufferstich* (48, braune Augen, schwarze Haare, gewachster Alchimistenbart, kleingewachsen, buckelig, riecht nach einer Mischung aus Alkohol und Schwefel, kompetenter Alchimist und Giftmischer; Alchimie 14 (12/15/15), Handel 11 (12/13/10), SK 2) bitten, Brandöl herzustellen und versuchen, das Gerüst samt Rammbock zu verbrennen.
  - Zauber wie DESINTEGRATUS oder IGNISSPHAERO sind ebenfalls geeignet, die Ramme zu zerstören, solange die Zaubernden nahe genug herankommen.
  - Liturgien wie Erdbeben (Angrosch, Ingerimm) oder Kälteexplosion (Firun, Ifirn) können Strukturschaden an der Ramme erzeugen.
  - Baronin Leudane ist bereit, in der Nacht einen schnellen Ausfall zu wagen, um den Helden eine Ablenkung zu verschaffen. Natürlich können sich die Helden auch auf Magie oder Götterwirken verlassen, um heimlich an die Ramme heranzukommen.
- Über die geheimen Wege oder mit gezielten Ausfällen aus einer der Mannpforten der Stadt können die Helden auch versuchen, größtmöglichen Schaden im Orklager anzurichten, die Kriegsoger zu erschlagen oder die Kriegshunde außer Gefecht zu setzen.
- Legen die Helden während einer Infiltration des Lagers eine erfolgreiche Probe auf *Kriegskunst* ab (erschwert –3 und zusätzlich um Sichtmodifikatoren), fällt ihnen folgendes auf:

  QS 1: Es gibt zu wenig Vorräte für ein Lager dieser Größe und eine lange Belagerung.

  QS 2: Der Aufbau des Lagers macht Eindruck, ist aber strategisch nicht unbedingt sinnvoll.

  QS 3: Die Ramme scheint das einzige schwere Gerät zu sein.

  QS 4+: Die ganze Belagerung scheint aus Sicht des Lagers nicht wirklich erfolgversprechend.

Die Gwynna-Option

Wenn du deiner Gruppe ermöglichen willst, das Szenario **Des Löwen Willen** (ab Seite **60**) zu erleben, müssen die Helden spätestens am dritten Tag der Belagerung darauf aufmerksam werden, dass sich eine Orkhorde in Richtung Osten absetzt, wo der *Pilgerhof Leuinried* liegt. Der Weg dorthin führt jedoch durch den *Blautann*, von dem bekannt ist, dass die Orks ihn fürchten.

Gwynna die Hex' (siehe Seite **21**) hat genau dazu quälende Visionen und Vorahnungen. Aber sie hat auch Hilfe in den schrecklichen Bildern gesehen: Recken, die sich dem Schwarzen Stier entgegenstellen. Mit einer Beschreibung der Helden (niemand anderen hat Gwynna gesehen) schickte sie *Tharkleia* (45, braune Augen, braune Haare mit Hexensträhne in einem strengen Zopf, etwas unterkühlte, aber absolut fokussierte Krötenhexe, Vertrauter: Koschkröte Phanes; Willenskraft 13 (14/12/15), SK 3), eine Hexe des Zirkels aus dem Blautann, nach Nordhag, um dort die Helden auf die Spur *Ugrashaks* zu setzen. Tharkleia übermittelt den Helden eindringlich Gwynnas Bitte, den Schwarzen Stier schnellstmöglich zu stellen.

Epilog: Schlagartiges Ende

Tatsächlich endet die Belagerung Nordhags beinahe so plötzlich, wie sie begonnen hat: Am fünften Tag beginnen erste Orkrotten, sich zurückzuziehen. Zunächst fällt dies den Belagerten gar nicht auf, wenn sie allein auf der Stadtmauer verharren. Bei Angriffen auf das Orklager oder, wenn sie sich hineinschleichen, wird der Abbruch des Lagers jedoch schnell offenbar. Ab dem sechsten Tag wird offensichtlich, dass die Orks sich zurückziehen, die letzten Schwarzpelze verlassen das Lager spätestens eine Woche nach Beginn der Belagerung, sollte Baronin Leudane nicht vorher bereits mit ihren Rittern, Soldaten und den Söldnern einen Ausfall unternommen haben oder Entsatz aus Reichsend, Trallop oder den umliegenden Baronien eintreffen. Die letzten etwa 100 Orks und drei Kriegsoger sind ein geplantes Opfer, bei dem Aschepelz und Rhushuk davon ausgehen, sie beizeiten auch wieder zum Untod erheben zu können.

Vielleicht ist deine Gruppe bereits aufgebrochen, um den Pilgerhof Leuinried zu schützen, doch spätestens mit dem Rückzug des Orkheers und dem Ende der Belagerung von Nordhag endet dieses Abenteuer.

Der Mühen Lohn

Die Helden haben sich weitere Sporen verdient und die Gunst der Baronin Leudane gewonnen. Für die Erlebnisse haben sie sich **15 Abenteuerpunkte** verdient.

DES LÖWEN WILLE

»Er verschanzt sich und denkt, diese ›Orkenwehr‹ ist stark genug, um all unsere Angriffe zurückzuschlagen. Zeit, ihm klarzumachen, wie falsch er liegt: Wenn wir erst auf seiner Schwelle stehen, sind die Glatthäute nirgends mehr sicher. Lass den Löwen bluten, damit er aus seiner Höhle kommt!«
—Aschepelz zum Tairachschamanen Ugrashak, Anfang Efferd 1047 BF

Dieses Abenteuer ist dem Kriegs-Genre zuzuordnen! Pass auf dich auf!
Des Löwen Wille enthält einige Szenen, die manchen Lesern und Leserinnen zusetzen könnten. Konkret werden an mehreren Stellen Gräueltaten eines Krieges und körperliche Gewalt beschrieben. Wir möchten dich an dieser Stelle vorwarnen.

Hintergrund und Ausblick

Dieses Abenteuer handelt von der Zerstörung eines Pilgerguts beim Rhodenstein. Es spielt zur gleichen Zeit wie **Die Krähen des Krieges** (siehe Seite **50**), denn die Belagerung Nordhags dient nicht zuletzt als Ablenkung für diesen hinterhältigen Überraschungsangriff. Sie soll es dem Schamanen *Ugrashak* (siehe Seite **18**) und seinen Kriegern ermöglichen, unbemerkt in die Nähe der Stammburg des rondrianischen *Ordens zur Wahrung vom Rhodenstein* zu gelangen. Dort wollen sie ein blutiges Spektakel veranstalten, damit sich Abtmarschall *Brin von Rhodenstein* für einen Kriegszug ins Orkland einsetzt.

Die Geschehnisse in Leuinried überschneiden sich zeitlich mit denen in Nordhag. Verstehe diese Kampagnenstruktur als Angebot und entscheide selbst, ob du dich auf eine Geschichte konzentrieren oder deine Gruppe beide erleben lassen willst. Sollte Letzteres der Fall sein, kann entweder *Gwynna die Hex'* die Helden in Nordhag mit dem notwendigen Wissen ausstatten, oder vielleicht bemerken sie aber auch selbst, wenn sie sich in das Lager der Orks vorwagen: Orks bewegen sich im Schatten des *Blautanns* auf das Weidener Herzland zu und wer sie aufhalten will, muss sich sputen.

Du kannst die Entscheidung natürlich auch den Spielern selbst überlassen, sie über Gwynna oder eigene Erkenntnisse über die Bewegungen im Orklager informieren und offen lassen, ob sie zur Verteidigung von Nordhag in der Stadt bleiben, oder herausfinden wollen, was die Schwarzpelze im Schilde führen.

Was bisher geschah

Es ist kein Zufall, dass Ugrashak den Vorstoß nach Leuinried anführt: Ihn verbindet eine langjährige Feindschaft mit Brin von Rhodenstein. Der Schamane zeichnete für die Belagerung des Rhodensteins im *Vierten Orkensturm* 1026 BF verantwortlich und wollte dieses Bollwerk gegen die Bedrohung durch den Schwarzpelz vom Antlitz Deres tilgen. Der Ausgang ist bekannt: Ugrashak scheiterte, wurde von Brin erschlagen, verkündete im Sterben, dass es *noch nicht vorbei* sei – und dann fuhr seine Seele in den Leib des toten Steppenrinds ein, in dem sie heute noch haust.

Sowohl Ugrashak als auch Brin sind von geradezu fanatischem Hass dem jeweils anderen gegenüber beseelt. Der eine will die *Orkenwehr* der Rondrianer in Schutt und Asche legen und dabei am liebsten auch gleich den Rondrakult auslöschen, den er für eine ketzerische Form der Tairachverehrung hält. Der andere ergeht sich bis heute in Tagträumen von einem Kriegszug nach Khezzara, um die Orks vernichtend zu schlagen – und ist diesen Schritt bislang nur deshalb nicht angegangen, weil es kaum einflussreiche Fürsprecher gibt, die an seiner Seite stehen.

Der *Aikar Brazoragh* weiß, dass Brin die Idee eines Feldzuges nach Khezzara bislang nicht aufgegeben hat, auch wenn er heute nur noch selten offen darüber spricht. Er weiß, dass Graf *Emmeran von Löwenhaupt* einer der wenigen Unterstützer des Vorhabens ist. Und er weiß, dass beide Männer Einfluss auf Kronprinz *Arlan von Löwenhaupt* haben – Brin als spiritueller Führer, Emmeran als naher Verwandter. Dass Arlan überdies generell weit eher als seine Mutter, Herzogin *Walpurga von Löwenhaupt*, geneigt ist, den Ork anzugreifen, statt ihn stets nur abzuwehren, ist ein offenes Geheimnis.

Wie es weitergeht

Der Aikar ist überzeugt: Die Chancen, den Feind zu sich zu locken, standen selten so gut und zu den wichtigsten Figuren auf dem Spielfeld gehört Brin. Er soll mit Nachdruck an den Plan erinnert werden, den er zurückgestellt hat, damit er sich ganz auf sein Amt als Abtmarschall konzentrieren kann. Um das zu erreichen, wird ihm einmal mehr die Ruchlosigkeit und Unermüdlichkeit seines Gegners vor Augen geführt.

Die Zerstörung eines unter Brins Schutz stehenden Guts im Schatten des Rhodensteins ist ein schwerer Schlag für den Abtmarschall: Die Orks schlachten alle Anwesenden ab und schänden den Tempel vor Ort. Das Szenario geht davon aus, dass die Helden zu spät kommen und die Gräuel von deiner Gruppe nicht verhindert werden können: Es ist der Tropfen, der für Brin das Fass zum

Überlaufen bringt und ihn zu einem der führenden Köpfe hinter dem Schwertzug werden lässt. Wenn du denkst, dass ein derartiger Verlauf deinen Spielern keinen Spaß bereitet, kannst du natürlich Anpassungen vornehmen, oder das Szenario komplett auslassen und die Helden nur am Rande von den Ereignissen hören lassen.

Brin bewahrt beim Anblick des Blutbads die Fassung und setzt die Helden auf Ugrashaks Spur, anstatt ihn selbst zu verfolgen. Sie hetzen ihn quer durch den Blautann und schaffen es, ihn zu töten – zumindest sieht es zunächst danach aus. Das Abenteuer endet damit, dass Brin sein Amt als Abtmarschall niederlegt, um sich als Kriegsherr voll und ganz seinem alten und neuen Ziel widmen zu können: der Orkenwehr und dem Kampf gegen den Ork.

Der Weg zum Pilgergut

Die Helden befinden sich wahrscheinlich gerade in der belagerten Stadt Nordhag, wenn sie die Entscheidung treffen, den Orks in den Blautann zu folgen. Wer sich beeilt, kann die Strecke zu Pferd normalerweise in einem halben Tag bewältigen. Da die Helden jedoch einen Bogen um das Orkheer schlagen müssen, benötigen sie einen ganzen Tag.

Der Blautann ist bei den Orks als *Tann des Todes* (Ologhaijan: Azzchabragh) und *Brazoraghs Pfuhl* bekannt und für gewöhnlich meiden sie ihn angstvoll. Selbiges gilt für Menschen und Elfen: Das uralte Gehölz hat bei allen Völkern den Ruf, verwunschen und Heimstätte unheimlicher Kreaturen zu sein, von denen der Höhlendrache *Islaraan* zwar die größte, aber nicht zwingend die gefährlichste ist. Niemand betritt es ohne Not und *In den Blautann gehen* ist in Weiden als sprichwörtliche Umschreibung für das Sterben bekannt.

Zum Vorlesen oder Nacherzählen:

Von oben nieselt herbstlich kühler Regen auf euch nieder, während sich vor euch der Blautann erhebt wie eine Wand: Er dräut in dunklem, dornigem Grün und zwischen den Bäumen hängen bläuliche Nebelfetzen – als versuche der Wald, die Schrecken zu verbergen, die er für euch bereithält. Das Unterholz ist so dicht, dass ihr euch fragt, ob hier überhaupt ein Durchkommen ist.

Eine Ausnahme bilden die *Hexen vom Blautannzirkel.* Eine solche kannst du den Helden, sofern sie im Auftrag Gwynnas handeln, zur Seite stellen, um Ugrashaks Vorsprung aufzuholen. Anders als dieser kennt ♟ *Gitta Gösselruh* (48, 1,88 Schritt, dürr, schmutzigblondes Haar, breites Gesicht, kompetent, freundlich und unangemessen heiter, Vertrauter: der Waldkauz Flaus; Willenskraft 9 (13/12/15), SK 2) die Eigenheiten des dunklen Waldes, kommt dadurch vergleichsweise schnell voran und kann den Helden im Zweifel mit Zaubern wie ERSCHÖPFUNGEN LINDERN, ATTRIBUTO und KRAFT DES HUMUS helfen.

Zum Vorlesen oder Nacherzählen:

Just in dem Moment tritt eine Frau in knallbuntem Flickenrock aus seinem Schatten und winkt euch ungelenk zu. „Heda“, ruft sie fröhlich. „Kommt rein ins Trockene und lasst uns zusehen, dass die Spur eurer Beute nicht kalt wird!“

Reisen im Blautann

Wenn die Helden den Wald betreten, ist es, als würden sie in eine andere Welt eintauchen: trocken, dafür düsterer als draußen und im ersten Moment vor allem sehr still. Die Geräusche, die sie bisher begleitet haben, klingen nur noch gedämpft an ihre Ohren. Es dauert, bis die Tiere des Waldes entscheiden, dass die Neuankömmlinge keine Gefahr darstellen, und ihr natürliches Verhalten wieder aufnehmen.

Das dunkle Tannicht des Waldes wird vor allem von Blautannen, aber auch einigen anderen Nadelbäumen wie Schwarztannen, Fichten und Lärchen gebildet, zwischen denen nur vereinzelt Laubbäume wie ein alter Ahorn, rotblättrige Blutulmen oder mächtige Steineichen einen Platz finden. Die bläulichen Nebelschwaden wabern auch innerhalb des Waldes umher. Das Unterholz wird von mannsgroßen Farnen und dichtem Dornengestrüpp beherrscht, der Boden ist von dicken Moospolstern überwuchert, so dass es schwerfällt, Unebenheiten oder morastige Stellen rechtzeitig zu erkennen. All das erschwert die Orientierung und das Fährtenlesen.

Um die Reise durch den Wald auszugestalten, kannst du dich an den folgenden Ideen orientieren und sie durch deine eigenen ergänzen.

- *Trügerischer Grund:* Der Waldboden birgt Gefahren. Morsche Stellen, verborgene Höhlungen oder wuchernde Ranken können schnell zur Falle werden. Misslingt eine Probe auf *Körperbeherrschung (Balance)*, erleidet der Held 1W6 Schadenspunkte durch einen Sturz, Umknicken oder Hängenbleiben.
- *Im Dickicht:* An unübersichtlichen Stellen oder bei dichtem Nebel kann ein Held leicht den Anschluss an seine Gefährten verlieren. Mit einer gelungenen Probe auf *Orientierung (Sonnenstand)* –2 findet er zur Gruppe zurück. Misslingt die Probe, erleiden die Helden 1W3 SP durch die Wanderung und etwaige Verletzungen durch Umknicken, Stürze o. Ä.
- *Folge dem Ork:* Mit einer gelungenen Probe auf *Fährtensuchen (humanoide Spuren)* –1 finden die Abenteurer immer wieder Spuren von Orks. Gelingt eine Probe mit 2 QS, kann deren Anzahl auf mehr als 30 geschätzt werden, ab 3 QS entdecken die Helden auch die Hufspuren eines Rindes sowie Hinweise auf einen Oger. Bei einem Misserfolg kann die Hexe Gitta den Helden helfen, sofern sie mitreist.
- *Wilde Tierwesen:* Ein Knacken durchbricht die Stille. Gelingt einem Helden eine Probe auf *Sinnesschärfe (Wahrnehmen)* –1, bemerken sie rechtzeitig, dass

eine aufgeschreckte Rotte *Wildschweine* (siehe **Aventurischer Almanach** Seite **170**) auf die Gruppe zurennt. Jeder Held, dem die Probe misslingt, erleidet den Status *Überrascht*.

- *Am Wegesrand:* Die Gruppe erreicht einen düsteren Weiher, an dessen Ufer sich Schilf in einem Windhauch wiegt. Doch es weht kein Lüftchen. Seltsame Schemen stehen reglos im Wasser, aber nicht am Rand. In einem stinkenden Faulsee verwest ein Hirsch, aus einem anderen ragt eine Skeletthand hervor. Auf einem Felsen wachsen winzige, durchscheinende Pilze, die grünlich glimmen. In einiger Entfernung erzittert eine große Blautanne: Sie wiegt sich nicht etwa im Wind, sondern streckt sich und stapft dann schweren Schrittes davon.

Die Tote beim Leu

Wenige hundert Schritt von Leuinried entfernt steht der *Leu* auf einer Lichtung im Blautann: ein Findling in Form eines ruhenden Löwen. Der Legende nach handelt es sich um *Gwyddor*, den Tierkönig aller Löwen, der zum Sterben hierherkam, nachdem einer seiner Söhne ihn im Kampf bezwungen hatte. Rondra aber fand, dass seine Zeit noch nicht gekommen war und verwandelte ihn in Stein, damit er unbehelligt schlafen kann, bis sie einen letzten, würdigen Gegner für ihn gefunden hat.

Die Helden sind der Spur der Orks hierher gefolgt und nun nahe genug am Pilgergut, um den Rauch der brennenden Gebäude riechen zu können. Kampfeslärm dringt allerdings nicht an ihre Ohren. Sollte es also einen Kampf gegeben haben, scheint er bereits beendet zu sein. Das erste Opfer finden sie bereits beim steinernen Leu: eine Novizin, die mit Anbruch der Morgendämmerung in Richtung Leu aufbrach, um die Kerze zwischen den Pranken der Felsformation auszutauschen. Sie wurde von Orks überrascht und getötet. Ihr Leib ist von mehreren Waffen durchbohrt worden. Kerzen liegen um sie herum auf dem Waldboden verstreut. Wenn einem Helden eine Probe auf *Heilkunde Wunden* –3 gelingt, kann er herausfinden, dass der Tod bereits mehrere Stunden zurückliegt.

Die Helden bemerken außerdem, dass der steinerne Leu mit dem Blut der jungen Frau besudelt wurde. Jemand hat die *Hörner Brazoraghs* in Blut auf den steinernen Leib geschmiert. In der Nähe lässt sich ein orkischer Kriegshammer, ein Gruufhai, finden, dessen Schlagdorn abgebrochen und dessen hölzerner Schaft gesplittert ist. Wenn die Orks versucht haben, mit dem Kriegshammer den Felsen zu beschädigen, ist ihnen das nicht gelungen, denn der Felsen trägt keinen einzigen Kratzer. Den Helden bleibt keine Zeit, das als Hoffnungsschimmer zu deuten, denn schon tönt vom Pilgergut markerschütternder Lärm herüber: Es klingt nach dem herausfordernden Gebrüll eines riesigen Stiers.

Das Pilgergut Leuinried

Leuinried ist ein von Schwertschwester ⚔ *Guntwid Gardar von Rhodenstein* (59, graue Sturmfrisur, vernarbtes Gesicht, einzelnes hellbraunes Auge) geführtes Pilgergut, das wenige Meilen vom Rhodenstein entfernt liegt. Im Osten wird es vom Finsterbach begrenzt, in alle anderen Richtungen vom Blautann. Der Fluss füllt einen umlaufenden Wassergraben, so dass Leuinried auf einer Insel liegt. Die Gebäude sind im Rechteck angeordnet und von Holzpalisaden umgeben.

Das Gut erfüllt mehrere Zwecke: Zum einen finden Pilger hier Obdach, spirituellen Beistand und bei Bedarf einen Rückzugsort. Zum anderen wird es als Ort genutzt, an dem Geweihte in abgeschiedener Lage und bei einem strikten Tagesablauf nach anstrengenden Questen zur Ruhe kommen können. Außerdem dient es als Ausbildungsstätte: Normalerweise tut hier rund ein halbes Dutzend Novizen Dienst.

Die Situation bei der Ankunft der Helden

Die Orks haben das Dämmerlicht des anbrechenden Tages genutzt, um das Gut aus dem Schutz des Waldes heraus anzugreifen und hatten die Überraschung auf ihrer Seite. Der Waffenknecht auf dem Wachturm wurde mit Pfeilen ausgeschaltet, ehe er Alarm schlagen konnte. Danach war es ein Leichtes, in den Hof einzudringen: Das Tor des gastlichen Hauses stand offen, da sich hier niemand einer Gefahr versah. An einer anderen Stelle hat ein Kriegsoger die Palisade umgerissen.

Im Gut hielten sich neben der Vorsteherin und ihrem Schwertsohn vier Novizen, fünf Knechte und Mägde sowie neun Pilger auf. Die Übermacht der Orks war erdrückend, dennoch griffen die Geweihte, einige Novizen und Pilger zur Waffe, um sich und das Gut zu verteidigen. Sie wurden durch die Überzahl und den überraschenden Angriff jedoch rasch überwunden. Ugrashaks Trupp richtete im Hof ein Gemetzel an, während der Rest schon damit begann, so viel Schaden wie möglich an den Wohngebäuden anzurichten und die Kapelle zu schänden.

Die Tatsache, dass kein Alarm geschlagen wurde und der Kampf zwar heftig, aber kurz war, hat dafür gesorgt, dass die Vorgänge auf dem Rhodenstein zunächst unbemerkt blieben. Erst als Rauch über dem Blautann aufstieg, hat Abtmarschall Brin sich als Teil einer schnellen Vorhut auf den Weg gemacht. Die Helden treffen zwar zuerst am Ort des Geschehens ein, die Orks sind da aber bereits geflohen und mehrere Gebäude stehen immer noch in Flammen.

Zum Vorlesen oder Nacherzählen:

Als ihr in den Innenhof tretet, trifft euch ein grausamer Anblick mit der Wucht eines Vorschlaghammers: Der gestampfte Boden ist übersät mit Leichen. Sie liegen in einem See aus Blut um einen steinernen Brunnen herum: Bewaffnete, Wehrlose, Frauen, Männer, Alte, Kinder – die Orks haben niemanden verschont und die Leiber zudem verstümmelt. Über allem erhebt sich die hölzerne Seilwinde des Brunnens, an der die Gutsvorsteherin mit über dem Kopf ausgebreiteten Armen aufgeknüpft und allem Anschein nach ausgeweidet wurde. Aus einem Ort der Hoffnung und Einkehr wurde ein Schauplatz des Schreckens, an dem Tod und Verderben sich die Hand geben.

Die Orks haben alles daran gesetzt, ein geradezu grotesk brutales Gemetzel zu veranstalten, denn es geht ihnen darum, Brin aus der Reserve zu locken. Ugrashaks Botschaft beschränkt sich dabei nicht auf ein *„Schwächling, wenn wir es drauf anlegen, schaffst du es nicht mal, Menschen in deinem Hinterhof zu schützen"*, sondern erstreckt sich auch auf ein *„Und wo ist deine Göttin jetzt?"*.
Dem Ganzen hat der Schamane die Krone aufgesetzt, indem er allein zurückblieb, bis er sicher war, dass sein Erzfeind naht, um dann eine Herausforderung in den flammenden Himmel zu röhren: *„Komm hol mich, wenn du dich traust!"*, und im Wald verschwand. Sollte einer deiner Helden auf die Idee kommen, Ugrashak zu folgen, ohne auf dem Gut nach Überlebenden zu suchen oder mit den Rondrianern zu sprechen, erinnere sie daran, dass sich im Wald gerade zahlreiche Orks herumtreiben.

Der Abtmarschall

Brin trifft kurz nach den Helden ein – in Begleitung zweier Geweihter sowie einer Hand Waffenknechte und ohne den Helden zunächst Beachtung zu schenken.

Zum Vorlesen oder Nacherzählen:

Ihr habt euch kaum einen ersten Überblick verschafft, als ihr hinter euch Schritte hört. Ein rothaariger Mann im rot-weißen Ornat eines Rondrianers. Seine Miene wirkt besorgt, als er durch das Tor tritt, wird beim Anblick des Blutbads im Hof aber zu einer Fratze aus Hass und Zorn. Während seine Begleiter wie angewurzelt stehenbleiben, tritt er näher an den Brunnen – und stößt nach einem Moment der Stille einen Wutschrei aus, der ungut an das Gebrüll des Stiers kurz zuvor erinnert. Dann sieht er zu einem Abschnitt der Palisade hinüber, der niedergerissen wurde und den Blick auf den Wald freigibt.

Man kann Brin die Gedanken förmlich ansehen: Er will alles stehen und liegen lassen, um die Verfolgung aufzunehmen. Doch bevor es so weit kommen kann, schließt eine Geweihte aus seinem Gefolge, *Nuria Leanconia von Trallop* (*1001 BF, 1,75 Schritt, braune Haare, prinzipienstark, schätzt klare Worte; Bekehren & Überzeugen 13 (15/13/15), Willenskraft 13 (15/15/15), SK 3), hastig zu ihm auf.

Zum Vorlesen oder Nacherzählen:

Die Frau legt ihre Schwerthand auf Brins Schulter und raunt: „Nicht jetzt und nicht so, Eminenz! Ihr müsst eine wohlüberlegte Antwort hierauf finden, habt Feuer zu löschen, Euch um Tote zu kümmern und einen Tempel instand zu setzen." Erst sieht es aus, als wolle der Abtmarschall die Hand von seiner Schulter fegen, doch dann atmet er tief durch und ballt in ohnmächtigem Zorn die Fäuste. Derweil huscht sein Blick erneut über den Hof und bleibt an euch hängen. „Was macht Ihr hier?", blafft er und nimmt euch damit endlich zur Kenntnis.

Der Abtmarschall lässt sich von den Helden in aller Kürze ihr Woher und Wohin erklären und erkundigt sich, was sie von dem Vorfall in Leuinried mitbekommen haben. Dies alles barsch, aber nicht feindselig. Der Verdacht, dass sie mit dem Feind unter einer Decke stecken könnten, kommt ihm nie. Wenn er erfährt, dass sie bereits in den Kampf gegen die Orks verstrickt sind, womöglich gar gezielt Ugrashak folgen, leuchten seine Augen auf. Er sieht eine Chance, seinem ersten Impuls doch noch zu folgen – nicht persönlich, aber wenigstens über offensichtlich fähige Mittelsleute.

Brin fackelt nicht lange, sondern bittet die Helden, der Spur des Schwarzen Stiers zu folgen, um ihn zu stellen oder wenigstens herauszufinden, wohin er sich wendet, damit er am Ende nicht wieder unauffindbar ist, wie es schon öfter der Fall war. Dabei legt er der Gruppe eindringlich nahe, die Geweihte Nuria mitzunehmen, die als geborene *vom Blautann* ortskundig ist und die Kampfkraft der Helden durch den Beistand Rondras stärken kann. Sollten die Helden das ablehnen, akzeptiert er das bei einer gelungenen und für die Helden um +1 erleichterten Vergleichsprobe *Überzeugen* gegen Brins *Willenskraft*.

Bestandsaufnahme

Die Abenteurer können frei entscheiden: Nicht nur, ob sie sich überhaupt an die Verfolgung Ugrashaks wagen wollen, sondern auch, ob sie das sofort tun, oder vorerst in Leuinried verbleiben, um sich umzusehen, Feuer zu löschen, nach Überlebenden zu suchen oder die Spuren der Orks zu deuten. Dafür geben wir dir im Folgenden ein paar Ideen an die Hand:

- *Suche nach Überlebenden:* Wenn sich die Helden versichern, dass unter den im Hof verstreuten Leibern keiner ist, in dem noch Leben steckt, erleben sie bei einer gelungenen Probe auf *Sinnesschärfe (Wahrnehmen)* –2 eine Überraschung: Das Herz des Novizen *Jandan von Eichenborn* (19, 1,89 Schritt, flachsblonde Haare, braune Augen, schlacksig mit ausgeprägtem Adamsapfel, unreiner Haut, ernsthaft und beflissen; Willenskraft 3 (12/11/10, SK 1) schlägt noch, wenn auch nur schwach. Der junge Mann verfügt aktuell über eine LeP von –4 und kann über die üblichen Wege (*Heilkunde Wunden* und Stabilisieren, Magie, Heiltränke) versorgt werden. Wenn es den Helden gelingt, den Novizen zu retten, schildert er wenig später mit brüchiger Stimme seine grauenhaften Erlebnisse:
  - „Da war eine Herde dämonischer Stiere, denen Schaum vorm Maul stand und Feuer aus den Nüstern kam."
  - „Der Kriegsoger hat Rondirai mit bloßen Händen zerrissen."
  - „Die Orks haben Pilger und Gesinde an den Haaren aus ihren Verstecken gezerrt, um das Blutbad im Hof anzurichten."
  - Irgendwann verlor Jandan das Bewusstsein und erlebte das Ende des Angriffs daher nicht mit.
- *Die Gebäude untersuchen:* Alle profanen Gebäude sind beschädigt: Die oberen Stockwerke des Torturms in der nordöstlichen Ecke des Guts brennen, der Wachhabende liegt von Pfeilen durchbohrt und verkohlt unter der großen Alarmglocke. Vom Stall rechts neben dem Tor sind nur noch rauchende Trümmer übrig, in ihm liegen die Kadaver mehrerer Pferde, Kühe und Schafe. Aus den Fenstern des L-förmigen Haupthauses dringt dunkler Qualm, aber es steht noch, denn es ist aus Stein gemauert und mit Schiefer gedeckt. Das Pilgerheim war wie der Stall aus Holz und steht noch in Flammen.
  Die Rondrakapelle ist aus Granit. Hier haben die Orks kein Feuer gelegt, sondern die Fassade mit blutigen Zeichen beschmiert – vornehmlich den Stierhörnern Brazoraghs. Im Inneren steht ein besudelter Altarblock aus weißem Kalkstein. Auf ihm liegt der Kadaver einer Waldlöwin, deren Eingeweide im Allerheiligsten verteilt wurden. An der Wand hinter dem Altar hängt ein Ölgemälde, das bis zum Giebel reicht. Es wurde ebenfalls mit blutigen Symbolen verschandelt, teils angekokelt und zerschnitten, wohl um ein Abbild der Göttin unkenntlich zu machen.
- *Spurensuche:* Wenn sich ein Held aufs Spurenlesen versteht, kann er beim Gut weitere Erkenntnisse gewinnen. So lässt sich mit einer gelungenen Probe auf *Fährtensuchen (humanoide Spuren)* –2 die Anzahl der Orks auf etwa drei bis vier Dutzend schätzen, außerdem finden sich die Spuren eines Ogers und die eines Stiers. Bemerkenswert ist, dass die Angreifer nicht im Pulk geflohen sind, sondern sich aufgeteilt haben. Vermutlich, weil das den Menschen die Verfolgung erschweren wird. Zugleich macht es die Verfolgung Ugrashaks aber vermutlich weniger gefährlich.

Ugrashak auf der Spur

Eine weitere gute Nachricht ist, dass sich die Hufspuren des Schamanen klar von allen humanoiden Spuren bei Leuinried unterscheiden und daher leicht auszumachen sind. Ugrashak ist das einzige Steppenrind im Blautann, die Helden dürfen sich also voll Zuversicht an seine Verfolgung machen. Sollten sie Gitta oder Nuria als Ortskundige dabeihaben, kannst du ihnen zudem magische (siehe Seite **61**) oder karmale Unterstützung (Ermutigung, Schmerzresistenz oder Schutzsegen) angedeihen lassen.

Die Verfolgung

Grundsätzlich kannst du bei der Verfolgung Ugrashaks durch den Wald erneut auf die Szenen aus dem Abschnitt **Reisen im Blautann** auf Seite **61** zurückgreifen und sie um die folgenden ergänzen.

- *Auerochse oder Steppenrind?:* Eine Gefahr bei der Jagd auf Ugrashak ist, dass er zwar das einzige Steppenrind im Blautann ist, der Wald aber von einem Auerochsen bewohnt wird. Nur eine Probe auf *Fährtensuche (Tierische Spuren)* –2 ermöglicht es den Helden, das zu unterscheiden.
- *Orks:* Orkspuren gibt es zwar viele, aber sie bleiben im Unterholz nicht lang erkennbar. Mit einer gelungenen Probe auf *Fährtensuchen (humanoide Spuren)* finden die Helden Hinweise auf einen kleineren

Trupp (QS 1), dem sie folgen können (QS 2). Die Orks scheinen einen Bogen zu laufen, um den Helden in den Rücken zu fallen (QS 3).

- *Hinterhalt:* Die Helden geraten in den *Hinterhalt* einer kleinen Orkrotte (Anzahl der Helden +2). Mit einer gelungenen Vergleichsprobe auf *Sinnesschärfe (Hinterhalt entdecken)* –2 gegen *Verbergen* +2 der Orks entdecken sie die auf der Lauer liegenden Schwarzpelze jedoch gerade noch rechtzeitig, ansonsten erhalten sie den Status *Überrascht*. Sollten die Proben auf *Fährtensuchen* im Vorfeld misslungen sein, kannst du die Probe der Helden zusätzlich um –1 erschweren. Zwei der Orks halten sich im Hintergrund und greifen mit ihren Kurzbögen an, während die anderen den Nahkampf suchen. Solange die Helden Ugrashak nicht so nahe sind, dass sie ihn sehen können, sind weitere derartige Überfälle immer wieder möglich.
- *Der Wald wehrt sich:* Während der Verfolgung können die Abenteurer auf Orkleichen stoßen. Die Angst der Schwarzpelze vor dem *Azzchabragh*, dem *Tann des Todes*, ist nicht unbegründet. Nachdem die Schwarzpelze seine Ruhe gestört haben, kümmert sich der Blautann selbst um die Eindringlinge: Mal liegt ein Ork erstickt in einem Sumpfloch, mal mit gebrochenem Genick in einer Grube, mal wurde einer von dornigen Ranken oder dicken Spinnweben eingesponnen und hängt nun irgendwo im Geäst der verwachsenen Bäume. Wieder andere sind von den Klauen einer riesigen, unbekannten Kreatur gefällt worden oder liegen blutlos, aber ohne sichtbare Wunden, auf dem Waldboden.
- *Bären und Bäume:* Während der Hatz durch den Blautann können auch die Helden dessen nunmehr in Aufruhr versetzte Einwohner gegen sich aufbringen und Ziel von unerwarteten Angriffen werden. Ein *Schwarzbär* oder ein *Waldschrat* (siehe **Aventurischer Almanach** Seite **169** oder **166**) sind Gegner, die du ihnen in den Weg stellen kannst.
- Wenn die Helden nahe genug an Ugrashak herankommen, kannst du für seine Verfolgung die Regeln für Verfolgungsjagden (siehe **Regelwerk** Seite **349**) in schwierigem Gelände benutzen. Der Schwarze Stier hat einen Vorsprung von 8. Für die Jagd werden jede Runde Proben auf *Körperbeherrschung (Laufen)* abgelegt, wobei aufgrund des schwierigen Geländes der FW nur um GS/2 erhöht wird und die Helden häufig herabhängenden Ästen oder Wurzeln ausweichen müssen, was du mit zusätzlichen Proben auf *Klettern*, *Körperbeherrschung* oder *Kraftakt* abbilden kannst.

Der Kampf

Am Ende stellen die Helden hoffentlich ihren Widersacher, denn dieser kommt im Blautann nicht so schnell voran, wie es ihm lieb wäre. Auf einer kleinen Lichtung, an deren Ende ein Moorsee dräut, wartet der Schamane im untoten Stierkörper auf seine Verfolger und eröffnet den Kampf:

Ugrashak, der Schwarze Stier
Größe: 2,00 Schritt Schulterhöhe
Gewicht: 900 Stein
MU 17 **KL** 16 **IN** 16 **CH** 12
FF 7 **GE** 10 **KO** 18 **KK** 25
LeP 100 **AsP** – **KaP** 60 **INI** 7+1W6
VW 1 **SK** 3 **ZK** 4 **GS** 8
Hörnerstoß: AT 17 **TP** 1W6+8 **RW** kurz
Überrennen: AT 15 **TP** 2W6+7 **RW** kurz
RS/BE: 2/0
Aktionen: 1
Vorteile/Nachteile: Lichtempfindlich
Sonderfertigkeiten: Überrennen (Überrennen), Zu Fall bringen (Hörnerstoß)
Talente: Einschüchtern 12, Klettern (keine Probe erlaubt; der Stier kann nicht klettern), Körperbeherrschung 8, Kraftakt 14, Schwimmen 8, Selbstbeherrschung 14, Sinnesschärfe 6, Verbergen 2, Willenskraft 15
Liturgien: Furchteinflößende Tiergeister 13, Herbeirufung von Tairachs Dienern (Nebelkrähen) 16 (Liturgieerweiterung Angriffslustig), Kriegsfarben 12 (Liturgieerweiterung Stärke des Tieres), Tairachs machtvolle Erhebung von Untoten 15, Untotenerhebung 14
Größenkategorie: groß
Typus: Tier, nicht humanoid
Beute: –
Kampfverhalten: Ugrashak setzt zunächst seine Schamanenkräfte ein (FURCHTEINFLÖSSENDE TIERGEISTER, KRIEGSFARBEN, NEBELKRÄHEN RUFEN). Danach versucht er, Gegner zu überrennen oder mit gezielten Hörnerstößen umzuwerfen.
Flucht: Ugrashak flieht nicht. Er kämpft bis zum letzten „Lebenspunkt".
Schmerz +1 bei: immun gegen Schmerz
Untoten-Regeln: Für den Schwarzen Stier gelten die allgemeinen Untoten-Regeln (siehe Seite **132**).

Überrennen (Spezialmanöver)

Regel: Das Manöver Überrennen kann nur durchgeführt werden, wenn der Angreifer eine Anlaufstrecke von mindestens 8 Schritt hat und über eine GS von mindestens 4 verfügt. Dieser Angriff kann regulär abgewehrt werden. Sollte das Überrennen misslingen, erhält der Verteidiger Gelegenheit zu einem Passierschlag, dieser ist aber zusätzlich um –4 erschwert. Ist das Überrennen-Manöver erfolgreich, so ist eine Attacke gegen das Wesen durch den Angegriffenen in dieser KR um –2 erschwert. Am Ende der KR ist das Wesen, wenn es dies will, bis zu GS/2 Schritt von seinem Opfer entfernt, unabhängig davon, ob es mit dem Angriff getroffen hat oder nicht. Dieses Spezialmanöver kann nicht mit dem Basismanöver *Finte* kombiniert werden.
Erschwernis: 0

- Zunächst ruft Ugrashak mittels Herbeirufung von Tairachs Dienern einen Schwarm von 11 Nebelkrähen herbei, die besonders angriffslustig sind (AT +1).
- Dann versucht er die Helden mit Furchteinflössende Tiergeister einzuschüchtern: Er ruft zwei Steppenstier-Geister herbei. Die Helden müssen eine Probe auf *Willenskraft (Einschüchtern widerstehen)* erschwert um QS/2 ablegen oder erleiden den Zustand *Furcht I*.
- Dann greift er mit seinem untoten Stierkörper die Helden an. Er kann im Kampf zudem Kriegsfarben mit der Liturgieerweiterung Stärke des Tieres einsetzen, um einen Bonus von +1 TP zu erhalten.

Sollte deine Gruppe die Hatz durch den Blautann gut überstanden haben und so stark sein, dass der Kampf gegen Ugrashak allein keine Herausforderung ist, stelle ihm nach eigener Maßgabe weitere *Orkstammeskrieger* (siehe Seite **135**) zur Seite. Es spricht nichts dagegen, dass einige bei ihrer Flucht wieder auf den Schamanen gestoßen sind. Gelingt es den Helden, dem Schwarzen Stier schweren Schaden zuzufügen, beginnt dieser, in Richtung des Moorsees zurückzuweichen. Doch ist er vom Kampf schon so gezeichnet, dass eine Flucht nicht in Frage kommt: Bein ab, Rücken zertrümmert oder Schädel gespalten – mach der Gruppe ruhig klar, dass der Körper kurz vor dem Auseinanderfallen steht. Gleich wie: Ugrashak senkt den Kopf zu einem letzten Angriff und ein Held kann den finalen Schlag setzen.

Zum Vorlesen oder Nacherzählen:

Stahl trifft auf Knochen und der Stier trägt eine weitere Wunde davon – tödlich wohl, denn du siehst, wie er endlich ins Taumeln gerät. Das markerschütternde Brüllen der Kreatur hallt erneut durch den Blautann, diesmal aber nicht herausfordernd, sondern von zorniger Enttäuschung erfüllt, wohl darüber, dass dies nun das Ende sein soll. Der schwere Leib bäumt sich trotzig auf, dann wird es plötzlich still. Ugrashak verliert die Kontrolle über seinen untoten Körper und dieser stürzt, als wären die Fäden einer Marionette durchtrennt worden. Vom letzten Aufbäumen getragen fällt er hintenüber und landet spritzend im düsteren Schlick des Moorsees.

Dir sei an dieser Stelle verraten, dass Ugrashak noch nicht final bezwungen ist. Sein zerstörter, untoter Leib wird durch ein im Tümpel verborgenes Feentor in den Sumpf *Makkeblink* in der Baronie Nordhag transportiert. Mehr dazu findest du im Abenteuer **Die Rache des Stiers** ab Seite **102**.

Es ist, als würde der See den Stier bewusst in die Tiefe ziehen, ihn nachgerade verschlucken wollen. Er versinkt mit unheimlicher Geschwindigkeit und wenn die Helden nicht selbst in Gefahr geraten wollen, können sie daran nichts ändern. Die Tiergeister verblassen augenblicklich und die Nebelkrähen steigen verwirrt in den Himmel auf. Ein letztes Schmatzen des dickflüssigen, schwarzen Wassers beendet den Kampf.

Das Nachspiel

Egal wie die Jagd auf Ugrashak ausgeht: Sollten die Helden entscheiden, anschließend auf dem Rhodenstein Bericht zu erstatten, wird sich Brin die Zeit nehmen, um ihnen noch am gleichen Abend eine Audienz zu gewähren – in vertraulicher Atmosphäre mit Speis und Trank. Ist es der Gruppe gelungen, den Schamanen zur Strecke zu bringen, lassen sich von den Zügen des Abtmarschalls Erleichterung und Respekt ablesen. Ein Scheitern nimmt er zur Kenntnis, ohne Kritik zu üben, weil er weiß, dass sie es mit einem schwierigen Gegner zu tun hatten.

Anschließend können beide Parteien alte Kriegsgeschichten austauschen und sich auch über die aktuelle Lage unterhalten. Die Gruppe erlebt einen überraschend zugewandten Abtmarschall, der aber sehr nachdenklich wirkt. Das hat damit zu tun, dass Brin zu diesem Zeitpunkt bereits mit dem Gedanken spielt, sein Amt niederzulegen, um sich voll und ganz dem Kampf gegen die Orks zu verschreiben. Darüber spricht er zwar nicht, kann aber nicht verhehlen, dass etwas im Busch ist.

Rund zwei Wochen später, Ende Efferd, erfahren die Helden, dass just dies geschehen ist: Nachdem die Führungsriege des Ordens zur Wahrung getagt hat, legt *Brin Lirondiyan von Rhodenstein* sein Amt als Abtmarschall nieder. Zwei Tage später wird *Nuria Leanconia von Trallop* zu seiner Nachfolgerin gewählt und kurz darauf das Amt des Kriegsherrn geschaffen: einer Person, die von der Abtmarschallin ernannt wird und die Streiter des Ordens anführt, wenn sie in die Schlacht ziehen. Im Lichte der aktuellen Bedrohung wird dieser Posten sofort vergeben, und zwar – wenig verwunderlich – an *Brin von Rhodenstein*, der anstatt des Weihnamens des Ordensschwerts *Lirondiyan* von nun an wieder seinen ursprünglichen Weihenamen *Styrmvar* trägt.

Der Mühen Lohn

Die Helden haben sich die Gunst des ehemaligen Abtmarschalls und vielleicht auch den Respekt der neuen Abtmarschallin des Ordens zur Wahrung vom Rhodenstein sowie **15 Abenteuerpunkte** verdient.

Als sichtbares Zeichen für die Anerkennung des Ordens erhalten sie außerdem eine zweifingerlange, silberne Brosche in Form eines Schwertes, das von einer Pergamentrolle eingehüllt ist und dürfen sich fortan *Knappen der Wahrung* nennen.

BLUTIGE SONNE

*»Herr Brazcoros, Hörnerträger, Sonnenfresser!
Als deine Diener werden wir im kalten Felsen ruhen, doch in unseren Herzen brennt trotzdem der immerwährende Zorn. Wecke mich, sobald die Zeit der Schlacht naht, wenn das Blut meine versteinerte Haut tränkt und das Horn aus Holz die Kraft des Lebens trägt. Führe die Hufe aller Stiere gegen die Schwachen, lass uns das Recht vollstrecken und dein Antlitz im Lebenssaft tauchen. Bis dahin harren wir, fest gebannt in Felsen und Dunkelheit - doch unser Geist vernimmt jedwedes Rufen.«*
—der Minotaur Minos, kurz bevor er und seine Brüder zu Stein erstarrten

Hintergrund

Einst verehrten die Orks in einer Kulthöhle ihren Gott Brazoragh, wo versteinerte Minotauren als Hilfe warteten. Im *Zweiten Orkensturm* wollten die Schwarzpelze die Kraft mit einer alten Sonnenscheibe und ihrem Ständer aus Steineichenholz entfesseln, wurden aber bereits auf dem Weg zu der Höhle von den Menschen gestoppt. So kam das Sonnenabbild mit dem Holzwerk zuerst in einen Praiostempel und gelangte später in den Besitz des *Ordens des Heiligen Hüters*, eines Ordens der Praioskirche, der sich der Verwahrung von in den Augen der Ordensmitglieder gefährlichen Schriften und Artefakten verschrieben und mit dem abgelegenen Kloster *Arras de Mott* seinen Hauptsitz am *Saljethweg* im Finsterkamm hat.

Vor zwölf Götterläufen entdeckten praiosgläubige Ritter in den südlichen Ausläufern des Finsterkamms nördlich von Donfanger und Hexenhain die Überreste eines kleinen Bauwerks aus der Zeit der Priesterkaiser. Zwar war der Großteil der Anlage verfallen, doch im Inneren befand sich ein gut erhaltener Altarraum mit eindrucksvollen Mosaiken. Außerdem gab es ein großes Sonnentor zu Ehren des Götterfürsten, durch das die Bewohner einst den Tag begrüßten. Diesen Fund meldeten die Streiter dem Greifenfurter Praiostempel. Nach der Begutachtung beschloss man dort, die Stätte insbesondere für Mystiker unter den Geweihten der Kirche wiederaufzubauen, um sie zur Einkehr und Meditation abseits der Stadt zu nutzen. Über viele Jahre erneuerten Handwerker, Novizen und weitere Gläubige den Ort, der den Namen *Praiosblick* trägt und vor fünf Monaten eingeweiht wurde.

Hierzu ließ auch der Hüterorden aus dem Kloster Arras de Mott ein Geschenk überbringen, das die Ordensmitglieder bei Umbaumaßnahmen im Kloster gefunden hatten: Eine alte Darstellung einer goldenen Sonnenscheibe auf einem Ständer aus Steineichenholz – bei der es sich um nichts anderes als den Schatz der Orks aus der Kulthöhle handelt.

Allerdings suchen die Schwarzpelze dieses Objekt bereits seit langer Zeit, denn die Sonne ist nicht nur ein Symbol des menschlichen Gottes Praios, sondern auch des orkischen Gottes Brazoragh. Der Aikar vermutet sogar, dass das alte Stück zu den für ihn bedeutsamen Artefakten zählen könnte und treibt daher die Suche voran. Zudem ist der Holzständer für die Orks von Bedeutung, da sich mit ihm versteinerte Minotauren aus einem Heiligtum im Finsterkamm erwecken lassen – eine zusätzliche Waffe. Deshalb überfallen immer wieder kleinere Orkhorden Pilger und Anhänger des Praios rund um das Kloster auf dem Saljethweg, um den Verbleib des verlorenen Schatzes zu klären – bislang erfolglos. Doch jüngst haben die Angreifer und ihr aktueller Anführer *Gromrak* (siehe Seite **73**) den neuen Aufenthaltsort des Kleinods in Erfahrung gebracht: Praiosblick.

Die Orks setzen daher an unterschiedlichen Stellen der Markgrafschaft gezielte Nadelstiche, um von ihrem eigentlichen Vorhaben, dem Überfall auf die kleine Praiossakrale, abzulenken. Im Efferd 1047 BF überfällt eine Horde Schwarzpelze im Namen des Schamanen Gromrak die friedliche Stätte, um die Sonnenscheibe zurückzuerlangen. Dabei verwüsten sie den Ort und töten Wachen, Sonnenlegionäre und Besucher. Inmitten des Tumults stehlen die Angreifer nicht nur die Sonnenscheibe und ihren Ständer, sondern verschleppen auch einige Überlebende in das Heiligtum ihres Stiergottes. Denn nur mittels eines großen Blutopfers lassen sich die dort stehenden versteinerten Minotauren zurückholen.

Die Helden treffen auf die Wachtvögtin der Greifenfurter Grenzreiter, *Asa Gwinfrieda von Eisslingern*, die sich gerade gegen eindringende Orkspäher zur Wehr setzen muss. Nachdem die Abenteurer ihr hoffentlich zu Hilfe geeilt sind, bittet die Anführerin um Unterstützung, da derzeit viele Angriffe gleichzeitig abzuwehren sind.

Versteinert

Der Status *Versteinert* bedeutet, dass sich der Held in eine Steinstatue verwandelt hat. Dieser Status ist permanent, es sei denn, bei der Ursache der Versteinerung ist eine Dauer angegeben. Ansonsten kann der Held nur durch Magie oder göttliches Wirken von diesem Status befreit werden. Ob man durch eine Versteinerung sofort stirbt oder es noch eine Chance auf eine Rückverwandlung gibt, ist bei der jeweiligen Ursache angegeben.

Während der Versteinerung ist der Held nicht in der Lage, sich zu bewegen. Auch sein Geist ist in der Regel inaktiv und er kann mit seinen Sinnesorganen nichts wahrnehmen. Sollte er von dem Status befreit werden, so kann er sich an nichts während seiner Zeit als Statue erinnern. Der Held altert als Steinstatue nicht und auch die Auswirkungen von Giften und Krankheiten werden ausgesetzt. Die Statue kann aber beschädigt werden und bei einer Rückverwandlung wird der Schaden auch auf den fleischlichen Körper übertragen. Abgebrochene Steinfinger äußern sich als abgetrennte Finger, Kratzer an der Statue übertragen sich als Schnittwunden usw. Der dadurch entstandene Schaden ist von der Spielleiterin zu bemessen.

Weg ins Abenteuer

In der ländlichen Mark hören die Helden Kampfeslärm. *Asa Gwinfrieda von Eisslingern*, die Wachtvögtin der Grenzreiter, streitet an der Seite zweier ihrer Untergebenen am Wegesrand gegen (Anzahl der Helden +2) Orkstammeskrieger, die wohl als Späher dienen. Einer der Grenzreiter ist bereits durch Pfeile kampfunfähig zu Boden gegangen, und der Kampfverlauf sieht derzeit eher günstig für die Schwarzpelze aus. Voraussichtlich eilen die Abenteurer den Grenzreitern zu Hilfe.

Zum Vorlesen oder Nacherzählen:

Derzeit reist ihr auf der gut ausgebauten Straße durch die Markgrafschaft Greifenfurt. Glücklicherweise hat der Herbstregen vor einigen Stunden aufgehört und der böige Wind ist inzwischen erträglicher geworden, so dass man besser vorankommt. In einer Entfernung sind Silhouetten von Kämpfern zu erkennen. Machen sie etwa Übungen? Nein! Die Gerüsteten müssen Angreifer abwehren, blutrünstige Schwarzpelze! Wer genauer hinschaut, erkennt gar die Waffenröcke der Greifenfurter Grenzreiter. Gerade ist einer von ihnen durch einen Orkpfeil zu Boden gegangen. Die beiden Übrigen sind deutlich in der Unterzahl. Gerade holt einer der Feinde zu einem gewaltigen Schlag aus.

Sieg und Auftrag

Nachdem man gemeinsam die Orkspäher bezwungen hat, stellt sich die blonde Frau vor, sofern die Helden sie nicht schon von früheren Questen in Greifenfurt kennen. Ferner dankt sie ihren Rettern höflich für die Unterstützung. Die Wachtvögtin ist mit ihren Untergebenen gerade von einem weiteren Scharmützel mit Orks zurückgekehrt, die aktuell an verschiedenen Stellen der Mark zuschlagen. Zudem wurden aufgrund weiterer Angriffe wieder neue Signalfeuer in der Finsterwacht entzündet, so dass erneut Eile geboten ist.

Da sie nicht überall gleichzeitig sein kann und viel zu wenige Grenzreiter unter ihrem Kommando hat (lediglich 2 Schwadronen zu je 50 Männern und Frauen, die zudem die Garnisonen in Greifenfurt und Eslamsroden sowie die Türme der Greifenfurter Finsterwacht bemannen), sucht sie tapfere Abenteurer zur Verstärkung. Es handelt sich um eine spezielle Aufgabe, die auch im Sinne der Praioskirche ist, denn möglicherweise ist die kleine Kapelle Praiosblick in Gefahr. Es gilt, diese aufzusuchen und dort nach dem Rechten zu sehen. Zu diesem Zweck kann sie folgende Informationen anbieten:

- *Vermisst*: Bislang sind die dort patrouillierenden Grenzreiter und einige Praiosanhänger nicht zurückgekehrt. In Greifenfurt und Weihenhorst, dem Hauptquartier der für die Finsterwacht berufenen Grenzreiter, macht man sich bereits Sorgen und fürchtet das Schlimmste.
- *Schwarzpelze weit und breit*: Es gibt Gerüchte über einen Orküberfall in der Nähe der Kapelle. Aufgrund der anderen, größeren Angriffe konnte die Situation bisher noch nicht geklärt werden.
- *Begehrtes Kleinod*: Am Saljethweg kam es ebenfalls zu Auseinandersetzungen mit Schwarzpelzen. Von Überlebenden hat man kürzlich erfahren, dass die Angreifer nach einem bestimmten Gegenstand suchen. Es handelt sich um eine Scheibe mit einer Sonnendarstellung und einem Gestell aus Holz.
- *Präsent*: Eingeweihte wissen, dass der Hüterorden jenes Objekt vor fünf Monaten als Geschenk vom Kloster Arras de Mott an die Kapelle Praiosblick übergab. Daher steht zu befürchten, dass die Anwesenden in Gefahr sind.
- *Flammendes Auge*: Aus einem Brief eines Mitglieds des rondrianischen Ordens zur Wahrung vom Rhodenstein, der Asa aus Trallop erreichte, geht hervor, dass die Sonne nicht nur dem Götterfürsten zugeordnet ist. Die Orks schreiben die leuchtende Kraft und die hellen Strahlen stattdessen ihrem Schöpfergott Brazoragh zu. Der Brief stammt von einem Wahrer namens *Tahir Chadizirat al'Meretin ay Khunchom* (siehe Seite 25).

Brazoragh gehört zu den wichtigsten Götzen der Schwarzpelze, wobei man ihn an anderen Orten auch unter dem Namen Ras'Rasgh kennt. Er verkörpert ihre Ideale von Kraft, kriegerischer Überlegenheit und symbolisiert geradezu das Recht des Stärkeren. In ihrer Glaubenswelt gab Brazoragh den Orks ihre Sprache, Waffen und den Anspruch auf die Herrschaft. Seine Verehrung ist ein zentraler Bestandteil des Alltags und der Kriegsführung. Schwächere haben in Brazoraghs Welt nur einen geringen Wert. Neben den kämpferischen Aspekten gibt es allerdings noch andere relevante Dinge, denn er steht ebenso für Mut, das Wetter, Opfer und die Natur – insbesondere die Sonne. Steineichenholz wird dem Orkgötzen ebenfalls zugeschrieben.

- *Lohn:* Die Grenzreiterin stellt den Anwesenden eine Belohnung von 3 D pro Person in Aussicht, gezahlt von der Praioskirche. Sollten sich neue Schwierigkeiten ergeben, wird der Betrag erhöht. Als Beweis für ihren Auftrag übergibt Asa den Abenteurern einen wertvollen Dolch, der eine Greifengravur am Knauf trägt.
- *Wohin geht es:* Die göttergefällige Kapelle liegt hinter dem großen Waldstück gen Norden. Ein schmaler Karrenpfad weist den Weg.

Zur sakralen Stätte

Der Weg führt am Waldrand entlang. Aufmerksame Helden können nach einer erfolgreichen Probe auf *Fährtensuchen (humanoide Spuren)* erkennen, dass kürzlich Orks und andere Fußgänger den Weg passiert haben. Da die Schwarzpelze den Menschen entgegenkamen, handelt es sich dabei wahrscheinlich um die Späher. Bei den Menschen sind unterschiedlich tiefe Fährten zu bemerken, was darauf schließen lässt, dass sich unter ihnen Gerüstete und Personen mit leichterem Gepäck befinden.

Die Visionsstätte

Auf einer bewaldeten Anhöhe zwischen **Burg Adlerhorst (46)** und dem Finsterwachtturm **Kammwacht (47)** liegt das kleine Gotteshaus Praiosblick. Es soll einst ein trutziger Turm aus der Zeit der Priesterkaiser gewesen sein. Mittlerweile ist äußerlich jedoch wenig vom alten Erbe zu sehen. Angegraute Steine der in den Berg geschlagenen Treppen führen Fußgänger direkt hinauf, während für Karren nur der längere Weg über Serpentinen bleibt. Auf einem Fundament aus dunkelgrauen Steinblöcken errichteten Handwerker und Geweihte mit dem vorhandenen Baumaterial eine runde Kapelle mit Keller, Erd- und Obergeschoss aus weiß gestrichenem Stein. Sie fügt sich trotz der hellen Farbe fast nahtlos in die Baumlandschaft ein und ist daher erst aus der Nähe deutlich zu erkennen. Nebenan steht ein kleineres Gebäude zur Unterkunft und für Mahlzeiten, dessen untere Etage auch Bruchstein und die obere aus Holz erbaut wurde. Eine kniehohe Mauer aus Findlingen umgibt das gesamte ovale Gelände und begrenzt zusätzlich einen angelegten Garten, eine Sonnenuhr sowie ein ostwärts gerichtetes Praiostor, an dem man den Sonnenaufgang und den neuen Tag begrüßen kann.

Etwa ein Dutzend Schwarzpelze haben auf Befehl des Schamanen Gromrak den sakralen Ort angegriffen.

Zum Vorlesen oder Nacherzählen:

Der schmale Pfad windet sich den Hang hinauf, bis ihr die bewaldete Anhöhe erreicht. Zwischen den dunklen Tannen erhebt sich das kleine Gotteshaus Praiosblick. Seine weiß getünchten Mauern schimmern durch das dichte Grün - und doch liegt ein Schatten über dem Ort.

Der Boden vor euch ist aufgewühlt, zertrampelt von hastigen Schritten. In der Luft hängt der schwere, metallische Geruch von Blut. Am Eingang liegen zwei menschliche Körper, achtlos beiseitegeschoben, daneben der gefallene Leib eines Orks, dessen Antlitz im Tod zu einer Fratze erstarrt ist.

Die Stimmen des Waldes sind verstummt. Nur das einsame Knarzen eines losen Fensterladens wird vom Wind durch die Stille getragen.

Der Eingang

Da eine Palisade fehlt, haben Tempelwachen das Außengelände auf einer der Sitzbänke bewacht. Nach wenigen Schritten trifft man auf die Leichname eines Grenzreiters (etwa 30, dunkelhaarig), einer Tempelwächterin (etwa 40, blond, mit Praiossymbol auf dem Wappenrock) sowie eines orkischen Stammeskriegers.

Mit einer erfolgreichen Probe auf *Heilkunde Wunden* oder *Fährtensuchen (humanoide Spuren)* können die Helden einige Spuren und Hinweise finden: Die Menschen wurden mit scharfen Klingen niedergemacht, die zur Waffe des toten Orks passen (**QS 1**). Da die Verletzungen auf der Vorder- und Rückseite der Körper zu finden sind, waren es wahrscheinlich mehrere Angreifer (**QS 2**). Es wirkt so, als habe man die Leichen vom ursprünglichen Ort ihres Todes aus dem Weg geräumt, denn die größere Blutlache liegt einige Schritte entfernt (**QS 3+**).

Die Kapelle

Runde Fensterbögen zeichnen das Innere aus und sorgen für ausreichend Tageslicht. Im Altarraum hat man die alten Wandzeichnungen erneuert, die von hineinkommenden Sonnenstrahlen angestrahlt werden. An der mehr als 3 Schritt hohen Decke schwebt die Darstellung eines Greifen über den Gläubigen. Die ursprünglich in Reihen angeordneten Hocker liegen nun zum Teil umgestürzt im Weg. Auch hier können die Helden einige Spuren und Hinweise mittels einer erfolgreichen Probe auf *Sinnesschärfe (Wahrnehmen)* finden: Einige Stühle wurden aus dem Weg geräumt und es gibt diverse Blutspritzer auf dem Boden, und sogar Abdrücke an den Wänden. Das Altartuch wurde von den Orks zerrissen.

Das Nebengebäude

Ähnlich wie die Kapelle hat man den Erweiterungsbau ebenfalls auf Resten der Ruine erbaut. Hier kommen Gläubige und Reisende in Schlafräumen unter, wobei auch eine Küche sowie ein Keller mit Nahrungsmitteln und Vorräten vorhanden sind.

Mit einer erfolgreichen Probe auf *Sinnesschärfe (Wahrnehmen)* können die Helden ein verdächtiges Geräusch aus dem Keller wahrnehmen. Dort haben sich der junge Novize ♟ *Aurelian* (14, kurz geschorene Haare, hinkendes Bein, dürr, Werte wie *Bürgerin* **Aventurischer Almanach** Seite **258**, noch 8 LeP) und ein Tempelgardist (etwa 50, grauer Bart), die den Angriff verletzt überlebt haben, versteckt. Der Gardist verstarb inzwischen an seinen Verletzungen.

Der junge Praiosdiener benötigt gutes Zureden. Ihn plagen die Erinnerungen, Schuldgefühle, Schmerzen und Weinkrämpfe, weshalb er sich inzwischen nicht mehr aus seinem Versteck hervorwagt. Um den Heranwachsenen behutsam anzusprechen und die richtigen Worte zu finden, ist eine erfolgreiche Probe auf *Götter & Kulte (Praios)* –2 oder *Heilkunde Seele* –1 notwendig. Ohne die Hilfe von einfühlsamen Helden wird er erst einmal schweigen und nur stammelnde Fetzen von sich geben.

Der Bericht eines Augenzeugen

- Die Orks kamen gestern kurz nach Sonnenaufgang. Einige Grenzreiter hatten hier übernachtet, da es Berichte zu Schwarzpelzen in der Gegend gab. So hatten sie zumindest ein Dach über dem Kopf.
- Zuerst überfielen die Orks den Streiter Wulfram am Eingang. Eine Tempelwächterin namens Hergriffa aus Greifenfurt kam ihm zu Hilfe. Trotzdem hatten sie keine Chance gegen die Überzahl der Angreifer und konnten sie nicht aufhalten.
- Einer der Schwarzpelze sprach sogar etwas Garethi und verlangte die runde Sonne mit einem Ständer aus Holz.
- Das waren die letzten Worte, die Aurelian hörte, bevor er sich aus der Kapelle stahl. Als der Großteil der Orks ins Heiligtum stürmte, schlich der Novize sich zum Nebengebäude, wurde aber von einem Ork entdeckt und verletzt.
- Diesen schlug dann der Wachmann Angold nieder, der später in Aurelians Armen verstarb.
- Die anderen Anwesenden wurden fast alle vom Ansturm überrascht. Die Orks töteten die Menschen nicht, sondern setzten sie hauptsächlich außer Gefecht. Teilweise konnte er ihr Stöhnen und ihre Rufe um Hilfe hören, als man sie mitnahm.
- Aurelian hat enorme Gewissensbisse, weil er nicht eingegriffen hat, und ist sich des Ablaufs nicht absolut sicher. Als er sich einmal aus dem Gebäude traute, waren die Sonnenscheibe mit dem Ständer auf dem Altar weg und niemand mehr da – nur noch die Toten.

Insbesondere vermisst der Novize folgende Personen, die er den Helden auch genauer beschreiben kann.

- Die Tempeldienerin ♟ *Praiodane Elmwacht*
- Die Tempelwache der Kapelle ♟ *Reto von Dallmin*
- Grenzreiter ♟ *Arnbrecht Stolten*
- Grenzreiterin ♟ *Gerlinde Tommel*
- Grenzreiter ♟ *Hilmar Breitenquell*
- Die Novizin ♟ *Lemina Brockenfels*

Genauere Beschreibungen dieser Personen findest du auf Seite **72**.

Der Sonne hinterher

Die Helden können die Spur der Angreifer in die Ausläufer des Finsterkamms verfolgen. Auf den Waldpfaden sind deutliche Hinweise zu erkennen: Abdrücke von Stiefeln sowie Schleifspuren von Gefesselten. Eine Gruppensammelprobe auf *Fährtensuchen (humanoide Spuren)* 6 Versuche, 5 Minuten entscheidet darüber, ob die Abenteurer die richtige Fährte aufnehmen und den Weg zum Heiligtum finden.

> Nach dem Überfall auf die Kapelle haben sich die Angreifer aufgeteilt, um mögliche Verfolger zu verwirren, ihre Spuren zu verwischen und weitere Opfer zu jagen. Nur ein Teil der Krieger, darunter der Schamane *Gromrak*, macht sich direkt auf den Weg zum Heiligtum. Dort haben die Orks an günstigen Positionen Wachen aufgestellt, die den Zugang sichern und etwaige Häscher abfangen sollen. Im Inneren der Kulthöhle konzentriert sich der Tairachschamane mit einigen Getreuen ganz auf das Ritual, um die versteinerten Minotauren zu erwecken.

Gruppensammelprobe auf *Fährtensuchen (humanoide Spuren)* 5 Minuten, maximal 6 Versuche

Teilerfolg (6 QS): Den Helden gelingt es, die Fährte aufzunehmen und den Weg zum Brazoragh-Heiligtum ausfindig zu machen.

Erfolg (10 QS): Die Gefährten erreichten ihr Ziel zügig und bemerkten dabei, dass sich die Orks in mehrere Gruppen aufgeteilt haben, um ihre Verfolger zu täuschen. Am Ritualort wurde nur der minotaurische Blutkrieger Minos erweckt.

Misserfolg (weniger als 6 QS): Die Abenteurer brauchen zu lange. Den Schwarzpelzen gelingt es unterdessen, zwei Minotauren vollständig aus der Versteinerung zu befreien.

Patzer: Die Helden verlieren sich im Wald und gelangen zur Höhle eines *Ogers* (Werte siehe **Aventurischer Almanach** Seite **153**). Dieser attackiert die Gruppe sofort. Nach einer weiteren erfolgreichen Probe können sie den richtigen Weg einschlagen.

Steiniger Weg

Je weiter man sich am Fuß des Finsterkamms vorwagt, desto beschwerlicher wird der Pfad. Steile Hänge, dichter Wald und unerwartete Hindernisse machen den Weg mühseliger. Die folgenden Szenen dienen als Vorschläge, um den Weg zum Heiligtum abwechslungsreicher zu gestalten. Je nach Gruppe können sie frei kombiniert, angepasst und durch eigene Ideen ergänzt werden.

- *Baum fällt!*: Mehrere Tannenstämme blockieren einen schmalen Pfad in einem jäh abfallenden Tal. Die Gefährten können diese Barriere umgehen, was jedoch Zeit kostet, oder sie versuchen, diese direkt zu überwinden. Dazu ist eine Probe auf *Klettern (Baumklettern)* nötig. Misslingt diese, stürzt der Held in die Tiefe und erleidet 2W6 TP Sturzschaden. Bei genauerer Betrachtung ist erkennbar, dass die Bäume nicht zufällig gefallen sind – die Orks haben sie gezielt ins Tal stürzen lassen, um Verfolger mit der Barriere aufzuhalten.
- *Trübe Suppe:* Dichter Nebel liegt in einer Senke und erschwert die Sicht. Wer hier unachtsam weitergeht, verliert die Spur. Eine erfolgreiche Probe auf *Orientierung –2* ist erforderlich, um nicht vom Weg abzukommen. Bei Scheitern irren die Helden im Dunst umher und verlieren Zeit. Gelingt einem Abenteurer die Probe sogar mit **QS 2+**, entdeckt er am Rand des Pfades eine kleine Fibel aus Bronze mit einem Sonnensymbol. Offensichtlich hat sie einer der Praiosdiener verloren.
- *List & Tücke:* Am Rand eines engen Waldpfads haben die Orks einen schweren Baumstamm mit Seilen als Falle fixiert. Er ist so angebracht, dass er beim Auslösen quer über den Weg schwingt. Mit einer gelungenen Probe auf *Sinnesschärfe (Wahrnehmen)* –3 ist das gespannte Tau oder die ungewöhnliche Position rechtzeitig zu erkennen. Bei Scheitern löst die Falle aus: Der Stamm schlägt mit Wucht gegen die Gruppe. Jeder Betroffene muss eine Probe auf *Körperbeherrschung (Springen)* ablegen. Wer versagt, erleidet 2W6+2 TP durch den Aufprall und wird 1 Schritt weit fortgeschleudert und erhält den Status *Liegend*.
- *Makabere Warnung*: Am Wegrand steckt ein aufgespießter Mensch, einer der entführten Diener des Sonnengottes. Der Körper wirkt leblos, doch sobald sich jemand nähert, zuckt er plötzlich und schlägt zu (Waffenlos: AT 8, TP 1W6, RW kurz, LeP: 16, INI: 7+1W6, GS: 0). Der Tairachschamane hat den verstorbenen Praioten zu einem Untoten erhoben und ihn vorsätzlich zurückgelassen, um Gegner abzuschrecken. Alle Gefährten müssen eine Probe auf *Willenskraft (Bedrohungen standhalten)* –1 ablegen. Ein Misserfolg führt zu 1 Stufe *Furcht*.
- *Hinterhalt*: Ein kleiner Trupp Orks (Anzahl Helden +1) lauert in erhöhter Stellung. Einer der Krieger macht sich absichtlich bemerkbar, um Verfolger anzulocken. Die übrigen Stammeskrieger verharren im Verborgenen mit vorbereiteten Bögen und warten auf das Angriffssignal. Mit einer gelungenen Probe auf *Kriegskunst (Partisanenkampf)* –2 durchschauen die Helden die Taktik und erkennen die verdeckten Schützen. Misslingt die Probe oder greifen die Gefährten den Ork an, tappen sie in die Falle und beginnen das Gefecht mit dem Status *Überrascht* im vorbereiteten Pfeilhagel.
- *Was wächst denn hier?: Kundige können auf dem Weg mit einer gelungenen Probe auf Pflanzenkunde (Heilpflanzen)* eine Lulanie (siehe **Regelwerk** Seite **346**) ausfindig machen. Ein einfacher Tee aus Lulanienblüten beendet nach Einnahme den Status *Blutrausch* innerhalb von 2 KR. Vorbeugend eingenommen verhindert er das Eintreten des Status innerhalb der darauffolgenden 30 Minuten. Außerdem entfernt der Tee 1 Stufe *Furcht* (solange nur Stufe I vorliegt).

Das Brazoragh-Heiligtum

Nachdem die Helden den Spuren erfolgreich gefolgt sind, erreichen sie das in einem Felsvorsprung verborgen liegende Heiligtum. Ein gewundener Tunnel führt sie ins Innere, wo sie Zeugen eines finsteren Rituals werden. Der Tairachschamane nutzt das Blut der Gefangenen und ein hölzernes Artefakt, um versteinerte Minotauren zum Leben zu erwecken. Nun gilt es, die Schwarzpelze aufzuhalten, ehe weitere der steinernen Stierkreaturen erwachen.

Ein grob behauener Gang, gerade breit genug für zwei Personen, führt hinab in die Tiefe. Bereits nach den ersten Schritten schlägt den Helden stickige Luft entgegen, die von Rauch, frischem Blut und feuchtem Stein geprägt ist.

Später weitet sich der Tunnel zu einer höhlenartigen Kaverne von gut zwanzig Schritt Durchmesser. Das matte Flackern von Fackeln taucht die Szenerie in ein rotes, rußgeschwärztes Licht. An den Wänden sind Malereien in blutigem Ocker erkennbar, die Brazoragh mit Hörnern und erhobenem Speer zeigen. Manche Figuren scheinen abnorm groß geraten zu sein, fast so, als würden sie aus dem Fels heraus in den Raum starren.

Im Zentrum erhebt sich ein grob behauener Altar aus schwarzem Stein, auf dem die goldene Sonnenscheibe liegt. Durch einen Spalt in der Decke fällt – je nach Tageszeit – ein Lichtstrahl von Sonne oder Mond, der direkt auf die Scheibe trifft. Von dort bricht sich das Licht in unnatürlichen Reflexen und bündelt sich zu einem unheilvollen Schein, der auf ein in der Felswand eingelassenes Steintor gerichtet ist.

Entlang der Höhlenwände stehen zehn mannsgroße, steinerne Minotauren. Ihre Köpfe sind gesenkt oder dem Altar zugewandt, zudem erinnern ihre Posen an Kriegerstatuen. Zwischen diesen stummen Wächtern sind die Gefangenen an grob gezimmerte Pfähle gefesselt. Blut tropft auf den Boden. Manche schreien, andere wimmern nur noch leise. Sie bilden einen Halbkreis um den Altar.

Die Minotauren sind Kinder Brazoraghs. Er offenbarte den Orks das Geheimnis, in einem heiligen Akt Stier und Krieger zu einem neuen Wesen zu vereinen. Dieses Wissen bewahrt allein der Aikar. Durch seine Kraft erhebt er die Tapfersten und Mächtigsten zu *Rakyach*, den Rammböcken des Gottes. Manche von ihnen entspringen den Reihen der Khurkach. Für jeden Ork ist es die höchste Ehre, in ein solches gehörntes Werkzeug Brazcoros verwandelt zu werden.

Zum Vorlesen oder Nacherzählen:

Ihr betretet eine finstere Höhle, in der die Luft schwer nach Blut und verbranntem Rauch riecht. Vor euch öffnet sich eine weite Kaverne. Durch einen Riss im Felsen fällt fahles Licht von oben herein und zeichnet gespenstische Schatten. In der Mitte erhebt sich ein roher Opferaltar, auf dem die gleißende Sonnenscheibe ruht. Doch euer Blick bleibt nicht auf ihr haften, denn ein Tairachschamane zieht gerade die Klinge über die Kehle eines Gefesselten. Dunkles Blut rinnt die hölzerne Halterung herab und tropft auf den steinernen Leib eines gewaltigen Stiermenschen. Unter dem grollenden Geheul der Orks beginnt das Gestein zu beben. Hörner und Klauen sprengen die erstarrte Hülle. Mit einem markerschütternden Röhren reißt die Statue den Kopf empor, während sein Körper Schicht um Schicht die Form von Fleisch und Blut annimmt.

Die Gefangenen

Je nachdem wie die Helden sich durch die Wildnis geschlagen haben, wurden entweder nur Minos oder er und ein weiterer Minotaur befreit. Beim Eintreffen der Helden leben noch 8 Entführte.

Die noch lebenden Verschleppten sind:

- Die Tempeldienerin ♝ *Praiodane Elmwacht* (27, 1,71 Schritt, schlank, braunes kurzes Haar; 22 von 32 LeP) murmelt mit inniger Überzeugung Gebete, um den Mut nicht zu verlieren. Trotz Fesseln und Verletzungen zeigt sie große Standhaftigkeit.
- Die Tempelwache der Kapelle ♝ *Reto von Dallmin* (34 Jahre, muskulös, blonde Stoppeln, verabscheut Magieeinsatz; 10 LeP) ist ein erfahrener Krieger der Praioskirche. Er ist stark verwundet, zwar bei Bewusstsein, kann aber kaum kämpfen.
- Grenzreiter ♝ *Arnbrecht Stolten* (22 Jahre, schlank, dunkles Haar, heißblütig und ungestüm; 35 LeP) will die Orks sofort angreifen, sobald er befreit wird. Er ist ein junger Soldat, der seine Furcht mit Lautstärke überspielt.
- Grenzreiterin ♝ *Gerlinde Tommel* (29 Jahre, kräftig, rothaarig, hartnäckig zäh; 20 von 31 LeP) ist trotz ihrer Verletzungen kampfbereit.
- Grenzreiter ♝ *Hilmar Breitenquell* (31 Jahre, gedrungen, brauner Vollbart, besonnen und erfahren, Ruhepol; 34 LeP) ist kurz davor, seine Fesseln abzustreifen. Er hat einen versteckten Dolch im Stiefel.
- Die Novizin ♝ *Lemina Brockenfels* (14, 1,50 Schritt, schmal, weißblondes Haar, aufgeschlossen; 25 LeP) wirkt trotz ihres jungen Alters unerschrocken und hofft auf ein Wunder.
- Die Waldbäuerin ♝ *Trevia Gustke* (38, kräftige Gestalt, schwarze Zöpfe, Mutter von fünf Kindern; 31 LeP) weint ununterbrochen und fleht um Gnade.
- Der Finsterkammzwerg ♝ *Drumbosch Sohn des Lorax* (144, 1,31 Schritt, rötliche Haare und Bart, ausgeschlagene Schneidezähne; Werte wie *Finsterkammzwerg* siehe Seite **126**, 37 LeP) speit die ganze Zeit über zwergische Schimpfwörter und verlangt ein Duell mit einem der orkischen Krieger.

Minos
Größe: 1,95 Schritt
Gewicht: 80 Stein
MU 14 **KL** 14 **IN** 12 **CH** 12
FF 13 **GE** 13 **KO** 17 **KK** 16
LeP 50 **AsP** 55 **KaP** –* **INI** 14+1W6AW 7 **SK** 1
ZK 3 **GS** 8
Waffenlos: **AT** 16 **PA** 9 **TP** 1W6+2 **RW** kurz
Hörner: **AT** 10 **PA** 7 **TP** 1W6+4 **RW** kurz
Keule: **AT** 16 **PA** 8 **TP** 1W6+5 **RW** mittel
Streitaxt: **AT** 16 **PA** 7 **TP** 1W6+6 **RW** mittel
RS/BE: 0/0
Aktionen: 1
Vorteile/Nachteile: Verbesserte Regeneration (Lebensenergie) II, Blutrausch (Auslöser: misslungene Probe auf *Willenskraft* bei Jähzorn), Farbenblind, schlechte Eigenschaft (Jähzorn), Zauberer
Sonderfertigkeiten: Sturmangriff (Keule, Streitaxt), Wuchtschlag I-II (Waffenlos, Keule, Streitaxt), Vorstoß (Waffenlos, Hörner, Keule)
Talente: Einschüchtern 12, Handel 0, Klettern 10, Körperbeherrschung 9, Kraftakt 14, Menschenkenntnis 4, Schwimmen 4, Selbstbeherrschung 13, Sinnesschärfe 9, Überreden 2, Verbergen 9, Willenskraft 9
Zaubertricks: Insektenbann
Zaubersprüche: Brazoraghs Hieb 12, Karnifilo 16 (Zaubererweiterung Nur bestimmte Ziele), Kraft aus Schmerzen 11
Anzahl: 1
Größenkategorie: mittel
Typus: Kulturschaffender, humanoid
Beute: individuell, z. B. Waffen
Kampfverhalten:
Flucht: Verlust von 75 % der LeP
Schmerz +1 **bei:** 25 LeP, 17 LeP, 8 LeP, 5 LeP oder weniger

Für Praiodane, Lemina und Trevia kannst du auf die Spielwerte der *Bürgerin* (siehe **Aventurischer Almanach** Seite **258**) zurückgreifen, die für die *Grenzreiter* findest du im Anhang ab Seite **125**.

Die Gegenspieler
In der Kaverne befinden sich neben dem Tairachschamanen ♟ *Gromrak* (32, 1,75 Schritt, leicht korpulent, von Hass erfüllt; Werte siehe Seite **135**) noch zwei *Orkstammeskrieger* (siehe Seite **135**) sowie der bereits befreite, zaubermächtige Minotaurus ♟ *Minos* (50, 1,95 Schritt, zottiges schwarzes Fell, glühende Augen, kupferner Nasenring). Solltest du ein weiteres versteinertes Exemplar erwecken wollen, findest du die Spielwerte auf Seite **134**, da gewöhnliche Orkland-Minotauren keine magischen Kräfte besitzen.

Falls deine Heldengruppe eine größere Herausforderung benötigt, kannst du Anzahl der Orkstammeskrieger beliebig erhöhen.

Auf ins Gefecht!
Sobald die Helden entdeckt werden oder selbst den Angriff wagen, reagieren die Gegner wie folgt:
- *Stierkräfte:* Der Minotaurus Minos entfesselt den Zauber KARNOFILO in Kombination mit der Zaubererweiterung *Nur bestimmte Ziele*, um gezielt einzelne Gefangene in rasende Blutgier zu versetzen. Diese geraten in eine unkontrollierbare Raserei und richten ihre Wut blindlings gegen die Abenteurer. Anschließend stürzt sich das zaubermächtige Stierwesen selbst brüllend in den Nahkampf.
- *Tairachs Diener:* Der Schamane bleibt zunächst hinter seinen orkischen Kriegern zurück. Sein Ziel ist es, einen weiteren Minotaurus aus seiner Versteinerung zu befreien. Um das Ritual zu vollenden, muss der Tairachschamane mindestens 52 LeP der Verschleppten opfern, um einen der Minotauren mit 26 LeP wieder zum Leben zu erwecken (siehe Seite **74**). Sobald der zweite Stiermensch befreit ist, stürzt auch Gromrak sich sofort in den Kampf.

Karnifilo

Probe: MU/IN/CH (modifiziert durch SK)
Wirkung: Das Ziel erhält den Status *Blutrausch*.
Zauberdauer: 4 Aktionen
AsP-Kosten: 16 AsP
Reichweite: 8 Schritt
Wirkungsdauer: QS x 2 KR (statt der üblichen Zeit von 2W20 KR des Status *Blutrausch*)
Zielkategorie: Kulturschaffende
Merkmal: Einfluss
Steigerungsfaktor: B
Zaubererweiterungen:
- *Wüterich* (FW 8, 2 AP): Die Boni auf AT und TP steigen zusätzlich um +1.
- *Längere Wirkungsdauer* (FW 10, 2 AP): Die Wirkungsdauer beträgt QS x 3 KR.
- *Vorhersehbares Ende* (FW 12, 4 AP): Der Zauberer kann zu Beginn des Zaubers festlegen, dass der *Blutrausch* früher endet, als die QS ergeben.
- *Berserker* (FW 14, 4 AP): Die Boni auf AT und TP steigen zusätzlich um +1 (mit Wüterich damit um insgesamt +2). Voraussetzung: Zaubererweiterung Wüterich.
- *Nur bestimmte Ziele* (FW 16, 6 AP): Der Zauberer kann Ziele bestimmen, die der Verzauberte nicht angreift.

- Die verbliebenen Orkkrieger schirmen den Schamanen gegen die Helden ab und greifen gezielt die stärksten Angreifer an.

Sollten die Helden im Vorfeld einen Tee aus Lulanie gebraut haben, können sie während des Kampfes versuchen, die Rasenden niederzuringen oder umzuwerfen, um ihnen den Tee einzuflößen. Gelingt dies, fällt die Raserei schlagartig von dem Betroffenen ab.

Möglichkeiten im Kampf

Nicht jeder Held muss sich im direkten Nahkampf mit Minotaur und Orks messen. Je nach Talent, Zauber sowie Liturgien können auch andere Vorgehensweisen den Ausgang des Scharmützels beeinflussen:

- *Gefangene retten*: Mit erfolgreichen Proben auf *Fesseln (Knotenkunde)* lassen sich die Opfer befreien. Proben auf *Heilkunde Wunden*, *Heilkunde Seele* oder *Götter & Kulte* können dazu dienen, Gefangene zu stabilisieren, ihnen Mut zuzusprechen oder sie aus ihrer Lethargie zu reißen. Gelingt dies, schließen sich manche Überlebende sogar dem Kampf an.
- *Steinmetz*: Die versteinerten Minotauren sind zwar unbeweglich, bestehen aber aus massivem Gestein. Helden können versuchen, sie mit Gewalt zu zerstören, um ihre Rückkehr ins Leben zu verhindern. Die Statuen haben jeweils 50 Strukturpunkte. Angriffe mit Hieb- und Wuchtwaffen verursachen den vollen Schaden, alle anderen Waffenarten nur die Hälfte der Trefferpunkte.

Sonnenscheibe

Die Sonnenscheibe ist eine grob gearbeitete und wuchtige Scheibe aus Kupferbronze mit einem Durchmesser von etwa 15 Halbfingern, an deren Rand zwölf unterschiedlich lange, asymmetrisch gezackte Strahlen wie Sonnenstrahlen angebracht sind. Die Oberfläche der Sonnenscheibe wurde auf Hochglanz poliert, aber in zahlreichen Rissen und feinen Vertiefungen haftet frisches Blut, welches das Kupfer dunkel verfärbt. Besonders an den Rändern und zwischen den Strahlen findet sich eine violettbraun und grünlich-schwarze Patina. Die Vertiefungen in den Strahlen sind Gravuren in Bosparano, bei denen es sich um Lobpreisungen an den Götterfürsten Praios handelt.

Besonderheit: Die Sonne ist ein Talisman des orkischen Brazoragh-Kults und zählt zu den Blutsteinen (siehe Seite **6**). Aktuell liegen auf der Scheibe zwei Objektweihen, die jeweils mit einer weiteren Liturgie verankert sind. Die Praios-Objektweihe (**QS 4**) überlagert derzeit die alte Brazoragh-Objektweihe (**QS 3**), die dadurch nicht zu erkennen ist.

Wirkung: Einmal pro Monat kann die verankerte Liturgie Liturgieschild mit 13 FP ausgelöst werden, indem die auf den gezackten Sonnenstrahlen eingravierten Lobpreisungen an den Götterfürsten in Bosparano rezitiert werden.

Hornständer

Der Ständer besteht aus dunklem Steineichenholz und ähnelt einem Horngeweih.

Wirkung: Mithilfe dieses Objekts können die erstarrten Minotauren aus der Kulthöhle (siehe Seite **67**) Blut aufnehmen und so zu neuem Leben erweckt werden. Jeweils 2 volle LeP, die ein Kulturschaffender opfert, werden in 1 LeP umgewandelt, welche sich der Minotaurus gutschreiben kann. Ab 26 LeP (also 50% der Gesamt-LeP) fällt der Status *Versteinert* von den Dienern Brazoraghs ab.

Aktivierung: 8 LeP, 1 Stunde

Art: Talisman

Kult: Brazoragh

Ausklang und der Mühen Lohn

Nachdem die Helden die unmittelbare Gefahr gebannt haben, liegt es nun an ihnen, die Überlebenden in Sicherheit zu bringen und sowohl die Sonnenscheibe als auch das verfluchte Holz an einen sicheren Ort zu überführen. Wenn die Gefährten an der Kapelle Praiosblick ankommen, erwartet sie bereits die Wachtvögtin Asa von Eisslingern. Diese rät, die Artefakte zum Rhodenstein zu eskortieren. Von dort können sie einem forschenden Geweihten übergeben werden, der sich mit orkischen Artefakten befasst (*Tahir Chadizirat al'Meretin ay Khunchom*).

Als Lohn für ihren Einsatz erhalten die Helden **15 Abenteuerpunkte** sowie als Ehrung der Praioskirche die *bronzene Greifenfeder am Band*.

DER TANZ DER LUCHSIN

»Das soll der Anfang ihres Endes sein, vor allem aber das Ende des Mondmahr-Weibs. Und du sollst die Ehre haben, dies mit dem uralten Zeichen zu besiegeln. Los jetzt, im Namen Tairachs entzünde die Feuer von Gruuzash!«
—Tairach-Hochschamane Aschepelz zu seinem Schüler Zhorkash Khargul, Ende Efferd 1047 BF

„Die Wirbel der Nebel laufen alle in einer Richtung zusammen, doch ist der Lauf des Schicksals nicht so fest gefügt, wie man gemeinhin annehmen möchte. Du entscheidest, ich rate nur.«
—Gwynna die Hex' zu Walderia von Löwenhaupt, Ende Efferd 1047 BF

Die Vergangenheit

Zentraler Punkt dieses Szenarios ist der Hass, den der Tairachschamane Aschepelz gegen Walderia von Löwenhaupt hegt. In Visionen, die ihm zum Teil vom Vagabunden übermittelt werden, seinem in der Geistersteppe agierenden Mentor, ist Walderia eine unwägbare Gefahr für die Pläne des Aikars. Das vor allem, weil sie seit beinahe sechs orkischen Generationen allen Anstrengungen trotzt, sie zu töten. Es gibt keinen einzigen lebenden Ork, nicht einmal den Aikar selbst, der sich an eine Zeit vor Walderias standhaftem Abwehrkampf erinnern kann. Kein Wunder, dass die Orks die greise Altgräfin mit dem Titel *Albtraum des Mondes* belegt haben.
Für Aschepelz war sofort klar, dass der Mondmahr beseitigt werden muss, damit der Plan des Aikar fruchten kann, die menschlichen Heere der Schildlande zum Hornturm zu locken. Einerseits würde ihr Tod die Kampfeslust der Weidener anstacheln und andererseits könnten Walderias Wissen, ihre Erfahrung und ihr Einfluss in den Schildlanden durchaus auch dafür sorgen, dass der gesamte Plan scheitert.
Aschepelz selbst nimmt sich der Herausforderung an und bereitet alles vor, um mit einem Angriff auf Olat, den Ort, an dem Walderia seit 60 Jahren residiert, ein Überraschungsmoment zu schaffen, damit er die Frau endlich töten kann.

Die Gwynna-Option
Aschepelz ist nicht der Einzige, der sich von Visionen leiten lässt und Pläne verfolgt, die weit über das Jetzt hinausreichen: In Gwynna der Hex' hat er eine würdige Gegenspielerin.
Die uralte Hexe hat erkannt, welche Gefahr ihrer Base Walderia droht und hat sie mehrfach und eindringlich davor gewarnt. Walderia jedoch denkt überhaupt nicht daran, sich zu verkriechen. Im Gegenteil: Sie stellt sich bewusst und ganz und gar rondrianisch der Herausforderung und setzt noch einmal alle Hebel in Bewegung, um zu ergründen, was die Orks vorhaben.
Selbst als sich die Zeichen ihres bevorstehenden Todes verdichten, hält Walderia standhaft Wacht, allerdings mit zwei Geschenken der ewig jungen Hexe versehen: Einem schützenden Amulett und einem Dolch, der für Aschepelz ein schnelles Ende bedeuten könnte. Dazu findest du im entsprechenden Abschnitt auf Seite **82** weitere Hinweise.

Die Gegenwart

Das Szenario spielt Anfang Travia des Jahres 1047 BF. Die Helden weilen auf Olats Feste, haben Gelegenheit, sich mit Walderia auszutauschen, und erhalten dabei vielleicht sogar wertvolle Hinweise für die Zukunft. Als der unheimliche Schein der Feuer von Gruuzash aufflammt, können sie helfen, Olat auf eine bevorstehende Belagerung vorzubereiten und vielleicht sogar den Angriff auf den alten **Turm bei Ognin (01)**, einen der ältesten Türme der Finsterwacht, abzuwehren. Doch dann müssen sie eilen ...

Was geschehen wird

Die Orks greifen Olat mit großer Wucht an, nicht nur Kriegsoger führen Angriffe auf den Wall des Dorfes, sondern die *Mokolash* lassen auch einen Grubenwurm aus dem Nebelmoor auf die Menschen los. Dieser Vorstoß soll jedoch nur die Wachen auf Olats Feste ablenken, so dass Aschepelz mit einer Gruppe ausgewählter Blutkrieger als Nebelkrähenschwarm in die Burg eindringen kann. Dort sucht er die Altgräfin, während seine Blutkrieger die verbliebenen Wachen töten oder ablenken und will den finalen Angriff gegen Walderia selbst führen. Doch bevor er sie mit einem Kehlenbiss tötet, rammt Walderia ihm einen Dolch ins Auge. Dauerhaft gezeichnet und in höchster Eile verwandelt sich Aschepelz wieder in einen Nebelkrähenschwarm und sucht das Weite.

Der Einstieg ins Abenteuer

Zum Vorlesen oder Nacherzählen:
Früh hat in diesem Jahr der Frost eingesetzt. Firuns Griff liegt schon jetzt schwer auf dem Weidener Land und bringt dichte Nebel, die das Moor einhüllen wie ein Leichentuch. Im fahlen Licht der Sonne glitzert bereits erstes Eis auf den ungewöhnlich ruhigen Wassern des Neunaugensees und selbst die Vögel scheinen überrascht ihr Krächzen eingestellt zu haben. Eine unheilvolle Stille liegt über dem mächtigen See, und die dunstige Luft dämpft alle Geräusche, die sonst die Mauern von Olats Feste erfüllen.

Für die Helden beginnt das Abenteuer auf dem düsteren Sitz der Altgräfin, Olats Feste. Zeitlich schließt es an die Abenteuer **Des Löwen Wille** und **Blutige Sonne** an. Nach den bisherigen Ereignissen versuchen die Helden – vielleicht auch im Auftrag hochgestellter Persönlichkeiten wie *Brin von Rhodenstein* oder *Irmenella von Wertlingen* – zu verstehen, was vor sich geht und welches Ziel die Orks mit ihrem diesmal sehr ungewöhnlichen Vorgehen verfolgen. Mit niemandem lässt sich all das besser besprechen als mit Altgräfin von Bärwalde, *Walderia von Löwenhaupt*, die seit 60 Jahren ihre Wacht gegen den Schwarzpelz hält.

Wenn du das Abenteuer ohne die Abfolge der bisherigen Ereignisse spielen willst, kann die Altgräfin die Helden eingeladen haben, um selbst aktiv zu werden, und ihnen die bisherigen Geschehnisse darlegen. In diesem Fall sollen sie für Walderia Nachforschungen anstellen, bevor sie von den Geschehnissen des Abenteuers eingeholt werden.

Die Schwierigkeit des Abenteuers liegt vor allem darin, dass das Hauptereignis, nämlich die Ermordung Walderias, von den Helden nicht verhindert werden kann. Ein solch rigider Eingriff in das Wirken von Helden trifft nicht den Geschmack jeder Spielrunde und muss von dir als Meisterin gut vorbereitet sein. Hinweise dazu findest du im entsprechenden Abschnitt des Abenteuers. Darüber hinaus werden die Orks am Anfang im Nebelmoor aktiv, ohne dass die Helden davon wissen. So können sie das Entzünden der Feuer von Gruuzash weder miterleben noch verhindern. Auch die ersten Angriffe auf die Türme von *Olats Wacht* sind für die Helden nicht zu stoppen, aber mit etwas Geschick können sie beim Angriff auf den Turm **Schwarze Wacht (03)** vor Ort sein, bevor es in Olat zur Belagerung und schließlich zu Aschepelz' finalem Angriff kommt, der Walderia das Leben kostet.

Schauplatz: Olats Feste

Die rund 1.000 Jahre alte Wasserburg, die aus der Zeit des Lokalhelden Olat des Bogners stammt und von diesem selbst errichtet worden sein soll, ist ebenso düster wie trutzig und schwer erreichbar. Sie liegt etwa 50 Schritt vom Ufer entfernt im Neunaugensee und ist mit dem am Ufer des Dorfes Olat stehenden *Winschturm* durch eine schwere Eisenkette mit spanndicken Gliedern verbunden. Eine zwei Schritt über der Wasserlinie liegende Öffnung gähnt in den 15 Schritt hohen und an der Basis fünf Schritt dicken Mauern: Sie stellt den einzigen Zugang zum Inneren von Olats Feste dar.

An der Kette kann ein flaches Fährboot zur Burg und in den drei Schritt breiten Tunnel gezogen werden, solange das stählerne Fallgitter, das nur vom Festungsinneren aus bedienbar ist, nicht herabgesenkt wird. Aufgrund der extremen Dicke der aus mächtigen schwarzen Quadern gefügten Mauern der Burg sind die Räume eng, feucht und dunkel. Das Tageslicht muss sich seinen Weg durch bestenfalls halbschrittbreite und zwei Schritt hohe, aber dafür dreieinhalb Schritt tiefe Schießscharten bis ins Innere der Burg bahnen. In diesem äußeren Teil der Feste befinden sich der Rittersaal, die Bibliothek, der Baderaum, Walderias Kemenate, die Küche und die Waffenkammern. Gäste müssen zum Übernachten mit den Bänken im gerade sechs auf acht Schritt messenden Rittersaal oder mit Speicherräumen im Obergeschoss des Palas direkt unter dem Schieferdach vorliebnehmen, die größtenteils nicht ausgebaut sind und die Vorräte der Burg beherbergen.

Den Kern der Feste, den der Palas beinahe liebevoll umarmt, bildet der zwölf Schritt durchmessende, hohle Bergfried. Er ist stolze 30 Schritt hoch und endet ohne Dach oder Wehrgang. Der Verbleib der Turmspitze ist bis heute ein Rätsel, doch die rußgeschwärzten Mauern künden von einem furchtbaren Brand, der den Turm einst von innen nach außen verzehrte und nur die steinerne Wendeltreppe verschont hat, die sich an der Turmmauer emporwindet. Vor einigen Jahren hat Walderia einen hölzernen Umgang im Innerem des Turms errichten lassen, von dem aus sie einen guten Ausblick über den Neunaugensee und das Nebelmoor hat. So fällt die Sonne hier immer noch am leichtesten ins Innere der Burg und der trümmerbedeckte Boden des Bergfrieds ist zu einem geheimen, aber von den Burgbewohnern sorgsam gepflegten Garten geworden, der auch den Herzbaum von Olats Feste beherbergt: Eine alte, sorgsam gestutzte Schwarzföhre breitet ihre Arme über einem säuberlich geharkten Kiesbett aus; duftende Kräuter und Blumen sind zu Garben und Kränzen geflochten und eine geschnitzte Firunstatue macht den *Steinernen Garten* zu einem Ort der Besinnung und Meditation.

Im Gespräch mit der Altgräfin

Walderia von Löwenhaupt (siehe Seite **20**) bittet die Helden in die Bibliothek und erläutert ihnen dort bei einem Becher heißen Würzweins die derzeitige Situation. Es erschüttert sie sichtlich, dass sie ihren guten Freund, den Wachtgrafen der Finsterwacht *Halgan von Hirschenborn* verloren hat. Er war ihr stets eine verlässliche Stütze im Kampf gegen den Ork. Auch das Erscheinen des Schwarzen Stiers *Ugrashak* so nah am Rhodenstein bereitet der alten Dame schlaflose Nächte. Kunde von den Türmen von *Olats Wacht*, die als Verlängerung der Finsterwacht Weiden gegen das Nebelmoor abschirmen, hat Walderia bisher nicht, aber sie spielt mit dem Gedanken, Späher dorthin auszuschicken, um nach dem Rechten zu sehen. Angriffe auf dem Boden der Grafschaft Bärwalde hat es bisher zwar nicht gegeben, aber die alte Dame traut dem Frieden nicht. Etwas Ähnliches scheint für die Herzogin Weidens, Walpurga von Löwenhaupt, zu gelten, denn sie hat ihrer Tante vorsorglich weitere Streiter und vor allem drei zähe Botenreiter geschickt.

Sollten im Laufe der bisherigen Kampagne Fragen bei den Helden aufgekommen sein, können sie diese jetzt einer wirklichen Expertin stellen. Das ist auch für dich als Meisterin eine gute Gelegenheit, die Ereignisse zu rekapitulieren.

- Die Altgräfin wirkt zwar übernächtigt, aber weder gebrochen noch schwach. Eine gelungene Probe auf *Sinnenschärfe (Wahrnehmen)* enthüllt, dass Walderia ungewöhnlicherweise bewaffnet ist (**QS 1**). Sie trägt einen eleganten Langdolch an ihrer Seite (**QS 2**), dessen Parierstange wie zwei sich windende Schlangen geformt ist. Um ihren Hals trägt sie ein Amulett in Luchsform (**QS 3**). Das Schmuckstück bricht das Licht auf ungewöhnliche Art und Weise (**QS 4+**).
- Eine gelungene Probe auf *Etikette (Heraldik & Stammbäume)* offenbart, dass der Luchs das Wappentier der Grafschaft Bärwalde ist und somit über 60 Jahre lang auch von Walderia in ihrer Funktion als Gräfin getragen wurde – neben dem Wappen des Hauses Löwenhaupt, ein Löwenkopf, gespalten in Grün und Silber auf gekontertem Grund).
- Mit einer gelungenen Probe auf *Metallbearbeitung (Verhüttung)* –1 oder *Magiekunde (Artefakte)* –2 kann ein Held das Metall, aus dem das Amulett besteht, als *Amulettmetall* identifizieren, einer besonderen Legierung aus dem magischen Metall Arkanium in Verbindung mit Mondsilber und Quecksilber, die sich besonders gut für die Artefaktherstellung eignet.
- Eine gelungene Probe auf *Menschenkenntnis* verrät, dass Walderia insgesamt zwar müde und sorgenerfüllt ist (**QS 1**), dass sie dabei aber tatendurstig viele unterschiedliche Dinge zu regeln scheint (**QS 2**) und von einer unabänderlichen Gewissheit beseelt ist, die alle ihre Handlungen und Gesten erfüllt (**QS 3**).
- Zu einigen der Orks, denen die Helden mittlerweile vielleicht sogar schon selbst gegenübergestanden haben, kann Walderia Namen und Geschichten beitragen, vor allem zu Aschepelz, Ugrashak, Rhushuk und Khargash weiß sie vieles zu berichten. Sie kann auch Aschepelz' Mentor, den *Vagabunden*, benennen.
- Die Helden können sich mit Walderia natürlich über Personen der Schildlande austauschen und ihre Meinung erfragen. So hält sie ihre Nichte *Walpurga* für sehr weise, in Bezug auf eventuelle Kriegsbestrebungen zurückhaltend zu reagieren. Zu wenig weiß man bisher über die Pläne der Orks. *Arlan* hält sie für ein wenig zu heißspornig, auch wenn sie das Feuer der Jugend darin erkennt und sicher ist, dass er sich zu einem guten Herrscher entwickeln wird. *Brin von Rhodenstein* betrachtet sie kritisch: *„Der Junge hat sich zwar etwas beruhigt, aber es steckt noch zu viel von seinem Mentor, Dragosch Corrhenstein von Sichelhofen, in ihm. Diese ganze Idee vom Schwertzug nach Khezzara ist Corrhensteins Korsstück!"* *Graf Emmeran von Löwenhaupt* ist Walderia zu selbstgefällig und schreit auch zu sehr nach Krieg, wo er doch eigentlich die Seinen beschützen sollte. Was *Irmenella von Wertlingen*, die Markgräfin von Greifenfurt, angeht, ist Walderia der Meinung, dass hinter der ruhigen Fassade ein unstillbarer Hass auf den Ork schwelt, seit ihr Sohn *Ulfried* durch orkisches Treiben zu Tode kam. Man sollte die Entschlossenheit der Greifin niemals unterschätzen.
- Walderia selbst hält nichts von einem Schwertzug, der sich zu weit von Weiden entfernt. Dazu fehlt den Rittern schlicht die Ortskenntnis und sie würden ihre nobelste Aufgabe, den Schutz der ihnen Anbefohlenen, vernachlässigen. Und vor allem ist bisher zu wenig darüber bekannt, was die Orks dieses Mal tatsächlich im Schilde führen. Nach Walderias Meinung pflegen Ritter in Gefahren, die sie nicht kennen, schnell zu Tode zu kommen.
- Über das Ziel der Orks hat sich Walderia schon häufig den Kopf zerbrochen. Sie hält es für wahrscheinlich, dass neben der Wiederherstellung der *Finstermark* aus den Zeiten des Orkherrschers *Nargazz Blutfaust*, wie sie vor 1.250 Jahren Bestand hatte, noch etwas anderes dahinter steckt. Sie glaubt, dass alle Fäden beim sogenannten *Aikar Brazoragh* zusammenlaufen, der auf seinem Thron in Khezzara sitzt und nicht weniger als den Untergang der Menschheit plant. Sie kommt nur nicht dahinter, wie genau er sein Ziel erreichen will. Das Sammeln von alten Artefakten und Talismanen der Orks legt für sie jedoch nahe, dass sein Streben nicht allein auf den Kampf ausgelegt ist, sondern auch eine andere, vielleicht übernatürliche, Komponente hat. Deren Natur allerdings ist ihr bisher verborgen geblieben.
- In Bezug auf diese vermeintlich übernatürliche Komponente in den Plänen des Aikars erhält Walderia Unterstützung von ihrer Verwandten Gwynna. Die Hex' hat häufig Zeichen gesehen, die das bestätigen – und Gwynna liegt für gewöhnlich nicht falsch. Allein hofft Walderia, dass die Hex' falsch liegt, was die Prophezeiung über ihren, der Altgräfin, Tod anbelangt, der sie bald *von oben ereilen* soll.
  Sollte der entsprechende Held von seiner Vision beim Berühren von Graveshs Hammer im gleichnamigen Szenario berichten können und wollen, kann Walderia bei Bedarf die Symbolik der Bilder – vor allem den Mond als Symbol Tairachs – erklären. Sie nimmt die Vision sehr ernst, sieht sie als Bestätigung für ihre Vermutung und will auch Gwynna davon berichten. Eine eindeutige Interpretation kann sie aber natürlich auch nicht vornehmen.
- Wenn die Helden mit der Altgräfin über ihren drohenden Tod sprechen wollen, wiegelt Walderia geschäftig ab. Das sei etwas, das die Götter gefügt hätten – und man solle besser seine Zeit nutzen, als sich über das Unabwendbare zu grämen.

Die Feuer von Gruuzash brennen

Während sich die Helden mit Walderia beraten, beginnen die Orks im Nebelmoor damit, Aschepelz' Plan umzusetzen: In den morastigen Schmieden von Gruuzash entzündet *Zhorkash Khargul*, der Meisterschüler des Tairach-Hochschamanen, die alten Feuer in bisher ungekannter Größe.

In der Nacht vom 2. auf den 3. Travia 1047 BF beginnen die Flammen in den riesigen Feuerbecken der Waffenschmiede zu lodern. Der Schein der riesigen Feuer ist meilenweit zu sehen. Im Nebel über dem Moor scheint es, als ob eine glühende Kuppel erstrahlt.

Allen Überlieferungen Weidens zufolge künden die entzündeten Feuer der Waffenschmieden von Gruuzash seit den Zeiten, als Nargazz Blutfaust dort während des *Ersten Orkensturms* 253 v. BF zum ersten Mal Waffen für die Angriffe auf die Menschen schmieden ließ, den Beginn eines neuen Orkensturms an.

Du kannst den Helden die Möglichkeit geben, den Angriff auf den Alten **Turm bei Ognin (01)** abzuwehren. Dazu müssen sie jedoch schnell sein und dürfen im Anschluss keine Zeit verlieren, und rechtzeitig wieder nach Olat zurückkehren, bevor dort die Tore geschlossen werden, damit sich die Verteidiger für die Belagerung des ehemaligen Grafensitzes wappnen können.

„Zerschmettert Olats Wacht!"

Aschepelz selbst hat sich bereits aufgemacht, um mit einer kleinen Streitmacht die Türme von *Olats Wacht* anzugreifen. Diese Türme wurden zu Zeiten der Gründung der Grafschaft Bärwald um 50 BF erbaut und sollten die Nordgrenze des damaligen *Herzogtums Baliho* vor Orks und Gefahren des Nebelmoores schützen. Lange lagen die Türme in Ruinen, bis sie nach dem *Dritten Orkensturm* von Walderia an verdiente Recken als Lehen vergeben wurden – mit dem Auftrag, sie wieder instand zu setzen und ihrer alten Bestimmung zuzuführen.

Die Angriffe auf die Türme erfolgen beinahe zeitgleich, aber von Westen nach Osten, also vom Turm *Schwarze Wacht* aus Richtung Olat. Alle Angriffe werden aus dem Nebelmoor heraus geführt und scheinen beinahe aus dem Nichts zu kommen. Die Orks greifen im Schutz dichter Nebelbänke an und bringen ihre Kriegsoger über vereiste Moortümpel an die Türme heran.

Turm Schwarze Wacht (03): Der am Rande des Nebelmoors am Nordostsaum des *Tauberwalds* liegende, dreigeschossige Turm ist das erste Ziel der Orks. Ritter ♟ *Beric Fälklin von Schwarze Wacht* (60, strähnige, graue Haare und Bart, abschätzende, braune Augen, sehniger, wortkarger Ritter, ausgezeichneter Kämpfer mit der Streitaxt; Werte wie *kompetenter Wachtritter*, aber mit Streitaxt statt Langschwert, siehe Seite **126**) ist seit den Angriffen eines Tairachschamanen im Jahre 1046 BF besonders auf der Hut. Aber das nutzt ihm in diesem Fall wenig: Der Turm wird von einer Horde Mokolash eingekesselt und das in der Nähe liegende Dorf *Schwarzweiler* überrollt. Das Signalfeuer des Turms wird entzündet, um die umliegenden Türme zu warnen. Die Mokolash halten sich nicht mit einer Belagerung auf, sondern legen ein gigantisches Feuer, das den Turm und die Menschen, die sich hinein geflüchtet haben, auslöschen soll. Der Turm wird dadurch beschädigt, aber nicht zerstört – der heldenhafte Einsatz der Familie Fälklin rettet darüber hinaus zahlreichen Dörflern das Leben, aber nicht allen.

Turm Idramun (02): Noch während man auf Turm *Idramun* hastig die Feuer entzündet, weil die belagerte *Schwarze Wacht* das Zeichen für einen Angriff gibt, schlagen die Orks auch hier zu. Der dreigeschossige, einzelne Turm, der aus einem dunklen, trüben Weiher am Rand des Moores ragt, wird von einem Trupp Orks angegriffen. Die Schwarzpelze bewegen sich vorsichtig und unauffällig mit Booten über den Weiher. Als die kleine Besatzung die Feinde im Feuerschein bemerkt, ist es schon zu spät. Zwar gelingt es den mittlerweile am Turm stationierten *Schwarzschilden*, ein Boot zu zerstören und einige der Orks zu töten, doch die restlichen Orks überwinden die Mauern und töten die Besatzung. Immerhin wird das Feuer der Wacht vom alten **Turm bei Ognin (01)** bemerkt und bald wird auch dort das Feuer der Wacht entzündet.

Aschepelz' Horden

Die Kriegsmeute, mit der Aschepelz seinen schnellen und gezielten Angriff ausführt, setzt sich aus unterschiedlichen Orkstämmen zusammen. Gerade für die Angriffe auf die Türme von Olats Wacht setzt er auf die Hilfe von *Drasogh Nebelspeer* (siehe Seite **18**) und die ortskundigen, im Nebelmoor lebenden Mokolash. Allerdings ist er umsichtig genug, auch seine kampferprobten *Weißspeer-Orks*, Blutkrieger und Kriegsoger mitzubringen sowie weitere Tairachschamanen. Die Mokolash haben Aschepelz zudem einen außergewöhnlichen Dienst erwiesen: Im Nebelmoor haben sie einen großen, alten Grubenwurm gefangen, einen niederen Drachen, den sie auf den Wall von Olat loslassen wollen.

Alter Turm bei Ognin (01)

Der Turm liegt auf dem *Ogniner Brocken*, einem Felsenhügel, der das kleine Dorf sowie die Moore und Seen des *Ogniner Bruchs überragt.* Schnell verliert man im ständigen Nebel die Orientierung oder wird gar von Irrlichtern in den trügerischen Morast gelockt. Der Alte Turm ist nur über einen steilen, gut zu verteidigenden Weg erreichbar. Das Dorf selbst ist mit einem Graben, einem Erdwall und Palisaden sowie einem kleinen, hölzernen Wehrturm geschützt. Ritter ♟ *Galathan von Firunsgrund* (42, lange schwarze Haare, grüne Augen, drahtig und hochgewachsen, grimmiger und stiller Ritter der Wacht, tsafromm, Werte wie *kompetenter Wachtritter*) nimmt seine Aufgaben äußerst gewissenhaft wahr.

Die Tairachschamanen der Orks erheben *Moorleichen* (siehe Seite **128**), die von den Wachen im Nebel zunächst als Menschen auf der Flucht vor Orks gehalten werden. Den Schrecken nutzen die Orkkrieger zum großangelegten Angriff, wobei sie einen Kriegsoger auf dem schmalen Weg voranschicken, um nicht von Pfeilen gespickt zu werden.

Da sie durch die Feuer der Türme **Schwarze Wacht (03)** und **Idramun (02)** gewarnt werden, können die Verteidiger sich im Turm verschanzen. Außerdem warnen sie per Signalfeuer Olat. Walderia schickt daraufhin, so du die Szene der Verteidigung des Alten Turms einbauen willst, die Helden aus, um den Turm zu entsetzen oder zumindest die Lage auszukundschaften. Dabei haben sie mehrere Möglichkeiten:

- Die Helden können Irrlichter nutzen, um Orks auf dem Weg nach Ognin zu verwirren. Dabei muss eine Probe auf *Wildnisleben* –5 gelingen. Gelingt sie, haben sie pro QS einen Ork in ein Sumpfloch geführt. Bei Misslingen sind die Helden selbst in Gefahr und müssen sich einem Irrlicht stellen.
- Auch können sie einen Hinterhalt im Moor legen, um die Nachhut der Orks anzugreifen.
- Die Helden könnten am Hang des Ogniner Brockens auch eine Geröllawine auslösen, die den steilen Weg abgeht und viele Angreifer schlicht mit sich reißen könnte. Dazu können sie gegebenenfalls Unrat und Krempel nutzen, den sie im Turm finden. Das könnte eine lustige Szene in all dem Grauen sein, wenn dir der Sinn danach steht.

Können die Helden den Alten Turm retten, eilt Ritter Galathan mit einigen seiner Kämpfer und den Helden nach Olat, um die dortige Verteidigung zu unterstützen.

Der Sturm auf Olat beginnt

Erschreckende Kunde

Hat der unheimliche Schein über dem Nebelmoor, das Brennen der Feuer von Gruuzash, schon für Unruhe auf der Burg und im Dorf Olat gesorgt, so löst das Entzünden der Signalfeuer und die Nachricht vom Fall der Türme von Olats Wacht beinahe Panik aus. In aller Eile bereiten sich die Bewaffneten der Altgräfin darauf vor, den Wall zu bemannen und Olat zu sichern.

Schauplatz: Das Dorf Olat

Olat ist ein von Palisaden und Grassodenwällen gesäumtes Fischerdorf, dessen meist eingeschossige Fachwerkhäuser reetgedeckt und vom Qualm der Torffeuer grau gefärbt sind. Die Wälle Olats sind gut und gerne vier Schritt hoch und haben schon so manchem orkischen Ansturm getrotzt.

Olat
Einwohner: etwa 400
Herrschaft: Gräfin Griseldis von Pallingen zu Bärwalde, vertreten durch die Schultheißin Madagund Twergenhauser (allerdings geschieht in Olat nichts, ohne dass es den Segen der Altgräfin Walderia hat)
Verteidigung: 3 Dorfbüttel, 2 Ritter des Hains samt Waffengefolge, eine Rotte Bogner von Olats Schar, ein halbes Dutzend Herzögliche *Grünröcke* sowie 3 Soldaten des provinzherrlichen Reiterregiments der *Rundhelme* (eigentlich schwere Reiterei, auf Botenritt hier), 10 Burgwachen der *Goldluchse*
Tempel: Travia, Efferd-/Pandlaril-Schrein am Hafen, Boronschrein
Schänken/Gasthäuser: Gasthaus des Traviatempels Traviens Herd (Q3/P4/S12), Schänke Zum Sumpfbiber (Q3/P2)
Wichtige Handwerker: Bootsbauer, Netzknüpfer, Bogenbauer

Der ehemalige Grafensitz Bärwaldes, **Olats Feste (1)** im Neunaugensee, beherrscht das Bild des Dorfes und überragt weithin sichtbar den kleinen *Fischereihafen*. Am Hafen findet sich recht prominent ein *Efferdschrein*, dessen Gestaltung keinen Zweifel daran lässt, dass hier auch die Fee *Pandlaril* verehrt wird. Im **Bognerturm (2)** waren die gräflichen Bogenschützen von *Olats Schar* untergebracht, jetzt beherbergt er nur noch wenige dieser sowie einige Grünröcke, die Herzogin Walpurga ihrer Tante geschickt hat. Das Dachgeschoss des Bognerturms enthält auch eine Feuerschale, mit der ein Signalfeuer der Finsterwacht entzündet werden kann. Das **Alte Tor (3)** ist ein mächtiges Doppel-Torhaus, das den direkten Zugang zum Dorf über den sogenannten Seeweg verhindert. Das **Pandlarintor (4)** im Osten hingegen ist weniger stark befestigt und ragt als Turm auf einer Seite sogar in den See hinein, den die Weidener auch als *Pandlarin* bezeichnen. **Traviens Herd (5)** ist nicht nur der Traviatempel des Dorfes, sondern auch eine einfache Herberge (Q3/P3/S12). Das Haus vereint traditionell seit Jahrhunderten Traviatempel und Gasthaus und ist stets gut besucht. Hier brennt Tag und Nacht Travias Herdfeuer in einem großen, zentral gelegenen Kamin, über dem stets ein schmackhafter Eintopf in einem großen Kessel köchelt. Die **Herzögliche Garnison und Stallung (6)** wurde erst kürzlich wieder in Stand gesetzt und mit Proviant versorgt. In der **Schänke Zum Sumpfbiber (7)** (Q3/P2), die am Hafen liegt und von der aus man auf den Neunaugensee blickt, finden sich abends die meisten Einwohner Olats, um ein erstaunlich brauchbares Bier zu trinken, vor allem aber um den Geschichten zu lauschen, die hier allabendlich zum Besten gegeben werden.

Einige karge Äcker umgeben das Dorf, schmiegen sich aber stets in den Schatten des mächtigen Dammwegs *Olats Wall*, der am Rande des Nebelmoors entlang gen Westen führt und sich in der Ferne im Dunst verliert. Die Menschen Olats sind einfache Leute, meist Fischer oder Torfstecher, die in ihren kargen Schreinen zu Efferd um guten Fang und zu Travia um sichere Heimkehr aus dem Moor beten.

Wichtige Personen in Olat

- **Madagund Twergenhauser** (63, grauer Dutt, stechend hellblaue Augen, zupackend und sehr entschieden, dem Bier ein bisschen zu sehr zugeneigt; Willenskraft 13 (12/14/13, SK 2) bekleidet das Amt der Schultheißin in Olat schon sehr lange und hat sich über die Jahrzehnte zu einer Vertrauten Walderias entwickelt. Madagund genießt bei den Bewohnern des Ortes großen Respekt, weil sie das Wohl ihrer Schäfchen ohne Zögern über ihr eigenes stellt.
- **Wenzeswerth von Haberwalde** (22, braunes Haar, graue Augen, große Nase, breite Schultern, mutig, aber nicht unbedingt der Hellste; Willenskraft 7 (14/10/10), SK 1) ist ein blutjunger Ritter des Hains. Er wirkt zwar nicht völlig überfordert, aber doch so, als würde er sich neben der Ritterin Farnlieb weitere seiner Standesgenossen an seiner Seite wünschen, um den Orks entschiedener entgegentreten zu können. Wenzeswerth versucht gar nicht erst, seine Unerfahrenheit zu verbergen, zeigt sich von Anfang an aufgeschlossen für gute Ideen der Helden und unterstützt sie bei der Umsetzung.
- **Farnlieb von Schroffenfels-Binsböckel** (31, prächtige Kettenrüstung, gelber Wappenrock, lacht nicht, grimmiger Blick; Willenskraft 9 (15/12/11, SK 2) ist eine stolze Ritterin des Hains, die der Altgräfin in unverbrüchlicher Treue zur Seite steht. Sie ist deutlich erfahrener als Wenzeswerth und bewahrt auch in brenzligen Situationen einen kühlen Kopf, ist aber nicht ganz frei von Standesdünkeln.
- **Alwen aus Avesruh** (33, weizenblonder Pagenschnitt, wache braune Augen, hübsch, eigensinnig bis kratzbürstig, exzellente Scharfschützin; Überreden 9 (13/15/12), Willenskraft 8 (13/15/12), Bögen-FK 16, SK 2) ist die Anführerin der Bogner von Olats Schar und scheint diejenige zu sein, die auch die Fischer und Torfstecher zu motivieren versteht.

Die Verteidiger von Olat

In der Stadt sind keine größeren Verbände gräflicher oder gar herzöglicher Truppen stationiert, die Verteidiger der Stadt setzen sich aus den folgenden Waffenfähigen zusammen:

- 2 *Ritter des Hains* mit ihrem Gefolge aus jeweils 5-8 Waffenknechten.
- 10 Burgwachen der *Goldluchse* auf Olats Feste.
- 1 Banner der Bogner von *Olats Schar*.
- 3 Dorfbüttel
- 180 Einwohner der Stadt sind wehrhaft genug, um sich an der Verteidigung der Stadt zu beteiligen. Weitere 70 können beim Errichten von Barrikaden, Botenläufen und einfachen Arbeiten etc. helfen.

„Bemannt die Wälle!"

Die Helden können an vielen Stellen helfen, Olat zu verteidigen. Lass sie gute Ideen umsetzen oder die Unterstützung finden, die sie brauchen. Die folgenden Punkte können dir als Anregungen dienen:

- Die Helden könnten mit Hilfe der Torfstecher Fallgruben anlegen oder angespitzte Baustämme und Äste als Hindernisse vor den Wällen anbringen.
- Teer und Pech zum Abdichten der Boote gibt es genug in Olat. Dieses kann man vorbereiten und hat so eine Waffe gegen Orks, die die Wälle erklimmen wollen.
- Eine Kette aus brennenden Booten könnte den Hafen gegen die Mokolash schützen, wenn sie versuchen sollten, mit Booten über den See in die Stadt einzudringen.

Der Kampf um Olat

Als die ohnehin schon tiefstehende Praiosscheibe beginnt, sich dem westlichen Horizont zu nähern, versammeln sich immer mehr Nebelkrähen in der Nähe der Stadt und lassen sich nieder. Die abergläubischen Weidener halten die Krähen für ein schlechtes Omen und schnell greift eine gewisse Beklommenheit und Angst in Olat um sich. Wenn die Helden diesem bösen Omen nicht mit entgegenwirken, z. B. mit einer flammenden Rede und einer gelungenen Probe auf *Bekehren & Überzeugen (öffentliche Rede)* –3, erleiden die meisten Menschen in Olat (Meisterentscheid, wer genau betroffen ist) den Zustand *Furcht I*.

Die Tiere haben nichts Magisches an sich, es handelt sich um normale Nebelkrähen aus dem Nebelmoor, die von den Orks mit Futter angelockt wurden, um die Menschen in Angst zu versetzen, vor allem aber, um als Tarnung für Aschepelz' perfiden Plan zu dienen.

Der Angriff auf die alte Grafenstadt beginnt in der Dämmerung. Rund 200 Orks berennen die Stadt, sie werden von vier Kriegsogern, zwei Dutzend Kriegshunden, einem Tairachschamanen, dem Graveshpriester *Varrak* (siehe Seite **17**) und schließlich einem Trupp Mokolash begleitet, die einen gefangenen Grubenwurm mit sich führen.

Zunächst bedecken die Orks die Wälle aus der Ferne mit Pfeilen und schicken ihre Kriegsoger vor. Im Dorf mühen sich vor allem Alwen von Avesruh und Ritter Wenzeswerth von Haberwalde darum, die Verteidigung zu organisieren. Altgräfin Walderia verbleibt als Oberbefehlshaberin auf Olats Feste. Sie weiß genau, dass sie zu alt geworden ist, um noch selbst mit dem Schwert in den Kampf zu ziehen – und dass sie andere in Gefahr bringen würde, wenn sie es dennoch täte, denn jeder würde sich verpflichtet fühlen, alles für ihren Schutz zu tun.

Hier sind einige Anregungen, die du benutzen kannst, um den Angriff auszugestalten:

- *Zerschmettert die Tore:* Die Oger versuchen, die Wälle und Tore zum Bersten zu bringen, unterstützt durch die Liturgien des Graveshpriesters.
- *Leiterwelle:* Die Mokolash sind Meister darin, ungesehen Leitern vor die Mauern zu bringen und damit den Orks einen Weg nach Olat hineinzuermöglichen.
- Der Tairachschamane greift auf seine Liturgien zurück und stärkt einige der Orkstammeskrieger mit BRAZORAGHS KRIEGER oder erhebt gefallene Orks mit UNTOTENERHEBUNG als *Orkenzombies* (siehe Seite **133**) zu untotem Leben, damit sie erneut gegen die Wälle anrennen können.
- Mit Fackeln und Brandgeschossen versuchen die Orks, Feuer in Olat zu entfachen.
- Die Mokolash versuchen, mit kleinen Lederbooten über den See und den Hafen in die Stadt einzudringen.

Wallbruch

Schließlich lassen die Mokolash den Grubenwurm auf den Wall los, um mit roher Kraft einen Bruch der Verteidigungslinie zu erzwingen. Die Helden müssen dorthin eilen und sich der Kreatur stellen, während orkische Bogenschützen und Kriegshunde versuchen, sich einen Weg in das Dorf zu erkämpfen. Gelingt es den Helden nicht, die Kreatur zu bezwingen, dann gräbt sich der Wurm durch den meterdicken Wall und die Orks strömen nach Olat hinein.

Grubenwurm

Größe *2,00 bis 3,00 Schritt (ohne Schwanz); 3,00 bis 4,00 Schritt (mit Schwanz); 1,50 bis 1,80 Schritt Schulterhöhe*

Gewicht: 160 bis 200 Stein

MU 13 **KL** 9 (t) **IN** 13 **CH** 8

FF 10 **GE** 12 **KO** 16 **KK** 17

LeP 70 **AsP** – **KaP** – **INI** 13+1W6

VW 6 **SK** 1 **ZK** 5 **GS** 5

Biss: AT 12 **TP** 2W6+2 **RW** kurz

Klauen: AT 13 **TP** 1W6+5 **RW** mittel

Schwanz: AT 10 **TP** 1W6+4 **RW** lang

RS/BE 3/0

Aktionen: 2 (max. 1 x Biss)

Vorteile/Nachteile: Lichtempfindlich

Sonderfertigkeiten: Schildspalter (Klauen, Schwanz), Verbeißen (Biss), Wuchtschlag I (Biss, Klauen, Schwanz)

Talente: Klettern 3, Körperbeherrschung 4, Kraftakt 10, Schwimmen 7, Selbstbeherrschung 5, Sinnesschärfe 7, Verbergen 8, Einschüchtern 7, Willenskraft 9

Anzahl: 1

Größenkategorie: groß

Typus: Drache, nicht humanoid

Beute: 100 Rationen Fleisch (ungenießbar), Trophäe (Karfunkel, 300 Silbertaler)

Kampfverhalten: Der Grubenwurm greift einen zufällig ausgewählten Helden an, danach immer jenen Helden, der ihn am schwersten seit der letzten Kampfrunde verletzt hat, vorausgesetzt, er kann den Helden erreichen. Ansonsten greift er wieder jemanden zufällig an.

Flucht: Verlust von 75 % der LeP

Tierkunde (Ungeheuer):

- **QS 1:** Grubenwürmer stinken erbärmlich.
- **QS 2:** Grubenwürmer leben in Sümpfen, Mooren und Tümpeln und greifen gelegentlich Menschen an.
- **QS 3+:** Obwohl sie Verwandte der Drachen sind, können sie kein Feuer speien und legen keinen Hort an.

Sonderregeln:

Übler Geruch: Sobald ein Held in der Nahkampfreichweite *mittel* oder *nah* mit dem Grubenwurm kämpft, muss er sofort eine Probe auf *Selbstbeherrschung (Handlungsfähigkeit bewahren)* ablegen. Bei Misslingen erhält der Held eine Stufe *Verwirrung*. Diese Probe ist nur einmal pro Kampf mit einem Grubenwurm notwendig. Nach dem Kampf haftet der Gestank immer noch dem Helden an und er erhält den Status *Übler Geruch* für 1W3+1 Wochen.

Die Helden erinnern sich in diesem Moment vielleicht an Gwynnas Prophezeiung, dass Walderia *der Tod von oben* ereilen würde. Eventuell haben sie auch schon selbst miterlebt, wie sich orkische Tairachschamanen in einen Schwarm Nebelkrähen verwandelt haben.

Wenn die Helden Walderia zu Hilfe eilen wollen, müssen sie schnell handeln, um rechtzeitig auf die Burg zu gelangen. Solange keine Hexen oder Zauberkundige in der Gruppe sind, die entweder fliegen oder sich teleportieren können, müssen sie dazu zum Winschturm und mit der Kettenfähre eilig über den Neunaugensee setzen.

Da stimmt doch was nicht ...

Die Helden sollten durch die Orkangriffe und spätestens durch das Auftauchen des Grubenwurms permanent beschäftigt sein. Letztlich sind all diese Angriffe aber nur eine Ablenkung, damit Aschepelz sein Werk vollenden kann. Die Helden sollten nach ein paar Szenen bemerken können, dass etwas nicht stimmt.

Probe auf *Kriegskunst (Feldschlacht)* –2

- **QS 1**: Die Angriffe der Orks sind gefährlich, aber wirken nicht so planvoll wie der gut koordinierte Sturm auf die Türme.
- **QS 2**: Immer wieder kommt es zu Angriffen auf verschiedene Stellen des Walls, die teils weit voneinander entfernt liegen. Doch sie sind zu zeitversetzt und entfalten daher nicht ihre volle Wirkung. Der Befehlshaber der Orks scheint nicht sehr erfahren zu sein.
- **QS 3**: Ganz im Gegenteil, die Angriffe sind so versetzt, dass sie hervorragend geplant sein müssen. Ist der ganze Angriff nur eine Ablenkung?
- **QS 4**: Nur einem Ort scheinen sie bislang überhaupt keine Aufmerksamkeit zu schenken: der Burg selbst. Bislang hat kein Ork versucht, dorthin zu gelangen, obwohl auf ihr doch die Anführerin der Menschen ausharrt. Versuchen sie etwa, von dort abzulenken?

Der Nebelkrähenschwarm

Von ihrer Position aus können die Helden erkennen, dass die wackere Altgräfin vom Wehrturm von Olats Feste aus das Kampfgeschehen verfolgt. Ohne Vorwarnung fliegt ein riesiger Schwarm Nebelkrähen eilig vom Nebelmoor heran und auf Olats Feste zu, direkt auf den Turm, auf dem die Altgräfin steht.

Tatsächlich handelt es sich dabei um Aschepelz und eine Handvoll ausgewählter Blutkrieger, die er mittels NEBELKRÄHENSCHWARM in die Tairachvögel verwandelt hat, um schnell und unaufhaltsam in die Burg eindringen zu können, die auf allen anderen Wegen so gut wie unerreichbar ist.

Der letzte Tanz der Luchsin

Während die Helden zur Burg und dem Bergfried eilen, verwandelt Aschepelz sich und seine Blutkrieger wieder zurück. Die Blutkrieger stürmen los, um Walderias Leibgarde zu töten, dann von der Empore die Treppe an der Turmmauer hinunter, um zu verhindern, dass Aschepelz in seinem Triumph gestört wird.

Die Helden können Walderias Tod nicht verhindern, vermutlich kommen sie sogar zu spät, um ihn mitzuerleben, aber vielleicht gelingt es ja einer Hexe oder einem Magier doch gerade rechtzeitig, den Bergfried von Olats Feste zu erreichen. Solchen einzelnen Helden stellt sich sofort ein Blutkrieger entgegen und hindert sie daran, der Altgräfin beizustehen.

Die Gwynna-Option

Die Hex' hat ihre Verwandte nicht schutzlos ihrem Schicksal überlassen.

- Das Luchsamulett, das die Altgräfin trägt, birgt einen ARMATRUTZ (Zaubererweiterung *Harte Schale*), der durch das Motto des Hauses von Löwenhaupt *Nicht mehr und nicht darunter!* ausgelöst wird und RS4 verleiht, der Zauber wirkt für 9 Minuten.
- Weit gefährlicher aber ist der Dolch, den Walderia trägt, und der den Namen *Mondmahr* trägt. Eine Verletzung mit dieser Waffe schafft eine Brücke, durch den sich in dem gezeichneten Ziel einfacher eine TRAUMGESTALT manifestieren lässt. Und genau das ist die Rache, die Gwynna vorschwebt, sollte Walderia etwas zustoßen.

Aschepelz und Walderia

Zum Vorlesen oder Nacherzählen:

Walderia hat die Schlacht um Olat von der hölzernen Empore aus verfolgt, die ganz oben im Bergfried angebracht wurde. Bei ihr ist der Bursche Olin aus Olat, der als ihr Botenjunge fungiert, aber als erstes von Aschepelz mit seiner Keule niedergestreckt wird.

Der Schamane will sich am Schrecken der alten Menschenfrau weiden, die sofort nach dem Jungen sieht. Dann erhebt sich Walderia jedoch absolut gefasst und blickt dem Schamanen fest in die Augen. „So, so, da kommt also so ein junger Schwarzpelz daher, um mich zu töten. Mich, die ich schon Generationen von deinesgleichen überlebt habe. Ob du vermagst, woran all deine Vorgänger kläglich gescheitert sind, Ork?"

Aschepelz knurrt und bleckt die Zähne. „Das wirst du jetzt erleben, Glatthautweib!" Fauchend springt der Schamane vor und schlägt mit seinen Krallen nach der Altgräfin.

Die taumelt unter der Wucht des Schlages nach hinten, doch Aschepelz' Augen weiten sich, als er feststellen muss, dass kein Tropfen Blut auf Walderias Gesicht zu erkennen ist, obwohl er sich sicher ist, sie getroffen zu haben.

„Ganz so einfach, wie du dir das vorstellst, wird das dann wohl nicht. Du hast dich zu lange in der Einsamkeit des Finsterkamms versteckt, Aschepelz. Du bist schwach geworden über deinen ganzen Plänen. Diesen Plänen, die vermutlich nicht mal deine eigenen sind. Wann genau ist es geschehen, dass der stolze Schüler des Vagabunden einknickte und damit begann, wie ein Welpe die Hand seines Herrchens zu lecken?" Stolz klingt die Stimme Walderias und Aschepelz erkennt in ihr die Frau, die die Altgräfin einmal war: ungebeugt und willensstark.

„Du hast keine Ahnung, was wir entfesseln werden, Weib! Wie auch, wo du nur ein glatthäutiges Tier bist? Du verstehst nichts, aber auch gar nichts von der Größe des Plans. Von der Macht des Mondes nichts und auch nicht von der sengenden Steppensonne, die dabei ist, aufzugehen, um die Menschen endlich zu vernichten." Der Schamane tritt einen Schritt zurück und betrachtet die Menschenfrau vor sich. „Du! Du bist der Schrecken meines Volkes, seit Generationen. Keiner von uns hat lange genug gelebt, um ein Dasein ohne dich zu erleben. Das verdient meinen Respekt. Aber glaube nicht, dass ich dich unterschätze. Was ich heute tun werde, das wird unseren künftigen Streitern Zuversicht geben. Wenn es mir gelingt, den Mondmahr zu besiegen, der uns seit Generationen trotzt und uns mit seiner Existenz verhöhnt, dann können wir alle Widerstände brechen."

Aschepelz' Stimme klingt kehlig, aber ruhig. „Walderia! Das da", er deutete auf das Luchsamulett, „wird dich nicht ewig schützen. Das weißt du. Du bist mir nicht gewachsen."

Er blickt die Altgräfin an, die weiterhin ganz ruhig dasteht. „Ich werde dir einen ehrenvollen Tod geben ... einen Tod, wie es ihn bei einem Menschen noch nie gegeben hat." Der kräftige Schamane schreitet auf die Gräfin zu, die keinen Schritt zurückweicht, keine Spur von Angst zeigt, sondern sich sogar noch streckt. Aschepelz packt Walderia an den Schultern. Dann biegt er ihren Kopf ein Stück zur Seite, um ihren Hals zu entblößen.

Doch mit unerwarteter Kraft dreht die Altgräfin den Kopf zurück und blickt den Schamanen an: „Du wirst die Welt bald mit anderen Augen sehen, Aschepelz, und glaube mir, selbst wenn für dein Volk etwas anderes gelten sollte: Du wirst niemals frei von mir sein. Der Mondmahr wird dich fortan auf Schritt und Tritt begleiten!" Walderia hat plötzlich den schlanken Dolch mit den Parierstangen in Schlangenform in der Hand und rammt ihn dem Schamanen ins Auge.

Der heult auf, so durchdringend und laut, dass es selbst am Ufer und im Schlachtenlärm zu vernehmen ist.

Voller Zorn packt er den Kopf Walderias von Löwenhaupt erneut und beißt ihr in die Kehle, dass das Blut nur so spritzt. Dann lässt er den leblosen Körper fallen und blickt aus seinem verbliebenen Auge auf Walderias leblosen Körper hinab.

Als er sich gesammelt hat, vernimmt er Kampflärm auf der Treppe und knurrt. Er hebt seine Knochenkeule auf, dreht der Gräfin den Rücken zu und verwandelt sich in einen Schwarm Nebelkrähen, der laut krächzend, triumphierend über dem Bergfried von Olats Feste kreist und dann Richtung Nordwesten in Richtung Nebelmoor davonfliegt.

An den Hängen des Finsterkamms, Gharrachai-Stammesland, Mitte Travia 1047 BF

Entkräftet lässt Aschepelz sich auf sein Lager sinken. Sein linkes Auge ist versorgt, aber das Menschenweib hatte recht: Er wird die Welt nie wieder mit den gleichen Augen sehen. Und sie hat ihm eine bleibende Wunde versetzt, die tatsächlich dafür sorgen wird, dass er sie niemals vergessen, also wahrlich frei von ihr sein kann. Aschepelz betrachtet es als bittere Ironie, dass sich ihre Prophezeiung auf so leibhaftige Weise erfüllte.

Der Schamane schließt sein verbleibendes Auge und hofft, in seinen Träumen die weise Führung seines Mentors zu finden. Doch irgendetwas ist diesmal anders. Die Geistersteppe gleicht heute eher einer sumpfigen Aue und anstatt der vertrauten Gestalt des Vagabunden, tritt eine Menschenfrau auf ihn zu – angetan mit einem grünen Wappenrock, ein Schwert an der Seite und ein verwegenes Lächeln auf den Lippen. „Ich grüße dich, Aschepelz, da bin ich wieder ... freust du dich, mich zu sehen? Ich werde dich fortan Nacht für Nacht besuchen. Du hast nicht wirklich geglaubt, dass du mich so einfach los wirst, oder?"

Das Lachen der jugendlich wirkenden Walderia von Löwenhaupt lässt den Schamanen schreckerfüllt aufwachen.

Zu spät!

Um Walderia zu erreichen, müssen die Helden sich den Weg an (Anzahl der Helden +1) Blutkriegern vorbei kämpfen, die Aschepelz begleitet hatten. Die (aufgerundete) Hälfte davon erwartet die Helden am Fuß der Treppe, wo maximal zwei Gegner auf jeder Seite an einem Nahkampf teilnehmen können, und es entbrennt ein Kampf im Schatten des Herzbaums der Feste. Weitere Blutkrieger stellen sich den Helden entgegen, während sie die Treppe an der Turmwand entlang nach oben eilen. Ausweichen ist auf dieser engen Stiege um –2 Punkte erschwert.

Wenn die Helden endlich auf dem Umgang angelangt sind, fehlt von Aschepelz jede Spur. Sie können nur noch die Leiche der Altgräfin bergen, und natürlich die des Knaben Olin, und sollten Sorge dafür tragen, dass möglichst wenige der Bediensteten den schrecklich zugerichteten Hals Walderias sehen. Auch der Dolch, mit dem Walderia Aschepelz das linke Auge nahm, liegt noch auf dem hölzernen Boden, verschmiert mit dem dunklen Blut des Schamanen.

Der Spuk endet

Mit dem triumphierenden Krächzen des Nebelkrähenschwarms, der dreimal über dem Bergfried von Olats Feste kreist, erlischt der Angriffswille der Orks auf die Wälle von Olat. Die Schwarzpelze ziehen sich schlagartig in Richtung von Olats Wall und ins Nebelmoor zurück. Alwen und Ritter Wenzeswerth organisieren jedoch sofort die Verfolgung durch Späher, um sicherzugehen, dass sie sich nicht gegen andere Siedlungen der Gegend wenden.

Epilog

Tiefe Trauer erfasst erst Olats Feste, dann das Dorf Olat und schließlich ganz Weiden. Die alte Gräfin Bärwaldes, Walderia von Löwenhaupt, Schwester Waldemars des Bären, ist vor Rethon getreten. Eine sechzigjährige Ära geht damit zu Ende und der Verlust der vielgeliebten Landesmutter wird nicht nur an Adelshöfen, sondern auch in den Katen der einfachen Leute betrauert. Bald werden die Rondrageweihten vom Orden zur Wahrung vom Rhodenstein den *Schild Walderia* beginnen, die Tatensammlung dieser außergewöhnlichen Frau.

Die Ritterin des Hains, *Farnlieb von Schroffenfels-Binsböckel*, bricht gemeinsam mit den Botenreitern der Rundhelme aus Olat auf, um den Leichnam der Altgräfin nach Trallop zu überführen, der Herzogin Bericht zu erstatten und alles in die Wege zu leiten, um der Altgräfin eine würdige Bestattung zu gewähren.

Die Helden haben den Angriff Aschepelz' auf Olat überlebt, aber sie mussten das Ende der Altgräfin Walderia miterleben. Sie werden in ganz Bärwalde für ihre Taten gelobt und erhalten wenig später eine Einladung zur Hochzeit des Kronprinzen Arlan von Löwenhaupt, dessen Interesse geweckt ist: Er möchte einen persönlichen Bericht von ihnen hören.

Für die Erlebnisse haben sie sich **15 Abenteuerpunkte** verdient.

DAS BRÜLLEN DES BÄREN

»Ach, der Zeitpunkt gefällt Euch nicht? Weil das Reich gerade andere Probleme hat? Ich nehme an, wir sollen den Ork solange auf uns eindreschen lassen, bis die Herzlande mit ihren eitlen Spielereien fertig sind? Und dann sagt Ihr uns, dass Ihr jetzt leider wieder nicht helfen könnt, weil Ihr geschwächt seid, nachdem Ihr Euch gegenseitig die Schädel zerhauen habt? Drauf geschissen, bereiten wir dem Spuk halt allein ein Ende!«
—Graf Emmeran von Löwenhaupt zu einem Hochzeitsgast aus Garetien, Travia 1047 BF

Hintergrund und Ausblick

Dieses Szenario handelt von der Hochzeit des Weidener Prinzen *Arlan von Löwenhaupt* im Travia 1047 BF. Die Helden erhalten kurz vor der Hochzeit eine Einladung, denn mit ihrem Einsatz an allen Fronten haben sie sich in Weiden einen Namen gemacht – und Arlans Interesse geweckt. Die Gruppe kann Zeit in Trallop verbringen, mit dem Prinzen reden und die Feierlichkeiten erleben. Allerdings laufen die nicht wie geplant, denn Arlan ruft einen Schwertzug gen Khezzara aus.

Was bisher geschah

Zum Zeitpunkt der Hochzeit liegen der Tod des Wachtgrafen *Halgan von Hirschenborn*, die Belagerung von Nordhag sowie der Fall Leuinrieds nur wenige Wochen zurück, der Angriff auf Olat und die Ermordung der Altgräfin Walderia von Löwenhaupt wenige Tage. Arlan und seine Braut, *Linnea von Wertlingen* (*1021 BF, 1,72 Schritt, grüne Augen, rotbraunes Haar, stabil gebaut, starkes Kinn, eher zurückhaltend; Willenskraft 8 (13/13/13), SK 2), waren bis vor Kurzem in der Heldentrutz und haben mit herzöglichen Truppen Jagd auf fliehende Orkverbände gemacht.

Niemand geht davon aus, dass im aktuellen Chaos eine besonders festliche Stimmung aufkommen wird, doch die Hochzeit wurde von langer Hand geplant und viele Gäste sind bereits in Trallop eingetroffen. Daher wird an ihr in weidenscher Tradition auch festgehalten. Letztlich sind Arlan und Linnea Kinder der Schildlande und Kummer gewohnt. Sie sehen es als Zeichen des Widerstands gegen die Unbill des Krieges, ihre Vermählung inmitten von alledem zu feiern.

Wie es weitergeht

Die Hochzeit findet am 12. Travia, dem *Tag der Treue*, statt. Es sind hohe Gäste aus vielen Provinzen zugegen, die anschließend in ihre Heimat zurückkehren und über das Ereignis berichten werden. Arlan nutzt diese Gelegenheit, um einen Schwertzug auszurufen, denn er weiß, dass sich die Kunde so rasch im ganzen Reich verbreiten wird. Als Ziel seines Vorhabens gibt er aus, den *Aikar Brazoragh* zur Strecke zu bringen. So sollen die Orks des Strippenziehers hinter den immer wiederkehrenden Angriffen beraubt werden, der viele Stämme hinter sich vereint und dadurch zu einer großen Gefahr für die Reiche der Menschen gemacht hat.

Arlan weiß, dass der Zeitpunkt nicht günstig ist: Die Gefahr durch die Schwarzen Lande ist immer noch nicht gebannt und es droht ein Konflikt im Inneren, weil der Adel im Königreich Garetien den Aufstand gegen seine Königin, *Rohaja von Gareth*, probt. Mit Unterstützung aus den zentralen Provinzen ist also nicht zu rechnen – auch nicht von seiner Mutter, Herzogin *Walpurga von Löwenhaupt*, denn die lehnt Wagnisse wie einen solchen Kriegszug entschieden ab.

Der Druck auf die Schildlande ist jedoch so groß, dass nach Arlans Meinung für Entlastung gesorgt werden muss, und er weiß einflussreiche Unterstützer wie den ehemaligen Abtmarschall und neuen Kriegsherrn des Ordens zur Wahrung vom Rhodenstein, *Brin von Rhodenstein*, Graf *Emmeran von Löwenhaupt* und Greifenfurts Wachtvögtin *Asa von Eisslingern* auf seiner Seite. Daher will er einen Zug aus Freiwilligen um sich scharen, und die Helden können beim Bankett Einfluss auf dessen Stärke nehmen.

Vor der Hochzeit

Zum Vorlesen oder Nacherzählen:

Vor dem Neunaugensee, aus dem Herbstnebel aufsteigt und mit gierigen Fingern nach dem umliegenden Land greift, erhebt sich Trallop, die Hauptstadt von Weiden, auf mehreren kleinen Inseln. Das Bollwerk sucht im Norden seinesgleichen: Kaum eine andere mittelreichische Stadt ist so gut befestigt und blickt auf eine derart blutige Geschichte zurück. Spitzgiebelige Fachwerkhäuser drängen sich zwischen mächtigen Mauern, es gibt viele zinnenbewehrte Wachtürme – und über allem thront eine riesige Feste: die Bärenburg, Heimstatt der Herzoge. Trallops Bauweise legt beredtes Zeugnis davon ab, was es erfordert, der Aufgabe als Schild des Reiches gerecht zu werden.

Das althergebrachte Herbergsverbot in der Herzogenstadt wurde zwar vor einiger Zeit gelockert, gerade sind die wenigen gastlichen Häuser aber wegen der Feierlichkeiten überlaufen. Da ihre Einladung kurzfristig kam, ist es den Helden gestattet, Quartier auf der Bärenburg beziehen. Haushofmeister *Eberwulf von Weißenstein* (49, 1,86 Schritt, hager, höflich und reserviert, erlesene Manieren; Etikette 13 (14/14/13), Willenskraft

10 (12/14/13), SK 3) empfängt sie, um ihnen ihre Zimmer zuzuweisen. Die Unterkünfte der Helden sind eher bescheiden und wirken, als seien sie in aller Eile hergerichtet worden. Es drängt sich der Verdacht auf, dass sie bis vor Kurzem einem anderen Zweck dienten. Das ändert aber nichts an der Botschaft: Sie sind persönliche Gäste der Herzogenfamilie.

Die Helden sollten zwei, drei Tage vor der eigentlichen Hochzeit eintreffen und so etwas Zeit zur Verfügung haben, sich umzusehen. In der Stadt herrscht eine zwiegespaltene Stimmung. Angespannt und gedrückt einerseits, denn die Ereignisse der vergangenen Wochen und die bange Frage, was die kommenden Monde bringen, schlagen selbst dem wackersten Weidener aufs Gemüt. Andererseits ist man trotzig und beschwingt, schließlich wurde der Ork noch stets bezwungen und dem beliebten Prinzen scheint jeder sein Glück zu gönnen.

Ein Stadtbummel

Die Gassen der Stadt wurden schlicht geschmückt: Oft sind es lange, breite Stoffbänder in den Farben der Eheleute (Weiß, Grün und Gold), die an zwischen Fassaden gespannten Seilen hängen. Gasthäuser bieten Getränke und Speisen wie *Linneas Liebesbecher*, *Schwurtrunk*, *Arlans Absacker*, *Bündnispastete*, *Eidplatte* oder *Hochzeitsvesper*, und auf der Festwiese im Westen der Stadt gibt es einen Jahrmarkt. Wer schnell noch etwas für die Hochzeit besorgen will, muss bei einer gelungenen Probe auf *Handel (Feilschen)* –2 keinen Aufschlag für Auswärtige oder Eilige zahlen. Fündig wird er hier (für die Werte der Händler orientiere dich an denen eines *erfahrenen Bürgers*, siehe **Aventurischer Almanach** Seite **258**):

- Feinen Zwirn gibt es bei Schneiderin ♟ *Ullwina Binsenfold* (44, klein und rund, sehr energisch, oft mit Stecknadeln im Mund; Handel 12 (11/11/12), Stoffbearbeitung 12 (11/14/14), Willenskraft 8 (10/11/12), SK 1) im *Goldenen Faden*: Horasische Edeldamen werden hier kaum glücklich, da sich selbst der Weidener Adel vergleichsweise bescheiden kleidet, aber von Leinen über Bausch bis hin zu Seide und Brokat ist alles da. Neue Kleider kann Ullwina über Nacht nicht schneidern, Stangenware lässt sich jedoch schnell anpassen.
- Mit etwas Glück gibt es in ♟ *Willeheim Schleubachers* (66, winziges Hutzelmännchen mit Halbglatze und einem Handschlag wie Stahl; Handel 10 (10/13/11), Lederbearbeitung 12 (14/12/13), Willenskraft 9 (11/13/11), SK 1) *Leistenkammer* auch passendes Schuhwerk.
- Geschmeide verkauft ♟ *Holdwiep Zollhäuser* (33, hager, langes Gesicht, sehr ernst und professionell; Handel 11 (12/12/11), Metallbearbeitung 13 (15/13/12), Willenskraft 8 (10/12/11), SK 2) im *Silberkessel*. Hier gibt es keinen Pomp, Holdwiep versteht sich aber glänzend auf ihr Handwerk und hat erstaunlich Filigranes im Angebot.
- Wer sich lieber mit einer Seitenwaffe im Weidener Stil – oft verzierte Schwere Dolche – schmückt, wird im Geschäft von Meisterschmiedin ♟ *Linja Siebenstreicher* (54, braunes Haar, braune Augen, kräftig gebaut, jedoch mit filigranen Händen, gut gelaunt; Handel 13 (12/13/10), Metallbearbeitung 13 (14/13/15), Willenskraft 10 (13/13/10), SK 2) fündig, die selbst kaum noch zum Hammer greift und im Laden von diversen Gesellen vertreten wird.
- Im *Badehaus* sitzen Gäste, gern gruppenweise, in riesigen Holzzubern und Bedienstete schrubben sie ab, während auf Wunsch auch Gelage gefeiert werden können. Ein Barbier am Platz ist ♟ *Firl Weyenthaler* (55, groß und schlank, ausladender Schnurrbart, Schalk im Nacken; Handel 9 (12/14/13), Heilkunde Seele 10 (14/13/11), Heilkunde Wunden 14 (12/16/16), Willenskraft 6 (10/14/13), SK 2), der *Herr der Klingen*. Er traut sich auch an adlige Bärte und Mähnen heran.

Ein Gespräch mit dem Prinzen

Bei ihrer Ankunft teilt Eberwulf den Helden mit, dass der Kronprinz sie am Abend zu sprechen wünscht. Arlan hat in den vergangenen Wochen zwar auch selbst – an der Seite seiner Verlobten – gegen die Schwarzpelze gekämpft, war aber nicht dort zugegen, wo die Helden sich aufhielten. Sie haben in den vergangenen Wochen mehrfach im Zentrum der Ereignisse gestanden und können aus erster Hand von Dingen berichten, die dem Prinzen sonst nur von Dritten zugetragen werden. Es handelt sich aber nicht um eine Audienz, sondern um eine formlose Zusammenkunft in einem gemütlichen Kaminzimmer. Arlan begegnet seinen Gästen neugierig und respektvoll, denn im Herzogtum zählen Taten fast so viel wie Namen und die Helden haben zuletzt viel Ruhm errungen. Bei dem Treffen kann die Gruppe einen Eindruck von einer der Schlüsselfiguren der Kampagne gewinnen. Arlan ist zugänglicher und in seinem Denken weniger starr als die anderen Köpfe des Schwertzugs. Wie die Gruppe die aktuelle Lage einschätzt, interessiert ihn, obwohl für ihn schon feststeht, dass Weiden zum Angriff übergehen muss. Sollte das Gespräch darauf kommen, macht er aus seinem Standpunkt keinen Hehl und verteidigt ihn leidenschaftlich, erkennt Gegenargumente jedoch zähneknirschend an.

Der Prinz trägt das Herz auf der Zunge, ist aber nicht so plump, dass er Fremden alles anvertraut. Er verliert kein Wort darüber, dass er einen Schwertzug plant. Zudem bemüht er sich, seine Gefühle nicht offen zu zeigen, ist darin aber nicht besonders gut. Hier sind ein paar Erkenntnisse, die die Helden gewinnen können:

- Für Arlan steht der Schutz der Weidener an erster Stelle. Die letzten Wochen haben ihn jedoch gelehrt, dass selbst der stärkste Ritter versagen muss, wenn ein Feind jederzeit überall zuschlagen kann, keine Ehre kennt und durch Lande zieht, die er nicht erobern, sondern offensichtlich nur zerstören will. Eine gelungene Probe auf *Menschenkenntnis* offenbart weiterhin: **QS 1** – Der Prinz hat in der Finsterwacht viel Leid gesehen, **QS 2** – ist davon tief erschüttert, **QS 3** – nicht bereit, sich mit der Situation zu arrangieren und **QS4+** – legt sie sich selbst als Versagen aus, denn der Schutz des Volkes ist die Pflicht des Adels.

- Dass sich das Herz des Reiches selbst zerfleischt, statt dem Schild beizuspringen, kann Arlan nicht begreifen. Was er jedoch begreift: Weiden und Greifenfurt sind auf sich allein gestellt, bis der Konflikt in Garetien beigelegt ist. Ob die Schildlande so lange standhalten können, steht in den Sternen. Durch eine gelungene Probe auf *Menschenkenntnis (Motivation erkennen)* können die Helden erkennen, dass: **QS 1-2** – Es Arlan schwerfällt, seinen Zorn über die Haltung der Kernprovinzen im Zaum zu halten, **QS 3** – er nicht glaubt, dass Weiden und Greifenfurt ohne Hilfe auskommen werden, sollte es wirklich zu einem *Fünften Orkensturm* kommen, **QS 4+** doch sein ritterliches Pflichtbewusstsein ihm sagt: Der Schutz des Reichs obliegt den Schildlanden, und wenn Unmögliches gefordert wird, gilt es, in Würde zu scheitern, statt um Hilfe zu betteln.
- Die Orks bleiben diesmal im Gebirge, wo sie Rittern in schweren Rüstungen und zu Pferde im Kampf überlegen sind. Um sie in die Ebene zu locken, müsste die Finsterwacht aufgegeben werden, was nicht in Frage kommt. Wollte Walpurga ihre gesamte Streitmacht in die Berge schicken, würden jedoch schwere Verluste drohen. Arlan hält es für besser, eine zweite Front aufzumachen und orkischer Verstärkung aus dem Orkland oder dem Svelltal den Weg abzuschneiden, um für Entlastung zu sorgen. Mit einer gelungenen Probe auf *Kriegskunst* erkennen die Helden: **QS 1** – Was der Prinz sagt, hat Hand und Fuß, **QS 2** – er ist ein Freund von Aktionen, die hohen Ertrag bringen können, aber auch hohe Risiken bergen, **QS 3+** – was das für die Menschen bedeutet, die mit ihm ziehen, darüber macht er sich offenbar kaum Gedanken.
- Mit einer gelungenen Probe auf *Sinnesschärfe (Wahrnehmen)* –3 können die Helden erkennen, dass Arlan kaum merklich eine Schonhaltung einnimmt, wenn er sich unbeobachtet wähnt. Vielleicht ist er in den bisherigen Gefechten also verletzt worden, zeigt sich davon aber möglichst unbeeindruckt.
- Erwähnen die Helden, dass die Herzogin Pläne, den Krieg ins Orkland zu tragen, seit jeher öffentlich als zu gefährlich abgelehnt hat, entgegnet Arlan, dass viele Weidener anderer Meinung sind. Sie fürchten, dass der Feind in spätestens zehn Jahren wieder vor den Toren der Herzogenstadt stehen wird, wenn ihm nicht ein harter Schlag versetzt wird. Gelingt den Helden eine Probe auf *Menschenkenntnis*, bemerken sie, dass **QS 1** – Arlan nichts vom Vorgehen seiner Mutter hält, **QS 2-3** – um das Risiko eines Gegenangriffs weiß, **QS 3** – an einen Erfolg glaubt, **QS 4+** – vermutlich, da dies auch erfahrene Streiter wie Brin von Rhodenstein und Emmeran von Löwenhaupt, der Graf der Heldentrutz, tun.
- Große Bedeutung hat zudem der Glaube: Ein Ritterheer, das im Namen Rondras zieht, kann Arlans Ansicht nach nicht scheitern. Schließlich geht es gegen einen Feind, der die Gebote der Himmelsleuin mit Füßen tritt. Helden, denen eine Probe auf *Menschenkenntnis (Motivation erkennen)* gelingt erkennen, dass **QS 1-2** Arlan von tiefem Vertrauen in die Schutzgöttin Weidens erfüllt ist, **QS 3** – dass er seinen Wert – wohl nicht nur – vor Rondra beweisen will, und können bei **QS 4+** in seinen Worten die Worte von Brin von Rhodenstein wiedererkennen, wenn sie mit diesem schon zu tun hatten.

Die Helden treffen auf einen sehr ernsten Prinzen, der seine Heimat liebt, so aufrecht ist, dass es wehtut, und aus dem Schatten seiner Mutter treten will – obwohl die beiden eine enge Beziehung verbindet. Dass er ihre Entscheidungen öffentlich in Frage stellen wird, ist schwer vorstellbar. Dass er die Füße ewig stillhält allerdings auch. Die anstehende Hochzeit macht Arlan selbst nicht zum Thema, seine Augen beginnen jedoch zu leuchten, wenn die Sprache darauf kommt.

Die Hochzeit

Viele Provinzen haben zur Hochzeitsgesellschaft lediglich Vertreter entsendet, oft handelt es sich sogar nur um die zweite oder dritte Garde. Mehr noch als an der Gefahr durch die aktuellen Angriffe der Orks liegt das an der Situation in Garetien, wo der Adel sich seit Jahresbeginn befehdet und ein Machtspiel mit Kaiserin Rohaja liefert. Die Kaiserin erscheint daher auch selbst nicht, obwohl sie ihre Knappschaft am Weidener Herzogenhof verbrachte, Walpurga ihre Schwertmutter ist und sie sich immer gut mit Arlan verstanden hat. Weder Herzogin noch Prinz sind von der Situation begeistert, tragen es aber mit Fassung. Immerhin sind Tobrien und Greifenfurt stark vertreten und die Weidener Grafen sowie viele Barone zugegen.

Das brennende Herz des Reiches
Zu Beginn des Jahres 1047 BF kommt es zu einer Fehde zwischen den garetischen Adelshäusern *Luring* und *Hartsteen* im Herzen des Reiches, welche bis in den Herbst hinein zu einem ausgewachsenen Bürgerkrieg zwischen den altehrwürdigen Grafengeschlechtern Garetiens heranschwillt. Dieser sich wie ein Flächenbrand auf weite Teile des Mittelreichs ausbreitende Konflikt, der erst zusammen mit dem Jahr 1048 BF ein Ende finden wird, bindet die Kräfte der Kaiserin und ihrer Vasallen ebenso wie die ihrer Gegner. So findet sich der Adel des Reiches belagert in seinen Burgen oder gerüstet auf den Feldern der Ehre wieder, um Blut zu vergießen, statt Wein und Brand auf der Hochzeit von Prinz Arlan.

Während der Zeremonie oder der folgenden Feierlichkeiten tritt der Rondrageweihte ♟ *Tahir Chadizirat al'Meretin* vom Orden zur Wahrung vom Rhodenstein (siehe Seite 25) an die Helden heran. Er dient als Siegelmeister am Herzogenhof und fragt interessiert nach den Erlebnissen der Helden in den letzten Monaten. Tahir sollte mit wahrhaftigem Interesse bereits vor den anderen Gästen Kontakt zu den Helden suchen, die erst nach Arlans Ansprache mit ähnlichen Fragen auf die Helden zukommen. Bei einem Wahrer vom Rhodenstein sollte eine derartige Neugier auch keine Überraschung für die Helden darstellen. Dieser vermutlich erste Kontakt sollte einen sympathischen Eindruck hinterlassen, denn das Verhältnis zwischen Tahir und den Helden wird im weiteren Verlauf der Kampagne eine wichtige Rolle spielen.

Beim Weidener Adel ist es Tradition, den Ehebund unter der Segenshuld Rondras zu schließen. In Arlans Fall geschieht dies unter Mitwirkung der Kirche Travias: *Brin von Rhodenstein* leitet die Zeremonie, ihm zur Seite steht Mutter ♟ *Travilind Daunwacht* (47, kräftig, braune Locken, mütterlich warme Art, wenn nötig streng; Willenskraft 14 (14/14/15), SK 3), Vorsteherin des *Tempels der Roten Flamme* in Trallop. Die Zeremonie findet im Rondratempel *Halle der Orkenwehr* statt, zu der die Hochzeitsgesellschaft in der Mittagszeit des 12. Travias, dem *Tag der Treue*, strömt.

Wer ist die Braut?

Arlan wurden in der Vergangenheit einige Affären nachgesagt – schon als Heranwachsender soll er für die deutlich ältere Erbprinzessin von Donnerbach ♟ *Thalia Ljosvaki von Donnerbach* geschwärmt haben. Später folgten Techtelmechtel mit Frauen, die gern mal älter oder von geringerer Stellung waren als er, wie die svelltsche Prinzessin ♟ *Dana von Westak-Tiefhusen* oder die Andergasterin ♟ *Sulvina Rotbaum von Teshkal*. Bei seiner Mutter fielen diese Damen durch, und gerüchteweise hing der Haussegen am Herzogshof deshalb des Öfteren schief, weil Liebesschwüre ihres gefühlsduseligen Sohns die Herzogin zur Weißglut trieben.

Walpurgas Verhältnis zu Arlans Braut *Linnea von Wertlingen* hingegen ist gut, obwohl diese auch nur über Ecken mit *Irmenella von Wertlingen*, der Markgräfin von Greifenfurt, verwandt ist. Vielleicht liegt es daran, dass Linneas Großmutter eine Weidenerin aus der herzogentreuen Familie *von Weißenstein* ist. Vielleicht daran, dass sie in Trallop ausgebildet wurde und als *Bärenritterin* gedient hat. Vielleicht auch daran, dass Greifenfurt ein Verbündeter im Kampf gegen den Ork ist und Walpurga in der Verbindung politischen Sinn sieht.

Arlan stellt solche Erwägungen nicht an, für ihn zählt nur, dass er Linnea liebt. Die Beziehung fußt nicht auf einer seiner typischen Hals-über-Kopf-Entscheidungen, sondern hat sich langsam entwickelt: Linnea war über Jahre immer mal wieder eine Weggefährtin und Vertraute des Prinzen – und irgendwann begriff er, dass der Schlüssel zum Glück näher liegt als gedacht.

Zwei Zeremonien

Die kirchliche Zeremonie folgt dem rondrianischen Ritus: Arlan und Linnea werden mit dem Fleisch eines Hirschbocks gestärkt und greifen dann zum Schwert, um die *Zwölf heiligen Angriffe und Wehren* aus dem Rondrarium vorzutragen. Normalerweise gipfelt der Kampf in einem ritualisierten Schlag, bei dem sich die Partner zur Besiegelung des Bunds gegenseitig blutende Wunden beibringen. Bei dieser Hochzeit wird diese letzte Besiegelung jedoch angepasst, um den Traviasegen einzubinden.

Zum Vorlesen oder Nacherzählen:

Arlan und Linnea knien vor dem Altar nieder, so dass Brin das Talismanschwert des Herzogtums – den Zweihänder Windsturm – zwischen ihnen aufstellen kann. Dann legen sie ihre Hände an die Klinge und Mutter Travilind umwindet sie mit einem orangenen Seidenband, während sie die Ehegebote aufzählt. Anschließend fordert sie das Paar auf, deren Einhaltung zu geloben, derweil Brin seine Hände auf die der Eheleute legt. Als der Schwur geleistet ist, drückt er fest zu. Kurz darauf läuft Blut die Klinge hinab, da stößt der Rondrianer beide Arme in die Luft und ruft: „Der Göttin gefällt's!"

Damit ist das Ritual beendet. Die Bundzeugen überreichen dem glücklichen Paar Ringe und Friedensbänder, während im Tempel und davor Essen gereicht wird. Der aktuellen Situation geschuldet ist die Stimmung eher andächtig als ausgelassen. Zurück in der Bärenburg bemühen sich die Weidener Gäste aber um mehr Heiterkeit. Schließlich steht das *Betten* an, das ohne anzügliche Scherze und Gelächter schwer vorstellbar ist: Unter den Augen einiger konsternierter Gäste aus dem Ausland werden Braut und Bräutigam ins *Hochzeitszimmer* geführt, wo sie die Ehe vollziehen sollen. Die Gesellschaft eilt derweil lärmend in Richtung Bankett weiter.

Das Bankett

Der Rittersaal der Bärenburg ist riesig und für die Tafel, an der die Gäste Platz nehmen, gilt dasselbe. Eine Sitzordnung gibt es nur am Kopfende, wo das Brautpaar und die höchsten Ehrengäste reservierte Plätze haben. Die Helden können sich also selbst aussuchen, mit wem sie ihre Zeit verbringen – bei einer gelungenen Probe auf *Etikette (Benehmen)* fallen sie auch nicht unangenehm auf. Zu den Gästen aus Weiden gehören etwa *Brin von Rhodenstein* und *Cailinnis von Hirschenborn* (siehe Seite 57), die Witwe des gefallenen Wachtgrafen der Finsterwacht, *Halgan von Hirschenborn*.

Die Stimmung im Rittersaal ist beschwingt und steigt nach der Ankunft des frisch gebadeten Brautpaars weiter, auch die Tischreden tun ihr keinen Abbruch, denn alle sind um einen leichten Ton bemüht. Walpurga gibt Anekdoten aus Arlans Kindheit zum Besten, die Brautmutter ♙ *Brigida von Wertlingen* (48, braunes Haar, komplizierte Flechtfrisur, klein und kräftig, sympathisches Lächeln; Willenskraft 10 (14/12/13), SK 2) lässt ihre Tochter in einer beschwipsten, sichtlich ergriffenen Rede hochleben – und so geht es weiter, bis sich Arlans Schwertmutter, die Fürst-Erzgeweihte ♙ *Aldare VIII. Donnerhall* (siehe Seite **90**), zu Wort meldet. Sie bricht mit dem Ton, indem sie hervorhebt, dass der *Schild des Reiches* in *Zeiten wie diesen* nirgendwo besser aufgehoben sein könnte, als in den Händen einer *besonnenen Herzogin* und ihres *mutigen Sohnes*.
Der lautstarken Zustimmung der Weidener wohnt etwas Trotzig-Herausforderndes inne, weshalb sich ♙ *Golambes von Gareth-Streitzig* (siehe Seite **90**), Gesandter der Kaiserin, offenbar gezwungen sieht, auch etwas zu sagen: Im Namen Rohajas beglückwünscht er das Paar, betont, wie wichtig Weiden für das Reich ist, und macht Andeutungen zur schwierigen Lage in Garetien. Als er seine Rede mit ein paar salbungsvollen Worten schließen will, erhebt Arlan sich unerwartet ebenfalls. Sein Blick geht zu Walpurga, zu Linnea und richtet sich schließlich auf Golambes, dem er ein schwaches Lächeln schenkt.

Zum Vorlesen oder Nacherzählen:
„Es dauert uns, dass die Dinge im Herz des Reiches so schlecht stehen", hebt der Prinz gedämpft, aber dennoch klar vernehmbar an. „Und wir halten den Schild natürlich weiter hoch, auf dass sich der Adel dort ungestört bekriegen kann. Es wäre allerdings schön, wenn er sich damit beeilen würde, denn Weiden und Greifenfurt haben schon einige Treffer erlitten. Wir bluten!"
Dann wendet er sich an die ganze Gesellschaft und fährt entschieden fort: „Der Ork mordet, schändet und brandschatzt, verheert unsere Lande – zum dritten Mal in 40 Götterläufen. Keine Wacht der Welt kann genug Schutz für alle bieten, wenn er sich zu Tausenden im Gebirge versteckt und feige aus dem Hinterhalt zuschlägt. Aber wir wissen, wer seine Angriffe seit Jahrzehnten lenkt: der Aikar. Und wenn die Wehr zu schwer wird, weil von allen Seiten Angriffe auf sie niedergehen, ist es Zeit für einen Befreiungsschlag! Dann müssen wir zum Schwert werden und der Bestie in der Ferne den Kopf abschlagen. Um den Verteidigern zu Hause mehr Luft zu verschaffen! Und um den Feind seiner Führung zu berauben, so dass er diesmal länger Ruhe gibt als nach den letzten Stürmen auf die Mittnacht und das ganze Raulsche Reich!"
Einige Gäste machen ihrer Anspannung Luft, indem sie kräftig auf die Tafel klopfen oder laut „Hört! Hört!" rufen, allerdings ist Arlan mittlerweile so in Fahrt, dass seine Stimme all das mühelos übertönt.
„Mag sein, dass unsere Nachbarn im Süden keine Hilfe schicken werden. Aber dem Aufruf, sich einem Heer von Freiwilligen anzuschließen, kann jeder Freie nach eigenem Ermessen folgen. Und ich wette, es gibt viele, die lieber das Blut des Schwarzpelzes als das ihrer Brüder und Schwestern vergießen. Wir tragen den Krieg im Frühling zu den Orks. Wer mitziehen will, ist willkommen", ruft er. „Für Weiden und Greifenfurt! Für Halgan und Walderia! Für Rondra, Ehre und Ruhm! Und für das Reich!"

An der Tafel bricht daraufhin Tumult aus: Viele Gäste springen auf, recken ihre Waffen gen Himmel und brüllen *„Für Weiden und Greifenfurt, und für das Reich!"* Andere scheinen von der Situation überfordert, oder ihre Mienen verraten Ablehnung. Walpurga verfolgt die Szene mit versteinerten Zügen, Linnea hingegen greift lächelnd nach der Hand ihres Gemahls, während Golambes wie vom Donner gerührt dasteht – ihn hat das Ganze kalt erwischt.

Die Helden als Anwerber
Als wieder Ruhe eingekehrt ist, erklärt Arlan, dass Brin von Rhodenstein, Emmeran von Löwenhaupt und Asa von Eisslingern an seiner Seite stehen. Über die Haltung seiner Mutter verliert er kein Wort, und Walpurga selbst tut es auch nicht – sie versinkt in brütendes Schweigen und steht für Gespräche nicht zur Verfügung. Gäste, die ein klareres Bild von der Situation in Weiden und Greifenfurt wollen, verweist Arlan unter anderem an die Helden, und zwar unabhängig davon, wie sie zum Kriegszug stehen. Vor allem diejenigen mit einem hohen Sozialstatus werden angesprochen und um Berichte gebeten.
Sollten die Helden hinter dem Vorhaben stehen und dafür werben wollen, können sie hier viel erreichen. Das gilt insbesondere, wenn sie sich Gesprächspartner für Gespräche unter vier Augen suchen: Auch Gästen mit einer ablehnenden Haltung können Zugeständnisse abgerungen werden. Die hier eingeworbene Unterstützung wird das **Heer der Freiwilligen** stärken und kann später eine Rolle spielen (siehe Seite **111**).

Probe auf *Bekehren & Überzeugen (Einzelgespräch)* –2, die Probe ist je nach Gesprächspartner ggf. zusätzlich modifiziert (siehe unten). Die folgende Tabelle stellt nur eine grobe Übersicht dar, detailliertere Ergebnisse findest du bei den einzelnen Personen sowie ab Seite **112**.

QS1 – Geringe monetäre Unterstützung
QS2 – Höhere monetäre Unterstützung, die Person macht Werbung bei Bekannten
QS3 – Werbung in der Provinz/beim Provinzherrn, Sachspenden (Vorräte, Waffen, Material)
QS4 – Handwerker für den Tross, kleine bezahlte Söldnertruppe
QS5 – Versprechen, einen bezahlten Kriegshaufen zu stellen

Alle Unterstützung hängt natürlich von den Möglichkeiten der jeweiligen Gesprächspartner ab. Wer voll überzeugt ist, wird aber kreativer bei der Ausgestaltung seiner Unterstützung und könnte auch ein gesegnetes Artefakt aus dem Familienbesitz, Wagen eines Handwerkers aus dem eigenen Lehen oder eben schlicht mehr Geld oder Vorräte versprechen. Lass die Helden neben den Gesandten auch mit Bekannten, Verwandten und eigenen Gönnern Gespräche führen. Hier können sie noch einmal besonders merken, dass ihr Wort Gewicht hat, da sie im Kampf gegen die Schwarzpelze an vorderster Front Heldentaten vollbracht haben.

- *Golambes von Gareth-Streitzig,* Gesandter der Kaiserin (*979 BF, Halbelf, silbernes Haar, grüne Augen, Schnurrbart, jovial und umgänglich, mit der Situation unzufrieden; Willenskraft 15 (15/16/15), SK 3), Probe zusätzlich um –1 erschwert: Rohaja steckt in einer schwierigen Lage, denn seit der Ochsenbluter Urkunde verfügt das Reich kaum noch über eigene stehende Truppen. Sie ist überdies Königin von Garetien, ihre Hausmacht kommt also aus der Provinz, die ihr gerade die Gefolgschaft verweigert. Der ausweichend argumentierende Gesandte versucht trotz der aktuellen Lage im Herzen des Reiches gönnerhaft den Reichtum der Kernprovinz herauszustellen, sagt aber in keinem Fall mehr als QS3 zu.
- *Bernfried von Ehrenstein,* Herzog von Tobrien (*986 BF, grüne Augen, rotblonde Haare mit zahlreichen Silbersträhnen, melancholisch und sehr ernst, das Vorhaben seines Ziehsohns erfüllt ihn mit Sorge; Willenskraft 16 (17/13/15), SK 3): Das Reich von Walpurgas Gemahl liegt nach wie vor am Boden und die Gefahr durch die Schwarzen Lande ist noch immer nicht gebannt. Bernfried würde Arlan gern unterstützen, aber ihm fehlen die Mittel dazu. Unabhängig von Ausgang einer Probe verspricht er jedoch, Handwerker und einige freiwillige Kämpfer zu schicken.
- *Irmenella von Wertlingen,* die Markgräfin von Greifenfurt, Probe zusätzlich um +3 erleichtert: Irmenella war einst selbst eine Gefangene der Orks, wurde von ihnen verhext und ihres Erstgeborenen beraubt. Sie unterstützt Arlans Aufruf. Greifenfurt mangelt es zwar an Mitteln und Soldaten, dafür haben ihre Leute Erfahrung im Kampf gegen den Ork und gehen bis zum Letzten. Greifenfurt wird ohne zu zögern Ritter, Waffenknechte und eine Halbschwadron Grenzreiter aus der Finsterwacht beisteuern, bei QS3 stellt Irmenella zusätzlich eigene Soldaten der Markgräflich Greifenfurter Langschwerter, bei QS4 schickt sie auch noch einen Trupp Grenzjäger mit, bei QS5 sogar weitere Grenzreiter – mehr, als gut für Greifenfurt ist – sowie drei Praiosgeweihte.
- *Aldare VIII. Donnerhall,* Fürst-Erzgeweihte von Donnerbach (*977 BF, wache, graugrüne Augen, Mystikerin mit eigenem Blick auf die Dinge; Götter & Kulte (Rondra) 17 (19), Willenskraft 16 (18/17/15), SK 4): Aldare ist eine Verbündete im Kampf gegen den Ork und wird von düsteren Vorahnungen geplagt. Um die Kräfte der Schildlande zu unterstützen, bietet sie bereitwillig Hilfe: bei QS1 stellt sie sechs Rondrageweihte, ab QS2 zusätzlich Waffen und Geld, ab QS3 weitere zwölf Rondrageweihte, bei QS4 bietet sie weiterhin an, in Donnerbach über den Winter Rondrageweihte in karmalen Dingen lehren, ab QS5 stellt Aldare auch offiziell Truppen für den Kriegszug.
- *Maia von Perricum,* Gesandte der Markgrafschaft Perricum (*997 BF, 1,55 Schritt, schwarzes Haar, schwarze Augen, charismatisch, unbedarft; Willenskraft 6 (13/13/16), SK 2), Probe zusätzlich um –1 erschwert: Landvögtin Maia ist die Halbschwester des Kaiserinnengemahls und Markgrafen *Rondrigan Paligan.* Sie ist sehr hilfsbereit, hat daher ein offenes Ohr und wird sich gegebenenfalls bei ihrem Bruder für den Schwertzug verwenden. Allerdings zahlt Perricum nicht für Söldner oder Kriegshaufen, denn mit denen würde Rondrigan seine Gattin unterstützen, und eigene Truppen braucht er ebenfalls genau dafür. Monetäre Unterstützung und Sachspenden (QS3) sind das Maximum, das die Markgrafschaft Perricum beisteuern wird.
- *Wulftrud von Hardenfels,* Gesandte des Herzogtums Nordmarken (30, 1,68 Schritt, blonde Haare, braune Augen, aufmerksam, flink, beißender Humor; Willenskraft 9 (12/15/12), SK 2): Die Schwester der Gräfin von Albenhus stammt aus einer Provinz, in der man Interesse daran hat, den Ork auf Abstand zu halten, und sich die Unterstützung eines Heerzugs leisten kann. Hier ist alles möglich, bei QS5 lässt Herzog *Hagrobald vom Großen Fluss* Gold für einen größeren Söldnerhaufen springen. Eigene Truppen schickt er jedoch nicht, weil er diese selbst benötigen könnte, sollte die Krise in Garetien zum Flächenbrand werden.
- *Paske Gernot von Rabenmund,* Gesandter der Rommilyser Mark (*1012 BF, 1,91 Schritt, dunkelblondes Kurzhaar, kräftig, tugendhafter Ritter; Willenskraft 10 (15/15/13), SK 2), Probe zusätzlich um –2 erschwert: Der Baron von Bohlenburg diente der letzten Fürstin Darpatiens *Irmegunde von Rabenmund* und ihrem selbsternannten Nachfolger *Ucurian von Rabenmund* als Knappe. Er wandte sich von Letzterem ab und dessen Tochter, der heutigen Markgräfin, seiner entfernten Base, zu. Paske ist für sein ritterliches Verhalten bekannt und steht bis heute der Kaiserin reserviert gegenüber. Er lehnt den Kriegszug strikt ab, betont, dass seine Heimat noch im Wiederaufbau ist und zudem den östlichen Marken beisteht. Ohne den Segen der Markgräfin Swantje von Rabenmund gibt es von ihm keine Unterstützung. Die äußert später zwar Verständnis für Arlans Handeln, das hilft den Helden oder dem Schwertzug aber im Moment noch nicht. Geringe monetäre Unterstützung (QS1) ist das Maximum, das die Rommilyser Mark beisteuern wird.

Nach dem Aufruf des Prinzen verläuft der Abend anders als geplant. Es gibt viele ernste Gespräche, ein paar Misstöne, weil Gäste das Vorhaben kritisieren, und mancher ertränkt seinen Kummer über die bescheidene Gesamtsituation in Alkohol. Schließlich rettet eine ungewöhnliche Allianz zwischen Mutter Travilind und den anwesenden Barden das, was von der Hochzeitsfeier noch übrig ist: Die eine erinnert die Gäste mit klaren Worten daran, warum sie zusammengekommen sind und was es zu feiern gilt, die anderen sorgen dafür, dass aus dem Ganzen irgendwie doch noch ein Fest wird.

Nach der Hochzeit

Die Helden stehen mittlerweile im Zentrum der Ereignisse, müssen sich selbst deshalb aber noch nicht auch unbedingt als Teilnehmer des anstehenden Schwertzugs sehen. Einen Grund dafür kriegen sie nach der Hochzeit geliefert – mit der Bitte um Beistand.

Der Weg ins Orkland

Es gibt drei Varianten, die je nach Haltung der Helden mehr oder weniger sinnvoll erscheinen mögen. Letztlich obliegt es dir als Meisterin, zu entscheiden, wer an die Gruppe herantritt.

- Eine Möglichkeit ist, dass Arlan nach den Feierlichkeiten erneut Kontakt zu den Helden aufnimmt. Das ergibt vor allem dann Sinn, wenn das erste Gespräch gut gelaufen ist, sie und der Prinz einander wohlgesonnen sind und er den Eindruck gewonnen hat, dass es sich um ehrliche, aufrechte Leute handelt, von deren Erfahrung er profitieren kann. In dem Fall wüsste er sie gern als Berater an seiner Seite, denn im Moment sind die noch rar gesät und ihm bläst viel Gegenwind ins Gesicht. Dass die Helden hinter dem Vorhaben stehen, ist keine zwingende Voraussetzung, wäre aber durchaus hilfreich.
- Etwas anderes gilt für die zweite Auftraggeberin: Walpurga von Löwenhaupt. Sie ist vor allem an Helden interessiert, die sich als umsichtig und vorsichtig abwägend erwiesen haben, dabei aber nicht vor Kritik am Vorhaben ihres Sohns zurückschrecken.

Im Gespräch wirkt die Herzogin übernächtigt und sehr besorgt, und sie macht keinen Hehl daraus, dass sie sich in Arlans Beraterstab ein Gegengewicht zu Brin von Rhodenstein und Emmeran von Löwenhaupt wünscht. Sie spricht es nicht aus, aber ihr ist förmlich anzusehen, dass sie den beiden unterstellt, blind für alles abseits ihrer eigenen Vorstellungen von dem bevorstehenden Schwertzug zu sein und dies Arlan schlimmstenfalls auf noch größere Abwege führen könnte.

Die Gwynna-Option

Variante drei ist *Gwynna die Hex'*: Ein paar Mal haben die Helden sie vielleicht auch auf der Hochzeit erspäht und es schien, als wolle sie das Gespräch suchen. Schließlich bestellt sie die Helden zu einem privaten Gespräch ein. Gwynna hat Visionen, die nahelegen, dass mächtigere Dinge am Wirken sind als Adelspolitik. Sie kann den Finger nicht auf das legen, was sie stört, bittet die Helden aber eindringlich, das Gerangel um Einfluss auf den Schwertzug im Auge zu behalten. Sie sollen Arlan helfen, zu erkennen, wer sein Schicksal beeinflussen will. Gwynna weiß, dass neben magischen Kräften wahrscheinlich noch weitere, bisher unwägbare im Spiel sind.

Der Mühen Lohn

Damit endet das Szenario, für das sich die Helden eine Belohnung von **10 Abenteuerpunkten** verdient haben. Über den Winter wird sich an der Front nicht viel bewegen, da es bei Schnee und Frost selbst für die Orks zu kalt ist, um im Finsterkamm auf Kriegszug zu gehen – zumindest in größeren Verbänden. Mit dem Anbruch des Frühlings strömen die Freiwilligen nach Reichsend, von wo der Heerzug ins Orkland aufbrechen soll. Bis dahin haben die Helden aber noch das eine oder andere zu tun, denn ganz ruhig bleibt der Schwarzpelz dann doch nicht.

IM SCHATTEN DES NEBELSTEINS

»Auf dem Schattenpass, dort wo die Wolken schwer über den Felsketten hängen und das Licht des Herrn Praios nur selten durch den Nebel bricht, liegt die Klamm, die man Bärenklamm nennt. Kein Laut dringt hier aus den Wäldern, kein Tier zeigt sich dem Wanderer.
Hier ruhen die Toten der Thuranischen Legion – gefallen im Dritten Orkensturm, als das Banner des Mittelreichs im Sturm der Orkhorden zerriss. Ihre Gräber ziehen sich über die ganze Klamm. Die Golgariten des nahen Rabenhorsts wachen über diesen Ort. Sie sprechen Gebete für die Gefallenen, bannen Rastlose und reinigen, was sich aus der Erde erhebt. Denn noch immer schleichen Schatten zwischen den Grabfeldern. Ghule wittern alte Knochen, manch ruhelose Seele findet keinen Frieden – und nicht jeder, der die Klamm betritt, kehrt zurück.«
—gehört in einer Taverne nahe Hesindelburg, neuzeitlich

Die Abenteurer reisen im Auftrag von *Irmenella von Wertlingen* (siehe Seite **21**) zum **Kloster Rabenhorst (54)**, um die dortigen Golgariten für den bevorstehenden Schwertzug um Beistand zu bitten. Doch anstelle borongefälliger Stille erwartet sie ein Ort am Rand des Untergangs. Das Kloster steht unter Belagerung von Orks und Untoten, gelenkt vom Tairachschamanen *Rhushuk Geisterklaue* (siehe Seite **13**).
Den Helden bleibt nur wenig Zeit. Sie müssen sich einen Weg durch die Reihen der Gegner bahnen, in das Kloster eindringen und gemeinsam mit den verbliebenen Golgariten den bevorstehenden Sturm abwehren.
Im Anschluss an die Verteidigung enthüllt sich das wahre Ausmaß der Bedrohung: Viele der Untoten gehörten einst zur Thuranischen Legion des Mittelreichs, die im *Dritten Orkensturm* fiel. Ihre Gebeine ruhen in den riesigen Grabfeldern unweit des Klosters im Schatten des Berges *Nebelstein*. Nun mehren sich Hinweise, dass Rhushuks Streitkräfte Gefangene zur Bärenklamm treiben – dorthin, wo das Herz des alten Schlachtfeldes liegt. Dort soll ein großes Ritual vollzogen werden, um Tairachs Willen über die gesamte Markgrafschaft Greifenfurt zu legen. Die Helden müssen sich einen Weg durch den Belagerungsring bahnen und auf dem alten Schlachtfeld Rhushuks Machenschaften vereiteln.

Verstärkung für den Feldzug

In diesem Abenteuer tragen die Helden die Bitte zur Unterstützung des Feldzugs nach Greifenfurt. Haben sie Arlans Hochzeit beigewohnt, kann *Die Bitte der Greifin* noch in Trallop stattfinden. Andernfalls sollten sich die Helden bereits in Greifenfurt befinden und erhalten dort Kunde von der Hochzeit und dem anstehenden Schwertzug. Irmenella von Wertlingen wird sie dann in ihrer Residenz um Unterstützung bitten.

So oder so sucht ein Diener der Markgräfin die Helden auf und erklärt, dass die *Greifin* sie zu sprechen wünscht. Sie werden in einen Nebenraum der Bärenburg oder der Greifenfurter Residenz geführt, wo sie einen Moment warten, ehe die Markgräfin erscheint.

Die Bitte der Greifin

Zum Vorlesen oder Nacherzählen:
Ihr habt nicht lange gewartet, da tritt schon die etwa 50 Sommer zählende Markgräfin in den Raum und schenkt euch ein kurzes Lächeln.
„Seid gegrüßt, Ihr wackeren Streiter. Von Euch hört man viel – und Ihr hört sicherlich ebenso viel. Die Orks haben den Krieg in die Schildlande getragen, und wir gedenken, einen Schwertzug in die Lande der Orks zu führen. Meine Vasallen und die der Weidener Lande stehen bereit. Doch der Feind hat viele Kräfte, auch dunkle Kräfte, die Grenzreiter und Ritter nicht allein besiegen können. Daher bitte ich euch: Reist in meinem Namen nach Westen zum Kloster Rabenhorst und ersucht die Golgariten, sich uns anzuschließen. Das Wirken der orkischen Götzendiener ist ein Hohn für den Herrn Boron, und so hoffe ich, dass ihr Erfolg haben werdet!“

Fragen sich die Helden, warum ausgerechnet sie ausgewählt wurden, kannst du ihnen eine Probe auf *Menschenkenntnis (Motivation erkennen)* –1 zugestehen, bei deren Gelingen ihnen klar wird, dass Personen von ihrem Ruf auch im Kloster bekannt sein werden und den Wunsch der Markgräfin unterstreichen. Irmenella wird dies auf Nachfrage bestätigen. Fragen die Helden nach einer Belohnung, so ist sie bereit, jedem eine Waffe aus der Greifenfurter Waffenkammer zu überlassen – natürlich unter der Bedingung, dass sie sich dann auch dem Kriegszug anschließen werden.

Auf dem Weg zum Kloster

Von Greifenfurt zum Kloster Rabenhorst braucht man etwa sechs Tage zu Fuß, von Trallop aus sogar rund 18 Tage. Mit Pferden verkürzt sich die Reisezeit auf vier bzw. 13 Tage. Die Straßen sind trotz der Orkgefahr verhältnismäßig sicher und die Helden können ab Greifenfurt in kleineren Orten wie Donfanger, Hexenhain oder Hesindelburg unterkommen.
Die Kunde von der Hochzeit des Weidener Prinzen hat sich vielfach herumgesprochen, und wenn die Helden berichten, dass sie selbst dabei gewesen sind, reicht man ihnen Bier und Brot, bittet dafür aber um Geschichten von der Hochzeit.

Zur Ausgestaltung der Reise kannst du auf folgende Szenen zurückgreifen, wobei die letzte Szene kurz vor Hesindelburg stattfinden sollte und einen ersten Hinweis auf das Wirken der Orks gibt.

- In einem kleinen Ort wie Donfanger oder Hexenhain erregen die Helden Aufmerksamkeit, da erst vor Kurzem ein Bote der Markgräfin der lokalen Baronin mitgeteilt hat, dass ein Schwertzug geplant ist und die Greifin Freiwillige zum Kampf gegen den Ork gerufen hat. Durch die Ankunft von so erfahrenen Helden entstehen Gerüchte, ob diese schon jetzt die Bewaffneten zusammenziehen sollen oder ob sogar der *provinzherrliche Heerbann* ausgerufen werden wird, der nicht nur Adlige, sondern auch Freie zur Heeresfolge verpflichten würde – zumindest für 8 Wochen. Daher begegnet man den Helden erst misstrauisch, bis diese die Situation aufklären.
- Ein plötzlicher Wetterumschwung bringt heftige Regengüsse, so dass den Helden kaum Zeit bleibt, ein Lager zu errichten. In der Nähe erkennen sie aber ein kleines Gehöft, das Schutz bietet. Bauer ♟ *Welfert* (Mitte 40, weizenblondes Haar, fröhliches Lächeln; Willenskraft 2 (12/12/12), SK 1) lässt die Helden gerne ein, kann aber nicht so recht mit den hohen Herrschaften umgehen – ganz anders als seine jüngste Tochter ♟ *Ailinna* (9, strahlende Augen, aufgeregt, plappert ständig; Willenskraft 2 (9/10/11), SK 1), die Geschichten von den Helden hören will. Sollte sie erfahren, dass sie gar die Markgräfin persönlich kennen, wird sie nicht mehr von ihrer Seite weichen. Welfert wird kurz nachdem die Helden sein Gehöft verlassen von den Orks verschleppt und kann den Helden im Finale des Abenteuers wieder begegnen (als untoter Gegner oder als Gefangener).
- Die Helden begegnen einem Greifenfurter Grenzreiter, der mit drei Bewaffneten unterwegs in die Hauptstadt der Markgrafschaft ist. Er war auf Heimaturlaub und hat den Aufruf zum Schwertzug gehört. Drei Freiwillige haben sich ihm angeschlossen, die es *„endlich dem vermaledeiten Schwarzpelz so richtig heimzahlen wollen“*. Die vier sind sicher, dass der Schwertzug von Erfolg gekrönt sein wird und fürchten sich nicht. Berichten die Helden vom Fall Nordwalls und der zahlreichen Finsterwachttürme, gerät die Moral der Freiwilligen ins Wanken, während der Grenzreiter umso mehr darauf brennt, seine Gefährten zu rächen.
- Auf dem Weg kommt den Helden der Händler ♟ *Bosper* (Ende 30, schwarzer Schnauzbart, nervöses Zucken der Augen, sehr vorsichtig; Willenskraft 4 (11/13/13), SK 1) entgegen, der sogleich sein Fuhrwerk, einen Planwagen, anhält. Gelingt den Helden eine Probe auf *Sinnesschärfe (Wahrnehmen)* –1, so bemerken sie, dass er mit irgendetwas neben sich hantiert (**QS 1**). Er scheint eine Armbrust schussbereit zu machen (**QS 2**). Nähern sich die Helden dem Händler, grüßt er zwar vorsichtig im Namen der Zwölfe, beobachtet aber die Gruppe sehr genau. Sprechen die Helden ihn an, muss ihnen eine Probe auf *Überreden (Manipulieren* oder *Schmeicheln)* –1 gelingen, damit er seine Vorsicht ablegt und ihnen berichtet, dass er auf dem Weg mehrfach von verschwundenen Dörflern oder Reisenden gehört hat. Er vermutet, dass dahinter eine Räuberbande steckt und war sich nicht sicher, ob die Helden dazugehören. Tatsächlich sind es die Orks, die Menschen rauben, da *Rhushuk Geisterklaue* Blutopfer für sein Ritual benötigt.

Eine seltsame Begegnung

Kurz hinter Hesindelburg verlassen die Helden die nach Westen in Richtung Andergast führende *Fürstenstraße* und biegen auf einen Pfad zum Kloster nach Norden ab. Von dort dauert die Reise noch etwa anderthalb Tage. Da am Kloster auch der *Schattenpass* über den Finsterkamm beginnt, ist der Weg recht gut ausgebaut, und die Helden können auf vereinzelte Reisende treffen.
Irgendwo auf dem Weg können die Helden etwas Seltsames beobachten.

Probe auf *Sinnesschärfe (Wahrnehmen)* –1

- **QS 1**: Entlang der Ausläufer des Finsterkamms bewegt sich eine kleine Karawane nach Westen.
- **QS 2**: Mehr als zehn Personen sind auszumachen, etwa die Hälfte ist sehr klein. Sind es Familien, die unterwegs sind? Sie kommen langsamer voran als erwartet und werden nicht auf euch treffen, wenn ihr nicht stehenbleibt.
- **QS 3**: Bei den kleinen Begleitern handelt es sich um Zwerge, die bewaffnet sind. Sie scheinen die menschlichen Begleiter herumzukommandieren.
- **QS 4**: Die Menschen haben Fesseln angelegt und werden von den Zwergen vorangetrieben. Als die Zwerge euch bemerken, verlangsamen sie ihr Tempo ein wenig.

Bei der Gruppe handelt es sich um Finsterzwerge unter der Führung von ♟ *Seldrik* (140, feuerroter Bart, vorsichtig, kann Menschen nicht leiden; Willenskraft 8 (14/12/12); SK 3), die menschliche Gefangene mit sich führen, um diese an Rhushuks Schergen zu verkaufen. Rhushuks Namen kennen sie nicht; sie wissen nur, dass ein Tairachschamane Gold für menschliche Sklaven bietet und sich hier in der Nähe aufhalten soll.
Wenn die Helden abwarten, um mit den Finsterzwergen ins Gespräch zu kommen, bleiben diese abweisend. Sie erklären gereizt, dass es die Helden nichts angeht, was sie tun und dass sie ihren Weg fortsetzen wollen. Nur wenn den Helden eine Vergleichsprobe auf *Einschüchtern (Drohung)* –1 gegen Seldriks *Willenskraft* gelingt, geben sie zu, dass sie die Menschen *an einen zahlenden Käufer* abgeben wollen (1 Netto-QS) und es sich bei diesem um einen Tairachschamanen handelt (2 Netto-QS). Die Finsterzwerge sind nicht bereit, auf ihre Handelsware zu verzichten, bieten den Helden aber an, die Menschen für 50 Dukaten freizukaufen. Bei den Menschen handelt es sich um Einsiedler aus dem Finsterkamm.

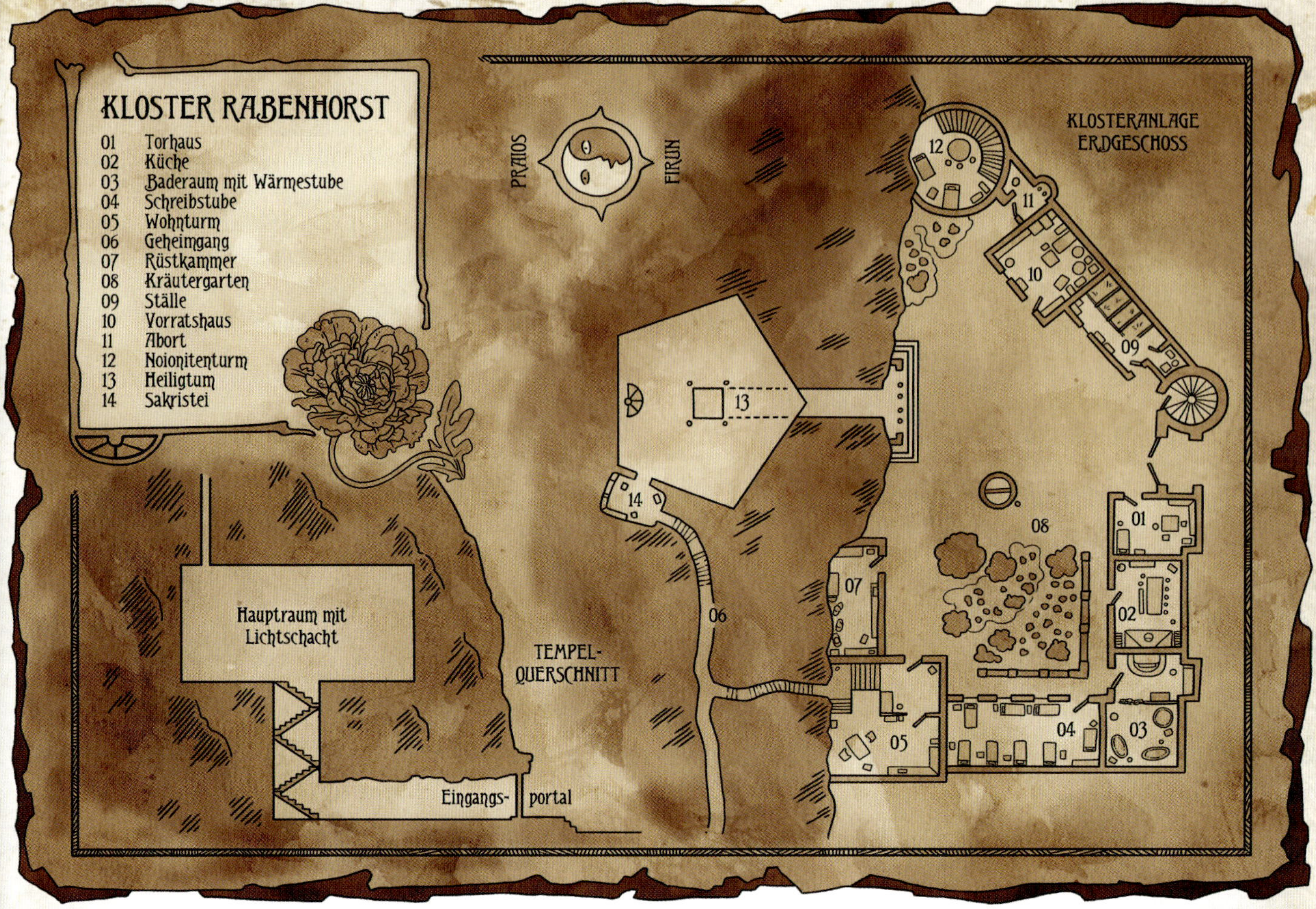

Sollte es in dieser Szene zu einem Kampf kommen, verwende für die Finsterzwerge die Werte eines *Finsterkammzwergs* auf Seite **126**. Ein Finsterzwerg ergibt sich, sobald er drei Stufen *Schmerz* erlitten hat; die Gruppe gibt auf, sobald sich zwei von ihnen ergeben haben. In diesem Fall können die Helden die Menschen befreien.

Das Kloster am Schattenpass

Direkt am Schattenpass, am Fuße des Nebelsteins, liegt das Wehrkloster *Rabenhorst*. Unweit des Schlachtfeldes, wo die Thuranische Legion im *Dritten Orkensturm* 1012 BF fiel, haben sich Diener der Puniner Boronkirche gemeinsam mit Mitgliedern der zur Kirche gehörenden Orden der Golgariten und der Noioniten niedergelassen, um über die Gefallenen zu wachen und das Dunkel in Schach zu halten. Während es sich beim *Orden des Heiligen Golgari* um einen kämpfenden Arm der Puniner Kirche handelt, die sich vor allem dem Kampf gegen Untote verschrieben haben, widmet sich der *Orden der Heiligen Noiona von Selem* der Pflege und Fürsorge von Verwirrten und geistig Kranken.

Die Anlage wird von einer Mauer aus Finsterkammbruchstein geschützt. Im Inneren wohnen Geweihte und Ordensritter verschiedener borongefälliger Ausrichtungen – Boronis und Noioniten leben unter der strengen Führung von Abt ♝ *Rabanus Falk von Krähenlamm* (siehe Seite **96**). Ihm untersteht auch die *Schwinge der Nebelkrähen*, eine kampferprobte Einheit der Golgariten.

Zentrum der Anlage ist ein ungewöhnlich tief in den Fels getriebener Tempel, dessen Stufen hinab in eine fünfseitige Halle führen. Rabenhorst ist kein Ort des Schweigens allein: Neben liturgischen Pflichten übernehmen die Ordensangehörigen Aufgaben in der Region, leisten Beistand in Krisenzeiten und wahren die Ordnung in einem Landstrich, der nie lange friedlich bleibt. Seit dem ersten Spatenstich wird das Kloster von der Markgrafschaft Greifenfurt und dem *Hause vom Eberstamm* mitgetragen. Vor dem Kloster haben sich einige Menschen angesiedelt, welche ein Gasthaus und eine Schmiede betreiben.

Kloster Rabenhorst
Einwohner: ca. 25 im Kloster und 20 in der Siedlung davor
Herrschaft: Abt *Rabanus Falk von Krähenklamm*
Tempel: Boron (Golgari, Noionia, Marbo)
Handel und Gewerbe: Heilkräuter
Besonderheiten: Ein kleines Spital der Noioniten in einem der Türme des Klosters. Hier kümmern sich die Ordensschwestern und -brüder um die geistig Kranken der Region. Zur Sicherung des Umlandes vor Ghulen, rastlosen Seelen und marodierenden Orks sind 11 Golgariten im Wehrkloster stationiert.

Zum Vorlesen oder Nacherzählen:
Dämmerung liegt über dem Land. Aufziehender Nebel kriecht über die zerfurchten Hügel, während bleigraue Wolken das fahle Zwielicht des sterbenden Tages ersticken. Kein Laut, kein Vogel, kein Wind dringt an euer Ohr.
Dann tritt es aus dem Nebel: das Kloster Rabenhorst.
Wie ein schwarzer Zahn ragt die Anlage aus dem Grau, seine Mauern scharfkantig, seine Türme wie gebrochene Finger in den Himmel gereckt. Und der Nebel birgt mehr als nur Stein.
Knirschende Schritte. Dumpfe Laute. Das Scharren von Metall über Stein
Dann erfüllt ein grollendes Brüllen die Dunkelheit gefolgt von menschlichen Schreien und orkischen Rufen, die wie Donnerschlag von den Bergwänden widerhallen.

Finsternis über dem Rabenhorst

Die Helden erreichen das Kloster just in dem Moment, als die Belagerung beginnt. Ein Tairachschamane hat die gefallenen Grenzreiter vergangener Gefechte um die Wachtürme des Finsterkamms zu Untoten erhoben. Zu den gefallenen Grenzern kommen noch einige Skelette der Thuranischen Legion, welche Rhushuk bereits erhoben hat. Diese dienen den Orks nun als makabres Lockmittel: Die Golgariten, in der Pflicht, das unheilige Treiben zu bannen, reiten zum Angriff – und laufen damit direkt in die vorbereitete Falle. Die Orks hatten auf diesen Moment gewartet. Von den Dächern der umliegenden Häuser aus lassen sie mit ihren Kurzbögen einen Pfeilhagel auf die Ordensritter niedergehen und treffen sie in ihrer ungedeckten Flanke.

Was plant der Feind?
Rhushuk will ungestört sein Ritual vollenden und hat deshalb die Belagerung des Klosters Rabenhorst befohlen. Zugleich ließ er alle Menschen aus den umliegenden Höfen verschleppen, um sie als Blutopfer zu verwenden: Ihr Blut soll die gefallenen Krieger der Schlacht von 1012 BF erwecken. Obwohl die verbliebenen Golgariten und Boronis zahlenmäßig keine ernsthafte Bedrohung darstellen, fürchtet der Tairachschamane dennoch die Macht des geflügelten Rabengottes. Aus diesem Grund duldet er kein Risiko und setzt alles daran, das Kloster vollständig zu isolieren, bevor das eigentliche Ritual beginnt.

Es liegt an den Helden, das Blatt zu wenden. Gelingt einem der Gefährten eine Probe auf *Kriegskunst (Belagerung)*, so durchschauen sie die Taktik der Orks und erkennen Schwachstellen in deren Angriff. Sie können die Verteidiger gezielt unterstützen und so die erste Welle der Schwarzpelze (Werte siehe Seite **135**) und Untoten (Werte siehe Seite **101**) zurückschlagen. Dadurch gewinnen sie Zeit, um sich gemeinsam mit den Ordenskriegern in das Innere der Anlage zurückzuziehen. Mit einer gelungenen Probe auf *Sinnesschärfe (Wahrnehmen)* können die Helden bei den Untoten Fibeln oder Uniformreste in Blau und Gold mit einer Wellenlinie erkennen (siehe Seite **96**).

Probe auf *Kriegskunst (Belagerung)*

- **Erfolg**: Jeder Gefährte muss sich höchstens zwei Gegnern stellen, bevor das Tor geschlossen werden kann. Einige Bewohner der Siedlung können aus Kellern und Verschlägen befreit und in Sicherheit gebracht werden.
- **Misserfolg**: Vier der elf Golgariten werden im Pfeilhagel oder im Nahkampf getötet. Die Helden müssen sich ihren Weg durch das entstandene Chaos hindurchkämpfen. Jeder Gefährte wird dabei von bis zu vier Gegnern bedrängt – Orks und Untoten, die abwechselnd aus der Distanz und im Nahkampf angreifen. Die Bewohner der Siedlung, die sich in Kellern und Verschlägen versteckt halten, können unter diesen Umständen nicht gerettet werden.
- **Patzer**: Die Helden werden von den Belagerern gestellt und kommen zunächst nicht zum Kloster durch. Sie müssen sich zurückziehen, vor den Orks verstecken und können erst später in das Kloster schleichen.

Möglichkeiten zum Eingreifen

- *Schindel*: Ein findiger Held kann versuchen, die Orks von den Dächern zu vertreiben, indem er mit einer Stangenwaffe oder einem vergleichbaren Gegenstand unter die Schindeln greift und diese anhebt. Dies bedarf einer erfolgreichen Probe auf *Mechanik (Hebel)* oder *Kraftakt (Stemmen & Heben)*. Gelingt der Versuch, rutschen Teile des Daches ab – und der überraschte Ork verliert den Halt, stürzt in die 3 Schritt in die Tiefe und erleidet Sturzschaden (siehe **Regelwerk** Seite **340**).
- *Stroh*: Auf dem Dach einer mit Stroh gefüllten Scheune sind ebenfalls zwei Bogenschützen positioniert, die Helden können die Scheune in Brand stecken und so die Orks zur Flucht zwingen. Dazu ist eine erfolgreiche Probe auf *Wildnisleben (Feuermachen)* erforderlich.
- *Ruhe im Chaos*: Hinter einem umgestürzten Wagen oder in einem zusammengefallenen Schuppen haben sich mehrere Dorfbewohner versteckt. Die Helden können sie durch eine erfolgreiche Probe auf *Bekehren & Überzeugen (Diskussionsführung)* überzeugen, sie zu begleiten, oder sie mittels *Kraftakt (Ziehen & Zerren)* zur Not gewaltsam in Sicherheit bringen.

Kein Weg zurück!
Sollten die Helden keine Hilfe leisten und stattdessen umkehren wollen, um Verstärkung im nahen Hesindelburg zu holen, kannst du ihnen als Spielleiterin eine bedrohliche Wendung offenbaren: Noch während sie den Rückweg antreten, erkennen sie in der einbrechenden Dunkelheit einen größeren Orkaufmarsch, der sich über die Bärenklamm in Richtung Kloster schiebt. Der Rückweg wird ihnen abgeschnitten. Eine Flucht ist nicht mehr möglich.

Rundgang durchs Kloster
Schon von weitem fällt das Kloster am Berghang mit seiner sauber gefügten, zwei Schritt hohen Bruchsteinmauer ins Auge. Durchschreitet man das Tor des Klosters, liegt linker Hand das **Torhaus (01)**, das stets von Wachen besetzt ist. Dahinter befinden sich die Wohn- und Gemeinschaftsbereiche des Klosters: zunächst die **Küche (02)**, in der auch die Mahlzeiten eingenommen werden, danach der Baderaum mit **Wärmestube (03)** und die **Schreibstube (04)**, die über eine ordentliche Schriftensammlung verfügt. Den Abschluss auf der linken Seite bildet der gut befestigte, mehrstöckige **Wohnturm (05)**: Unten liegen die Unterkünfte der Bediensteten, oben die Quartiere von Abt, Prior und Schwingenführer. Von dort führt ein **Geheimgang (06)** zur Sakristei.
Geht man weiter in Richtung Innenhof, liegt linker Hand die **Rüstkammer (07)**, die mit einer eisenbeschlagenen Holztür gesichert ist, während rechter Hand im **Kräutergarten (08)** zahlreiche Heil- und Nutzpflanzen wachsen. Auf dem Innenhof führt der Blick am *Brunnen* vorbei zu den **Ställen (09)**, in denen Pferde und Nutztiere untergebracht sind. Daran schließen sich das große **Vorratshaus (10)** und der **Abort (11)** an. An den Felsen ist der **Noionitenturm (12)** gebaut, dessen bedauernswerte Insassen liebevoll gepflegt werden. Hier befindet sich ein gut verborgenes Manntor, dessen Existenz nur den Ordensmitgliedern bekannt ist.
In das **Heiligtum (13)** gelangt man durch ein Portal im Felsen. Mehrere Treppen führen hinauf in den fünfeckigen Hauptraum, der tagsüber durch einen Lichtschacht von Tageslicht erhellt wird. In seiner Mitte ruht der Altar, umgeben von prachtvollen Reliefs an jeder Wandseite, die die Alveraniare Borons zeigen. An den Hauptraum grenzt die **Sakristei (14)**, die nur Ordensmitglieder betreten dürfen.

Schützenden Schwingen

Sobald die Helden die Mauern des Klosters durchquert haben, wird das Tor hinter ihnen geschlossen und verriegelt. Im Innenhof herrscht angespannte Betriebsamkeit. Verwundete werden versorgt, Ordensritter bemannen das Torhaus, Noioniten bringen Verletzte in den Noionitenturm. Der Rauch von brennendem Holz liegt in der Luft, vereinzelte Schreie und Befehle hallen über den Hof.
Noch bevor die Helden sich sammeln können, ruft eine scharfe Stimme vom Wehrgang: Abt Rabanus Falk von Krähenlamm fordert auf, Bericht zu erstatten. Er hört sich die Schilderungen knapp an, stellt den Helden gezielte Fragen zur Anzahl der Feinde. Als die Rede auf Skelette in alten Rüstungen kommt, wird der Abt hellhörig.
Er führt die Gefährten zur Schreibstube und deutet auf eine Schriftsammlung, welche von der Schlacht am Nebelstein berichtet und befragt die Helden, ob sie bei anhand der Beschreibungen des Wappens – *Geteilter Schild von Blau und Gold in der Mitte ein stilisierter silberner See aus Wellenlinien* – die Überreste der Thuranischen Legion erkannt haben.

Die Schlacht ist verloren. Über 900 Tote auf unserer Seite. Die Orks zählen wohl um die 300 Gefallene. Die Tordochai haben ohne Vorwarnung angegriffen, viel schneller als erwartet. Unsere Schützen konnten kaum reagieren. Sie haben die Front aufgerissen. Fürst Blasius führte einen Reiterstoß – anfangs erfolgreich, wurde dann im Rückzug aber fast völlig vernichtet. Fast alle Ritter sind gefallen. Danach brach alles zusammen. Wir flohen, die Orks stießen bis zum Hügel durch. Marschall Rastan tot, mit seiner ganzen Garde.
Einige Ritter hielten die Bärenklamm, nur deshalb konnten wir überhaupt fliehen. Ich und dreiundsiebzig Mann haben es geschafft

Die Thuranische Legion
Die Thuranische Legion war ein mittelreichisches Aufgebot aus dem Kosch und Greifenfurt, aufgestellt im Jahre 1010 BF unter Marschall *Rastan von Eslamsgrund*. Ursprünglich für einen Einsatz gegen Thorwaler und Andergaster in Nostria vorgesehen, kam es nie zu diesem Marschbefehl.
Stattdessen kämpfte die Legion gemeinsam mit der *Orkzwinger-Legion* ab 1011 BF erfolgreich im Vorgebirge des Finsterkamms. Ihren Untergang fand sie am 28. Praios 1012 BF in der verlustreichen *Schlacht am Nebelstein*, wo über 900 der rund 1000 eingesetzten Soldaten fielen. Nur 74 Überlebende konnten entkommen.

Rabanus Falk von Krähenlamm
Der Abt des Klosters *Rabanus Falk von Krähenklamm* (*987 BF, 1,93, weißes Haar, giftgrüne Augen, sehr helle Haut; Götter

& Kulte 17 (13/13/16), Willenskraft 18 (15/16/12), SK 3) ist ein kompromissloser, geistig starker Anführer innerhalb des Golgaritenordens, der für seine Strenge gefürchtet wird.

Motivation: Der Geweihte will um jeden Preis verhindern, dass die Orks das Kloster stürmen und dessen Boden entweihen. Nachdem er erfährt, dass sich unter den Untoten Teile der Thuranischen Legion befinden, will er ein Kommandounternehmen zur Bärenklamm entsenden.

Informationen: Der Abt kann Informationen zur Schlacht am Nebelstein geben.

Unterstützung: Er übergibt den Helden jeweils einen Heiltrank QS4 (siehe **Regelwerk** Seite **272**), dazu segnet er auf Wunsch je eine Waffe jedes Helden mit einem Objektsegen (siehe **Regelwerk** Seite **328**).

Weitere Ansprechpartner

Nachdem die Helden dem Abt berichtet und die Informationen zur Thuranischen Legion gesammelt haben, entlässt er sie, nicht jedoch ohne ihnen in umgänglichem Ton zu danken. Nun können sich die Gefährten kurz um ihre Belange oder Verletzungen kümmern. Neben dem Abt haben die Helden auch die Gelegenheit mit anderen Klosterbewohnern ins Gespräch zu kommen: Der Prior des Klosters Rabenhorst und Vorsteher der Noionitendelegation *Rupo Siebenfelder* (*988 BF, 1,71 Schritt, ergrautes schwarzes Haar, hager führt Selbstgespräche, exzellenter Antimagier, spätberufener Borongeweihter; Heilkunde Seele 15 (14/14/11), Willenskraft 10 (13/14/14), SK 3). Er und seine Ordensschwester *Niona* (35, 1,70 Schritt, blondes kurzes Haar. jungenhaftes Aussehen, mitfühlend; Heilkunde Seele 11 (13/14/11), Heilkunde Wunden 12 (13/14/14), Willenskraft 7 (13/13/14), SK 2) versorgen die Verwundeten mithilfe von Heilpflanzen aus dem **Kräutergarten (9)**.

Auf dem Torhaus hält der Schwingenführer der Golgariten *Pagol von Westholt* (32, 1,84 Schritt, braune Haare und Vollbart, ernstes Gesicht, brillanter Krieger, Werte wie *kompetenter Gardist*, siehe **Aventurischer Almanach** Seite **260**) den Aufmarsch des Feindes im Auge.

Die Nacht bricht an

Als es dunkel wird, sendet Rhushuk Geisterklaue mehr als 100 Untote vom Nebelstein zum Kloster Rabenhorst, um dieses endgültig zu erobern. Die Untoten werden von einem Dutzend Orks begleitet, die gezielt gegen die Golgariten vorgehen sollen, wenn diese die Untoten zu besiegen drohen.

Halten die Helden Wache auf den Zinnen des Klosters, so bemerken sie als Erste den Fackelschein, den Orks die herantragen, und in dessen Flackern die in der Dunkelheit marschierenden Untoten zu erkennen sind. Wie ein Wurm windet sich der Heerzug vom Schlachtfeld aus in Richtung des Wehrklosters. Ansonsten ist es Schwingenführer Pagol, dessen Alarmruf das Kloster in Aufruhr versetzt. Die Orks beginnen mit einem dumpfen Trommelschlag, mit dem es gelingt, die meisten Klosterbewohner einzuschüchtern. Auch die Helden müssen eine Probe auf *Willenskraft (Bedrohungen standhalten* oder *Einschüchtern widerstehen)* –2 ablegen; bei Misslingen erhält der Held 1 Stufe *Furcht*.

Vor den Klostermauern sammeln sich die Untoten und die übriggebliebenen Angreifer des ersten Sturms sowie ihre orkischen Anführer. Für einen Moment ist es totenstill. Dann gibt einer der Orks ein Signal, und die Untoten trotten auf das Kloster zu, um an den Mauern emporzuklettern.

Szenen des Sturms

Auch wenn die Mauern hoch sind, besteht eine Gefahr für das Kloster. Die meisten Untoten sind Skelette, denen man mit Fernkampfwaffen wie Bögen und Armbrüsten nicht schaden kann. Sie klettern zwar sehr langsam an den Mauern hoch, aber da es so viele sind, drohen die Verteidiger, die Kontrolle zu verlieren. Die Helden sollten ausreichend Möglichkeiten haben, sich beim nächtlichen Sturm auf das Kloster hervorzutun:

- Die Angriffe der Untoten konzentrieren sich auf das Tor, die Ställe und die Schreibstube. Während die Golgariten das Tor und die Ställe aus ihrer Position gut halten können, reicht der Einsatz der jungen Ordensritterin *Siglinde* (Ende 20, stämmig, laute Stimme, hat Angst im Angesicht der Untoten zu versagen; Werte wie *erfahrener Gardist*, siehe **Aventurischer Almanach** Seite **260**) auf dem Wehrgang kaum aus. Um ihr beizustehen, müssen die Helden vier Skelette bekämpfen, die kurz davor sind, über die Brüstung zu klettern. Zwei von ihnen sind schon so nahe, dass sie im Nahkampf aufgehalten werden müssen, die anderen beiden könnten noch durch gezielte Würfe mit Steinen oder schweren Gegenständen oder durch Zauberei gestoppt werden.
- Vor den Klostermauern haben mehrere Orks Barrikaden errichtet, hinter denen sie mit ihren Bögen lauern, um die Golgariten auf den Zinnen mit einem Pfeilhagel einzudecken, sobald diese sich aus der Deckung wagen und die Untoten angreifen. Aufmerksame Helden, die sich einen Überblick verschaffen wollen, können eine Probe auf *Sinnesschärfe (Suchen)* –1 ablegen. Gelingt sie,

fallen ihnen die Barrikaden auf (**QS 1**) und sie können die orkischen Schützen dahinter ausmachen (**QS 2**). Sofern sie die Golgariten nicht warnen, haben die Orks Erfolg und töten einen der geweihten Verteidiger. Danach sind die Golgariten vorsichtiger, was die Verteidigung gegen die Untoten allerdings erschwert. Die Helden können die Barrikaden mit Brandpfeilen oder Zauberei beschädigen und so die Orks zwingen, ihre Position aufzugeben. Besonders wagemutige Recken können sich abseilen, die Orks im Nahkampf stellen und dann wieder zurück ins Kloster klettern.

- Weniger kampferprobte Helden werden in den Noionitenturm gerufen, in dem durch die Anwesenheit der Untoten einige Patienten in Panik geraten. Der Dörfler ♟ *Toralf* (Anfang 50, kurze graue Haare, hellblaue Augen, schaut beim Sprechen an seinem Gegenüber vorbei; Willenskraft 2 (11/11/11), SK 0) wird hier mit einer Kopfwunde behandelt, die er von den Orks zugefügt bekommen hat, ehe er ins Kloster fliehen konnte. Die Panik steckt den verwirrten Mann an, und er versucht zum Tor zu rennen, um das vermeintlich unsichere Kloster zu verlassen. Die Helden können ihn schon frühzeitig mittels *Heilkunde Seele (Unterdrückung von Ängsten)* davon abhalten oder müssen ihm nachrennen und am Tor aufhalten. Misslingt auch dies, öffnet Toralf das Tor, welches dann von mehreren Helden wieder geschlossen werden muss (Vergleichsprobe auf *Kraftakt (Drücken & Verbiegen)* –2 gegen *Kraftakt* +1 der Untoten).
- Im weiteren Verlauf der Schlacht versuchen die Orks mit aller Macht, den Untoten Zugang ins Innere des Klosters zu verschaffen. Dazu verwenden sie zwei große Leitern, auf denen sich Untote festkrallen. Jeweils zwei Orks stürmen vor und heben die Leitern an, damit die Skelette direkt auf dem Wehrgang landen. Die Helden können dies mit einer Probe auf *Sinnesschärfe (Wahrnehmen)* –1 erkennen und rechtzeitig den Wehrgang an der Stelle bemannen, an der die Leitern ankommen. Fernkämpfer können schon vorher die Orks ausschalten oder sie zumindest so schwer verletzen, dass sie den Angriff abbrechen müssen. Kommen die Helden zu spät, erreichen vier Skelette das Kloster. Zwei Orks setzen ihnen auf der Leiter nach und versuchen, von innen das Tor zu öffnen, können von den Helden aber vorher zum Kampf gestellt werden.

Beobachtungen

Die eigentliche Gefahr ist nicht der Angriff auf das Kloster, sondern Rhushuks Ritual am Fuße des Nebelsteins. Die Helden müssen während des Angriffs bemerken, dass noch etwas anderes vor sich geht, um später das Ritual zu verhindern (siehe Seite **99**). Zwei Dinge sollten den Helden während der Belagerung auffallen, die sie im *Kriegsrat* anbringen können:

- Sobald das Kloster Rabenhorst von Untoten eingeschlossen ist und immer wieder berannt wird, durchsuchen die Orks die Häuser und Keller vor dem Kloster nach Menschen und sammeln diese an einem zentralen Ort, etwa 200 Schritt vom Kloster entfernt. Helden, die explizit die Umgebung beobachten, fällt bei einer gelungenen Probe auf *Sinnesschärfe (Suchen)* –2 auf, dass die Orks mehrere Gestalten an einem Ort sammeln (**QS 1**), bei denen es sich um Menschen handelt (**QS 2**), die in Ketten gelegt sind (**QS 3**). Etwa eine Stunde nach Beginn der Belagerung haben die Orks dort ein Dutzend Menschen zusammengebracht und schaffen sie in Richtung Westen fort – von wo auch der Heerzug herkam. Mit einer gelungenen Probe auf *Geographie (Greifenfurt)* –1 weiß der Held, (**QS 1**) dass dort nichts Besonderes liegt, (**QS 2**) lediglich der Berg *Nebelstein* und seine Umgebung.
- Aus derselben Richtung kommen von Zeit zu Zeit weitere Trupps von Untoten, zumeist geführt von einem Ork. Halten die Helden in regelmäßigen Abständen Ausschau, stellen sie fest, dass etwa zehn Skelette, angeführt von einem Ork, den Ort der Belagerung erreichen. Dies erfolgt etwa jede Stunde. Hier kannst du von den Helden wie oben beschrieben eine Probe auf *Geographie* verlangen.

Misslingen den Helden die Proben oder kümmern sie sich nicht um die Beobachtungen, wird Schwingenführer Pagol diese Beobachtung später vorbringen.

Kriegsrat

Etwa drei Stunden nach Beginn der Belagerung hat sich eine Pattsituation ergeben, in der die Untoten kaum vorankommen, die Verteidiger aber ebenso wenig Erfolge erzielen können. Abt Rabanus ruft die Helden, seinen Prior Rupo Siebenfelder und den Schwingenführer Pagol von Westholt zu einem Kriegsrat zusammen. Sollten die Helden die periodisch eintreffenden Untoten entdeckt und schon gemeldet haben, findet der Rat früher als Folge ihrer Beobachtungen statt.

Rabanus lässt erst den Prior und den Schwingenführer berichten, wobei deren Ausführungen unterschiedlich ausfallen. Prior Rupo spricht leise über die Art und Anzahl der Untoten, während Schwingenführer Pagol die Taktik der Orks hervorhebt und mögliche Risiken aufführt. Dann bittet Rabanus die Helden um ihre Einschätzung. Sobald diese oder

Pagol von den immer wieder neu eintreffenden Untoten berichten, wird Rabanus nervös. Ist der Kriegsrat schon früher zusammengekommen, ist ihm diese Nervosität die gesamte Zeit über anzumerken.

Zum Vorlesen oder Nacherzählen:

Der Abt wird sichtlich unruhiger und beißt sich auf die Lippen.
„Von Westen, vom Nebelstein?"
Er senkt seinen Blick und schlägt ein Boronsrad sowie das Zeichen des Herrn Praios gegen finstere Magie. Er blickt zunächst zu euch, dann zu seinen Untergebenen.
„Wir müssen zum Nebelstein. Aber das Kloster darf nicht fallen!" Sein Blick bleibt an euch hängen.
„Können wir ein weiteres Mal auf Eure Hilfe zählen? Könnt Ihr nach Westen eilen und schauen, was am Nebelstein vor sich geht? Es gibt einen geheimen Ausgang, den die Orks nicht kennen. Eilt Euch, in Borons Namen!"

Auf Phexens Wegen

Tatsächlich gibt es ein Manntor am Noionitenturm, welches von außen nicht zu erkennen und auch von innen gut verbogen ist. Hinter ihm liegt ein kleiner Vorsprung im Fels, von dem man sich sieben Schritt in die Tiefe abseilen muss. In der Dunkelheit ist man dabei kaum zu erkennen. Weder Orks noch Untote achten auf den Turm, so dass die Helden ohne Aufmerksamkeit zu erregen das Kloster verlassen können. Doch der Belagerungsring aus Dutzenden von Untoten ist mittlerweile dicht geworden, so dass die Helden sich an diesen vorbeischleichen müssen.
Jeder Held muss eine Vergleichsprobe auf *Verbergen (Schleichen)* +1 gegen *Sinnesschärfe* der Untoten ablegen. Misslingt einem Helden die Probe, wird dieser von 1W3 Untoten bemerkt (bei einem Patzer von 1W6+1), die ihn aufzuhalten versuchen. Da die Skelette langsam sind, kann der Held versuchen, vor ihnen wegzulaufen, doch dies zieht die Aufmerksamkeit weiterer Skelette und infolgedessen auch einer Handvoll Orks auf sich.
Helden, die sich schwer mit Heimlichkeit tun oder dies schlicht nicht beherrschen, können durch andere Helden unterstützt werden. Dazu müssen die Unterstützer die Untoten ablenken, ohne selbst aufzufallen. Dies erschwert die Probe auf *Verbergen* der Unterstützer um –3.
Sobald die Helden den Ring von Untoten passiert haben, können sie sich auf den Weg zum Nebelstein machen. Haben sie vorher die Verlegung der Gefangenen beobachtet, ist keine Probe notwendig, andernfalls muss ihnen eine Probe auf *Orientierung* –1 gelingen. Scheitern die Helden, stehen ihnen im Finale einige zusätzliche Untote gegenüber.
Der etwa dreistündige Weg zum Nebelstein sollte ohne weitere Zwischenfälle erfolgen. Nur falls die Helden bislang ganz ohne Schwierigkeiten die Belagerung überstanden haben, könnten sie auf einen weiteren Nachschubtrupp von zehn Skeletten und einem Ork treffen.

Blut und Knochen

Die Helden erreichen den Rand des Schlachtfeldes, wo Rhushuk Geisterklaue gerade weitere Untoten erhebt. Der Schamane geht davon aus, dass er nicht gestört wird. Aus diesem Grund hat er den Großteil seiner Truppen zum Kloster entsandt. Nur fünf seiner Blutkrieger sind direkt bei ihm. Rund um das Schlachtfeld stehen aber rund 50 Orkstammeskrieger der Gharrachai bereit, um das Ritual zu schützen und letzte Gefangene als Blutopfer vorzubereiten. Die Helden müssen das Gelände unbemerkt erreichen, Patrouillen umgehen und entscheiden, wie sie eingreifen wollen, um das Ritual zu stören und die Erweckung der gesamten Legion zu unterbinden. Dabei können sie geisterhafte Hilfe erhalten, denn die ruhelosen Seelen, die hier noch aktiv sind, wollen eins: Rache an den Orks!
Auf dem Weg zum Ritualplatz patrouillieren mehrere Trupps von Orkstammeskriegern. Die Helden müssen mindestens drei aufeinanderfolgende Proben auf *Verbergen (Schleichen)* bestehen, um ungesehen vorzudringen. Wenn nur einem Helden eine Probe pro Durchgang misslingt, begegnet die Gruppe einer Patrouille. Dabei spielt es keine Rolle, wie vielen Helden die Probe misslingt. Eine Ork-Patrouille besteht aus (Anzahl der Helden +1W3) Orkstammeskriegern.
Wenn es zu einem lauten oder weithin sichtbaren Kampf kommt, trifft nach 1W3+3 KR eine weitere Patrouille am Ort des Kampfes ein.

Zum Vorlesen oder Nacherzählen:

Ihr durchbrecht die letzten Ausläufer des Nebels, der sich wie kalter Atem an die Felsen klammert. Unter euch öffnet sich eine Ebene, welche in einer Klamm endet – ein kahles Rund aus Wiese und Fels, umgeben von dunklem Wald. Zahllose Grabhügel durchziehen das Gelände, verrottende Boronsräder und brüchige, moosbewachsene Stelen ragen aus dem Boden.
Auf einer kleinen Anhöhe erheben sich einige Pfähle, an die dutzende Gefangene gebunden sind. Ihr Blut tropft in Rinnsalen in die kalte Erde. Vor ihnen steht ein orkischer Schamane, blutverschmiert, wie in Trance. Mit den Händen zeichnet er mit Blut einen Kreis auf die Schädel mehrerer Untoter.

Der Marschall

Die ersten fünfzig Schritt können die Helden ohne Schwierigkeiten im dichten Nebel zurücklegen, ehe sich vor ihnen ein größeres, aus schwarzem Basalt gefertigtes Grabmal abzeichnet. Zwischen verwitterten Inschriften formt sich eine Geistergestalt: der Marschall der Thuranischen Legion ✠ *Rastan von Eslamsgrund.* Er stellt die Helden zur Rede und verlangt eine Erklärung für ihr Eindringen – denn sein Hass auf die Lebenden ist ungebrochen.
Tragen die Helden ihr Anliegen vor und berichten, dass sie die Orks aufhalten wollen, die die Gebeine der Thuranischen Legion zu erwecken drohen, können sie versuchen, den Marschall von der Lauterkeit ihres

Handelns zu überzeugen, wozu ihnen eine Probe auf *Bekehren & Überzeugen (Einzelgespräch)* –2 gelingen muss. Die Gefährten erhalten eine Erleichterung +2 auf die Probe, wenn sie ihren eigentlichen Auftrag erwähnen, dass sie Verbündete für einen Schwertzug gegen die Orks suchen.

Bei einem Erfolg wird der Blick des Marschalls sanfter, sein Ton verliert etwas an Härte. Er erklärt sich bereit, die Helden zu unterstützen – doch nur, wenn sie zuvor eine Aufgabe erfüllen. Sie sollen das *Signalhorn der Legion* bergen und damit seine gefallenen Männer und Frauen zum Kampf rufen.

Bei einem Misserfolg bleibt der Marschall misstrauisch und betrachtet die Helden als Störenfriede. Er zieht sich zurück, um sie später womöglich mit seinen Kriegern zu konfrontieren. Die Helden verlieren dadurch die Möglichkeit, auf die Unterstützung der Legion zu zählen. Stattdessen müssen sie auf eigene Faust vorgehen und die feindlichen Linien durchqueren.

Rastan von Eslamsgrund

Kurzcharakteristik: *970 BF (wirkt wie Mitte 40), 1,85 Schritt, athletisch, verzierter Plattentorso, finster, rachsüchtig

Funktion: Marschall der Thuranischen Legion. Möglicher Unterstützer der Helden

Hintergrund: Einst diente Rastan als Heerführer der Legion. Er fiel in der Schlacht am Nebelstein. Seit seinem Tod ist er an den Ort gebunden, getrieben von dem Schwur, das Werk der Legion zu vollenden und jeden zu vernichten, den er für einen Feind des Reiches hält.

Darstellung: Körperhaltung aufrecht, Blick fest auf das Gegenüber gerichtet. Stimme fest, ohne Zögern, mit schneidender Autorität.

Besonderheiten: Verabscheut Feigheit und Lügen, ein misslungener Überzeugungsversuch kann sofortige Feindseligkeit auslösen.

Schicksal: Löst sich nach der Erfüllung seines Schwurs in Nebel auf.

Über das Schlachtfeld

Der Heerführer berichtet, wo das Horn der Legion ruht: im Grab seines Adjutanten. Er beschreibt den Weg, der zwar uneben und von zahllosen Felsbrocken und Geröll übersät ist, doch durch den stetigen Nebel des Nebelsteins (Sichtmodifikator Stufe 2) die Sicht der Feinde erschwert. Den Gefährten muss nur eine weitere Probe auf *Verbergen (Schleichen)* gelingen, mit denselben Effekten wie zuvor, wobei du bis zu zwei Drittel der Stammeskrieger in diesem Fall durch Skelette ersetzen kannst.

Die Rückkehr der Legion

Sobald die Helden das Signalhorn der Legion bergen und es nutzen, beginnt sich der Nebel zu verändern. Aus den wirbelnden Schwaden treten schemenhafte Gestalten hervor: die gefallenen Kriegerinnen und Krieger der Thuranischen Legion. Anfangs sind es nur einzelne Gestalten, die aus den Nebelfetzen treten.

Geisterritter

MU 16 **KL** 13 **IN** 14 **CH** 14

FF 12 **GE** 14 **KO** 16 **KK** 16

LeP 35 **AsP** 25 **KaP** – **INI** 16+1W6

VW 10 **SK** 9 **ZK** 5 **GS** 9

Geisterschwert: AT 19/16 **TP** 1W6+4 SP **RW** mittel

RS/BE: 1/0

Aktionen: 1

Vorteile/Nachteile:

Sonderfertigkeiten: -

Talente: Einschüchtern 17, Körperbeherrschung 11, Kraftakt 14, Selbstbeherrschung 9, Sinnesschärfe 9, Verbergen 14, Willenskraft 7

Zauber: Horriphobus 14

Typus: mittlerer Geist, humanoid

Grund-Anrufungsschwierigkeit: –3

Sonderregeln:

Geister-Regeln: Für Geister gelten die allgemeinen Geister-Regeln (siehe Seite **127**)

Zum Vorlesen oder Nacherzählen:

Du hebst das Horn an deine Lippen. Ein tiefer, vibrierender Ton erfüllt die Dunkelheit, breitet sich wie eine unsichtbare Welle im Nebel aus und hallt von den Hängen der Berge zurück. Plötzlich reißen Nebelfetzen auf und aus ihnen treten Gestalten – verfallen, von einem grünlichen Schimmer umgeben. Rüstungsteile hängen lose an halb durchsichtigen Körpern, Speere und Schwerter leuchten schwach im Zwielicht. Einer nach dem anderen tritt vor, bis sich eine Reihe bildet: geordnet, aufrecht, stumm. Ihren leeren Augenhöhlen sind auf euch gerichtet.

Die letzte Schlacht

Die gerufenen Geister der Thuranischen Legion formieren sich nach dem Befehl des Helden, der das Horn geblasen hat, und stürzen sich mit lautlosem Grimm auf Orks und Skelette. Während die Schlachtreihen im Nebel aufeinanderprallen, entsteht ein Korridor, der den Helden den direkten Weg zum Ritualplatz öffnet. So können sich die Abenteurer ganz auf die Gegner konzentrieren, die dort noch auf sie warten.

Zum Vorlesen oder Nacherzählen:

Du deutest mit deiner Waffe auf den Feind und brüllst den Angriffsbefehl, worauf sich das Geisterheer in Bewegung setzt. Die Orks erstarren, ihre Blicke wechseln zwischen dem nahenden Unheil und den eigenen Waffen. Flüche werden zu panischen Schreien, Schilde fallen, und einige wagen die Flucht. Andere stemmen sich verzweifelt gegen den Ansturm, doch ihre Schläge scheinen ins Leere zu gehen.

Verhalten der Gegner

Am Ritualplatz befinden sich *Rhushuk Geisterklaue* sowie (Anzahl der Helden) *Blutkrieger* (siehe Seite **130**). An mehreren Pfählen hängen Dutzende Gefangene, von denen die meisten bereits ihren Wunden erlegen sind. Einige wenige könnten jedoch noch gerettet werden, wenn die Helden schnell handeln. Du kannst hier den Bauern Welfert (siehe Seite **93**) erneut einbauen, der entweder schon tot ist, noch gerettet werden kann oder sich vor den Augen der Helden als Untoter erhebt und ihnen gegenübertritt.

- *Rhushuk*: Der Tairachschamane weist zunächst seine Leibwache aus Blutkriegern an, die Helden anzugreifen. Er selbst steht innerhalb einer Bannzone gegen Geister, die ihn vor einem Angriff der Thuranischen Legion schützt. Mit seiner Knochenkeule attackiert er gezielt die gefährlichsten Gegner unter den Helden. Sobald er 2 Stufen *Schmerz* erleidet, verwandelt er sich mit der Liturgie NEBELKRÄHENSCHWARM und entkommt.
- *Blutkrieger*: Diese fanatische Leibwache greift die Gefährten mit all ihren Kräften und Mitteln an. Die Orks kämpfen bis zum Tod.

Der Morgen dräut

Die Helden haben gesiegt. Rhushuk Geisterklaue und seine Krieger konnten das Geisterheer der Thuranischen Legion nicht vollständig erwecken. Auch die Belagerung des Klosters Rabenhorst wurde überstanden: Bei Morgengrauen trifft Entsatz aus Hesindelburg ein, angeführt von *Asa Gwinfrieda von Eisslingern*, welche die verbleibenden Angreifer in die Flucht schlägt. Doch der Sieg ist teuer erkauft. Viele Golgariten und Bewohner der Siedlung sind gefallen, Teile der Klostermauern schwer beschädigt. Abt Rabanus dankt den Helden für ihren Einsatz, muss jedoch mitteilen, dass das Kloster unter diesen Umständen keine Kämpfer für den bevorstehenden Feldzug entsenden kann.

Der Mühen Lohn

Die Helden erhalten für dieses Abenteuer **15 Abenteuerpunkte** sowie die Dankbarkeit der Golgariten und der von Asa Gwinfrieda von Eisslingern.

Skelett der Thuranischen Legion
Größe: 1,60 bis 2,00 Schritt
Gewicht: 30 bis 40 Stein
MU 20 **KL** 10 **(t)** **IN** 10 **CH** 11
FF 8 **GE** 11 **KO** 11 **KK** 13
LeP 20 **AsP** – **KaP** – **INI** 8+1W6
AW 6 **SK** –1 **ZK** –1 **GS** 8
Waffenlos: AT 10 **PA** 4 **TP** 1W6 **RW** kurz
Langschwert: AT 11 **PA** 6 **TP** 1W6+4 **RW** mittel
Kurzbogen: FK 10 **LZ** 1 **TP** 1W6+4 **RW** 10/50/80
RS/BE 0/0 **oder je nach Rüstung**
Aktionen: 1
Vorteile/Nachteile: Lichtempfindlich (wirkt, obwohl Skelette als Untote ansonsten nicht den Zustand *Schmerz* erleiden können)
Sonderfertigkeiten: keine
Talente: Klettern 4, Körperbeherrschung 2, Kraftakt 4, Schwimmen (keine Probe erlaubt; Skelette können nicht schwimmen), Selbstbeherrschung – (gelingt automatisch), Sinnesschärfe 4, Verbergen 4, Einschüchtern 6, Willenskraft – (gelingt automatisch)
Anzahl: 1 oder 1W6+1 (Skeletthorde)
Größenkategorie: mittel
Typus: Untoter (Hirnloser), humanoid
Erschaffungsschwierigkeit: 0
Beute: Knochen, gegebenenfalls Waffen, Schild und Rüstung
Kampfverhalten: Skelette gehorchen den Befehlen ihres Beschwörers und werden häufig als hirnlose Arbeitssklaven oder Wachen eingesetzt. Wenn sie freie Untote sind, greifen sie meist aus Hass auf alles Lebende direkt an. Sobald sie ein Opfer bemerken, gehen sie frontal zum Angriff über.
Flucht: Skelette fliehen nicht. Sie kämpfen ohne Rücksicht auf Verluste bis zum letzten „Lebenspunkt".

Schmerz +1 bei: immun gegen Schmerz
Magiekunde (Magische Wesen):

- **QS 1:** Skelette kämpfen bis zum bitteren Ende.
- **QS 2:** Dolche, Fechtwaffen und Fernkampfwaffen richten gegen Skelette nur wenig Schaden an.
- **QS 3+:** Skelette greifen nur Lebende an und lassen sich leicht täuschen. Stellt man sich tot, lassen sie einen in Ruhe.

Sonderregeln:

- *Unempfindlich gegen Dolche, Fechtwaffen und Fernkampfwaffen:* Dolche, Fechtwaffen und Fernkampfwaffen (außer Wurfkeulen und -speere) richten bei Skeletten nur halbe TP an. Totengöttern geweihte Waffen richten in diesem Fall normalen Schaden an (also keinen doppelten).
- *Empfindlich gegen Hiebwaffen und Zweihandhiebwaffen:* Hiebwaffen und Zweihandhiebwaffen richten doppelte SP an. Totengöttern geweihte Waffen richten in diesem Fall vierfachen Schaden an (statt nur den doppelten).
- *Extrem Lichtempfindlich:* Ist das Skelett direktem Sonnenlicht ausgesetzt, erleidet es 1 SP pro KR.
- *Meute:* Skelette, die gemeinsam einen Gegner angreifen, erhalten pro Skelett in der Überzahl +1 AT (bis zu einem Maximum von +2 AT).
- *Skelettart:* Die oben genannten Werte gelten für ein durchschnittliches Menschenskelett. Andere Skelettarten können andere Werte und Fähigkeiten aufweisen.
- *Untoten-Regeln:* Für Skelette gelten die allgemeinen Untoten-Regeln (siehe Seite **132**).

DIE RACHE DES STIERS

»Manche glauben, er sei gefallen, doch wie oft haben wir ihn bereits sterben gesehen? Er ist mehr als Fleisch und Blut. Er ist eine Prüfung der Leuin. Seine Stimme ist das Echo in mir, das mich verhöhnt und mir meine Fehler und Versäumnisse aufzeigt. Solange ich mich nicht von meinen Zweifeln und Ängsten befreie, bleibt er unsterblich, und jeder vermeintliche Sieg ist nur ein Aufschub des Unvermeidlichen. Wer hätte gedacht, dass gerade er, mein alter Feind, mir hilft, klar zu sehen? Die Donnernde hat mir genug Zeichen gesandt. Es wird Zeit, dass jüngere und bessere Frauen und Männer den Orden führen! Mein Weg liegt anderswo, und ich muss mein eigenes Schicksal erfüllen.«
—Brin von Rhodenstein im Gespräch mit der Führungsriege des Ordens zur Wahrung, kurz vor seinem Rücktritt, Efferd 1047 BF

Hintergrund und Ausblick

Das Szenario spielt zeitlich flexibel im Winter/Frühjahr 1047 BF. Während sich Arlan und seine Getreuen auf die Heerschau im Frühjahr vorbereiten und die Helden nach weiteren Verbündeten suchen (siehe Seite **92**), erreichen beunruhigende Gerüchte den Hof des Prinzen. In der Baronie Nordhag wütet eine Mordserie, die Parallelen zur Weidener Vampirplage vom Winter 1015 BF aufweist. Auch wenn Arlan weiß, dass die Barone der Heldentrutz auf Weisung seiner Mutter keine Truppen entsenden sollen, kann er Unruhen in der Heldentrutz nicht riskieren, während er mit seiner Streitmacht gen Nordwesten zieht. Aus diesem Grund entsendet er die Helden, um die Todesfälle aufzuklären, damit die Grafschaft Heldentrutz so kurz vor dem Schwertzug wieder zur Ruhe kommt.

Was bisher geschah

Nach Ugrashaks Niederlage gegen die Helden und seiner Flucht durch ein verborgenes Feentor (siehe Seite **66**) landete der schwer verletzte Schwarze Stier in einer ihm fremden Feenwelt. Um seine Wunden zu heilen und die Verwesung seines Körpers aufzuhalten, trank er das magische Blut der dort lebenden Feenwesen. Dies schenkte ihm immense und magische Kräfte, entfachte aber zugleich seinen Blutdurst neu. Nachdem er einige Minotauren unterwarf, die ihn als göttliches Wesen verehren, eroberte Ugrashak die gesamte Feenglobule. Mit Hilfe seiner neuen Macht und einigen willigen Dienern gelang es ihm, fast alle Bewohner der kleinen Anderswelt zu unterwerfen. Da er sich an Brin rächen will, kehrte er über ein Feentor nach Weiden zurück. Berauscht von seiner neu gewonnenen Stärke verfiel er jedoch der Hybris. Er sagte sich von Aschepelz und den Plänen des Aikar los, um ein eigenes Reich unter seiner Herrschaft zu etablieren. Zunächst wartet er, bis die Orks ihre Aufmerksamkeit auf Reichsend richten, wo Arlans Freiwilligenheer sich sammelt. Bis dahin verbirgt er sich in der Nähe eines alten Tairachheiligtums in den Sümpfen von Nordhag. Von dort aus schickt er seine Diener los, darunter ein Mitglied im *Geheimbund der Schnitter* (siehe Seite **119**), um neue Opfer für ihn zu suchen, geht aber auch selbst auf die Jagd. Die zurückgelassenen, blutleeren Leichen führen jedoch schnell zu abergläubischen Gerüchten über Vampire, was Unruhe verbreitet und Arlan alarmiert.

Was geschehen kann

Die Helden reisen in Arlans Auftrag nach Nordhag, um die merkwürdigen Morde zu untersuchen. Auf dem Weg erleben sie hautnah, wie der heraufziehende Krieg die Menschen verändert hat und schnappen erste Gerüchte auf. In der Stadt erhalten sie eine Audienz bei Baronin *Leudane Emer von Finsterkamm* (siehe Seite **57**), die dankbar für die Hilfe weitere Informationen mit ihnen teilt. Bei ihren Ermittlungen bekommen die Helden Unterstützung durch den erfahrenen Werwolf- und Vampirjäger *Firnmar von Drachenwehr* (siehe Seite **105**) und treffen mit *Aurelia Wirselsud* (siehe Seite **106**) eine mögliche Verbündete, die noch eine alte Rechnung mit dem Schwarzen Stier offen hat. Letztlich führt die Spur der Schuldigen in den Sumpf *Makkeblink*, wo sich die Abenteurer Ugrashak und seinen Minotauren in einem letzten Kampf stellen müssen.

Arlans Auftrag

Prinz Arlan und sein Hofstaat befinden im Winter 1047 BF immer wieder in Reichsend, um die große Heerschau im Frühjahr vorzubereiten (siehe Seite **114**). Sobald sich die Helden in der Stadt oder dem Umland aufhalten, wird er sie über einen Boten auf die *Feste Reichsend* bitten, wo er während seines Aufenthalts residiert. Kaum auf höfische Etikette achtend, empfängt er sie formlos im Bankettsaal der Burg.
Der übermüdet wirkende Arlan wird sich bei den Gefährten über ihre letzten Erlebnisse erkundigen, zum Beispiel ihre Erfolge oder Misserfolge am **Kloster Rabenhorst (54**, siehe Seite **92**) und ihnen einen kurzen Lagebericht über die orkischen Aktivitäten und die Vorbereitungen des Heerzuges geben (siehe Seite **111**). Nachdem die aktuelle Lage gemeinsam sondiert wurde, berichtet der Prinz den Helden von Gerüchten über eine ungewöhnliche Mordserie. In der Baronie Nordhag verschwinden Menschen. Einige bleiben unauffindbar, andere findet man angeblich vollständig blutleer und mit merkwürdigen Bissspuren am Körper wieder. Weiden war bereits mehrfach von Vampirplagen betroffen. Insbesondere der Winter 1015 BF hat sich ins kollektive Gedächtnis der Weidener eingebrannt. Damals terrorisierten ein Erzvampir und seine Diener das Herzogtum. Mit dem gestohlenen Blut gelang es damals *Pardona* (siehe **Aventurischer Almanach** Seite **209**), einen

neuen Körper für den Dämonenmeister *Borbarad* zu erschaffen (siehe **Aventurischer Almanach** Seite **226**).
Arlan steht dem Gedanken einer Vampirplage skeptisch gegenüber und glaubt nicht an Zufälle. Er zieht auch in Betracht, dass der Aikar den Aberglauben des Volkes ausnutzt, um Unruhe und Zwietracht zu säen. Für das Gelingen des Schwertzugs ist es essenziell, dass die Baronien in den Grenzlanden stabil und wehrhaft sind.

Der Auftrag des Heerführers

Die Helden werden gebeten, nach Nordhag zu reisen und Kontakt zu Baronin *Leudane Emer von Finsterkamm* aufzunehmen. Als Ermittler im Auftrag des Herzogshauses verfügen sie über weitreichende Befugnisse, die es ihnen erlauben, Befragungen und Hausdurchsuchungen bei Nichtadligen durchzuführen, um die Mordserie aufzuklären.
Neben einem Schreiben, das die Helden als herzögliche Gesandte ausweist, stellt Arlan den Helden in Aussicht, sie bei erfolgreichen Ermittlungen und für ihre vergangenen Verdienste zu *Hauptleuten zur Besonderen Verwendung* zu ernennen und sie offiziell in seinen Beraterstab für den kommenden Schwertzug aufzunehmen.

Zeit spielt immer eine Rolle

Im Verlauf des Abenteuers können sowohl die Helden als auch ihre Gegner Fortschrittsmarker sammeln. Die Spielleiterin notiert diese heimlich je nach Vorgehen der Gefährten und vergleicht sie vor dem Finale. Die Sammlung der Fortschrittsmarker startet direkt nach dem Aufbruch aus Reichsend. Zögere nicht, weitere Fortschrittsmarker zu vergeben, wenn sich die Helden geschickt anstellen oder Zeit verlieren. Im finalen Kampf wird die Partei mit den meisten Fortschrittsmarkern im Vorteil sein.

Zusammenfassung der Geschehnisse

- **Vor 20 Tagen** kehrte Ugrashak mit zwei Ialtag, blutsaugenden, flugunfähigen Fledermausbiestingern (siehe Seite **108**), aus der Feenwelt zurück.
- **Vor 16 bis 4 Tagen** tötete der untote Stier fünf Personen in Wäldern der Baronie und in der Nähe der Grenzen zu den Nachbarbaronien, zuletzt den Landwirt ❀ *Geldor Mühlenfels*, der einige Meilen östlich, Richtung Nordwall, lebte, mit seinen Hörnern und saugte dessen Blut aus.
- **Vor 3 Tagen** suchte der Schnitter ♟ *Dolgon Beuthner* (32 Jahre alt, Vollbart, athletische Statur, schneidig, Werte siehe Seite **108**) einen Brazoraghschrein im Nordosten am *Kaltwasser* auf. Dort traf er auf den untoten Stier sowie den Leichnam Geldors. Im ersten Moment wollte Ugrashak den Dolgon umbringen, erkannte dann aber dessen Nutzen. Der unterwürfige Mann soll ihm Opfer bringen, die in der Stadt kaum vermisst werden. Gleichzeitig hat der Schnitter den Auftrag, Blut zu sammeln mit den beiden Ialtag als Ablenkung für das Gerücht von Vampirangriffen sorgen. Dazu vertraut der Schamane ihm das Geheimnis an, dass man mit dem Saft von Perainäpfeln (Zitrusfrüchte) den Lebenssaft länger frisch halten kann.
- **Vor 2 Tagen** kaufte Dolgon auf dem Großen Jammer, dem Markt, beim Gemüsehändler ♟ *Erlwulf Freidank* (siehe Seite **107**) einen Sack Zitronen. Außerdem erwarb er bei der Töpferin ❀ *Hennya Danzert* (27, blond, heiter) ein Gefäß für das Blut. Da ihm die Frau dabei Avancen machte, ging Dolgon darauf ein und verabredete sich mit ihr für den morgigen Abend.
- **Vor 1 Tag** besuchte der Schnitter die Handwerkerin nachts für ein Stelldichein oberhalb ihrer Werkstatt. Nach dem ersten rahjagefälligen Spiel fesselte er ihre Hände und ließ die mitgebrachten Ialtag ihr das gesamte Blut aussaugen. Anschließend spien sie es in den Tontopf. Dolgon gab, wie von seinem Stierherrn empfohlen, noch Zitronensaft hinzu.
- **Am Tag 0** erreichen die Helden Nordhag und suchen die Baronin auf. Gleichzeitig findet eine Nachbarin die nackte Hennya tot in ihrem Bett und informiert die Stadtwache.
- **In 1-2 Tagen:** Der Schnitter zeigt dem heruntergekommenen Söldner ♟ *Rodunk Fahrenholz* (50, braunhaarig, Werte wie *Räuber*, siehe **Aventurischer Almanach** Seite **223**) eine fingierte Schatzkarte und lockt ihn damit aus der Stadt heraus. In einem Waldstück, das eine Tagesreise nordöstlich von Nordhag liegt, warten zwei Minotauren auf die Übergabe des Opfers und des gesammelten Blutes. Die Stierwesen überwältigen den ahnungslosen Schatzsucher und bringen ihn zu Ugrashak. Dolgon und seine Ialtag machen sich anschließend auf den Rückweg.

Die Reise nach Nordhag

Die 110 Meilen von Reichsend nach Nordhag lassen sich zu Fuß in 3,5 Tagen und zu Pferd in 2,5 Tagen zurücklegen. Dabei durchqueren die Helden neben *Gräflich Reichsend* auch die Baronie *Schneehag*. Am letzten Tag überqueren sie schließlich den *Flüsterbach* und damit die Grenze zur Baronie *Nordhag*.

Reise und Begegnungen

Unterwegs begegnen die Helden immer wieder Personen und Situationen, die die angespannte Stimmung in Weiden widerspiegeln. Zögere nicht, die nachfolgenden Szenen durch bereits bekannte Personen auszubauen.

- *Der Händler:* ♟ *Sarl Humblatt* (siehe Seite **39**) ist auf der Straße Richtung Reichsend zu finden und hofft wegen der Heerschau in Reichsend auf gute Geschäfte. Sind ihm die Helden bereits bekannt, grüßt er freundlich und schimpft über die unverschämten Zölle, die sicher nur die Kriegskasse des Prinzen füllen sollen (was nicht der Wahrheit entspricht).
- *Die mit den Wölfen tanzen:* Rund um einen kleinen Ort wurden Spuren von Bergwölfen gefunden. Die Menschen hatten in der Vergangenheit bereits häufiger mit Wolfsplagen zu kämpfen und haben den Ort voller Panik abgeriegelt. Zeigen die Helden ihr Schreiben, das sie als herzögliche Gesandte ausweist, werden sie unter misstrauischen Blicken der Einwohner eingelassen.

- *Die Prophetin:* In Steenbukken können die Helden auf eine verwirrte Frau treffen, die in Lumpen gekleidet das Ende der Welt und die Herrschaft der Orks verkündet. Greifen die Helden nicht persönlich ein, wird sie nach einigen Minuten unter lautem Gebrüll vom Dorfbüttel abgeführt.
- *Der Tross:* Auf der Straße können die Helden immer wieder auf Fuhrwerke treffen, die beladen mit Lebensmitteln, Waffen und anderem Trossgut in Richtung Reichsend fahren. Ein erster Vorgeschmack auf die große Heerschau im Frühjahr.

Gerüchte

Etwa ab Steenbukken, spätestens jedoch nach der Überquerung des Flüsterbaches können die Helden immer wieder Gerüchte über die Morde aufschnappen. Die Informationen können in zufälligen Begegnungen, Gastschänken oder bei Befragungen im Zuge der Ermittlungen eingebaut werden.

- In der Baronie Nordhag verschwinden seit einigen Wochen immer wieder Menschen (+).
- Hinter den Morden steckt ein Vampir/Werwolf/der Aikar/ein finsterer Orkschamane (+/–).
- Seit Prinz Arlan auf seiner Hochzeit den Schwertzug ausgerufen hat, haben die Orks ihre Überfälle verdoppelt (–).
- Steuern, Zölle, Lebensmittel, alles wird teurer (+). Und das alles nur, weil Brin unserem Prinzen eingeredet hat, dass ein Krieg gegen die Orks eine gute Idee wäre (+/–). Kein Wunder hat er sein Amt verloren. Der ist bestimmt nicht freiwillig gegangen (–).

Nordhag

Eine Beschreibung der Stadt findest du ab Seite **55**.

Leichenfunde

Wahrscheinlich werden die Helden zu Beginn *Leudane Emer von Finsterkamm* (siehe Seite **57**) aufsuchen. Dabei stoßen die Helden auf mögliche Helfer und Feinde. Wenn die Helden während der Belagerung der Stadt vor Ort waren und sich sogar hervorgetan haben, werden sie von allen Nordhagern zuvorkommend behandelt. Alle Proben auf Gesellschaftstalente außer *Menschenkenntnis*, *Verkleiden* und *Willenskraft* sind in dem Fall um +1 erleichtert.

Dem Täter auf der Spur

Vor Ort und durch Gespräche in Nordhag und dem Umland lassen sich hilfreiche Informationen zu den Opfern, und Hinweise auf die Schuldigen ermitteln (siehe jeweilige Probe auf Informationsgewinnung). Abhängig vom Stichwort erhalten die Helden Auskünfte.

Bei ihrer Suche können die Abenteurer nach unterschiedlichen Themen herumfragen beziehungsweise selbst recherchieren. Unter den aufgeführten Schlagworten findest du mögliche Ansprechpartner und Lokalitäten, die jeweils über die entsprechend nummerierten Informationen verfügen können.

Die Spielwerte nicht erwähnter Bewohner entsprechen denen einer *erfahrenen Bürgerin* (siehe **Aventurischer Almanach** Seite **258**).

Allgemeines (keine Probe notwendig)

1. Seltsame Todesfälle und Phänomene sind in der Gegend selten. Man ist darauf angewiesen, zusammenzuhalten, um sich die Schwarzpelze vom Leib zu halten. (+, alle)

2. Pilger, Reisende und Händler kommen häufig in die Stadt, da Nordhag ein wichtiger Warenumschlagplatz ist und die wichtigsten Straßen der Region sich hier kreuzen. (+, alle)

3. In der Baronie Nordhag verschwinden seit einigen Wochen immer wieder Menschen (+, alle).

Opfer

4. Die letzte Tote war eine Handwerkerin und wurde als blutleere Leiche gefunden. (+).

5. Alle Toten hatten seltsame Bissspuren am Körper (+), die auf einen Vampir hinweisen (–, die Wunden stammen von Ugrashak oder den Ialtag).

6. Die Morde sollen bestimmt einen Blutsauger vortäuschen (+). Stattdessen ist die Ursache

a) ein Werwolf. (–)

b) der Aikar. (–)

c) ein finsterer Orkschamane. (+)

7. Die Baronin kümmert sich nur um die Orks und den Schwertzug des Prinzen (–). Dass die einfache Bevölkerung abgeschlachtet wird, ist ihr egal (–, sie würde gerne mehr tun, aber die Verteidigung der Baronie bindet die wenigen Ritter unter ihrem Befehl).

Vampire

8. Ein bekannter Bestienjäger ist derzeit in Nordhag und wohnt im *Gasthaus Orkenspalter* (+). Er wird bestimmt die nächste Beute des Blutsaugers (–).

9. Auch andere Wesen saugen den Lebenssaft aus ihren Opfern. Hierzu gehören ebenso die sogenannten Vampirfledermäuse sowie Ialtag, Feen-Biestinger mit Fledermausgestalt (+).

10. Vampire sind meist von einer Gottheit verflucht und brauchen das Blut der Lebenden, um selbst zu existieren (+).

Blut

11. Den Lebenssaft begehren Orkschamanen für ihre blutgierigen Götzen oder böse Menschen für finstere Rituale ... oder andere böse Wesen (+).

12. Blut gerinnt recht schnell. Man kann den Prozess verzögern, indem der Saft von Perainäpfeln (Zitrusfrüchten) hinzugegeben wird (+).

Zitronen

13. Das Obst ist hier nicht heimisch und kommt aus dem Süden Aventuriens.

14. Im *Gasthaus Orkenspalter* hat es kürzlich sehr nach Perainäpfeln gerochen (+).

Schnitter

15. Den Gast Dolgon umgibt ein frischer Duft. Wahrscheinlich nutzt er ein besonderes Parfum (–, es ist der Zitronensaft).

16. Er hat einen Vogel oder so bei sich (–, es sind die Ialtag).

Oberhag

Über die *Fischtreppen* des *Weißen Kaltwassers* oder über den steilen *Sprung* gelangt man in das höhergelegene Viertel *Oberhag*, wo die gut situierten Bürger wohnen. Vor allem der Weidener Baustil mit spitzen Giebeln ist auffällig.

Residenz der Baronin

Die **Nôrrburg (OG03)** gehört zu den alten *Wehren des Nordens* und erhebt sich am höchsten Punkt der Stadt. Von hier aus kann die Baronin auf die Geschicke der Stadt hinabsehen.

- Baronin *Leudane Emer von Finsterkamm* (siehe Seite **57**) sorgt sich um die aktuellen Geschehnisse in der Baronie. Sie bestätigt Arlans bisherige Informationen und teilt seine Bedenken.

Informationsgewinnung:

Gelingt automatisch auf Nachfrage, Stichworte sind ebenfalls notwendig

Mögliche Hinweise:

1, 2, 3, 4, 5, 11

Weiteres:

- *Ermittler:* Selbstverständlich erkennt Leudane den Auftrag der herzöglichen Untersuchung an. Vermutlich kennt sie die Helden auch bereits von der Belagerung der Stadt (siehe Seite **55**). Die Abenteurer erhalten von ihr weiße Schärpen, die sie bei Befragungen tragen oder zeigen sollen.
- *Der tote Bauer:* Zu den Verstorbenen und Verschwundenen gibt es unterschiedliche Aussagen. Auf einem Bauernhof wurde der 53-jährige Landwirt *Geldor Mühlenfels* tot aufgefunden. Auf Geheiß von ihr hat *Mutter Gunelde*, eine hiesige Geweihte der Peraine, den Leichnam untersucht. Der Mann wurde von etwas aufgespießt und war gleichzeitig nahezu blutleer.
- *Aktuell:* Während des Gesprächs der Helden mit der Baronin erhält diese von einem Bediensteten eine kurze Notiz. Soeben hat man eine neue Leiche gefunden. Es handelt sich um eine Töpferin. Die Ermittler können sofort ins Töpferviertel aufbrechen und selbst nach dem Rechten sehen. Das Haus wird von der Stadtgarde bewacht.

Gasthaus Oberhager Hof

Im besten Hause am Platz **(G04)** können die Helden sich bei den Wirtsleuten, reisenden Händlern und anderen Gästen umhören, sie treffen hier außerdem auf einen Veteranen im Kampf gegen blutsaugende Bestien.

Informationsgewinnung:

Geglückte Probe auf *Etikette (Benehmen)* oder *Überreden (Manipulieren)*

Mögliche Hinweise:

1, 2, 3, 4, 6 und 6b, 8, 11

Der Bestienjäger

Der ehemalige Elitegardist ♟ *Firnmar von Drachenwehr* (36, Vollbart, mittellange Haare, nachdenklich, Werte wie *erfahrener Gardist*, siehe **Aventurischer Almanach** Seite **260**) diente auf dem Schwertzug der Kaiserin gen Mendena 1039 BF im Regiment Prinz Arlan an der Seite des gleichnamigen Weidener Thronerben. Im Nordheer machte er sich einen Namen im Kampf gegen die schwarzen Amazonen. Er wollte eigentlich rechtzeitig zur Adelshochzeit in Trallop ankommen, auf der Reise kam ihm jedoch ein vermeintlicher Werwolf in die Quere. Firnmar ist ein Experte für Bestien wie Vampire und Werwölfe.

Informationsgewinnung:

Gelungene Probe auf *Sagen & Legenden* oder *Kriegskunst (Belagerung)*

Mögliche Hinweise:

1, 2, 3, 4, 5, 6, 8, 10, 11, 14

Weiteres:

Firnmar kann enormes Wissen zu Werwölfen (Gegenmittel) und einige Details zu Vampiren beitragen (Verfluchung durch eine Gottheit, Empfindlichkeiten).

Berichten die Abenteurer ihm von ihren Erkenntnissen, kann er ihnen mit wertvollen Ratschlägen weiterhelfen. Beim Stichwort Zitronensaft wird er beispielsweise an den Alchimisten vor Ort namens *Kufferstich* oder den Perainetempel *Grüner Hof* verweisen. Zu Verwundungen und Tierhaaren kann er *Aurelia Wirselsud* (siehe Seite **106**) als weitere Hilfe ins Spiel bringen, mit der er kurz gesprochen hat.

Vorhag

In diesem südlich gelegenen Bezirk befinden sich die Stadtwache und die Garnison der Söldner von Hagendorfs Rauhreitern. Beide liegen wie das Gasthaus Orkenspalter am Hauptplatz, der auch *Kleiner Jammer* genannt wird. Dort kann man Dinge des täglichen Bedarfs erwerben.

Gasthaus Orkenspalter

Reisende kehren in das **Gasthaus Orkenspalter (G02)** (Q3/P3/S30) ein, wo sich Svellttaler und bornländische Kaufleute wie Händler aus anderen Regionen des Mittelreichs tummeln.

- Der Wirt ♟ *Heldar Rohleder* (43, breitschultrig, geschäftstüchtig; Werte wie *kompetente Bürgerin*, siehe **Aventurischer Almanach** Seite **258**) erfährt so einiges von den zahlreichen Gästen.

Informationsgewinnung:

Erfolgreiche Vergleichsprobe auf *Überreden (Manipulieren)* gegen *Willenskraft*

Mögliche Hinweise:

1, 2, 3, 4, 6 und 6a, 7, 8, 14, 15, 16

Unterhag

Einige Kneipen und viele Tagelöhner zeichnen diesen Teil im Osten der Stadt aus, den manche auch Unterstadt nennen. Die Häuser sind klein und haben schon bessere Zeiten gesehen. Ferner müssen sich Fremde hier vor lichtscheuem Gesindel in Acht nehmen.

Schänke Unterfang

In einem alten, umgebauten Wohnhaus ist die **Schänke Unterfang (G03)** (Q2/P2) zu finden, in der auch immer wieder die Söldner von Hagens Rauhreitern zu Gast sind.

- Die Frau am Tresen, ♟ *Fiya Erlenfold* (51, resolut, kehliges Lachen; Werte wie *kompetente Bürgerin*, siehe **Aventurischer Almanach** Seite **258**) kennt die Gegend und hat gute Kontakte zur Unterwelt.

Informationsgewinnung:
Geglückte (Vergleichs-)Probe auf *Überreden (Manipulieren)* gegen *Willenskraft*, oder *Zechen*

Mögliche Hinweise:
1, 2, 3, 4, 6 und 6b, 7, 8 und 8a, 11

Weiteres:

- *Nach dem Aufbruch von Dolgon und dem Söldner Rodunk:* Ein gut gebauter Mann (Dolgon) hat einem anderen (Rodunk Fahrenholz) von einem Schatz in einem Wald im Osten der Stadt erzählt. Beide wollten am folgenden Tag aufbrechen.

Hexenhilfe

In der Stadt ist auch eine Tochter Satuarias untergekommen, die von Ugrashaks Morden an den Feenwesen gehört hat und den Übeltäter sucht. Bei der Suche der Helden können andere Informanten sie an eine rothaarige Frau verweisen, die bereits mit ihnen gesprochen hat.

- Die Katzenhexe ♟ *Aurelia Wirselsud* (30, feuerrote Haare, Sommersprossen, gut gelaunt, kompetente Heilerin) hat eine besondere Verbindung zu den Feen und Kobolden. Diese haben ihr von den schrecklichen Vorfällen in der Anderswelt berichtet. Zudem hat Ugrashak vor Jahren die anderen Hexen ihres Zirkels ermordet, weshalb sie nach dem Schwarzen Stier sucht.

Informationsgewinnung:
Erfolgreiche (Vergleichs-)Probe auf *Überreden (Manipulieren)* gegen *Willenskraft*, oder *Sagen & Legenden (Albernia, Weiden, Zyklopeninseln)* –3, wenn sie es mit einem Fachgespräch über Feenwelten mit einer Expertin versuchen.

Mögliche Hinweise:
1, 2, 3, 4, 5, 6 und 6c, 8, 9, 11, 14

Weiteres:

- *Feenmörder:* Die Hexe berichtet vom Eindringen eines Monsters, das früher mal ein Orkschamane war, in eine Feenwelt. Dort tötete er die Feen und trank von deren Blut. Inzwischen ist er wieder nach Dere zurückgekehrt und hat sein Morden fortgesetzt. Sie vermutet dahinter Ugrashak, den Schwarzen Stier, und seine Handlanger.
- *Niedere Diener:* Zum Gefolge des Schamanen-Ungeheuers gehören zwei Ialtag, also blutsaugende Fledermaus-Biestinger. Sie sollen angeblich *Krahib* und *Salib* heißen.
- *Verräterischer Pelz:* Das gefundene Haar an einem Tatort gehört zu einem Ialtag.
- *Gemeinsame Jagd:* Beweisen sich die Helden als vertrauenswürdig, wird Aurelia die Gruppe begleiten, um gegen Ugrashak zu kämpfen. Sie trägt 2 Heiltränke QS 4 und 1 Zaubertrank QS 4 (siehe **Regelwerk** Seite **272** und **274**) bei sich.

Aurelia Wirselsud
MU 13 **KL** 12 **IN** 14 **CH** 15
FF 13 **GE** 13 **KO** 12 **KK** 11
LeP 30 **AsP** 35 **KaP** – **INI** 13+1W6
AW 7 **SK** 2 **ZK** 1 **GS** 8
Waffenlos: AT 16 **PA** 9 **TP** 1W6 **RW** kurz
Hexenbesen: AT 11 **PA** 4 **TP** 1W6+2 **RW** mittel
RS/BE: 0/0
Vorteile/Nachteile: Zauberer / Persönlichkeitsschwäche (Rachsucht)
Sonderfertigkeiten: Finte I (Waffenlos, Hexenbesen), Flugsalbe, Tradition (Hexen), Vertrautenbindung
Talente: Betören 10, Einschüchtern 6, Fliegen 10, Körperbeherrschung 8, Kraftakt 4, Menschenkenntnis 7, Selbstbeherrschung 7, Sinnesschärfe 8, Überreden 6, Verbergen 10, Willenskraft 8
Zauber: Hexenblick, Kehrbesen; Balsam Salabunde 9, Große Gier 8, Harmlose Gestalt 6, Hexengalle 5, Hexenkrallen 14, Katzenaugen 10, Klarum Purum 7, Motoricus 5, Odem Arcanum 6, Radau 8
Hexenflüche: Hexenschuss 10, Pech an den Hals wünschen 11, Unfruchtbarkeit 9
Kampfverhalten: Aurelia eröffnet den Kampf mit einem RADAU (Hexenbesen) und geht dann mit HEXENKRALLEN (*Hand und Fuß, Lange Krallen*) auf ihren Gegner los.
Flucht: Im Kampf gegen Ugrashak kämpft Aurelia bis zum Tod, ansonsten flieht sie bei Verlust von 50% ihrer Lebenspunkte.
Schmerz +1 bei: 23 LeP, 15 LeP, 8 LeP, 5 LeP oder weniger

Töpferviertel

Wie der Name verspricht, arbeiten und leben im Westen allerlei Handwerker. An Gewerken lassen sich Steinmetz, Schreiner, Schmied und natürlich Töpfer finden. Gläubige suchen die Tempel von Ingerimm und Peraine auf, während Händler und Käufer den *Großen Jammer*, einen großen Marktplatz, besuchen.

Der Grüne Hof (Perainetempel)

Das Haus der Göttin trägt den Namen **Grüner Hof (T05)**. Allerlei Heil- und Zierpflanzen schmücken das äußere Gelände des Tempels, den *Grünen Garten*, und laden vor allem von Frühling bis Herbst zum Verweilen ein.

- Die Geweihte ♟ *Mutter Gunelde* (57, 1,65 Schritt, braune Augen, hellbraunes Haar mit zahlreichen grauen Strähnen, praktischer Dutt, stämmig und resolut anpackend; Götter & Kulte 14 (13/13/15), Heilkunde Wunden 13 (13/16/16), SK 2) hilft den Helden gerne weiter, freut sich aber auch über eine Spende für den Tempel.

Informationsgewinnung:
Geglückte Probe auf *Götter & Kulte (Peraine)* oder *Heilkunde Wunden*
Mögliche Hinweise:
1, 2, 3, 4, 5, 10, 11, 12
Weiteres:
- *Durchstoß:* Der Körper des toten Bauern Geldor wurde mit großer Wucht und Kraft durchbohrt, vermutlich durch eine spitze Waffe, ein Horn oder etwas Ähnliches. Die Haut war sehr blass und der Leichnam enthielt kaum noch Blut, was ungewöhnlich ist. Am Hals gab es zwei Einstichwunden, die jedoch zu weit voneinander entfernt waren, um von einem menschlichen Gebiss verursacht worden zu sein. Ein Vampir ist aber vermutlich nicht auszuschließen.

Gemüsehändler
Auf dem Großen Jammer findet regelmäßig ein Markt statt.
- *Erlwulf Freidank* (klein und gedrungen, leicht nervös, Werte wie *erfahrene Bürgerin*, siehe **Aventurischer Almanach** Seite **258**) führt auch exotisches Gemüse aus dem Süden.

Informationsgewinnung:
Erfolgreiche (Vergleichs-)Probe auf *Überreden (Manipulieren)* oder *Handel*
Mögliche Hinweise:
1, 2, 3, 13, 16
Weiteres: Perainäpfel hat er zuletzt einem anderen Händler verkauft, der bereits weitergezogen ist. Einen ganzen Sack Zitronen erwarb ein breitschultriger Mann mit Vollbart und einem gewinnenden Lächeln.

Die Werkstatt der Toten Töpferin
Wenn die Helden noch am Tag ihrer Ankunft in Nordhag das Haus des letzten Opfers aufsuchen, sind die **Stadtgarde (VH05)** und die Borongeweihten des **Boronschreins (T04)** noch nicht dazu gekommen, den Tatort aufzuräumen. Später können die Helden die Leiche auch im Boronschrein untersuchen, wo sie vor der Bestattung auf dem *Anger* für 3 Tage aufgebahrt wird. Das Opfer lebte und arbeitete in einem schmalen Holzhaus. Im Erdgeschoss befindet sich die Werkstatt, die mit Messern, Modellierhölzern und einer Töpferscheibe eingerichtet ist. Im oberen Stockwerk findet sich der Wohnbereich mit den persönlichen Gegenständen, einem Bett und eine große Kommode.
Informationsgewinnung:
Erfolgreiche Probe auf *Sinnesschärfe (Wahrnehmen)* und *Heilkunde Wunden (Heilung fördern)*
Mögliche Hinweise:
- *Gebunden:* Die Tote liegt nackt auf dem Bett und hat leichte Striemen an den Handgelenken. Dies spricht für ehemals vorhandene Fesseln.
- *Odem der Rahja:* Es riecht hier etwas säuerlich und gleichzeitig erdig beziehungsweise animalisch, wie nach einem Liebesspiel.
- *Weiß, aber kein Schnee:* Die Hautfarbe weicht von üblichen Hautfarbe Verstorbener ab und ist deutlich fahler.
- *Nadelstiche:* Am Hals finden sich Verletzungen, die Einstichen ähneln. Allerdings sind diese sehr klein und stammen nicht von einem Menschen.
- *Feengeschenk:* Ein Ialtag hat auf dem Bett eines seiner Haare verloren. Dieses lässt sich von Experten (gelungene Probe auf *Sphärenkunde (Sphärenwesen)* –3) zuordnen oder analysieren.
- *Peraine hilft:* Auf dem Boden gibt es zwei Spritzer Zitronensaft, aber es ist im gesamten Haus keine entsprechende Zitrusfrucht zu finden.

Was sollen die Helden herausbekommen?
- Der Todesfall um die Töpferin hat mit Zitronensaft zu tun. Folgt man diesem Hinweis, führt der Weg zu Dolgan und seinen Ialtag. Der Übeltäter hat die Stadt aber verlassen, bevor die Helden angekommen sind.
- Als hilfreiche Ansprechpartner bei ihren Nachforschungen kannst du auf die Hexe Aurelia und den Monsterjäger Firnmar von Drachenwehr zurückgreifen, welche den Gefährten unter die Arme greifen können.
- Es liegt in deinem Ermessen, Fortschrittsmarker für die schnelle oder langsame Recherche zu vergeben. Dies hat Einfluss auf den weiteren Verlauf.

Dem Schnitter hinterher
Nachdem die Abenteurer erfahren haben, dass Dolgon die Stadt hinter sich gelassen hat, werden sie hoffentlich ihn und den Söldner Rodunk verfolgen.
- *Am Tor:* Eine Stadtwache am **Hasentor (PG02)** hat mitbekommen, wie zwei Männer, auf die die Beschreibung passt, den *Nôrrnstieg* in Richtung Osten genommen haben.
- *Auf dem Nôrrnstieg:* Entgegenkommende Händler bestätigen, dass zwei Personen zwischen dem letzten Dorf und Nordhag gesehen haben.
- *Auf halbem Weg nach Nordwall:* Eine Bäuerin berichtet, dass die beiden auf einen Waldpfad in Richtung Nordosten in Richtung des *Makkeblink*, eines Sumpfgebiets, abgebogen sind.

Nun entscheidet eine Gruppensammelprobe auf *Fährtensuchen (humanoide Spuren)*, ob und wann die Helden die richtige Fährte aufnehmen.

Gruppensammelprobe auf *Fährtensuchen (humanoide Spuren)*, 5 Minuten, maximal 6 Versuche.

Teilerfolg (6 QS): Die Helden finden die Fährte zweier Menschen und die von Hufabdrücken.
Erfolg (10 QS): Die Gefährten treffen auf den ihnen entgegenkommenden Dolgon und können die anderen Spuren offenbar zweibeinig laufenden Wesen mit Hufen zuordnen.

Misserfolg (weniger als 6 QS): Die Abenteurer brauchen zu lange. Die Gegner erhalten einen Fortschrittsmarker.
Patzer: Die Helden verirren sich im Wald und gelangen in eine Höhle, wo sie auf (Anzahl der Helden/2) *Höhlenspinnen* (siehe **Aventurischer Almanach** Seite **159**) treffen, welche die Gruppe sofort angreifen. Ferner bekommen die Gegner 2 Fortschrittsmarker. Erst nach einer erfolgreichen Probe können sie den richtigen Weg einschlagen.

Da ist er!

Sobald Dolgon entgegenkommende Personen wahrnimmt, verlässt er den Pfad und wählt einen anderen Weg durch den Sumpf, um Zeugen zu vermeiden. Rennen die Helden auf ihn zu, versucht er zu entkommen. Ist dies nicht mehr möglich, zieht er seine Waffe, wobei ihm die zwei Ialtag zu Hilfe kommen.

Vom Wesen der Feen

- Feen können ganz regulär durch Zustände beeinträchtigt werden.
- Durch einen niedrigen LeP-Stand erleiden Feen Zustandsstufen *Schmerz* (siehe **Regelwerk**)
- Feen sind körperlich auf Dere existent. Hierdurch sind sie entsprechend verletzlich.
- Werden Feen getötet, bleibt eine Leiche oder Feenstaub zurück. In manchen Fällen mag jedoch die Seele der Fee zurück in ihre Globule wandern, um dort wieder aufzuerstehen. Zudem kann es beim Tod einer Fee zu ungewöhnlichen und bisweilen gefährlichen magischen Phänomenen kommen, da ihr Körper und Geist stark von Magie durchdrungen sind.
- Angriffe mit profanen, geweihten und magischen Waffen verursachen regulären Schaden.
- Angriffe durch Zauber und Liturgien wirken manchmal stärker und manchmal schwächer als üblich (je nach Meisterentscheid).
- Feen sind immun gegen Zauber mit dem Merkmal *Illusion*, da sie stets auch die magische Natur der Dinge erkennen. Das bedeutet, dass sie jede magische Illusion durchschauen.
- Feen sind immun gegen Gifte und Krankheiten.
- Feen können üblicherweise aus Liturgien Nutzen ziehen. Hier mag es jedoch einige wenige Ausnahmen geben (Meisterentscheid).

Dolgon der Schnitter

MU 14 **KL** 11 **IN** 13 **CH** 10
FF 13 **GE** 12 **KO** 12 **KK** 13
LeP 30 **AsP** – **KaP** – **INI** 13+1W6
AW 6 **SK** 1 **ZK** 1 **GS** 8
Waffenlos: **AT** 12 **PA** 6 **TP** 1W6 **RW** kurz
Langschwert: **AT** 12 **PA** 6 **TP** 1W6+4 **RW** mittel
Streitaxt: **AT** 12 **PA** 5 **TP** 1W6+4 **RW** mittel
RS/BE: 2/0 (Stoffrüstung) (Modifikatoren durch Rüstungen bereits eingerechnet)
Vorteile/Nachteile: keine
Sonderfertigkeiten: Belastungsgewöhnung I, Wuchtschlag I (Waffenlos, Langschwert, Streitaxt)
Talente: Einschüchtern 7, Klettern 4, Körperbeherrschung 5, Kraftakt 5, Menschenkenntnis 4, Selbstbeherrschung 7, Sinnesschärfe 6, Überreden 6, Verbergen 6, Willenskraft 7
Kampfverhalten: Dolgon nutzt vor allem *Wuchtschläge*, um seine Gegner zu besiegen.
Flucht: spätestens bei *Schmerz* III versucht er zu fliehen.
Schmerz +1 bei: 23 LeP, 15 LeP, 8 LeP, 5 LeP oder weniger

Ialtag

Größe: 0,50 Schritt, 0,80 Schritt Flügelspannweite
Gewicht: 0,4 Stein
MU 10 **KL** 11 **IN** 12 **CH** 12
FF 13 **GE** 14 **KO** 10 **KK** 8
LeP 12 **AsP** 20 **KaP** – **INI** 12+1w6
SK 2 **ZK** 0 **AW** 8 **GS** 6
Waffenlos: **AT** 10 **TP** 1W3* **RW** kurz
RS/BE 0/0
Aktionen: (keine Angabe)
Vorteile/Nachteile: Dunkelsicht II, Schlechte Eigenschaft (Neugier)
Sonderfertigkeiten: keine
Talente: Einschüchtern 3, Fährtensuchen 8, Körperbeherrschung 5, Kraftakt 0, Menschenkenntnis 4, Orientierung 10, Selbstbeherrschung 4, Sinnesschärfe 15, Taschendiebstahl 10, Überreden 8, Verbergen 14, Willenskraft 5
Zauber: Oculus Illusionis 12, Visibili 12
Größenkategorie: winzig
Typus: Fee (Minderes Feenwesen)
Beute: keine (Feenkörper lösen sich nach dem Tod des Feenwesens auf)
Kampfverhalten: versuchen Gegner anzuspringen und zu beißen
Flucht: Verlust von 50 % der LeP
Schmerz +1 bei: 9 LeP, 6 LeP, 3 LeP, 2 LeP oder weniger
Sphärenkunde (Sphärenwesen):

- **QS 1:** Diese Wesen sind Biestinger und werden Ialtag genannt.
- **QS 2:** Sie sehen zwar aus wie Fledermäuse, können aber nicht fliegen.
- **QS 3+:** Sie können wie Vampirfledermäuse Blut saugen

Sonderregeln:
*) *Blutsauger*: Ein Ialtag kann eine um –2 erschwerte AT würfeln. Gelingt diese und wird nicht verteidigt, so saugt er Blut. Jede KR kann er automatisch mittels 1 Aktion 1W3 SP verursachen, ohne eine Attacke würfeln zu müssen. Sein AW sinkt dann aber auf 0.
Feen-Regeln: Für Ialtag gelten die allgemeinen Feen-Regeln.

- Feen regenerieren durch Regenerationsphasen wie üblich. In ihren Feenwelten regenerieren sie jedoch deutlich schneller (etwa 5W6 LeP und 5W6 AsP pro Regenerationsphase).

Besiegt

Wenn Dolgon überlebt hat, wird er versuchen, eisern zu schweigen, um seinen Herrn zu schützen. Er kann jedoch auch keine Erklärung dafür anbieten, warum er die Morde begangen hat.

Den Weg zu Ugrashak in die Sümpfe kann man von ihm nur durch Zauberei oder übernatürliches Wirken erfahren. Die Fußabdrücke der Stierwesen sind daher der leichtere Weg zum Ziel und führen zum Heiligtum *Mackwandt* und eine Insel auf dem *Spiegelsee* im Zentrum des Sumpfes.

Mit einer gelungenen Probe auf *Sagen & Legenden (Orkland, Weiden* oder *Zyklopeninseln)* –3 weiß ein Held: Orks und Minotauren kennen Feenpfade als Verborgene *Wege Brazoraghs* oder als *Adern Brazoraghs*. Das vermag die Abenteurer auf den rechten Pfad zu lenken.

Mackwandt

Schon vor dem Fall Bosparans galt die Sumpfinsel *Mackwandt* als heiliger Ort. Einst beteten hier Mitglieder der alhanischen Sippe der *Gajka*, der *Nunnur* und der *Serach* auf ihrer langen Wanderung nach Nordwesten zu ihrer Mondgöttin *Makka*, ehe Orks und Hexen dort gemeinsam ein Heiligtum für den gehörnten *Tai'Makach*, eine damals verehrte Mischform von Tairach und Levthan, errichteten. Der Schrein wurde von Orks und Hexen gleichermaßen für Opferungen und Weissagungen genutzt, ehe die Sonnenlegion ihn in der Priesterkaiserzeit zerstörte. Heute zeugt nur noch ein moosbewachsender Opferstein, in den gehörnte Kreaturen gemeißelt wurden, von seiner damaligen Funktion. Die Bevölkerung meidet jedoch bis heute die Insel und den umgebenden Spiegelsee, weshalb sie ein ideales Versteck für Ugrashak darstellt. Zusätzlich befindet sich ganz in der Nähe ein Feentor, mit dem er seine Minotauren und andere Diener schnell erreichen kann.

Das Wasser des Sees ist lediglich 1 bis 2 Schritt tief und ist an einer geeigneten Stelle (*Sinnesschärfe (Suchen)* –1 zum Entdecken) leicht zu durchwaten. Ansonsten können die Helden auch zur Insel schwimmen (*Schwimmen* +1, bei mindestens einer misslungenen Probe erhält der Gegner +1 Fortschrittsmarker). Die Insel selbst hat einen Durchmesser von etwa 50 Schritt. Die Ufer sind fast vollständig mit Schilf bewachsen, weshalb man das Zentrum der Insel nicht einsehen kann. An einer einzigen Stelle führt ein Trampelpfad auf eine kleine Lichtung, wo sich Ugrashak mit seinen Schergen und dem ohnmächtigen Söldner Rodunk befinden. Sobald die Helden die Lichtung betreten, beginnt der Kampf.

Die Hörner fallen

Zum Vorlesen oder Nacherzählen:

Mit festen Schritten durchschreitet ihr das Dickicht und tretet auf eine kleine Lichtung. Vor euch erhebt sich ein moosüberzogener Stein, dessen Oberfläche von dunklen, eingetrockneten Blutflecken übersät ist. Darauf liegt, nackt und mit ausgestreckten Armen, ein regungsloser Mann. Über ihn beugt sich, geifernd und grunzend, ein gewaltiger untoter Stier. Ugrashak! Langsam richtet er sich auf und wendet seinen Blick zu euch. Sein fauliges Fleisch trägt zahllose Narben und Wunden, doch in seinen Augen brennt eine unheilige Glut und schwarze Dämpfe steigen aus seinen Nüstern. Neben ihm kauern eindrucksvolle Minotauren, die ehrfürchtig ihre Hörner in Richtung ihres Anführers senken. Ist das wirklich das gleiche Wesen, was ihr im Blautann erschlagen habt? Sein Körper wirkt deutlich größer, und seine Präsenz ist so erdrückend, dass es euch schwerfällt, seinem Blick standzuhalten. In den Augen des Monstrums könnt ihr weder Hass noch Furcht erkennen. Nur Gewissheit. Diesmal werdet ihr sterben!

Die Anzahl von Ugrashaks Dienern und seine eigene Stärke im finalen Kampf ergibt sich aus den gesammelten Fortschrittsmarkern der Helden, die mit den gegnerischen Marken verglichen werden.

Option A: Helden haben mehr Fortschrittsmarker als die Gegner gesammelt
Ugrashak hat erst damit begonnen, den ohnmächtigen Rodunk auszuzusaugen (20 LeP). Im Kampf kann er auf 15 AsP zurückgreifen. Zusätzlich kämpfen (Anzahl der Helden –2) Minotauren auf seiner Seite. Die Minotauren fliehen, sobald Ugrashak besiegt wurde.

Option B: Helden und Gegner haben gleich viele Fortschrittsmarker gesammelt
Ugrashak hat Rodunk beinahe vollständig ausgesaugt (5 LeP). Im Kampf kann er auf 30 AsP zurückgreifen. Zusätzlich kämpfen (Anzahl der Helden –1) Minotauren auf seiner Seite.

Option C: Die Gegner haben mehr Fortschrittsmarker
Ugrashak hat Rodunk vollständig ausgesaugt und dadurch getötet. Im Kampf kann er auf 35 AsP zurückgreifen und wird von (Anzahl der Helden –1) Minotauren unterstützt. Zusätzlich hat er bereits einen AXXELERATUS (QS 4) und einen ARMATRUTZ (+2 RS, QS 3) auf sich gewirkt.

Ausklang und Lohn der Mühe

Mit dem endgültigen Tod Ugrashaks haben die Helden der Mordserie ein Ende gesetzt, die Region befriedet und eine Bedrohung ausgeschaltet, die das Herzogtum seit Jahrzehnten terrorisierte.

- Falls sich die Helden gut mit Aurelia verstehen und sie den Kampf mit Ugrashak überlebt hat, taucht die Hexe im Frühjahr überraschend in Reichsend auf und schließt sich dem Schwertzug an. Sie kann die Helden bei Bedarf unterstützen und ihnen bei kritischen Aufgaben zur Seite stehen.
- Leudane wird den Helden für ihren Dienst danken und mehrere Wagenladungen Lebensmittel nach Reichsend schicken, um Arlans Pläne zu unterstützen. Sie wird selbst aber nicht am Schwertzug teilnehmen, sondern in der Heldentrutz zurückbleiben, die Heimat gegen weitere Angriffe der Gharrachai verteidigen und so ihren Lehnseid gegenüber Herzogin Walpurga ehren.
- Prinz Arlan wird den Helden ebenfalls danken und sein Versprechen einlösen. Die Helden werden zu *Hauptleuten zur Besonderen Verwendung* ernannt und offiziell in den Beraterstab des Schwertzug aufgenommen.
- Brin wird auf die Nachricht von Ugrashaks Tod zurückhaltend reagieren, glaubte er doch, dass es sein Schicksal sei, ihn selbst eines Tages zu töten. Dennoch wird er den Helden respektvoll seinen Dank aussprechen.

Die Helden erhalten für die Ermittlungen und das Töten von Ugrashak **15 Abenteuerpunkte**. Sollte Rodunk überlebt haben, bekommen sie weitere **5 Abenteuerpunkte**.

Ugrashak, der Schwarze Stier
Größe: 2,00 Schritt Schulterhöhe
Gewicht: 900 Stein
MU 17 **KL** 16 **IN** 16 **CH** 14
FF 13 **GE** 14 **KO** 22 **KK** 27
LeP 120 **AsP** 15/30/35 (je nach Zeitmarken)
KaP 60 **INI** 14+1W6
VW 4 **SK** 4 **ZK** 6 **GS** 9
Biss: AT 18 **TP** 2W6+5 **RW** kurz
Hörnerstoß: AT 19 **TP** 1W6+10 **RW** kurz
Überrennen: AT 17 **TP** 2W6+9 **RW** kurz
RS/BE: 4/0
Aktionen: 2 (max. 1x Überrennen)
Vorteile/Nachteile: Lichtempfindlich
Sonderfertigkeiten: Mächtiger Schlag (Hörnerstoß, Überrennen), Sturmangriff (Hörnerstoß, Überrennen), Überrennen (Überrennen), Vorstoß (Hörnerstoß, Überrennen), Wuchtschlag I-III (Biss, Hörnerstoß, Überrennen), Zu Fall bringen (Hörnerstoß)
Talente: Einschüchtern 14, Klettern (keine Probe erlaubt; der Stier kann nicht klettern), Körperbeherrschung 10, Kraftakt 16, Schwimmen 8, Selbstbeherrschung 14, Sinnesschärfe 9, Verbergen 2, Willenskraft 15
Zauber (nur relevante): Armatrutz 11, Aura der Erschöpfung 10, Axxeleratus 12, Corpofesso 13, Horriphobus 12
Liturgien (nur relevante): Furchteinflößende Tiergeister 15, Herbeirufung von Tairachs Dienern (Nebelkrähen) 18 (Liturgieerweiterung Angriffslustig), Kriegsfarben 14 (Liturgieerweiterung Stärke des Tieres), Tairachs machtvolle Erhebung von Untoten 17, Untotenerhebung 16
Größenkategorie: groß
Typus: Tier, nicht humanoid
Beute: –
Kampfverhalten: Ugrashak setzt zunächst seine Schamanenkräfte (FURCHTEINFLÖSSENDE TIERGEISTER, KRIEGSFARBEN, NEBELKRÄHEN RUFEN) wie auch seine in der Feenwelt erworbenen Zauberkräfte (ARMATRUTZ und AXXELERATUS, um sich zu stärken, COPROFESSO und HORRIPHOBUS, um beosnders starke Gegner zu schwächen) ein; danach versucht er Gegner zu überrennen oder mit gezielten Hörnerstößen umzuwerfen.
Flucht: Ugrashak flieht nicht. Er kämpft bis zum letzten „Lebenspunkt".
Schmerz +1 bei: immun gegen Schmerz
Sonderregeln:
Überrennen: siehe Seite 65
Untoten-Regeln: Für den Schwarzen Stier gelten die allgemeinen Untoten-Regeln (siehe Seite **132**).

DAS HEER DER FREIWILLIGEN

»Silja, hast du gehört? Die sammeln ein Heer, um gegen den Schwarzpelz zu ziehen. Wirf die Drechselbank an, und lass die Kinder Federn spalten, wir schicken denen sechs Fässer der besten Kriegspfeile, die wir machen können.«
—Ilmar Durenald, Bärwaldener Pfeilmacher, neuzeitlich

Überblick

Bei diesem Kapitel handelt es sich nicht um ein Abenteuer, sondern um eine Übersicht für dich als Meisterin. Bevor sich in **Das Hecheln der Meute** (siehe Seite **114**) bei Reichsend das Heer der Freiwilligen sammelt, erhältst du hier einen Überblick, wer und was dort zusammenkommt und welche Rolle die bisherigen Bemühungen der Helden dabei spielen. Welche Bedeutung das am Ende für den Schwertzug hat und wie es sich auf die zukünftigen Ereignisse auswirken wird, erfährst du in Teil 2 der **Blutmond-Kampagne: Der Sturm am Svellt**.
Vor allem bei Arlans Hochzeit (siehe Seite **85**) im Travia 1047 BF hatten die Helden Gelegenheit, Einfluss auf die Stärke des Heers zu nehmen: Sie konnten versuchen, Vertreter diverser Provinzen zu überzeugen, Unterstützung zu leisten, oder sich in der Heimat für die Sache der Schildlande zu verwenden. Über den Winter haben die Verbündeten entschieden, welche Hilfe sie zu leisten im Stande sind. Alte Gefallen wurden eingefordert, Familienbande beansprucht und auf anderen Wegen Einfluss genommen.

Die Streitmacht der Menschen

Je nachdem, wie engagiert die Helden als Werber waren, kommt vor Reichsend im Frühling ein Heer aus rund 2.000 bis 3.000 Freiwilligen zusammen. Manche Provinzen schicken eigene Truppen, manche zahlen Söldnerhaufen, wieder andere stellen Geld, Material, Waffen oder Handwerker zur Verfügung. Eines aber haben all diese Beiträge gemein: Sie sind ein Tropfen auf dem heißen Stein. Letztlich werden die Freiwilligen tatsächlich einen großen Anteil ausmachen – und auf deren Anzahl haben die Helden unbewusst fast so großen Einfluss wie beim widerstrebenden Adel der Kernprovinzen.

Die Hilfe des kleinen Mannes

Während der Adel oft kritisch auf *Arlans Irrsinn* blickt, kommt Hilfe aus unerwarteter Richtung. Vor allem die einfache Bevölkerung der Schildlande, die seit jeher stark unter den Schwarzpelzen leidet, springt ihm bei: Die Zünfte der Reichsstadt Baliho etwa schicken einen Wagen mit Werkzeug, die Bauern der Grafschaft Bärwalde 30 Sack Getreide, der Handelsbund aus der Grafschaft Sichelwacht und die Bürgerschaft Greifenfurts haltbare Lebensmittel, die Tobrier bringen warmes Wolltuch mit und die Koscher eine Bierspende aus Ferdok. Die Bürger Gareths sammeln sogar genug Gold, um vier Lohnmagier zu bezahlen.

Der Beitrag Weidens

In Weiden haben einige Barone und Ritter gleich nach Arlans Aufruf ihre Zustimmung zu dem Vorhaben geäußert. Die meisten hielten sich jedoch mit öffentlichen Absichtserklärungen und sonstigen Bekundungen zurück, weil sie auf ein Machtwort Walpurgas von Löwenhaupt warteten. Dass die kriegsmüde Herrscherin Weidens keine Sympathie für Risiken dieser Art hegt, ist schließlich weithin bekannt. Und dass ihr eigener Sohn sich derart in Gefahr bringen will, macht die Sache nicht besser. So dauert es denn auch fast einen Mond, bis sich die Herzogin öffentlich äußert und eine erwartungsgemäß differenzierte Haltung erkennen lässt. Walpurga erinnert die Herrscher der Heldentrutz sowie des westlichen Bärwaldes daran, dass die Gefahr aus dem Finsterkamm nicht gebannt und niemandem geholfen ist, wenn sie ihre Posten verlassen: Jemand muss die Stellung halten. Gleichzeitig ruft sie den Adel aus den Grafschaften Baliho und Sichelwacht auf, in sich zu gehen: Wer Arlan begleiten will, soll dies mit ihrem Segen tun. Walpurga geht sogar einen Schritt weiter: Sie stellt es Mitgliedern der herzöglichen Truppen in der Sichelwacht und Baliho frei, sich dem Zug ebenfalls anzuschließen. Dadurch kommen in Reichsend zusammen:

- 150 Ritter – darunter die fünfköpfige Leibwache des Prinzen, die *Arlanritter*, und einige freigestellte Rundhelme
- 1.000 Waffenknechte im Gefolge der Ritter – organisiert in *Ritterlichen Lanzen* mit einer Sollstärke von je 10 Personen, von denen jedoch kaum eine tatsächlich Sollstärke aufweist
- 75 Soldaten – freigestellte Grünröcke und Sichelgarde

Der Beitrag Greifenfurts

Die Vehemenz, mit der die sonst so diplomatische Markgräfin Greifenfurts den Schwertzug unterstützt, überrascht viele: Irmenella von Wertlingen zeigt in der Sache mehr Zähne als Walpurga und entwickelt sich zu einer einflussreichen Fürsprecherin, auch über die Grenzen ihrer Provinz hinaus.
Ihre Überzeugung wurzelt in einer tiefen Abneigung gegen die Orks. Die Markgräfin sieht in dem Schwertzug eine Chance, dem Erbfeind eine schwere Niederlage zu versetzen und ist bereit, dafür ein hohes Risiko einzugehen – in der Hoffnung, dass es der Markgrafschaft auf lange Sicht hilft.

Die Unterstützung Irmenellas hängt stark von der Überzeugungskraft der Helden ab. Von überzeugend argumentierenden Helden ermutigt, schreckt sie nicht einmal davor zurück, ihr Land zu entblößen (siehe Seite **85**).

- 30 Ritter, ab 2 QS 40 Ritter, ab 3 QS 50 Ritter
- 210 Waffenknechte, ab 2 QS 280 Waffenknechte, ab 3 QS 350 Waffenknechte im Gefolge der Ritter – organisiert in *Ritterlichen Lanzen* mit einer Sollstärke von je 10 Personen, von denen jedoch kaum eine tatsächlich Sollstärke aufweist
- eine Halbschwadron (25 Berittene) Greifenfurter Grenzreiter
- ab 3 QS zusätzlich 1 Halbbanner (25 Soldaten) Markgräflich Greifenfurter Langschwerter
- ab 4 QS zusätzlich 1 Banner (50 Soldaten) Greifenfurter Grenzjäger
- ab 5+ QS eine weitere Halbschwadron (25 Berittene) Greifenfurter Grenzreiter, 3 Praiosgeweihte und 1 Lanze Bannstrahler (10)

Der Beitrag der Helden

Wenn die Helden auf der Prinzenhochzeit in **Das Brüllen des Bären** weitere Provinzen überzeugen konnten, einen Beitrag zu leisten, werden sie Folgendes zum Schwertzug beisteuern.

- *Aldare VIII. Donnerhall,* Fürst-Erzgeweihte von Donnerbach:
  QS 1 – Aldare stellt sechs Geweihte
  QS 3 – Zwölf Geweihte
  QS 5+ –Aldare stellt zusätzlich 100 Streiter, bestehend aus Rittern, Waffenknechten, Fußvolk und Bogenschützen

- *Hagrobald vom Großen Fluss,* Herzog der Nordmarken:
  QS 4 – , 1 Banner bezahlte Söldner/Fußvolk (50 Mann)
  QS 5+ – Ein weiteres Banner bezahlte Söldner/Fußvolk (50 Mann)

- *Golambes von Gareth-Streitzig,* als Gesandter des Königreichs Garetiens sowie von Kaiserin *Rohaja von Gareth*:
  QS 3+ – 1 Banner bezahlte Söldner/Fußvolk (50 Mann)

- *Rondrigan Paligan,* Markgraf von Perricum:
  QS 1 – Geringer Geldbetrag
  QS 2 – Großer Geldbetrag, Werbung bei Bekannten
  QS 3+ – Werbung in der Provinz, die immerhin ein halbes Dutzend Handwerker zusammenbringt, Sachspenden (Vorräte, Waffen, Material)

- *Swantje von Rabenmund,* Markgräfin der Rommilyser Mark:
  QS 1+ – Geringer Geldbetrag

Was andere Parteien beisteuern

Bei den Verhandlungen auf der Hochzeit ist es nicht geblieben. Die Schildlande haben danach mit weiteren Herrschern Kontakt aufgenommen.

Bernfried von Ehrenstein, Herzog von Tobrien:
Bernfried ist ein Sonderfall: Er musste von niemandem überzeugt werden, seinem Ziehsohn beizustehen. Allerdings ist seine Provinz noch so schwach, dass er nur wenig Unterstützung geben kann.

- 1 Dutzend Handwerker
- Er schickt rund 100 Freiwillige, eine gemischte Truppe aus Rittern und Fußvolk.

♝ *Anshold von Eberstamm,* Fürst des Kosch:
Markgräfin Irmenella ist mit einem Koscher Prinzen verheiratet, ♝ *Edelbrecht von Eberstamm.* Der hat erfolgreich ein gutes Wort bei seinem Bruder Anshold eingelegt: Der Kosch hat zwar kaum stehende Truppen, aber der Fürst lässt eine größere Summe springen, um ein Freiwilligenkorps von 50 Kämpfern zu schicken.

- 50 Freiwillige Kämpfer, gemischtes Fußvolk

Familie Aralzin, Horasreich
Die Familie Aralzin zahlt aus familiärer Verbundenheit zum Weidener Herzogenhaus (das Familienoberhaupt ♝ *Hesindiane Aralzin* ist die Nichte von ♝ *Yolina Aralzin*, der Witwe von ✠ *Herzog Waldemar*, die gleichzeitig die Großmutter von Prinz Arlan ist) den Kontrakt eines Halbbanners erprobter Söldlinge. Dieses wird von drei Absolventen der *Halle des vollendeten Kampfes zu Bethana* sowie zwei Draconitern begleitet.

- 25 gut ausgebildete Söldner, Fußvolk
- 3 Kampfmagier aus Bethana
- 2 Draconiter aus Thegûn

Garbalon Sohn des Gerambolosch, Hochkönig der Finsterkammzwerge:
Garbalon sieht sich in der Tradition des legendären Zwergenkönigs ✠ *Dorgrim Orkenbrandt* und nach dem Angriff auf seine Bingen im Finsterkamm (siehe Seite **38**) muss er nicht lange gebeten werden: 50 Zwergenkrieger schließen sich dem Heerbann auf jeden Fall an. Wenn die Helden herausgefunden haben, dass *Bonderik* ein Bündnis mit den Orks geschlossen hat, kommen 40 weitere Krieger und zehn Sappeure dazu (siehe Seite **49**)

- 50 Zwergenkrieger
- optional: 40 weitere Zwergenkrieger sowie 10 zwergische Sappeure

♝ *Gwain von Harmamund*, Fürst Almadas
Angesichts des Schicksals des Mondenkaisers ✠ *Selindian Hal*, der auch König Almadas war, entsendet der Fürst ein Halbbanner erprobter Söldner aus der Südpforte und ruft explizit Schwertgesellen auf, ihre Fähigkeiten im Kampf gegen die *Geißel Selindians* zu beweisen. Das Halbbanner wird von einer Delegation aus vier Puniner Borongeweihten begleitet, geschützt von zwei Rittern der Golgariten.

- 25 gut ausgebildete Söldner, Fußvolk
- 4 Borongeweihte aus Punin
- 2 Golgariten

Leudane von Finsterkamm, Baronin von Nordhag
In Dankbarkeit für die Hilfe der Helden bei der Belagerung von Nordhag und der Mordserie durch Ugrashak schickt die Baronin 3 Wagen mit Lebensmitteln und Salz nach Reichsend, kommt aber Walpurgas Aufforderung nach, ihren Posten in der Heldentrutz nicht zu verlassen.

- Lebensmittel

Geweihte

Während die Kirche Rondras dem Schwertzug vorsichtig positiv gegenübersteht, ist der Praioskirche die Ordnung im Herz des Reiches wichtiger. Die Boronkirche kennt die Gefahr durch Tairachschamanen und heißt das Vorhaben gut. In der Perainekirche herrscht Uneinigkeit, letztlich kommt man aber zu dem Schluss, den Streitenden beizuspringen.

Die Helden konnten durch geschicktes Verhandeln auch hier etwas bewirken: etwa, dass sich Praiosgeweihte aus Greifenfurt und Rondrageweihte aus Donnerbach dem Schwertzug anschließen. Dazu kommen Geweihte des Ordens zur Wahrung. Aus Almada schließen sich einige Boronis an, einige Ingerimmgeweihte aus dem Kosch und Perainegeweihte aus Aranien findet man ebenso wie vereinzelte Firun- und Ifirngeweihte.

- 3 Dutzend Rondrageweihte vom Orden zur Wahrung vom Rhodenstein
- 1 Dutzend vorwiegend junge Rondrageweihte aus Weiden und Greifenfurt
- 2 Draconiter aus Moosgrund in Weiden
- 3 Ingerimmgeweihte aus dem Kosch
- 2 Perainegeweihte aus Aranien
- 1 Firungeweihter
- 2 Ifirngeweihte
- bis zu 18 Rondrageweihte aus Donnerbach
- bis zu 3 Praiosgeweihte und 1 Lanze Bannstrahler aus Greifenfurt
- 4 Borongeweihte aus Punin
- 2 Golgariten
- 2 Draconiter aus Thegûn

Zauberkundige

Da keine der Gilden einen Ruf nach Freiwilligen ausgesprochen hat, hält sich die Zahl der Magier im Freiwilligenheer in Grenzen. Die Familie Aralzin entsendet jedoch Kampfmagier aus Bethana, die Garether Bürger weitere aus ihren Akademien. Bei Druiden oder Schamanen gibt es keine Weisungsbefugten, so dass es dir als Meisterin freisteht, Zauberkundige dieser Traditionen in geringer Anzahl mitzuschicken.

Anders verhält es sich bei den Hexen Weidens, von denen ungewöhnlich viele mitziehen. Der Zirkel *Ruthanas Schar* aus dem Finsterkamm etwa hat sich dem Kampf gegen den Ork verschrieben und die Schwestern mischen sich unter das Kriegsvolk. Außerdem ziehen einige Weise Frauen als Heilerinnen mit.

- 14 Schwestern (vornehmlich Eulenhexen) aus *Ruthanas Schar*
- 7 weitere Hexen verschiedener Schwesternschaften im Tross, als Heilerinnen u. Ä.
- 3 Kampfmagier der Halle des Vollendeten Kampfes zu Bethana
- 2 Kampfmagier der Akademie Stab & Schwert zu Gareth
- 2 Antimagier der Akademie der Magischen Rüstung zu Gareth

Die Freiwilligen

Die Helden konnten zwar nicht direkt Einfluss auf diesen Posten nehmen. Dadurch, dass sie gegebenenfalls prominente Fürsprecher aus diversen Provinzen für den Kriegszug gewonnen haben, kommen ihre Bemühungen aber indirekt zum Tragen: Die Anzahl der Freiwilligen hängt ebenfalls davon ab, wie sehr sie sich ins Zeug gelegt haben – nicht nur in Trallop, sondern nach deiner Maßgabe auch in den Monaten danach.

Unter den Freiwilligen sind Ritter aus vielen Provinzen des Mittelreichs, aber etwa auch dem Bornland und Andergast, zudem Elfen, ehemalige Soldaten, Söldner und Abenteurer, die Rechnungen mit den Orks offen haben, sowie ein paar halbseidene Gestalten mit unklaren Motiven. Zu guter Letzt fehlen auch Handwerker, Feldscher und Hübschlerinnen nicht – und alles, was sonst noch zu einem ordentlichen Tross gehört.

Du kannst dich hier in einer Spanne von 350 bis 650 Streitern bewegen. Sollten deine Helden im Schnitt **QS5+** herausgeholt haben, kommen so rund 3.000 Streiter aus aller Herren Länder zusammen. Sollten sie keinen Finger gerührt haben, umfasst das Heer nur rund 2.000 Streiter.

Besondere Erwähnung verdienen bei den Freiwilligen:

- *Streiter aus Albernia und dem Windhag:* Beide Provinzen leiden seit jeher unter den Angriffen der Orks. Eingedenk der schwierigen Situation im Herz des Reiches und aufgrund schlechter Erfahrungen mit ihren Nachbarn beschränkt sich Fürst *Finnian ui Bennain* aber darauf, den Adel anzuhalten, sein Möglichstes beizusteuern. Und es finden sich tatsächlich rund 75 Freiwillige. Aus dem Windhag kommen 25 weitere hinzu.
- *Elfen aus Weiden und Donnerbach:* Auch Elfen haben in der Vergangenheit manchen Strauß mit den Orks ausgefochten und sind nicht davor gefeit, Regungen wie Zorn oder Rachsucht zu empfinden. Deshalb schließen sich rund 25 Vertreter verschiedener Sippen aus Weiden und Donnerbach dem Kriegszug an – und leisten vor allem als Kundschafter hervorragende Dienste.

Und nochmal die Helden

Deine Abenteurer haben noch nicht genug? Für einen Helden hätte es Sinn, an seiner Magierakademie für die Sache zu werben? Oder an der Kriegerschule? Bei seiner Sippe? In der Adelsfamilie? Beim Herrscher seiner Heimatprovinz? Seiner Handwerkszunft? Einem Handelsbund? Dann gib den Spielern die Möglichkeit dazu – sorge aber dafür, dass sich das Ganze in einem vernünftigen Rahmen bewegt.

DAS HECHELN DER MEUTE

»Eine bunt zusammengewürfelte Schar an Streitern aus aller Herren Länder, zusammengepfercht in einem Lager, das kaum die Fläche unserer Stadt hat. Was sollte da schon schiefgehen?« —die Reichsender Stadtmeisterin Winnifred Rüsterhaus, Peraine 1047 BF

Was bisher geschah

Nach einer Serie von schweren Angriffen auf Türme und Burgen in Weiden und Greifenfurt hat Kronprinz Arlan von Löwenhaupt im Travia 1047 BF einen Schwertzug nach Khezzara ausgerufen. Der ungewöhnlich strenge Winter brachte weitere, überwiegend kleinere, Angriffe der Orks auf die Heldentrutz und den Lichthag mit sich. Derweil schmiedeten die Heerführer und gegebenenfalls auch die Helden Allianzen, um ein möglichst großes Heer für das Vorhaben zusammenzuziehen, das im Volksmund bald nur noch *Arlans Zug* genannt wird. Die Schildlande nehmen bei ihrer Werbung keine Rücksicht auf die Wirrungen im Herzen des Reiches (siehe Seite **87**).

Wie es weitergeht

Das Hecheln der Meute spielt Mitte bis Ende Peraine 1047 BF und schließt den ersten Band der **Blutmond-Kampagne** ab. Vor den Toren der Stadt Reichsend wächst ab Ende Tsa 1047 BF das Heerlager der Schildlande und Mitte Peraine trifft mit der Greifenfurter Streitmacht eines der letzten größeren Kontingente ein. Bis dahin hat sich das Lager bereits zu einem brodelnden Schmelztiegel entwickelt, in dem es immer wieder zu Zwischenfällen kommt, bei denen die Hilfe der Helden ebenso gefragt wie geschätzt ist.
Als ob das nicht genug wäre, haben sich ketzerische Mitglieder des Geheimbunds der Schnitter ins Lager eingeschlichen und wollen die Greifenfurter Heerführerin *Asa von Eisslingern* aus dem Weg räumen, um sich selbst in die Nähe des Beraterstabs zu bringen, damit sie den Fortgang des Schwertzugs genau im Auge behalten und vielleicht gar beeinflussen zu können. Es liegt in den Händen der Helden, sich im Chaos des Lagers an die Spur der Missetäter zu heften und ihre Tat zu vereiteln.

Der Einstieg ins Abenteuer

Die Helden treffen früh in Reichsend ein und erleben die Ankunft vieler Freiwilliger mit. Je nachdem, wie viele der bisherigen Ereignisse sie hautnah miterlebt haben, genießen sie womöglich mittlerweile hohes Ansehen in Weiden und Greifenfurt, gehören vielleicht sogar zu Arlans Beraterstab und spielen daher auch beim Aufbau des Lagers eine Rolle. Je nach Interessen und Vorlieben der Spieler, können sie außerdem – mit oder ohne Posten – von Anfang an zu den Personen gehören, die dafür sorgen, dass das Lager nicht im Chaos versinkt.

Raum für eigene Ideen
Das Leben im Heerlager ist von unvorhersehbaren Ereignissen geprägt. Nutze dies, um die unten vorgeschlagenen Ideen mit eigenen Charakteren und Geschehnissen auszuschmücken. Vielleicht findet eine Heldin ihren Erzfeind unter den anwesenden Kriegsleuten, ein Held verliebt sich, oder es kommt aus nichtigem Anlass zu einer Schlägerei.

Schauplatz: Die Stadt Reichsend

Beinahe majestätisch thront Reichsend auf einem Felsplateau über der Ebene, die nach Westen langsam in das gefürchtete Nebelmoor übergeht. Die alte Feste hat sich gut gemacht in den letzten Jahren und erscheint so wehrhaft wie zu ihren Glanzzeiten vor über 1.000 Jahren.
Das lebendige Städtchen, das in ihrem Schatten gewachsen ist, wird von Handwerkern und Kriegsvolk bestimmt. Reichsend, das tatsächlich das Ende des Mittelreiches markiert, dient dem Grafen der Heldentrutz, Emmeran von Löwenhaupt, als Residenz und Basis seines in den letzten Monaten steten Abwehrkampfs gegen die Orks.
Im Westen vor der Stadt erheben sich erste Zelte des Heerlagers der Schildlande und über dem bereits errichteten Feldherrenzelt wehen stolz die Banner des Herzogtums Weiden, der Markgrafschaft Greifenfurt und des Ordens zur Wahrung vom Rhodenstein.

Die Alte Wehr des Nordens
Reichsend hat sich im Laufe der Zeit um die Festung gleichen Namens gebildet, ist aber recht klar in einzelne Viertel unterteilt.
Die **Festung Reichsend (FE01)**, die zu den alten *Wehren des Nordens* gehört, liegt auf einem Felsplateau, das sich aus der flachen Umgebung erhebt. Aufgrund ihrer Größe und der Anzahl ihrer Bewohner kann sie als eigener Stadtteil betrachtet werden. Mittlerweile ist ihr Wiederaufbau fast abgeschlossen: Die *Wehrmauern und Türme* stehen, der *Gesindetrakt* ist vollendet. Der Graf der Heldentrutz, *Emmeran von Löwenhaupt*, residiert in einem eigenen Gebäudekomplex, dem *Grafenhaus*. Es gibt einen Trakt, der edlen Gästen *Unterkunft* bietet, sowie den *Palas*, in dem der Graf Gäste empfängt oder Feste feiert.
In den sogenannten *Schwalbenhäusern*, an den Zinnenkranz angebauten Häuschen, leben die Ritter und Ritterinnen mit ihren Familien. Die Feste wird durch mehrere

Brunnen mit Wasser versorgt und weist eine mehrere Schritt dicke und etwa sieben Schritt hohe Wehrmauer auf. Die Feste umfasst zudem einen *Kerker* und die *Wohnstätten* für die Gardisten und Soldaten des Grafen.

♙ *Tiro Gernbach von Reichsend* (49, lichte, braune Haare, arrogant und kurz angebunden; Willenskraft 12 (15/13/14), SK 2), der Burgvogt, ist für die Sicherheit der Feste verantwortlich und dient dem Grafen bereits seit einiger Zeit loyal als verlängerter Arm seiner Interessen. Ihm unterstellt, jedoch meistens in der Heldentrutz unterwegs, ist ♛ *Erlgard Hohenwald* (*1010 BF, hochgewachsen, schulterlange, braune Haare, verschmitztes Lächeln, bei Bedarf auch streng und autoritär, kompetente Kriegerin und Anführerin; Kriegskunst 13 (14/12/14), Überreden 10 (14/14/12), Willenskraft 9 (14/14/12), SF Anführer, SK 2), die aus einfachen Verhältnissen stammende Hauptfrau der herzöglichen Grünröcke. Wenn sie doch in Reichsend weilt, kann man ihr oft im Innenhof begegnen, wo sie die Soldaten beim Exerzieren überwacht.

Der Stadtteil *Alteburg* war bis zur Besetzung der Feste durch die Orks im *Dritten Orkensturm* 1011 BF die Vorburg der Festungsanlage. Dann haben sich die ersten Rückkehrer dort im dürftigen Schutz der weitestgehend zerstörten Mauern niedergelassen und sind nicht mehr gegangen – heute leben hier die wohlhabenderen Bürger der Stadt, vor allem Kaufleute, aber auch Handwerksmeister, in Häusern aus Fachwerk oder Stein. Zur Festung hin bilden deren alte und starke Mauern die Grenze des Viertels. Die übrigen Seiten sollen mit einer

Stadt Reichsend
Einwohner: 550 (in der Stadt)
Herrschaft/Politik: Vogt *Tiro Gernbach von Reichsend* (Burgvogt) und *Winnifred Rüsterhaus* (Stadtmeisterin)
Wappen: goldene Festung auf schwarzem Grund mit dem kaiserlichen Greifen als Herzschild
Verteidigung: *Garnison in der Stadt:* 15 Büttel und Torwachen; *Garnison in der Festung:* 10 Soldaten der 3. Schwadron *Herzog Waldemar* der Herzoglich-Weidener Lanzenreiter der *Rundhelme*, 30 Soldaten des 5. Banners *Orkenhart* der Herzoglich-Weidener Pikeniere der *Grünröcke*, 12 gräfliche Ritter der Wacht mitsamt Gefolge, 30 Soldaten des 1. Banners der *Schwarzschilde* der Heldentrutzer Bergschützen
Tempel: Peraine (Lindgardtafel), Rondra (Sturmeswall), Travia (Halle der Heimat), Ingerimmschrein, Rondraschrein in der Feste
Besonderheiten: Stadt mit kaiserlichen Privilegien
Schänken/Gasthäuser: Gasthaus Horndrache (Q3/P3/S12), Gasthaus Zweiter Platz (Q3/P3/S10), Gasthaus Kaiserstolz und Orkentod (Q4/P5/S10), Schänke Irrlicht (Q2/P2), Schänke Zum Knecht (Q1/P2)
Wichtige Handwerker: Rüsthaus (Schmiede des gräflichen Plattners *Anshelm Rüsterhaus* und der Waffenschmiedin *Espe Rußinger*); allgemein Schmiede, dazu Steinmetze, Bogenbauer

neuen Steinmauer von gut 4 Schritt Höhe und einem offenen Wehrgang mit Zinnen bewehrt werden.
Das lebendige Zentrum von Altenburg bildet der *Marktplatz* im Südwesten des Viertels. Hier befindet sich das **Markthaus (AB01)**, das als *Rathaus* dient und in dem sich auch die städtische Gerichtsbarkeit befindet. Ebenso haben sich hier der gräfliche Plättner ♟ *Anshelm Rüsterhaus* (55, raspelkurze strohblonde Haare, ausladender, oft angesengter Bart, kornblumenblaue Augen, sehr groß, sehr breit; Metallbearbeitung 16 (15/16/16), Willenskraft 9 (16/13/10), SK 2) und die Waffenschmiedin ♟ *Espe Rußinger* (32, straßenköterblondes Haar, graue Augen, prominentes Kinn, klein, drahtig, Oberarme wie ein Preisboxer; Metallbearbeitung 15 (14/15/17), Willenskraft 7 (13/12/11), SK 2) niedergelassen, die sich mit dem **Rüsthaus (AB02)** eine Schmiede teilen.
Auch ♟ *Winnifred Rüsterhaus* (28, strohblonde Locken, kornblumenblaue Augen, Typ: Schönheit vom Land; Bekehren & Überzeugen 12 (13/12/15), Willenskraft 10 (13/14/15), SK 2), Stadtmeisterin und Tochter des gräflichen Waffenschmieds, kann man hier antreffen, wenn sie sich nicht gerade im *Rathaus* aufhält. Dem *Rüsthaus* gegenüber liegt der vor wenigen Jahren fertiggestellte Rondratempel **Sturmeswall (T01)**, in dem Seine Gnaden ♟ *Ludolf von Eschenweiler* (36, glatzköpfig, einäugig, guter Redner, hasst Orks, Götter & Kulte 12 (13/13/14), Willenskraft 11 (15/14/12), SK 2) Soldaten und Rittern Mut gegen die Orks macht und versucht, mit gutem Vorbild voranzugehen. Zerstreuung oder Unterkunft findet man in Altenburg in der **Schänke Irrlicht (G01)** (Q2P2) oder im **Gasthaus Horndrache (G02)** (Q3/P3/S12), wo das angebliche Horn eines eigenhändig vom Wirt ♟ *Darion Tralloper* (50, 1,50 Schritt groß, beleibt, kann stundenlang Geschichten erzählen; Überreden 15 (14/14/14), Willenskraft 9 (14/14/14), SK 3) erschlagenen Horndrachens über dem Tresen an der Wand hängt.
Durch das kurz vor der Fertigstellung stehende **Kaiserin-Rohaja-Tor (AB03)** gelangt man in den Stadtteil *Ritterdorf*, den ältesten Teil der Stadt. Sein Zentrum bildet der *Yalsicorplatz*, an dem sich der Traviatempel **Halle der Heimat (T02)** erhebt. Die Tempelvorsteherin, Mutter ♟ *Trautlinde* (65, blond, blaue Augen, mittelgroß und hager, stets gut über alles in der Stadt informiert; Menschenkenntnis 14 (13/16/12), Willenskraft 12 (13/16/12), SK 3), ist bekannt für die Standpauken, die sie Müßiggängern und Tagedieben hält.
Im Osten von *Ritterdorf* liegen die einfachen Hütten der Arbeiter und Tagelöhner, im Westen haben sich Ritter und Gardisten des Grafen sowie wohlhabendere Handwerker niedergelassen. Kein Wunder, dass sich hier ein **Ingerimmschrein (T03)** mit einer ewig brennenden Laterne findet. Beliebt ist das **Gasthaus Zweiter Platz (G03)** (Q3/P3/S10), dem der kleine **Krämerladen Heldenschmiede (RD01)** angeschlossen ist, in dem typische Reiseausrüstung erstanden werden kann. Das beste Gasthaus der Stadt ist jedoch das **Kaiserstolz und Orkentod (G04)** (Q4/P5/S10), das allerdings auch gesalzene Preise verlangt. Sogar einen **Apothekarius (RD02)** kann man in Ritterdorf finden. Bei dem aus Andergast stammenden ♟ *Polter Prutzenender* (48, grauer Haarkranz, dunkelbraune Augen, winzig, dürr, wirkt irgendwie immer nervös; Alchimie 13 (12/14/14), Willenskraft 9 (12/13/11), SK 2) kann man Arzneien und sogar einige Alchimica erstehen.
Außerhalb der steinernen Mauern und nur von einer Palisade geschützt liegt beiderseits des Gernbachs das weitläufige und ländliche Viertel *Bauerngrund*, das von einfachen Bauernkaten und kleinen Gutshäusern beherrscht wird, zwischen denen Felder, kleine Gärten und Weiden für Schafe und Ziegen liegen. Den Mittelpunkt von *Bauerngrund* stellt zweifellos die **Rodstation (BG01)** dar, die Portenstation für den Warentransport über den Finsterkamm, die den Endpunkt der Straße zwischen Nordhag und Reichsend markiert. In diesem größten Gebäude von *Bauerngrund* befinden sich auch die **Schänke Zum Knecht (G05)** (Q1/P2) sowie ein Grobschmied. Unweit davon erhebt sich **Lindgardstafel (T04)**, der Perainetempel der Stadt, der von ♟ *Bruder Nostrimo* (49, Pflanzenkundler, stammt aus Südaventurien, hat einen guten Ruf als Heiler; Pflanzenkunde 15 (14/14/11), Heilkunde Krankheiten 12 (12/14/11), Willenskraft 6 (12/14/13), SK 2) geführt wird.

Das Heerlager

Das Heerlager liegt im Westen vor den Stadtmauern Reichsends – im Schatten Altenburgs sowie der Festung Reichsend und von Süden her an den Gernbach geschmiegt. Die Zelte der Einheiten sind grob nach ihrer Ankunftszeit und damit auch Herkunftsregion geordnet, da Streiter aus anderen Provinzen häufig gemeinsam bei Reichsend eintreffen und sich einen Platz suchen. Im Herzen des Lagers stehen das **Feldherrenzelt** und die **Quartiere der Heerführer** sowie ihrer engsten Vertrauten. Ein weiteres großes Zelt dient als **Lagerkapelle**, hierin finden sich Statuetten oder Bildwerke aller Zwölfgötter. Auf dem Platz davor werden Götterdienste zelebriert. Die Banner einzelner Einheiten werden vor der Kapelle präsentiert und nachts gut gesichert in ihr verwahrt. Um diesen Kern herum wächst das Lager mit Menschen aus aller Herren Länder.
Eine Besonderheit ist, dass hier nicht nur Vertreter ganz unterschiedlich bewaffneter und gerüsteter Einheiten, sondern auch verschiedener Denkschulen und Kulturen aufeinandertreffen: Blasierte Ritter aus Garetien bekommen es mit bodenständigen Angehörigen eines Freiwilligenkorps aus dem Kosch zu tun, hochprofessionelle Söldner aus dem Horasiat mit desillusionierten Soldaten aus Tobrien, Bannstrahler aus Greifenfurt mit Hexen aus dem Herzogtum Weiden, Elfen aus Donnerbach mit Zwergen aus dem Finsterkamm – und zwischen den vielen Kämpfern wuseln bald Handwerker, Heiler, Huren und Lustknaben aus dem Tross herum.
Dass all das nicht ohne Konflikte geschieht, versteht sich von selbst. Bei den Bemühungen, dieses Fass Hylailer Feuer vor dem zündenden Funken zu bewahren, sind schlichtende Helden stets willkommen. Verschaffe den Helden einen möglichst lebendigen Eindruck davon, dass das Treiben im Lager nicht bloß geschäftig und aufregend,

sondern gern auch mal gefährlich ist und dass die hygienischen Bedingungen mitunter durchaus fragwürdig sind. Ein paar Anregungen dazu findest du auf Seite **119**. Wenn das Heer Ende Peraine aufbricht, ist es höchste Zeit, dass Bewegung in die Sache kommt. Bis dahin sind auf der einst grünen Wiese vor Reichsend längst nicht nur Freund- und Feindschaften entstanden, sondern auch zahlreiche ausgetretene Pfade, die sich bei Regen in Schlammpisten verwandeln, sowie Berge von Unrat am Rand des Lagers, und aus dem *Gernbach* ist eine Kloake geworden. Außerdem harren einige Streiter seit zwei Monaten hier aus und werden ungeduldig, während die Bürger der Stadt bei aller Zustimmung zu dem Schwertzug an sich genug vom Chaos vor ihrer Haustür haben.

Wo steigen die Helden ab?
Die Helden können zu diesem Zeitpunkt bereits Berater in Arlans Stab sein, von ihm selbst angeworben oder von seiner Mutter beauftragt, sie können aber auch einer Bitte von Gwynna der Hex' folgen und damit weniger enge Bande zu den Heerführern haben. Gleich wie, sie genießen einen guten Ruf und haben die Wahl: Sie können ihre Zelte im Lager aufschlagen, sich eine Unterkunft in einem Gasthaus suchen, oder es sich sogar auf der Feste des Grafen bequem machen.

Die Heerführer
Die Anführer des Zugs sind *Arlan von Löwenhaupt*, der für das Weidener Aufgebot und damit für die meisten Kämpfer verantwortlich zeichnet, *Asa Gwinfrieda von Eisslingern*, die die Greifenfurter Truppen unter sich hat, und *Brin Styrmvar von Rhodenstein*, der als Kriegsherr des Ordens zur Wahrung vor allem die Rondrianer vom Rhodenstein führt, im weiteren Sinne aber auch die anderen Rondrianer und Ordensritter der Golgariten. Da der Heldentrutzer Graf *Emmeran von Löwenhaupt* das Land zur Verfügung stellt, auf dem sich das Heer sammelt, steht ihm ein Mitspracherecht zu, solange das Heer sich auf dem Boden der Grafschaft befindet. Zudem ist er ein Vetter Arlans und langjähriger Unterstützer Brins. Der Graf wird den Zug ins Orkland begleiten und mit seiner Meinung auch unterwegs nicht hinter dem Berg halten.

- Arlans Zelt steht nicht zur Zierde im Heerlager: Seine Gemahlin *Linnea von Wertlingen* (siehe Seite **85**) und er beziehen dort tatsächlich Quartier und sind von Tag eins an beim Aufbau des Heerlagers vor Ort. Im näheren Umfeld stehen zwar nur die Zelte von Arlan- und Bärenrittern sowie anderen Weidener Rittern, die zu den bereits früh angereisten gehören, das heißt aber nicht, dass der Prinz kein Interesse an Streitern aus anderen Provinzen zeigen würde – egal, ob es sich um Ritter, Soldaten oder Söldner handelt. Die ganze Situation ist für ihn zwar sichtlich neu und er muss sich erst in sie hineinfinden, der Löwenhaupter zeigt sich jedoch von Anfang an so neugierig, zugänglich und unkompliziert, wie deine Helden ihn gegebenenfalls bei seiner Hochzeit kennengelernt haben.
- Brin trifft mit der geballten Streitmacht des Ordens zur Wahrung kurz nach Arlan ein, ist also ebenfalls frühzeitig im Lager anwesend. Auch er bezieht ein Zelt vor den Mauern der Stadt, ist damit vor Ort und im Zweifelsfall jederzeit ansprechbar. Allerdings wirkt der Kriegsherr der Rondrianer von Anfang an sehr viel fokussierter als sein junger Mitstreiter und zeigt weniger öffentliche Präsenz im Lager. Das liegt nicht nur daran, dass er sich zuvörderst für die Kirchentruppen zuständig fühlt, sondern auch daran, dass in seinen Händen viele planerische und organisatorische Fäden zusammenlaufen. Er ist in solchen Dingen viel erfahrener als Arlan und hat es offenbar auf sich genommen, dem Prinzen zumindest zu Beginn des Unterfangens einiges davon abzunehmen.

- Asa und ihre Greifenfurter treffen erst Mitte Peraine ein. Sie erreicht damit das Heerlager deutlich später als Arlan und Brin und auch später als viele Truppen aus anderen Provinzen. Erste Bündnisse und Konkurrenzen haben sich zu der Zeit bereits gebildet und die Wachtvögtin muss schnell ihren Platz im Lager finden. Asa ist noch jünger als Arlan und ein rechter Hitzkopf: Es knallt also öfter mal, wenn irgendetwas passiert, das ihr nicht passt. Zum Glück für alle Beteiligten ruht ihr kritischer Blick aber in erster Linie auf den eigenen Truppen und sie sieht meist davon ab, Streiter aus anderen Einheiten wegen mangelnder Disziplin oder auch nur falsch geschnürter Stiefel zurechtzuweisen.
- Emmeran ist zwar deutlich älter als Asa, deshalb aber nicht weniger hitzköpfig. Der Graf der Heldentrutz ist bekannt für lautstarke Wutausbrüche, seine bisweilen extreme Selbstgerechtigkeit sowie ein frappantes Desinteresse am Schicksal von Gemeinen. Er residiert auf er Feste Reichsend, kommt aber fast täglich ins Heerlager, um nach dem Rechten zu sehen und im Zweifel äußerst resolut durchzugreifen. Meist hat er von dem Gewusel aber schnell genug und zieht sich wieder auf seine Feste zurück.

Weitere wichtige Posten

Einige weitere Personen sind von Arlan und Brin mit festen Aufgaben betraut worden, die die Aufrechterhaltung der Ordnung im Lager sowie die Versorgung der versammelten Streiter gewährleisten sollen. Du kannst diese Personen als Auswahl betrachten und mit eigenen Ideen ergänzen:

- **Lagermarschall** ♟ *Ansgar Blaubinge von Blauenstein* (56, untersetzt, gepflegter Vollbart, ruhig, natürliche Autorität, Werte wie *kompetenter Wachtritter*, siehe Seite **126**) ist der Heermeister Bärwaldes, hat also Erfahrung im Umgang mit Kriegsvolk und Kriegszügen. Ganz frei von Dünkel ist der Blauensteiner nicht, aber dennoch fair und mit einer angenehm unaufgeregten Art gesegnet. Die Kombination aus beidem sorgt dafür, dass kaum jemand seine Autorität in Frage stellt.
- **Proviantmeisterin** ♟ *Kühnwid von Gringelbaum* (43, groß, distinguiertes Auftreten, sehr gebildet und durchsetzungsstark; Lebensmittelbearbeitung 15 (15/13/13, Überreden 13 (14/15/13), Willenskraft 14 (14/15/13), SK 3) ist die Haushofmeisterin der kaiserlichen Pfalz *Donnerschalck* in Baliho, muss dort regelmäßig den reisenden Kaiserhof durchfüttern und hat daher Übung im Versorgen großer Menschenmengen. Den Posten hat sie auf Emmerans Wunsch hin übernommen – allerdings hat sie nicht vor, den Kriegszug nach Norden zu begleiten und wird nicht müde, immer wieder zu betonen, dass die Herren und Damen auf dem Weg zum Ork alleine mit den Problemen klarkommen müssen, die sie im Heerlager für sie erledigt.
- **Legatin** ♝ *Daria Carlhachil Dagortari von Perricum* (*984 BF, silbergraue Locken, warme, grüne Augen, meisterliche Rondrageweihte; Götter & Kulte 14 (14/14/16), Willenskraft 11 (17/16/11), SK 2) hat ihr Eremitendasein aufgegeben, um sich in den Dienst des Kriegszugs zu stellen. Die Witwe des Streiters des Reiches, ✠ *Avon Nordfalk*, gilt als Mystikerin, zeigt sich aber als verständige und zupackende Ansprechpartnerin, die nur selten auf ihren Rang verweisen muss, um sich durchzusetzen. Für die Helden kann wichtig werden, dass sie als Kennerin der Umtriebe der Schnitter gilt.
- **Siegelmeister** *Tahir Chadizirat al'Meretin* (siehe Seite **25**) hat sich von seinem Amt am Herzogenhof für den Schwertzug freistellen lassen und folgt dem Kriegsherrn des Ordens, Brin von Rhodenstein. Er trifft an der Seite von Arlan und seinen Rittern aus Trallop bereits frühzeitig im Heerlager ein und residiert in einem Zelt in der Nähe der Lagerkapelle. Die Helden kennen den tulamidischen Rondrageweihten vermutlich bereits von der Hochzeit des Prinzen. Auch im Lager können sie immer wieder auf Tahir treffen, der meistens an der Seite von Heerführer Brin zu finden ist.

Die Verschwörung

Eine Gruppe von Schnittern, Anhängern eines ketzerischen Geheimbunds, trifft im Gefolge Asas ein und handelt nach Weisung des Greifenfurter Komturs, wie das ranghöchste Mitglied des Bundes in einer Region genannt wird. Dieser erhält seine Befehle wiederum von *Rhushuk Geisterklaue*. Der Zirkel besteht aus 6 Personen (Werte siehe Seite **124**):

♟ *Ulfried Aldec von Hirschenau* (44, weizenblonde, lichte Haare, wässrige, blaue Augen, stabil gebauter, arroganter Ritter) ein Junker aus der Baronie Hundsgrab

♟ *Wunmar von Fuchsstein* (19, dunkelblonde Haare, unstete, braune Augen, athletisch und gutaussehend, dünkelig), dem Knappen des Junkers

♟ *Bäromar* (45, BF, kurzer, grauer Haarkranz, braue Augen, auffällige Narbe auf der linken Wange), einem Waffenknecht

sowie den Beldenhager Soldaten ♟ *Grimold* (36, schwarze Haare in vielen Zöpfen, braune Augen, athletische Statur, sehr schroffes Auftreten), ♟ *Rodwig* (27, strähnige braune Haare und Dreitagebart, harte, graue Augen, unflätiger, aber fähig) und ♟ *Menzel* (26, rotblonde Haare, blaue Augen, hünenhafter Rüpel mit Reibeisenstimme, kämpft hervorragend mit der Pike).

Im Stadtteil *Altendorf* gibt es einen verborgenen Altar, den Ulfried kennt. Er möchte diesen neu weihen und für Rituale zu Ehren der *Blutroten Herrin* vorbereiten, so dass er als Treffpunkt für geheime Zusammenkünfte dienen kann. Außerhalb von geheimen Zusammenkünften kommuniziert Ulfried nicht mit seinen Leuten, um die Gefahr einer Enttarnung zu minimieren. Stattdessen hinterlässt er Notizen in einer Felsspalte beim Altar. Die Identität ihres Auftraggebers können die Schnitter nicht preisgeben, weil sie den Komtur nie ohne Maske gesehen haben. Sie wissen auch nicht, dass dieser eigentlich im Auftrag eines Tairachschamanen handelt.

Die Schnitter
Der Geheimbund existiert seit den Zeiten der *Finstermark*, die der vormalige Aikar Brazoragh *Nargazz Blutfaust* in den Dunklen Zeiten errichtete. Die Schnitter sind Gegenspieler der rondragläubigen Weidener und heute überwiegend unbewusst Helfer der Orks. Dem Bund gehören ausschließlich Männer an: Sie verehren eine blutsaufende, dunkle Göttin, die sie *Blutrote Herrin* nennen und die aus einer offenen Anbetung orkischer Götter in den Dunklen Zeiten hervorgegangen ist. Im Verborgenen lockt der Kult heute Adlige wie Gemeine mit dem Versprechen, jeden aufrecht Glaubenden in die Geheimnisse seiner Herrin einzuweihen, um Macht und Einfluss zu erlangen.
Danach bedarf es nur wenig: Die Kultisten schlachten ihre Opfer bestialisch ab, um ihren Blutdurst zu stillen und sich an der Kraft zu laben, die sie in deren Lebenssaft zu finden glauben. Unter ihnen wissen die Wenigsten, dass die Schnitter-Kultstätten ausnahmslos an heiligen Plätzen des Tairach liegen und dass ihm allein in den Ritualen geopfert wird. Blutgetränkte Stofffetzen sind ebenso ihr Zeichen wie Endloswellenbänder, mit denen sie gern Schmuckstücke verzieren. Hochrangige Schnitter tragen breite Kupferringe, die auf der Außenseite mit einem runden, grünen Malachit und einem Endloswellenmuster verziert sind und auf der Innenseite mit dem Motto *Est bibendum sanguinem!* (Bosparano: Es gilt, Blut zu trinken!).

Das Ziel der Kultisten
Ulfried will die Greifenfurter Heerführerin Asa aus dem Weg räumen und hofft, damit eine Kette von Ereignissen in Gang zu setzen, die dazu führt, dass ihr Adjudant *Gernot von Rothenborn*, (36, 1,84 Schritt, kinnlanges braunes Haar, Fünftagebart, scherzt gerne, kann Ulfrieds Einstellung zu Frauen nicht nachvollziehen, Werte wie *meisterliche Grenzreiter*, siehe Seite **125**) die Nachfolge antritt oder wenigstens in den Stab der Berater aufgenommen wird. Den Mann kennt er von Kindesbeinen an und ist gut mit ihm befreundet. Der Schnitter will über seine Verbindung zu *Gernot* näher an die Heerführung herankommen, so über deren Pläne auf dem Laufenden bleiben und gegebenenfalls sogar Einfluss darauf nehmen können.
Zu diesem Motiv gesellen sich der fanatische Frauenhass der Schnitter und die Unzufriedenheit mit politischen Entscheidungen, die in Greifenfurt getroffen wurden. Der manische Hass des Kults ähnelt der Haltung der Schwarzpelze, die ihre Frauen als *Tiere, die Orks gebären* bezeichnen und sie als männlichen Gelüsten und ihrem Machtstreben untergeordnet begreifen. Dagegen gibt es im Mittelreich gleichberechtigte Kriegerinnen und Heerführerinnen wie Asa, ein Umstand, der die Kultisten zur Weißglut treibt, denn sie wollen sie nicht als ebenbürtig anerkennen und schon gar keine Befehle von ihnen entgegennehmen.
Bei Asa kommt hinzu, dass sie trotz ihrer Jugend in den Rang der Wachtvögtin erhoben wurde und dort mit ihrer ungeschliffenen Art gelegentlich deutlich erfahrenere Männer brüskiert oder maßregelt. Außerdem ist ihrer Familie die Greifenfurter Baronie Nebelstein zugesprochen worden, deren vormaliger Herrscher *Tilldan von Nebelstein* ein hochrangiger Schnitter war. Als Erbin seines Lehens wollen die Kultisten sie ebensowenig wie als Heerführerin – und haben daher entschieden, sich ihrer auf möglichst blutige Art zu entledigen.

Szenen aus dem Lageralltag
Im Lager prallen unterschiedliche Welten aufeinander. Das sorgt auf der einen Seite für Missverständnisse und angespannte Stimmung, auf der anderen für Begegnungen und Formen der Zerstreuung, die auch den Helden gefallen könnten. Die Darstellung des Treibens kannst du an die Vorlieben deiner Spielrunde anpassen. Ob du viele Figuren auftreten lässt, dich auf einzelne Geschehnisse konzentrierst oder das ganze Szenario auf den Mordkomplott reduzierst, liegt ganz bei dir.
Die Schnitter fügen sich als Ritter, Waffenknechte und Soldaten auf den ersten Blick nahtlos ins Lagerleben ein, ihr Fanatismus und damit einhergehende Verhaltensweisen sorgen aber dafür, dass deine Helden ihnen auf die Spur kommen können. Am besten webst du Szenen, in denen die Kultisten auffallen, in Begebenheiten ein, die du ohnehin bespielen willst.

Wie soll das gehen?
Im Lager leben bald mehr als 3.000 Menschen auf engstem Raum zusammen. Da alles Wichtige mitzukriegen oder gar die Spuren Einzelner zu verfolgen, stellt eine Herausforderung dar. Schrecke nicht davor zurück, Helden Informationen über Gerüchte zuzutragen, ihnen den Zufall in die Karten spielen zu lassen und Beharrlichkeit zu belohnen.

Die folgenden Szenen und auch die Vorschläge zum Verhalten der Schnitter können dir als Inspiration und Ideensteinbruch dienen, du kannst sie beliebig mit eigenen Ideen ergänzen:

Adelsfest
Graf Emmeran richtet alle zwei Wochen ein Fest auf der Grafenburg aus, zu dem adlige Streiter sowie ausgewählte Gäste eingeladen werden. Die grünen Wimpel mit silbernem Topfhelm, die diese Einladung begleiten, sind bei den Bewohnern des Lagers begehrt – und angeblich gibt es in Reichsend kundige Schneider, die sie gegen gutes Geld fälschen.

Glaubensstreit

Rondra und Kor sind die am meisten verehrten Gottheiten im Lager, es werden aber auch andere Götter angebetet und es gibt öfter Streit über die richtige Auslegung von deren Tugenden. Stimmt es zudem, was hinter vorgehaltener Hand gemunkelt wird?

- Dass einige Tobrier Erzdämonen anbeten (-),
- der Hauptmann der Almadaner Söldner einen Stiergötzen verehrt (+/–)
- oder gar Opferungen an den Namenlosen erfolgen (-)?

Sollten die Helden der Legatin Daria helfen, gegen solche Gerüchte vorzugehen, können sie unter anderem bei Menzel (siehe Seite **118**) landen. Nicht, weil dieser selbst einige der Gerüchte in Umlauf gebracht hat, sondern weil er sich bei dem vermeintlichen Stierkultisten *Curon Mirador* (32, schwarzer Pferdeschwanz, schelmische braune Augen, drahtiger und wettergegerbter Söldner, Werte wie *kompetenter Gardist*, sie **Aventurischer Almanach** Seite **260**) über die *schwächliche Himmelmieze* Rondra ausgelassen hat. Da das gerade erst passiert ist, kann Curon ihn aus einer Gruppe Soldaten herausdeuten. Auf den Vorfall angesprochen, hält Menzel einen Vortrag darüber, dass er es mit Kor hält, der bekanntlich viel stärker als Rondra ist – schließlich hat er der Legende nach die größte der Sicheln, die *Schwarze Sichel*, im Kampf gegen das *Omegatherion* geführt, während Rondra gerade mal stark genug war, die *Rote Sichel* zu heben (was die Helden mit gelungen Proben auf *Götter & Kulte*, *Sagen & Legenden* oder *Geographie* –1 bestätigen können). Sowas kommt den Helden sicher nicht zum ersten Mal zu Ohren, ist also nicht weiter verdächtig. Dennoch können sie ihn auffordern, sich am Riemen zu reißen.

Langfinger

Immer wieder verschwinden kleine Gegenstände aus Zelten. Dann tauchen sie bei anderen Bewohnern wieder auf. Diese schwören Stein und Bein, dass sie sie vom Bauchladen eines jungen Burschen in Reichsend erworben haben. Für den Fortgang der Verschwörung oder der Ermittlung der Helden ist unerheblich, wer die Diebstähle verübt. Du kannst dir aussuchen, ob es sich um Mitglieder der berüchtigten *Blauen Bande* handelt, eines Diebesgesindels, das die Stadt auch nach dem Ende ihres Anführers, des *Blauen Bruders*, unsicher macht, oder ob sich unlautere Bewohner aus dem Tross des Lagers bereichern wollen.

Rangstreitigkeiten

Es kommt vor, dass in einzelnen Fraktionen eine Rangfolge bestimmt werden soll, weil jemand unzufrieden mit seiner Stellung ist. So etwas wird in Weiden gern durch Kämpfe unter Turnierbedingungen entschieden. Im Lager kommt es aber nur selten zu einem Lanzengang, also einem Tjost, viel häufiger sind Fußkämpfe mit Turnier- oder Übungsschwertern. Dieses Vorgehen wird auch deshalb geschätzt, weil es dazu beiträgt, dass Spannungen abgebaut werden können und die Stimmung nicht eskaliert. Die Kämpfe finden immer unter Beobachtung, häufig eines Rondrageweihten vom Orden zur Wahrung vom Rhodenstein, statt.

Gegen das Gebot, einander nicht mit scharfen Waffen anzugehen, wird jedoch immer wieder verstoßen – was zu Rügen seitens des Lagermarschalls führt. Einige Streiter scheinen aber unbelehrbar, darunter *Grimold* und *Rodwig* (siehe Seite **118**). Letzterer ist so gut wie nie ohne irgendeinen blutigen Verband anzutreffen. Sie kämpfen meist gegeneinander, schaffen es aber immer wieder, andere zu verleiten, ebenfalls mitzumischen. Als eine junge albernische Ritterin schwer verletzt wird, schickt der Lagermarschall die beiden für zwei Tage in den Karzer auf der Feste Reichsend. Sollten deine Helden zugegen sein, können sie bei der Festnahme klar Belustigung über die Verletzte und Geringschätzung in den Augen der Männer erkennen.

Hübschlerinnen

Bei *Peraida Nordhager* (34, brauner Bauernzopf, grüne Augen, etwas mürrisch, aber fähig; Heilkunde Wunden 13 (12/14/14), Willenskraft 8 (13/12/13), SK 2), einer Feldscherin, sind im Abstand von wenigen Tagen zwei Trosshuren mit ähnlichen Verletzungen am Hals aufgetaucht. Sie glaubt, dass der gleiche Freier zweimal über die Stränge geschlagen hat und eine Gefahr für Andere darstellen könnte. Die Frauen reden nicht mit ihr, sind aber wichtig für die Moral der Truppe. Daher wendet sich Peraida an Marschall Ansgar, der in der pikanten Angelegenheit nicht selbst ermitteln will.

Sollten die Helden das übernehmen, landen sie unweigerlich bei *May Aufeuer* (32, rotblonde Mähne, eisblaue Augen, groß, schlank, extrem selbstbewusst, herbe Schönheit; Betören 11 (11/15/15), Willenskraft 11 (11/13/15), SK 2), die als Sprecherin dieser Fraktion auftritt, ihnen zunächst ablehnend begegnet und sagt, dass sie sich *um die Sache gekümmert* hat. Lässt die Gruppe nicht locker, erklärt May bei einer gelungenen Vergleichsprobe auf *Überzeugen (Diskussionsführung)* –2 gegen ihre *Willenskraft*, dass (**QS 1**) der Täter bekannt ist und nun von ihren Leuten gemieden wird. Bei **QS 2** lässt sie durchscheinen, dass es sich um einen Adligen handelt und sie keine Scherereien will. Bei **QS 3** gibt sie den Namen Wunmar von Fuchsstein (siehe Seite **118**) preis.

Sollten die Helden Wunmar aufsuchen, zeigt dieser wenig Einsicht, bis Ulfried (siehe Seite **118**) seinem überraschten Knappen eine schallende Ohrfeige versetzt. Der Junker versichert, dass er *den Jungen* bestrafen und *so etwas* nicht mehr vorkommen wird. Eine Vergleichsprobe auf *Menschenkenntnis (Lüge durchschauen)* –3 gegen Ulfrieds *Überreden* enthüllt, (Netto-QS1) dass Ulfrieds Zorn nicht gespielt ist, und ab Netto-QS2, dass er sein Versprechen ernst meint. Ab Netto-QS3 kommt der Verdacht auf, dass sich der Junker weniger über das ärgert, was geschehen ist, als darüber, dass es aufgeflogen ist und ihm das nun Ärger beschert.

Wettzechen

Trinkspiele sind im Lager verboten und werden streng geahndet, denn wenn betrunkene Kämpfer aufeinandertreffen, kommt es schnell zu Verletzten oder sogar Toten. Sehr zum Leidwesen der Schankwirte in Reichsend ziehen Bewohner des Heerlagers daher öfter zum Zechen in die Stadt, wo es hin und wieder zu Massenkeilereien kommt. Bei den Gelagen ist *Kaiser Valpos Entzücken* am beliebtesten, das von Kaiser Bardo im Exil erfunden worden sein soll.

Auf einem runden Tisch stehen am Rand entlang 13 Becherchen und im Zentrum des Kreises ein weiterer, meist größerer. Die Becherchen am Rand symbolisieren die ehemals 13 Provinzen des Mittelreichs. Zuerst muss zur sogenannten „Thronbesteigung" jedoch der mittlere Becher geleert werden, dann folgen nacheinander im „Umritt" die 13 jeweils regionalen Spirituosen aus der entsprechenden Provinz. Nicht immer werden die Originalschnäpse verwendet, da sie teilweise sehr teuer importiert werden müssten. Stattdessen werden möglichst ähnliche, regionale Schnäpse verwendet. Dennoch zahlt der tapfere Trinker meist einen stolzen Preis von 13 Silbertalern für ein Vergnügen, das die wenigsten bis zum Ende durchhalten. Denn nur die wenigsten neu inthronisierten Kaiser erreichen die letzte Station ihrer Reise.

Nach jedem Becher muss eine Probe auf *Zechen (Vermeidung von Betäubung durch Rauschmittel)* und dann eine *Giftprobe* abgelegt werden. Je nach Trunk kommen verschiedene Auswirkungen zum Tragen. Beachte außerdem, dass bei der Thronbesteigung zu Anfang ein ganzer Becher Hochprozentiges zu leeren ist. Das bedeutet, dass ein Held vier (!) Proben ablegen muss. Sieger sind all jene, die am Ende das letzte Becherchen leeren.

Würfel- und Kartenspiele

Würfel- oder Kartenspiele sind bestens geeignet, mit echten Regeln ausgespielt zu werden. Wollt ihr es lieber über Proben regeln, wird auf *Brett- & Glückspiel (Würfelspiele)* gewürfelt. Der Spieler mit den meisten QS gewinnt. An Kartenspielen nehmen häufig mehr als nur zwei Personen teil. Daher kann auch eine Sammelprobe auf *Brett- & Glücksspiele (Kartenspiele)* abgelegt werden. Wer zuerst 10 QS angesammelt hat, gewinnt. Haben mehrere Spieler in der gleichen Runde 10 QS gesammelt, gewinnt derjenige, der insgesamt mehr QS erzielt.

Ein Koscher Waffenknecht namens ♟ *Rumpo Sindelsaum* (34, 1,72 Schritt, ausgewachsener brauner Pagenschmitt, Bäuchlein, rundes Gesicht; Willenskraft 7 (12/11/10), SK 2) wird Ende Peraine von Legatin Daria aus dem Verkehr gezogen, weil er an einer Kette einen schlichten Ring mit Endlosband trägt – und sie diesen als Zeichen der Schnitter erkennt. Der gravierte Spruch im Inneren bestätigt ihren Verdacht und sie befragt den Mann, der angibt, das Schmuckstück am Vorabend beim Würfelspiel gewonnen zu haben. Sein Mitspieler war betrunken genug, das Kleinod zu verzocken, er selbst hatte dem Schnaps aber auch schon so stark zugesprochen, dass er den Mann nicht beschreiben kann. Er erinnert sich nur an eine auffällige Narbe auf dessen linker Wange (Bäromar, siehe Seite **118**). Die Sache ist Daria wichtig genug, um die Heerführer zu warnen, spätestens jetzt werden auch die Helden hinzugezogen.

Die verschwundene Knappin

☠ *Ifirnja von Gorbingen*, (17, 1,70 Schritt, hellrotes Haar, braune Rehaugen, sehnig) Knappin eines tobrischen Ritters, ist nachts nicht ins Lager zurückgekehrt und spurlos verschwunden. Es kursieren Gerüchte, dass sie das Weite gesucht hätte, weil:

- sie um ihr Leben fürchtet (–),
- dass sie über eine Tändelei mit einem schönen Trutzer Burschen einfach die Zeit vergessen hat (+/–).
- Ihr Schwertvater glaubt jedoch nicht daran, weil das Mädchen ebenso mutig wie pflichtbewusst ist. Er glaubt, dass sie entführt wurde (+)

und bittet um Hilfe bei der Suche. Ifirnja bleibt zunächst unauffindbar. Es ist unmöglich, ihrer Spur im Lager zu folgen: Niemand hat sie kommen oder gehen sehen.

Einige Tage nach ihrem Verschwinden stößt ein Streiter der Sichelgarde jedoch auf ihre Leiche, als er Schlingen im Wald auslegt, um seinen Speiseplan zu erweitern. Der Mann meldet den Fund und die Helden werden gebeten, sich die Sache anzusehen. Bei einer Probe auf *Heilkunde Wunden* wird klar, dass (**QS 1**) die junge Frau mit dem auffallend hellroten Haar nicht hier gestorben ist, denn es ist weit und breit kein Blut zu sehen, (**QS 2**) dass sie schon einige Tage hier liegt, (**QS 3**) dass es zwar aussieht, als wäre sie von einem wilden Tier angefallen worden, viele Wunden dafür aber zu oberflächlich sind. Ab **QS 4** fällt auf, dass viele Schnitte an gut durchbluteten Stellen im Gesicht, an Gelenken und Bauch platziert sind: Jemand hat die Knappin bewusst ausbluten lassen.

Die Spur der Schnitter

Es ist entscheidend, dass du eine Spur legst, der die Helden folgen können, um schließlich die Kultisten zu stellen. Folgende Vorschläge kannst du nach Belieben erweitern:

- Legatin Daria kann den Helden einiges Wissen über die Schnitter vermitteln, denn sie wurde vor Jahren aus Perricum entsandt, um Spuren, die der Kult in der Nachbargrafschaft Bärwalde hinterlassen hatte, zu tilgen. Der Ring und die geopferte Knappin Ifirnja sind klare Hinweise, dass er seine Finger im Spiel hat, und das ist gefährlich.
- Folgen die Helden der Spur des Rings, können sie Bäromar aufgrund seiner auffälligen Narbe finden. Gelingt ihnen eine Vergleichsprobe *Gassenwissen (Beschatten)* gegen sein *Verbergen* (FW 6, 14/13/13), können sie ihm bis zum Altar der Schnitter (siehe Seite **122**) folgen. Dort will er die *Blutrote Herrin* um Verzeihung bitten, dass er seinen Ring versetzt hat. Stellen die Helden ihn, verrät er lediglich, dass sein Zirkel irgendein Weib an seinen Platz weisen will. Was genau Ulfried plant, weiß er ebenso wenig, wie er die Identität von Ulfrieds Auftraggeber kennt. Entscheiden die Helden stattdessen, Bäromar weiter zu beschatten, kann er sie zu den Mitverschwörern führen.

- Überwachen die Helden Menzel (erfolgreiche Probe auf *Gassenwissen (Beschatten)* gegen sein *Verbergen* (FW 6, 14/13/13), können sie feststellen, dass er sich öfter mit Grimold und Rodwig trifft. Eine erfolgreiche Probe auf *Menschenkenntnis* legt nahe, dass keiner der drei die Nachricht am Altar hinterlassen hat (siehe unten). Es muss einen höherrangigen Verschwörer geben.
- Mit einer Probe auf *Fährtenlesen (tierische Spuren)* -2, können die Helden einer Spur vom Fundort von Ifirnjas Leiche zum Stadttor folgen. Durch Herumfragen machen sie mit einer Probe auf *Gassenwissen (Informationssuche)* –3 die Torwache *Ilda Grieslein* (42, dicke Lippen, immer einen fröhlichen Spruch auf Lager, liebt Tiere; Willenskraft 5 (11/12/11), SK 1) ausfindig, die von einem kuriosen Vorfall berichtet: Ein Reiter in schwarzem Kapuzenumhang hat – wohl nach einer durchzechten Nacht – sein schlafendes Liebchen frühmorgens vor sich im Sattel aus der Stadt geschafft. Die Wächterin erinnert sich deshalb so lebhaft, weil der gutaussehende junge Mann (Wunmar, siehe Seite **118**) dem überheblichen Auftreten nach zu urteilen von Stand war, solche Leute normalerweise aber nicht zu den Rüpeln gehören, die sich in der Stadt besaufen.
- Auch Ulfried ist nicht so besonnen, wie er glaubt: Hin und wieder übermannt ihn sein Hass auf Asa und er mokiert sich so empört über *das verzogene Rotzgör, das sich anmaßt, ihm Befehle zu erteilen*, dass es einigen Streitern im Lager auffällt.

Der Schnitteraltar

Der Altar der Schnitter liegt gut versteckt im Viertel *Altendorf*, ganz in der Nähe des Gasthauses „Horndrache". In einer Nische in der alten Burgmauer ist eine enge, von Efeu überwucherte Treppenstiege verborgen, die gut drei Schritt nach unten führt und in einem etwa sechs mal acht Schritt messenden Raum mit Tonnengewölbe endet, der sorgsam aus dem Felsen gehauen wurde. An der Stirnwand findet sich ein gemauerter Altar, der aus den Dunklen Zeiten stammt (Probe auf *Geschichtswissen (Weiden)* oder *Steinbearbeitung (Steinmetzarbeiten)*) und während der Besetzung von Reichsend durch die Orks 1012 BF wieder geweiht wurde. Auf den Überresten einer mächtigen, dunklen Steinfigur, die einst wohl einen Stier darstellte, aber zerschlagen wurde, jedoch noch zu erkennen ist, erhebt sich eine grob gearbeitete, schwarze Statue einer gerüsteten Frau mit zwei Gesichtern, die mit vielen roten Bändern umwickelt ist.

Eine erfolgreiche Probe auf *Götter & Kulte (Rondra* oder *Tairach)* –3 offenbart folgendes:

- **QS 1**: Die erste Statue stellte einen dunklen Stier dar, die Frauenstatue erinnert an eine zornverzerrte Darstellung Rondras. Die Stierstatue wurde bereits vor Jahrhunderten zerstört, die Frauenstatue ist deutlich jünger, keinesfalls älter als 30 Jahre.
- **QS 2**: Der dunkle Stier, vor allem mit der vollen Mondscheibe, stand als Symbol Tairachs während der Herrschaft der Orks in den Dunklen Zeiten. Die düstere Kriegerin könnte zu einer verbotenen Rondrasekte gehören.
- **QS 3**: Die Frauenstatue stellt die *Blutrote Herrin* der ketzerischen Schnittersekte dar, vor der die Kultisten ihre blutrünstigen Opfer darbringen und die sie um Beistand anrufen.

Zahllose Kerzenstümpfe haben die Altarnische mit Wachs überzogen. Auf dem Boden davor findet sich ein glatter, gewölbter Stein, der mit einer braun verkrusteten Spiralrinne versehen ist. Eine Probe auf *Alchimie (Profane Alchimie)* oder *Heilkunde Wunden (Heilung fördern)* gibt preis, dass die Verkrustungen altes Blut sind (**QS 1**), zuletzt aber vor wenigen Tagen eine größere Menge auf den Stein getropft ist (**QS 2**). Gelingt den Helden eine Probe auf *Sinnesschärfe (Wahrnehmung)* –1 können sie bei **QS 1** feststellen, dass sich ein paar flammendrote Haare auf dem rauen Opferstein verfangen haben. Sie stammen von der Knappin Ifirnja (siehe Seite **121**). Bei **QS 2** finden sie in einem Riss am Sockel des Steins eine zusammengerollte Nachricht. In altertümlicher, aber gestochen scharfer Schrift steht auf einem kleinen Pergament:

Bei der Blutroten Herrin!
Reißt euch zusammen, der Plan gerät in Gefahr, wenn ihr weiter so viel Aufmerksamkeit auf euch zieht. Wer jetzt noch einmal auffällt, verantwortet sich vor mir!
SHUH

Das SHUH ist das Schnitter-Priesterkürzel, das Ulfried stets verwendet, es verschachtelt die Anfangsbuchstaben seines Initiationsortes und seines Namens: Solfsheim und Ulfried von Hirschenau. Dem Anführer des Zirkels ist klargeworden, dass sich seine Leute zu offen ihren Gelüsten hingeben und er ist nicht geneigt, das länger zu dulden.
Des Weiteren stehen zwei bronzene Feuerschalen neben dem Opferstein und zwei Truhen an der linken Wand enthalten schwarze Wappenröcke mit einem roten Kreis darauf (bei gelungener Probe auf *Götter & Kulte (Rondra)* –3: der rote Vollmond vor Nachtschwarz ist ein Zeichen der Schnitter), ausdruckslose Theatermasken, einfache Schwerter, einen kostbaren gewellten Opferdolch südländischer Machart, mehrere goldene Becher sowie eine Börse mit Silbertalern und einigen Dukaten (Gesamtwert: 15 Dukaten).

Die Entführung der Wachtvögtin

Ulfried kennt Asa nicht erst seit gestern: Er stammt aus dem *Lichthag* (siehe Seite **27**) und ist bereits mehrfach mit der Wachtvögtin aneinandergeraten. Er kennt ihre Eigenheiten und wurde von ihr ein paarmal heftig gerügt. Nicht zuletzt deshalb hasst er Asa leidenschaftlich, was sein Urteilsvermögen mitunter trübt. Seit dem

Aufbruch in Greifenfurt haben die Schnitter Asa kaum aus den Augen gelassen und sich mit ihren Routinen vertraut gemacht. Die Eisslingerin ist nämlich nicht nur eine Pedantin, sondern auch ein Gewohnheitsmensch und darin sehen die Schnitter ihre Chance.

Ulfried konnte sein Glück kaum fassen, als bei Asas Beschattung herauskam, dass sie sich auf ein Techtelmechtel mit dem einfachen Söldling ♟ *Roderik Marschen* (33, 1,88 Schritt, kurzes, braunes Haar, braune Augen, charmantes Schlitzohr, Werte wie *kompetenter Grenzreiter*, siehe Seite **125**) eingelassen hat, der die Truppe seit Greifenfurt begleitet. Regelmäßig stiehlt sie sich davon, um ein paar ungestörte Stunden mit dem Mann zu verbringen und hält daran auch in Reichsend fest. Alle paar Tage treffen sich die beiden bei einer Bekannten Asas im Stadtteil *Altenburg* nahe dem **Rüsthaus (AB02)** und kehren im Morgengrauen getrennt ins Lager zurück.

Eine bessere Gelegenheit wird sich voraussichtlich auch nach dem Aufbruch des Heers nicht bieten und vor allem gibt es in Reichsend einen der Blutroten Herrin geweihten Altar, auf dem die unliebsame Grenzreiterin geopfert werden kann. Also schlagen Ulfried und seine Spießgesellen in einer nebeligen Nacht Ende Peraine zu.

Das Attentat

Für den Überfall zieht Ulfried seine ganze Truppe zusammen. Einerseits, um auf Nummer sicher zu gehen, andererseits, weil alle dabei sein sollen, wenn er sein blutiges Werk verrichtet. Sie passen die Wachtvögtin in einer dunklen Seitengasse ab, allerdings fällt deren Gegenwehr entschiedener und lauter aus als erwartet. Daher bekommt ihr Gespiele ein paar Straßen weiter mit, dass etwas im Argen ist und eilt zum Ort des Geschehens. Dort findet er aber nur Blut, eine zerbrochene Maske und ein paar verängstigte Bürger vor, die etwas von Männern in schwarzen Kutten – mit Masken – erzählen. Da die Schätzungen der Augenzeugen zur Kopfstärke der Angreifer von fünf bis 15 erstrecken und Roderik auf die Schnelle keine Spuren findet, versucht er sich nicht an einer Verfolgung, sondern hastet zum Lager, um Bericht zu erstatten.

> Sollten deine Helden die Schnitter schon beschatten, kannst du den Kampf in diese Gasse verlegen. Dann haben die Helden die Überraschung gegebenenfalls auf ihrer Seite und Asa wird gar nicht erst entführt. Benutze die Informationen aus dem folgenden Abschnitt, um den Kampf dann an Ort und Stelle des Attentats stattfinden zu lassen.

Die Rettung

Roderik geht geradewegs zum Zelt des Lagermarschalls, um Alarm zu schlagen. Da Ansgars Autorität sich nur auf das Lager erstreckt, lässt er umgehend die Helden rufen, die sich schon mehrfach bei der Lösung von Problemen hervorgetan haben, und drängt sie, einzugreifen. Er selbst will eine Versammlung der Heerführer einberufen, um eine größere Rettungsmannschaft zusammenzustellen, die auch in Reichsend, immerhin eine Stadt mit kaiserlichen Privilegien, tätig werden kann.

Wenn die Abenteurer die Schnitter bereits erfolgreich ausgekundschaftet haben, liegt die Vermutung nahe, dass Asa zum verborgenen Altar verschleppt wurde und sie können sogleich dorthin aufbrechen. Haben die Helden den Altar bisher nicht gefunden, müssen sie den Tatort gründlich untersuchen. Sie können der Blutspur folgen, die allerdings im Verlauf des Wegs immer spärlicher wird und eine erfolgreiche Probe auf *Fährtenlesen (humanoide Spuren)* –3 erfordert. Sie können auch die Anwohner befragen, die durch den Kampflärm und Asas laute Hilferufe alarmiert wurden, um den Weg zum Eingang in der alten Stadtmauer zu finden, wozu gelungene Proben auf *Einschüchtern (Verhör)* –1 oder *Überreden* –2 sowie auf *Gassenwissen (Ortseinschätzung)* –2 notwendig sind.

Im Altarraum bietet sich den Helden folgendes Bild: Asa wurde bewusstlos geschlagen, gefesselt und auf den Opferstein gelegt, Ulfried hat den Opferdolch in der Hand und ihr schon erste Schnitte zugefügt. Sollten die Helden nicht explizit auf Heimlichkeit bedacht vorgehen, können sich die Schnitter sortieren und in Formation gehen. Die Soldaten Grimold und Rodwig bilden mit Holzschilden die erste Reihe. Dahinter steht der Pikenier Menzel, der mit einer Hellebarde immer wieder zwischen den Schilden hindurchsticht. Der Waffenknecht Bäromar sichert mit dem Knappen Wunmar zusammen Ulfried gegen Angriffe, während der Junker versucht, Asa der Blutroten Herrin zu opfern. Für Kämpfe in beengten Räumen siehe **Regelwerk** Seite **35**.

Sollte es den Helden gelingen, Ulfried direkt zu attackieren oder durch Fernkampfangriffe oder magische Mittel davon abzuhalten, sein Ritual zu vollenden, stürzt er sich ebenfalls wutentbrannt in den Kampf. Kann Ulfried nach 10 KR seinen letzten Kehlenschnitt bei Asa anbringen, erleidet sie eine potenziell tödliche Verletzung – und es ist an den Helden, sie schnellstmöglich mit einer Probe auf *Heilkunde Wunden (Stabilisieren)* von der Schwelle des Todes zurückzuholen.

♟ Ulfried Aldec von Hirschenau

Kurzcharakteristik: kompetenter Ritter, 44, weizenblonde, lichte Haare, wässrige, blaue Augen, stabil gebaut, arrogant, mit herrischem Gestus

Funktion: Ulfried ist der Kopf der Schnitter und Drahtzieher bei Asas Entführung.

Hintergrund: Ulfried ist der Sohn eines Schnitters, der enger Vertrauter des Meisters der Mark, ☸ *Tilldan Greifentreu von Nebelstein* war. Da er bereits zu dieser Zeit bei den Greifenfurter Grenzreitern diente und sich bestens verstellen konnte, entging er der anschließenden Säuberung und konnte insgeheim weiter seinem Irrglauben anhängen.

Feindbilder: Schwäche, Frauen, Rondrakirche, Ungehorsam

Schnitter
MU 14 **KL** 11 **IN** 13 **CH** 11
FF 10 **GE** 14 **KO** 13 **KK** 14
LeP 35 **AsP** – **KaP** – **INI** 12+1W6
AW 6 **SK** 1 **ZK** 2 **GS** 7
Waffenlos: AT 13 **PA** 7 **TP** 1W6 **RW** kurz
Hellebarde (2H): AT 13 **PA** 5 **TP** 1W6+6 **RW** lang
Langschwert: AT 13 **PA** 7 **TP** 1W6+4 **RW** mittel
Langschwert und Holzschild: AT 13 **PA** 8 **TP** 1W6+4 **RW** mittel
RS/BE: 4/1 (Kettenrüstung) (Modifikatoren durch Rüstungen sind bereits eingerechnet)
Aktionen: 1
Vorteile/Nachteile: Schlechte Eigenschaft (Autoritätsglaube)
Sonderfertigkeiten: Aufmerksamkeit, Belastungsgewöhnung I, Finte I (Waffenlos, Hellebarde, Langschwert), Formation, Wuchtschlag I (Waffenlos, Hellebarde, Langschwert), Zu Fall bringen (Hellebarde)
Talente: Einschüchtern 6, Körperbeherrschung 7, Kraftakt 7, Menschenkenntnis 4, Selbstbeherrschung 8, Sinnesschärfe 10, Überreden 2, Verbergen 6, Willenskraft 5
Anzahl: (Anzahl der Helden)
Größenkategorie: mittel
Typus: Kulturschaffender, humanoid
Beute: je nach Schnitter, Zufallsfund 2W6+4 Silbertaler
Kampfverhalten: Die Schnitter setzen *Finten* und *Wuchtschläge* ein. In engerer Umgebung nutzen sie statt der Hellebarde ihr Schwert. Sie versuchen zudem, gemeinsam gegen einen Gegner zu kämpfen, wenn sich die Gelegenheit bietet.
Flucht: Die Schnitter fliehen nicht, sie kämpfen bis zum Tod.
Schmerz +1 bei: 24 LeP, 16 LeP, 8 LeP, 5 LeP oder weniger

Ulfried Aldec von Hirschenau
MU 14 **KL** 13 **IN** 11 **CH** 12
FF 11 **GE** 15 **KO** 15 **KK** 16
LeP 44 **AsP** – **KaP** – **INI** 13+1W6
SK 1 **ZK** 2 **AW** 8 **GS** 7
Raufen: AT 12 **PA** 7 **TP** 1W6 **RW** kurz
Langschwert: AT 16 **PA** 9 **TP** 1W6+5 **RW** mittel
Streitaxt: AT 16 **PA** 8 **TP** 1W6+6 **RW** mittel
RS/BE 4/0 (Kettenrüstung) (Modifikatoren durch Rüstungen bereits eingerechnet)
Sonderfertigkeiten: Belastungsgewöhnung I+II, Beidhändiger Kampf I+II, Berittener Kampf, Entwaffnen, Finte I+II, Formation, Schmerzen unterdrücken, Wuchtschlag I+II
Vorteile / Nachteile: Adel I, Beidhändig / Schlechte Angewohnheit (Erster), Schlechte Eigenschaft (Jähzorn)
Talente: Einschüchtern 10, Körperbeherrschung 7, Kraftakt 7, Kriegskunst 8, Menschenkenntnis 9, Reiten 10, Selbstbeherrschung 7, Sinnesschärfe 6, Überreden 10, Verbergen 2, Willenskraft 5
Kampfverhalten: Ulfried versucht seine Gegner durch die schiere Fülle und die Wucht seiner Angriffe zu erschrecken und schnell zu überwinden. Er attackiert mit Schwert und Streitaxt und setzt bei seinen Angriffen Wuchtschläge ein. Erst, wenn er einem ebenbürtigen Gegner gegenübersteht, setzt er auch Finten ein.
Flucht: Ulfried flieht nicht, sondern kämpft bis zum Tod.
Schmerz +1 bei: 33 LeP, 22 LeP, 11 LeP, 5 LeP oder weniger

Darstellung: Ulfried ist es nicht gewohnt, Widerspruch zu erfahren, und reagiert darauf mit cholerischen Ausbrüchen. Ansonsten gibt er sich arrogant und rechthaberisch, Eigenschaften, die eigentlich eher von Adligen höheren Rangs gepflegt werden.

Epilog und Lohn der Mühen

Im offiziellen Aventurien gehen wir davon aus, dass es den Helden gelingt, Asa zu retten. Sie wird, von dem Angriff gezeichnet, mit Arlan und Brin schon in den Tagen darauf die Heerschau halten. Damit ist alles für den Aufbruch vorbereitet.

Die Helden werden gebührend für die Rettung der Wachtvögtin gefeiert und steigen endgültig – wenn sie es nicht schon sind – zu engen Beratern der Heerführer auf, die sie vor dem versammelten Heer lobend erwähnen. Mit dieser Szene endet Teil 1 der **Blutmond-Kampagne**, unmittelbar bevor in Teil 2 das Heer in Richtung des Svelltlandes aufbricht.

Die Helden haben sich neben Asas tiefempfundenen Dank und der Ehre, die ihnen die Heerführer erweisen, **10 Abenteuerpunkte** redlich verdient. Sollten die Helden viel Zeit im Lager verbracht und sich aktiv um den Heerbann gekümmert haben, kannst du dafür weitere **5-10 Abenteuerpunkte** vergeben.

ANHANG

Wachtritter und Soldaten der Finsterwacht

Bergschützen und Grenzreiter (erfahren/ kompetent/meisterlich)
Die Heldentrutzer Bergschützen und Greifenfurter Grenzreiter stellen die typische Besatzung eines Turms der Finsterwacht dar, eines tapferen Menschenschlags, der den orkischen Invasoren trotzt.

Wachtritter (erfahren/kompetent)
Wird ein Ritter des Herzogtums Weiden mit einem der Türme der Finsterwacht belehnt, so nennt man ihn fortan Wachtritter. Als solcher kommandiert er die Turmgarnison, sorgt für die Instandhaltung der Befestigungen und die Sicherheit der Landesgrenzen.

Waffe	Kampftechnik	TP	L+S	AT/PA-Mod	RW	Gewicht	Länge	Preis	Komplexität
Bastard-schwert (2H)	Zweihand-schwerter	1W6+6	KK 13	0/-2	mittel	3 Stn	110 HF	200 S	einf
Hirschfänger	Schwerter	1W6+2	GE/KK 14	0/–1	kurz	1 Stn	60 HF	100 S	einf
Ogerschelle	Kettenwaffen	2W6+2	KK 14	–2/–	mittel	4 Stn	120 HF	180 S	einf

Bergschützen und Grenzreiter (erfahren/kompetent/meisterlich)
MU 14/15/16 **KL** 10/10/10 **IN** 13/13/13 **CH** 11/11/11
FF 13/14/15 **GE** 13/14/15 **KO** 13/13/13 **KK** 13/14/15
LeP 32/36/40 **AsP** – **KaP** – **INI** 14/15/16+1W6
AW 7/7/8 **SK** 1/1/2 **ZK** 2/2/2 **GS** 8
Waffenlos: AT 14/16/18 **PA** 7/9/10
TP 1W6/1W6/1W6+1 **RW** kurz
Bastardschwert (2H) (ab meisterliche Schwarzschilde, Grenzreiter): AT 14/16/18 **PA** 5/7/9
TP 1W6+6/1W6+7/1W6+8 **RW** mittel
Hirschfänger (Schwarzschilde, Schwarzfedern): AT 14/16/18 **PA** 6/8/9
TP 1W6+2/1W6+2/1W6+3 **RW** kurz
Langschwert (ab kompetente Schwarzschilde, Grenzreiter): AT 14/16/18 **PA** 7/9/11
TP 1W6+4/1W6+4/1W6+4 **RW** mittel
Langschwert und Holzschild (ab kompetente Schwarzschilde): AT 14/16/18 **PA** 8/10/11
TP 1W6+4/1W6+4/1W6+4 **RW** mittel
Speer (2H) (Schwarzschilde, Schwarzfedern): AT 14/16/18 **PA** 7/9/11
TP 1W6+4/1W6+4/1W6+4 **RW** lang
Streitaxt /Streitkolben (alle): AT 14/16/18 **PA** 6/8/10 **TP** 1W6+4/1W6+4/1W6+5 **RW** mittel
Streitaxt /Streitkolben und Holzschild (alle): AT 14/16/18 **PA** 8/10/11
TP 1W6+4/1W6+4/1W6+5 **RW** mittel
Kurzbogen (alle): FK 13/16/18 **LZ** 1 **TP** 1W6+4 **RW** 10/50/80
RS/BE*: 2/0 (Modifikatoren durch Rüstungen bereits eingerechnet)
Vorteile/Nachteile: keine
Sonderfertigkeiten: Belastungsgewöhnung I, Fertigkeitsspezialisierung Kriegskunst, Finte I, Wuchtschlag I / Aufmerksamkeit, Sturmangriff, Vorstoß / Anführer, Finte II, Wuchtschlag II
Talente: Einschüchtern 6/8/10, Klettern 5/7/9, Körperbeherrschung 6/8/10, Kraftakt 8/10/12, Kriegskunst (Partisanenkampf) 8/10/12 (10/12/14), Menschenkenntnis 3/4/5, Reiten 10/11/12, Schwimmen 3/4/5, Selbstbeherrschung 5/7/9, Sinnesschärfe 6/8/10, Überreden 3/5/7, Verbergen 7/8/9, Willenskraft 3/4/5
Kampfverhalten: individuell. Üblicherweise greifen die Soldaten zunächst aus der Distanz mit ihren Bögen an. Im Nahkampf nutzen sie gelegentlich *Finten* oder *Wuchtschläge*.
Flucht: Verlust von 75 % der LeP
Schmerz +1 bei: 24 LeP, 16 LeP, 8 LeP, 5 LeP oder weniger / 27 LeP, 18 LeP, 9 LeP, 5 LeP oder weniger / 30 LeP, 20 LeP, 10 LeP, 5 LeP oder weniger
Schwarzschilde: Waffe und Holzschild: AT 14/16/18 und PA 9/10/12
Schwarzfedern: FK +2, AT/PA –2/–1, SF Präziser Schuss/ Wurf I, Schnellladen (Bögen),
Grenzreiter: *Reiten*-FW +4, FK –2, SF Berittener Kampf, SF Berittener Schütze
*) Einige Soldaten verfügen über Leder- oder Kettenrüstungen entsprechend haben sie möglicherweise einen RS von 3 oder 4. Berücksichtige in diesem Fall auch höhere BE und zusätzliche Abzüge auf GS und INI.

Wachtritter (erfahren/kompetent)
MU 14/15 **KL** 10/10 **IN** 13/13 **CH** 11/11
FF 11/11 **GE** 14/15 **KO** 13/13 **KK** 14/15
LeP 32/36 **AsP** – **KaP** – **INI** 13/14+1W6
AW 6/7 **SK** 1/1 **ZK** 2/2 **GS** 7
Waffenlos: AT 13/15 **PA** 6/8 **TP** 1W6/1W6 **RW** kurz
Bastardschwert (2H): AT 13/15 **PA** 5/6 **TP** 1W6+6/1W6+7 **RW** mittel
Langschwert: AT 14/16 **PA** 7/9 **TP** 1W6+4/1W6+4 **RW** mittel
Langschwert und Holzschild: AT 14/16 **PA** 9/10 **TP** 1W6+4/1W6+4 **RW** mittel
Ogerschelle und Holzschild: AT 11/13 **PA** 9/10 **TP** 2W6+2/2W6+3 **RW** mittel
Zweihänder (2H): AT 13/15 **PA** 4/5 **TP** 2W6+4/2W6+5 **RW** mittel
RS/BE: 4/1 (Modifikatoren durch Rüstungen bereits eingerechnet)
Vorteile/Nachteile: keine
Sonderfertigkeiten: Belastungsgewöhnung I, Berittener Kampf, Finte I, Wuchtschlag I / Finte II, Wuchtschlag II, Verteidigungshaltung, Vorstoß
Talente: Einschüchtern 6/8, Klettern 7/9, Körperbeherrschung 6/8, Kraftakt 8/10, Kriegskunst 6/8, Menschenkenntnis 4/5/6, Reiten 10/11, Schwimmen 3/4/5, Selbstbeherrschung 7/9, Sinnesschärfe 6/8, Überreden 5/6, Verbergen 4/5, Willenskraft 5/6
Kampfverhalten: individuell. Wachtritter versuchen oftmals, eine Vorteilhafte Position ihren Gegnern gegenüber einzunehmen oder sich in einen der Türme zurückzuziehen. Gegen einen einzelnen Gegner setzen sie vor allem auf *Wuchtschläge*, wenn er schon sehr angeschlagen ist, dann häufig auch eine Kombination aus *Vorstoß* und *Wuchtschlag* oder *Finte*.
Flucht: Verlust von 75 % der LeP
Schmerz +1 bei: 24 LeP, 16 LeP, 8 LeP, 5 LeP oder weniger / 27 LeP, 18 LeP, 9 LeP, 5 LeP oder weniger

Finsterkammzwerge

Finsterkammzwerg
Die Finsterkammzwerge sind typische Vertreter ihres Volkes unter der Herrschaft von Bergkönig Garbalon, die schon seit Generationen ihre Bingen im Finsterkamm bewohnen und den Schwarzpelzen trotzen.

Finsterkammzwerg
MU 14 **KL** 11 **IN** 13 **CH** 11
FF 13 **GE** 13 **KO** 15 **KK** 15
LeP 38 **AsP** – **KaP** – **INI** 14+1W6
AW 7 **SK** 2 **ZK** 4 **GS** 6
Waffenlos: AT 15 **PA** 9 **TP** 1W6+1 **RW** kurz
Zwergenskraja: AT 17 **PA** 9 **TP** 1W6+5 **RW** mittel
Zwergenskraja + Schild: AT 17 **PA** 11 **TP** 1W6+5 **RW** mittel
Leichte Armbrust: FK 15 **LZ** 8 **TP** 1W6+6 **RW** 10/50/80
RS/BE: 4/0 (Kettenrüstung) (Modifikatoren durch Rüstungen bereits eingerechnet
Vorteile/Nachteile: Dunkelsicht I, Immunität gegen Tulmadron / Schlechte Eigenschaft (Autoritätsglaube), Unfähigkeit (Schwimmen)
Sonderfertigkeiten: Aufmerksamkeit, Belastungsgewöhnung I–II, Finte I (Waffenlos, Zwergenskraja), Präziser Schuss/Wurf I (Leichte Armbrust), Schnellladen (Leichte Armbrust), Wuchtschlag I–II (Waffenlos, Zwergenskraja)
Talente: Einschüchtern 7, Etikette 3, Handel 2, Körperbeherrschung 8, Kraftakt 8, Menschenkenntnis 5, Selbstbeherrschung 9, Sinnesschärfe 8, Überreden 5, Willenskraft 7, Zechen 6
Kampfverhalten: Finsterkammzwerge versuchen zuerst, Gegner drohend mit der Armbrust zur Aufgabe zu bewegen. Zeigen die Drohungen keinen Erfolg, schießen sie zunächst und kämpfen dann mit der Zwergenskraja weiter. Dabei setzen sie *Finten* und *Wuchtschläge* ein. Sie versuchen zudem, gemeinsam gegen einen Gegner zu kämpfen, wenn sich die Gelegenheit bietet.
Flucht: individuell; spätestens nach *Schmerz III* versuchen sie zu fliehen.
Schmerz +1 bei: 29 LeP, 19 LeP, 10 LeP, 5 LeP oder weniger

Kreaturen

Irrlicht

Wird eine sterbliche Seele einem Leib schnell und unerwartet entrissen, sei es durch einen Sturz in tiefes Sumpfwasser oder einen Felsspalt, kann aus ihr ein geisterhaftes Irrlicht entstehen. Ein Irrlicht lockt, frei von böser Absicht, doch nicht minder gefährlich, andere Sterbliche in eben solche Gefahren, die ihm einst selbst zum Verhängnis wurden.

Vom Wesen der Geister

Als ruhelose Seelen von Toten verfügen Geister über keinen eigenen Körper. Sie mögen in manchen Fällen durch Besessenheit den Körper Lebender in Beschlag nehmen, der Tod oder die Zerstörung dieses Leibes vernichtet sie jedoch nicht. Daraus und aus ihrer Herkunft ergeben sich einige Besonderheiten:

- Geister können nur durch die Zustände *Furcht*, *Schmerz* und *Verwirrung* beeinträchtigt werden. Geister können z. B. vor heiligen Objekten *Furcht* oder *Schmerzen* verspüren. Gerade seelische *Schmerzen* oder die Wirkung von Zaubern und Liturgien können Zustände auslösen, auch wenn Geister keinen Körper besitzen, der Schmerzen erleiden kann, und sie sich vor dem Tod nicht fürchten – schließlich sind sie bereits tot.
- Durch einen niedrigen LeP-Stand erleiden Geister keine Zustandsstufen *Schmerz* (siehe **Regelwerk** Seite **34**).
- Geister sind körperlos. Sie können durch feste Materie wandern, schweben oder im Boden versinken, auch wenn manche dies aus Gewohnheit nicht tun.
- Geister, die mit ihren Angriffen direkte SP verursachen, fügen ihrem Ziel damit magischen Schaden

Irrlicht
Größe: entspricht der vorherigen Gestalt
Gewicht: kein Gewicht
MU 10 **KL** 10 **IN** 13 **CH** 13
FF 8 **GE** 13 **KO** 12 **KK** 10
LeP 15 **AsP** 30 **KaP** – **INI** 14+1W6
VW 12 **SK** 4 **ZK** 5 **GS** 12
Waffenlos: AT 11 **TP** 1W3 SP **RW** kurz bis mittel
RS/BE: 0/0
Aktionen: 1
Vorteile/Nachteile: keine
Sonderfertigkeiten: keine
Talente: Überreden 12
Zauber: Bannbaladin 14, Horriphobus 10
Anzahl: 1 oder 1W3+1 (kleine Geisterschar) oder 1W6+2 (große Geisterschar)
Größenkategorie: mittel
Typus: Geist (niederer), humanoid
Anrufungsschwierigkeit: +/–0
Beute: keine
Kampfverhalten: Irrlichter kämpfen nur, wenn sie in die Enge getrieben werden, was bei Geistern fast nie eintritt. Ansonsten locken sie ihre Opfer bevorzugt in Sumpflöcher oder in andere Gefahrensituationen.
Flucht: Verlust von 75 % der LeP
Schmerz +1 bei: kein Effekt
Magiekunde (Magische Wesen):
QS 1: Irrlichter erscheinen meist als Lichtflecken, diffuse Nebelschwaden oder kleine flirrende Geisterwesen.
QS 2: Irrlichter locken ihre Opfer ins Verderben (beispielsweise in gefährliche Felsspalten, Sumpflöcher, Treibsandfelder oder ins Wasser).
QS 3+: Es handelt sich um die Geister von Verstorbenen, die noch eine Aufgabe zu erfüllen haben.
Sonderregeln:
Begrenzung: Irrlichter können sich nicht mehr als 7 Schritt vom Ort ihres Todes entfernen.
Hasserfüllte Irrlichter: Diese Variante des Irrlichts kann sich auch weiter als 7 Schritt vom Ort ihres Todes entfernen. Dennoch verbleiben hasserfüllte Irrlichter üblicherweise in der Region ihres Ablebens und wandern nicht quer durch ganz Aventurien.
Im Bann des Irrlichts: Irrlichter versuchen, Sterbliche ins Verderben (z. B. ein Sumpfloch oder ins Wasser) zu locken. Sollte ein Held ein Irrlicht hören oder sehen, muss er eine Vergleichsprobe zwischen *Überreden* des Irrlichts und seiner *Willenskraft (Bedrohungen standhalten)* ablegen. Sollte das Irrlicht mindestens 1 Netto-QS erreichen, wird der Held bereitwillig auf das Irrlicht zugehen. Dabei gerät er irgendwann unweigerlich in ein Sumpfloch oder findet sich im Wasser wieder, wenn er nicht von Dritten aufgehalten wird. Der Lockruf eines Irrlichts wirkt bis zu 50 Schritt weit und hält maximal eine halbe Stunde an.
Geister-Regeln: Für das Irrlicht gelten die allgemeinen Regeln für Geister (siehe Seite **127**).

zu. Werden Geister getötet, bleibt nichts Körperliches zurück.
- Angriffe mit profanen Waffen verursachen keinen Schaden. Angriffe mit geweihten Waffen von Totengöttern (z. B. Boron oder Tairach) erzeugen normalen Schaden.
- Angriffe mit magischen und geweihten Waffen aller anderen Götter sowie Zauber und Liturgien erzeugen halben Schaden. Die Trefferpunkte werden ausgewürfelt, dann halbiert, anschließend der RS abgezogen.
- Geister sind immun gegen Zauber mit den Merkmalen *Heilung*, *Illusion*, *Telekinese* und *Verwandlung*.
- Geister sind immun gegen Gifte und Krankheiten.
- Geister können üblicherweise aus Liturgien keinen Nutzen ziehen. Hier mag es jedoch einige wenige Ausnahmen geben.
- Geister nehmen die Welt durch ihren Magiesinn wahr. Sie brauchen dafür weder Licht noch Sinnesorgane wie Augen oder Ohren. Die Reichweite beträgt etwa 200 Schritt.
- Geister regenerieren durch Regenerationsphasen, wobei sie nicht im üblichen Sinne schlafen müssen.

Nebelkrähe

Den Nebelkrähen sagt man eine seit jeher bestehende Verbundenheit mit den Schwarzpelzen nach. Aus orkischer Perspektive ist dies wenig verwunderlich, kennen sie die Rabenvögel doch als heilige Tiere ihres Totengottes Tairach. Die Menschen aber sehen in den Nebelkrähen ein böses Omen, kündigt ihre Präsenz doch meist einen bevorstehenden Angriff blutrünstiger Orks an.

Moorleiche

Größe: 1,50 bis 2,00 Schritt bzw. nach Ursprungskörper

Gewicht: 40 bis 80 Stein bzw. nach Ursprungskörper

MU 20 **KL** 6 **(t)** **IN** 10 **CH** 10

FF 6 **GE** 8 **KO** 13 **KK** 13

LeP 16 **AsP** – **KaP** – **INI** 7+1W6 **VW** 1 **SK** 0 **ZK** 0 **GS** 4

Waffenlos: AT 8 TP 1W6(+Krankheit)* **RW** kurz

Biss: AT 8 TP 1W6+2(+Krankheit)* **RW** kurz

Fäulnisschwall: FK 8 TP 1W6 (+Krankheit)* **RW** 3/4/5

RS/BE: 1/0 oder je nach Rüstung

Aktionen: 1

Vorteile/Nachteile: Lichtempfindlich (wirkt, obwohl Moorleichen als Untote ansonsten nicht den Zustand *Schmerz* erleiden können)

Sonderfertigkeiten: keine

Talente: Einschüchtern 6, Klettern (keine Probe erlaubt; Moorleichenkönnennichtklettern),Körperbeherrschung 1, Kraftakt 7, Schwimmen 7, Selbstbeherrschung – (gelingt automatisch), Sinnesschärfe 4, Verbergen 7, Willenskraft – (gelingt automatisch)

Anzahl: bis zu 3

Größenkategorie: mittel

Typus: Untoter (Hirnloser), humanoid

Erschaffungsschwierigkeit: +1

Beute: eventuell Zufallsfund (bei 1 auf W6 hat die Moorleiche Geld oder Wertgegenstände im Wert von 1W6 x 1W6 Hellern dabei)

Kampfverhalten: Moorleichen gehorchen den Befehlen ihres Beschwörers und werden häufig als hirnlose Arbeitssklaven eingesetzt. Als freie Untote folgen sie ihrem instinktiven Hass auf alles Lebendige. Sobald sie ein Opfer bemerken, bewegen sie sich direkt darauf zu und versuchen, es mit Bissen oder dem Fäulnisschwall zu töten.

Flucht: Moorleichen fliehen nicht. Sie kämpfen ohne Rücksicht auf Verluste bis zum letzten „Lebenspunkt".

Schmerz +1 bei: immun gegen *Schmerz*

Magiekunde (Magische Wesen):

- **QS 1:** Moorleichen sind langsam, man kann vor ihnen weglaufen. Sie kämpfen bis zum bitteren Ende. Gefährlich kann ihr Fäulnisschwall werden, ein Strahl fauligen Sumpfwassers, der aus ihrem Mund spritzt.
- **QS 2:** Von einem Beschwörer kontrollierte Moorleichen folgen ebenso wörtlich wie gedankenlos den Befehlen ihres Meisters. Den Kopf vom Rumpf zu trennen hat keinen nennenswerten Effekt.
- **QS 3+:** Moorleichen können nicht klettern, dafür aber schwimmen und tauchen. Sonnenlicht schadet ihnen und zerstört sie innerhalb von einigen Sekunden.

Sonderregeln:

) Krankheitsüberträger:* Moorleichen können Wundfieber übertragen. Für je volle 10 SP durch sie muss mit 1W20 gewürfelt werden: 1-10 (keine Krankheit), 11-20 (Wundfieber). Ist der Held infiziert, muss eine Krankheitsprobe abgelegt werden (siehe **Regelwerk Seite **343**; zu Wundfieber siehe **Aventurischer Almanach** Seite **130**).

***) Krankheitsüberträger:* Moorleichen können mit dem Fäulnisschwall Sumpffieber übertragen. Für je volle 10 SP durch diesen Angriff bei einem Opfer muss mit 1W20 gewürfelt werden: 1-10 (keine Krankheit), 11-20 (Sumpffieber). Ist der Held infiziert, muss eine Krankheitsprobe abgelegt werden (siehe Regelwerk Seite 343).

Extrem Lichtempfindlich: Ist die Moorleiche direktem Sonnenlicht ausgesetzt, erleidet sie 2 SP pro KR.

Meute: Moorleichen, die gemeinsam einen Gegner angreifen, erhalten pro Moorleiche in der Überzahl +1 AT (bis zu einem Maximum von +4 AT).

Moorleichenart: Die oben genannten Werte gelten für eine durchschnittliche Menschenmoorleiche. Andere Moorleichenarten können andere Werte und Fähigkeiten aufweisen.

Untoten-Regeln: Für Moorleichen gelten die allgemeinen Untoten-Regeln (siehe Seite **132**).

Nebelkrähe
MU 12 **KL**12 **(t)** **IN** 12 **CH** 11
FF 12 **GE** 11 **KO** 6 **KK** 8 (k)
LeP 5 **AsP** – **KaP** – **INI** 15+W6
VW 7 **SK** –1 **ZK** –4 **GS** 4/17 (am Boden / in der Luft)
Schnabel und Klauen: AT 12 **TP** 1W6 **RW** kurz
RS/BE: 0/0
Aktionen: 1
Sonderfertigkeiten: Angriff auf ungeschützte Stellen (Schnabel und Klauen), Flugangriff (Schnabel und Klauen), Kampfreflexe I, Verbessertes Ausweichen I+II
Talente: Einschüchtern 3, Fliegen 11, Körperbeherrschung 7, Kraftakt 2, Selbstbeherrschung 3, Sinnesschärfe 10, Verbergen 6, Willenskraft 4
Größenkategorie: winzig
Typus: Tier, nicht humanoid
Kampfverhalten: Die Nebelkrähen versuchen üblicherweise, den Schamanen zu beschützen.
Flucht: Diese Nebelkrähen fliehen nicht.
Schmerz +1 bei: 5 LeP, 3 LeP, 2 LeP, 1 LeP

Tierkunde (Wildtiere)
- **QS 1:** Nebelkrähen leben meist in großen Schwärmen.
- **QS 2:** Sie sind Allesfresser, greifen aber üblicherweise keine Menschen an.
- **QS 3+:** Nebelkrähen sind eher feige und fühlen sich schnell eingeschüchtert.

Angriff auf ungeschützte Stellen
(Spezialmanöver)

Regel: Wenn die AT des Wesens gelingt und die Verteidigung des Ziels misslingt, kann Rüstungsschutz, der durch Kleidung und Rüstungen zustande gekommen ist, ignoriert werden. Gegen diesen Angriff kann man sich normal verteidigen. Die Attacke ist um –2 erschwert. Magischer, karmaler oder natürlicher Rüstungsschutz kann nicht umgangen werden und schützt weiterhin.
Erschwernis: –2
Voraussetzungen: Wesen verfügt automatisch über die SF

Orkische Gegner

Vorteile

Biss I-III (*)

Das Gebiss des Helden ist so stark und seine Zähne so spitz, dass er einen Gegner bei einem Biss schwer verletzten kann.
Regel: Der Held hat scharfe Zähne, die sich als Nahkampfwaffe eignen. Es gibt drei Stufen des Biss-Angriffs. Der Schaden ist von der Stufe und der Größenkategorie des Helden abhängig:
winzig, Stufe I/II/III: 1W3/1W3+1/1W3+2 TP
klein, Stufe I/II/III:1W6/1W6+1/1W6+2 TP
mittel, Stufe I/II/III: 1W6+1/1W6+2/1W6+3 TP
groß, Stufe I/II/III: 1W6+2/1W6+3/1W6+4 TP
riesig, Stufe I/II/III: 2W6/2W6+1/2W6+2 TP
Der Angriff zählt als waffenloser Angriff und wird mit der Kampftechnik *Raufen* mit Reichweite *kurz* ausgeführt. Verfügt ein Held über den Biss-Angriff, kann er die Sonderfertigkeit *Verbeißen* (siehe **Regelwerk** Seite **362**) für 10 AP erwerben.
Voraussetzungen: Spezies, Kultur oder Profession muss Vorteil als automatischen oder empfohlenen Vorteil aufweisen.
AP-Wert: Stufe I/II/III: 5/10/15 Abenteuerpunkte + jeweils 0/1/2/3/4 AP für die Größenkategorie winzig/klein/mittel/groß/riesig (pro Stufe der SF)

Natürliche Waffe (Biss) (*)

Während eines waffenlosen Nahkampfs können einige Helden ihre Zähne einsetzen, um fürchterliche Wunden zu reißen.
Regel: Das Wesen kann den Vorteil *Biss* erhalten und diesen mit einer Raufen-AT einsetzen. Dieser Angriff ersetzt den sonst üblichen Waffenlosen Raufen-Angriff.
Voraussetzungen: Spezies, Kultur oder Profession muss Vorteil als automatischen oder empfohlenen Vorteil aufweisen.
AP-Wert: 5 Abenteuerpunkte

Einschüchternde Waffe

Wirkung: Die Waffe erzeugt für 30 Minuten 1 Stufe *Furcht* gegen einen Kulturschaffenden oder ein Tier nach Wahl des Animisten, sofern dieser oder dieses sich innerhalb einer Reichweite von 8 Schritt befindet und höchstens eine SK von 2 aufweist.
Voraussetzungen: keine
Volumen: 3 Punkte
AsP-Kosten: 6 AsP
Merkmal: Einfluss
AP-Wert: 10 Abenteuerpunkte

Bergwolf
Die gewaltigen Bergwölfe sind angriffslustige Bestien, die in den Tälern und Klüften des Finsterkamms lauern. Tatsächlich sind die pelzigen Biester groß genug, um von den Orks als Packtier genutzt oder sogar in die Schlacht geritten zu werden – eine Gelegenheit, welche die Schwarzpelze nicht verstreichen lassen.

Blutkrieger
Orkische Blutkrieger sind animistische Zauberer, die ihre magischen Kräfte zur Stärkung ihrer körperlichen Fähigkeiten einsetzen. Sie gelten als hervorragende Krieger, die meistens für spezielle Aufträge eingesetzt werden oder andere Orks mit ihren Kräften unterstützen.

Bergwolf
Größe: 1,50 bis 1,80 Schritt Körperlänge
Gewicht: 80 bis 120 Stein
MU 15 **KL** 11(t) **IN** 13 **CH** 12
FF 12 **GE** 13 **KO** 15 **KK** 15
LeP 45 **AsP** – **KaP** – **INI** 14+1W6
VW 6 **SK** –2 **ZK** 1 **GS** 11*
Biss: **AT** 16 **TP** 1W6+6(+Krankheit)** **RW** kurz
RS/BE: 1/0
Aktionen: 1
Vorteile/Nachteile: Dunkelsicht I, Herausragender Sinn (Geruch)
Sonderfertigkeiten: Anspringen, Verbeißen (Biss)
Talente: Einschüchtern 7, Klettern 6, Körperbeherrschung 5, Kraftakt 8, Schwimmen 7, Selbstbeherrschung 4, Sinnesschärfe 7, Verbergen 5, Willenskraft 4
Anzahl: 1 oder 1W3+2 (kleines Rudel)
Größenkategorie: mittel
Typus: Tier, nicht humanoid
Beute: 18 Rationen Fleisch (zäh), Fell (3 Silbertaler)
Kampfverhalten: Bergwölfe sind eine besonders mutige Wolfsart. Sie greifen an, wenn sie der Hunger treibt oder sie sich in ihrem Revier bedroht fühlen, aber auch, wenn ein orkischer Reiter es ihnen befiehlt. Wenn bei einem wilden Rudel das Alphatier getötet wird, flieht der Rest des Rudels. Wenn man über das Wissen verfügt, dass es ein Alphatier gibt, kann man dieses mit einer Probe auf *Sinnesschärfe (Wahrnehmen)* unter den anderen Wölfen ausmachen.
Flucht: Verlust von 50 % der LeP; oder bei Tod des Alpha-Wolfes
Tierkunde (Wildtiere):
QS 1: Bergwölfe sind etwas größer und aggressiver als die meisten anderen Wolfsarten.
QS 2: Bergwölfe können Krankheiten übertragen.
QS 3+: Wenn man das Alphatier tötet, dann flieht der Rest eines wilden Rudels.
Jagd: –3
Sonderregeln:
*) *Geländegängig:* Bergwölfe leben in den zerklüfteten Gebirgen Nordaventuriens. Auch in schwierigem Gelände erreichen sie noch eine GS von 9.
) *Krankheit:* Bergwölfe können Krankheiten übertragen. Für je volle 10 SP wird mit 1W20 gewürfelt: 1-16 (keine Krankheit), 16-20 (Tollwut). Ist der Held infiziert, muss er eine Krankheitsprobe ablegen (siehe **Regelwerk Seite **343**).
Packesel: Bergwölfe können ein Gewicht von bis zu 150 Stein tragen.

Blutkrieger
MU 15 **KL** 11 **IN** 13 **CH** 11
FF 13 **GE** 12 **KO** 14 **KK** 13
LeP 36 **AsP** 34 **KaP** – **INI** 14+1W6
AW 6 **SK** 0 **ZK** 2 **GS** 8
Waffenlos: AT 12 **PA** 6 **TP** 1W6 **RW** kurz
Blut-Speer: AT 15 **PA** 6 **TP** 1W6+4 **RW** lang
RS/BE: 0/0
Sonderfertigkeiten: Wuchtschlag I (Waffenlos, Speer)
Vorteile/Nachteile: Dunkelsicht I, Kälteresistenz, Zäher Hund / Schlechte Eigenschaft (Aberglaube, Jähzorn)
Talente: Einschüchtern 9, Klettern 5, Körperbeherrschung 4, Kraftakt 4, Magiekunde 7, Schwimmen 3, Selbstbeherrschung 8, Sinnesschärfe 6, Überreden 4, Verbergen 7, Willenskraft 6
Zauber/Magische Handlungen: *Zauber:* Attributo (Körperkraft) 12, Karnifilo 9; *Animistenkräfte:* Brazoraghs Hieb 11, Kraft aus Schmerzen 14, außerdem 1W3 weitere Animimistenkräfte mit einem FW in Höhe von 4+1W6 aus folgender Liste: Blut trinken, Harte Haut, Kampffähigkeiten verbessern, Schneller Angriff, Talentverbesserung; Animistenwaffe-SF: Einschüchternde Waffe
Kampfverhalten: Blutkrieger stärken sich oder die sie begleitenden Orks mit ihren Zaubern und Animistenkräften, sie sind aber auch selbst hervorragende Kämpfer.
Flucht: individuell (meist nach Verlust von 50 % der LeP)
Schmerz +1 bei: 27 LeP, 18 LeP, 9 LeP, 5 LeP oder weniger

Kriegshund

Schwarzpelze züchten ihre Hunde nahezu ausschließlich zu dem Zweck, brutale Mordbestien für den Krieg zu erschaffen. Das überbreite Gebiss, welches sich unter hasserfüllten Augen in schlammbraunem Fell öffnet, lässt keinen Zweifel daran, dass die Orks mit ihren Bestrebungen Erfolg hatten.

Kriegshund

Größe: 1,00 bis 1,40 Schritt; 0,50 bis 0,60 Schritt Schulterhöhe

Gewicht: 50 bis 60 Stein

MU 16 **KL** 10 (t) **IN** 12 **CH** 12

FF 12 **GE** 13 **KO** 12 **KK** 13

LeP 18 **AsP** – **KaP** – **INI** 15+1W6

VW 7 **SK** 1 **ZK** 0 **GS** 12

Biss: AT 13 **TP** 1W6+3 **RW** kurz

Anspringen: AT 14 **TP** 1W6 **RW** kurz

RS/BE: 0/0

Aktionen: 1

Vorteile/Nachteile: Herausragender Sinn (Geruch), Zäher Hund

Sonderfertigkeiten: Anspringen (Anspringen), Finte I (Biss), Verbeißen (Biss)

Talente: Einschüchtern 9, Klettern 1, Körperbeherrschung 7, Kraftakt 8, Schwimmen 5, Selbstbeherrschung 7, Sinnesschärfe 7, Verbergen 3, Willenskraft 7

Anzahl: 1 oder 1W3+1 (kleine Hundemeute) oder 1W6+4 (große Hundemeute)

Größenkategorie: mittel

Typus: Tier, nicht humanoid

Beute: 14 Rationen Fleisch

Kampfverhalten: Auf Befehl ihres Herrchens zerfleischen Kriegshunde alles, was sich bewegt. Dabei versuchen sie sich vor allem in die Beute zu verbeißen. Wachhunde hingegen versuchen zunächst, mit Gebell Aufmerksamkeit zu erregen und den Eindringling zu vertreiben.

Flucht: Kampfhunde fliehen nicht bzw. gehorchen bis zum Tod ihrem Hundeführer.

Schmerz +1 bei: 14 LeP, 9 LeP, 5 LeP, 4 LeP oder weniger

Tierkunde (domestizierte Tiere):

- **QS 1:** Der Kriegshund wird hauptsächlich von den Orks gezüchtet. Sie setzen sie für Kampfzwecke oder zur Einschüchterung ein.
- **QS 2:** Kampfhunde fliehen unter normalen Umständen nicht, selbst dann nicht, wenn sie schwer verletzt sind.
- **QS 3+:** Schon bei geringen Verletzungen verfallen die Hunde in einen Zustand der Raserei, der so lange anhält, bis das Opfer zerfleischt wurde.

Jagd: –1

Sonderregeln:

Raserei: Kriegshunde werden durch Verletzungen in den Status *Raserei* versetzt. Sobald sie mehr als 3 LeP durch einen Angriff verloren haben, erhalten sie –1 VW, +1 AT, +1 TP. Die Modifikatoren sind nicht kumulativ (beim nächsten Verlust von 3 LeP nach den ersten 3 gibt es keinen neuen Bonus, sondern es gilt weiterhin der alte). Der Status hält an, bis das Opfer getötet wurde, höchstens jedoch eine halbe Stunde.

Anspringen (Spezialmanöver)

Regel: Gegen diesen Angriff kann man sich normal verteidigen. Ist die Verteidigung misslungen, stürzt der Gegner und erleidet den Status *Liegend.* Der Angriff verursacht 1W3 TP anstelle des eigentlichen Schadens. Die Kreatur sitzt zudem auf ihrem Opfer und genießt eine *Vorteilhafte Position* (siehe **Regelwerk** Seite **238**). Um das Wesen herunterzubekommen, ist eine Vergleichsprobe auf *Kraftakt (Heben & Stemmen)* notwendig, die um je volle 50 Stein Gewicht der Kreatur um –1 erschwert ist. Dies kostet eine Aktion. Will der Held gleichzeitig auch noch aufstehen, so ist die Probe um zusätzlich –3 Punkte erschwert. Ein misslungener Angriff bedeutet, dass dem Gegner ein Passierschlag zusteht. Die Attacke ist um –4 erschwert.

Erschwernis: –4

Voraussetzungen: Wesen verfügt automatisch über die SF

Kriegsoger

Gelingt es den Schwarzpelzen, den Ogern eines ihrer Kinder zu entreißen, wächst es unter ihrer Knute in Gefangenschaft auf und wird vom Schamanen des Stammes zu einem Kriegsoger herangezogen. Geschult im Umgang mit Waffen und gepanzert mit orkischen Rüstungen stellen die fleischigen Menschenfresser so eine noch größere Gefahr dar, als sie es ohnehin bereits täten. In wenigen Fällen werden die Oger auch in ihrer Jugend von den Orks gefangen, um sich ihrer zu bedienen. Dann jedoch ist es weitaus schwerer, die Fleischkolosse zu kontrollieren und nicht selten ist sogar die karmale Macht der Schamanen nötig, um sie daran zu hindern, sich gegen ihre Herren zu erheben.

Orkenzombie

Sind Orks schon im lebendigen Zustand ein Anblick, der den meisten Mittelreichern das Blut in den Adern gefrieren lässt, wird es bei einem Orkenzombie kaum besser. In Büscheln aus dem fauligen Fleisch gefallenes Fell und ein dickeres, gedrungenes Skelett an jenen Stellen, an welchen der Leib bereits nachgibt, machen ihn zu einem furchterregenden Gegner.

Vom Wesen der Untoten

Untote werden von Nekromanten erschaffen, um als absolut loyale Kämpfer zu dienen, Wachaufgaben zu übernehmen oder andere Tätigkeiten auszuführen. Ausgenommen hiervon sind freie Untote, die niemandem dienen und von einem unstillbaren Hass auf alles Lebende angetrieben werden. Hieraus ergeben sich einige Besonderheiten:

- Untote können nur durch den Zustand *Paralyse* beeinträchtigt werden.
- Durch einen niedrigen LeP-Stand erleiden Untote keine Zustandsstufen *Schmerz* (siehe **Regelwerk** Seite **34**).
- Untote sind körperlich auf Dere existent und dadurch entsprechend verletzlich.
- Angriffe mit Totengöttern (z. B. Boron oder Tairach) geweihten Waffen erzeugen doppelten Schaden. Die Trefferpunkte werden ausgewürfelt, dann verdoppelt, anschließend der Rüstungsschutz abgezogen. Angriffe mit profanen, magischen oder allen anderen
- Göttern geweihten Waffen sowie Zauber und Liturgien verursachen regulären Schaden.
- Untote sind immun gegen Zauber mit den Merkmalen *Einfluss*, *Heilung* und *Illusion*.
- Untote sind immun gegen Gifte und Krankheiten.
- Untote können aus Liturgien keinen Nutzen ziehen.
- Untote nehmen die Welt durch ihren Magiesinn wahr. Sie brauchen dafür weder Licht noch Sinnesorgane wie Augen oder Ohren. Die Reichweite beträgt etwa 200 Schritt.
- Direktes Sonnenlicht schadet Untoten. Sie verlieren pro KR LeP. Die genaue Menge ist bei dem jeweiligen Untoten angegeben.
- Untote zerfallen nach einiger Zeit. Für jeden vollen Monat ihrer Existenz verlieren sie 1W6 LeP.
- Untote können keine LeP durch Regenerationsphasen regenerieren.

Kriegsoger
Größe: 2,60 bis 2,80 Schritt Körpergröße
Gewicht: 200 bis 250 Stein
MU 16 **KL** 6 **IN** 10 **CH** 8
FF 10 **GE** 12 **KO** 21 **KK** 23
LeP 65 **AsP** – **KaP** – **INI** 12+1W6
AW 5 **SK** –1 **ZK** 5 **GS** 7
Waffenlos: **AT** 10 **PA** 9 **TP** 1W6+9 **RW** mittel
Oger-Keule: **AT** 9 **PA** 6 **TP** 2W6+8 **RW** lang
Großer Stein: **FK** 10 **LZ** 3 **TP** 2W6 **RW** 4/20/32
RS/BE: 4/1
Aktionen: 1
Vorteile/Nachteile: Schlechte Eigenschaften (Aberglaube)
Sonderfertigkeiten: Mächtiger Schlag (Oger-Keule), Schildspalter (Waffenlos, Oger-Keule), Wuchtschlag I (Waffenlos, Oger-Keule)
Talente: Einschüchtern 7, Klettern 3, Körperbeherrschung 6, Kraftakt 12, Menschenkenntnis 0, Schwimmen 3, Selbstbeherrschung 7, Sinnesschärfe 9, Überreden 0, Verbergen 4, Willenskraft 2
Anzahl: Nach Anzahl der Tairachschamanen, die einen Oger gebunden haben
Größenkategorie: groß
Typus: Kulturschaffender, humanoid
Kampfverhalten: Oger fressen gerne Menschen und andere Zweibeiner. Sie sind fast immer hungrig und auf der Suche nach Beute. Meist schleichen sie sich an ihr Opfer heran, treiben es in die Enge und versuchen es mit Keulenhieben zu erschlagen. Wenn sie mit einem mächtigen Schlag einen Gegner auf den Boden befördert haben, nutzen sie in der Regel Wuchtschläge, um ihr Opfer zu erledigen, auch wenn dies ihre Trefferwahrscheinlichkeit senkt.
Flucht: Die meisten Oger fliehen nicht. Sie sind zu dumm dafür. Schlaue Exemplare fliehen beim Verlust von 75 % ihrer LeP.
Schmerz +1 bei: 49 LeP, 33 LeP, 16 LeP, 5 LeP oder weniger
Sonderregeln:
Fressgier: Sollte der Oger Hunger haben, so muss er beim Anblick eines fressbaren Zweibeiners (etwa einem Menschen) eine Probe auf *Willenskraft* erschwert um –5 bestehen, um nicht sofort seinen Fressgelüsten nachzugehen.

Orkenzombie
Größe: 1,55 bis 1,70 Schritt
Gewicht: 60 bis 75 Stein
MU 20 **KL** 6 (t) **IN** 10 **CH** 10
FF 6 **GE** 13 **KO** 17 **KK** 17
LeP 22 **AsP** – **KaP** – **INI** 9+1W6
VW 6 **SK** 2 **ZK** 2 **GS** 8
Waffenlos: AT 13 **TP** 1W6+2 (+Krankheit)* **RW** kurz
Biss: AT 10 **TP** 1W6+4 (+Krankheit)* **RW** kurz
Arbach: AT 12 **TP** 1W6+5 **RW** mittel
Byakka: AT 12 **TP** 1W6+7 **RW** mittel
Gruufhai (2H): AT 14 **TP** 1W6+9 **RW** mittel
RS/BE: 1/0
Aktionen: 1
Vorteile/Nachteile: Lichtempfindlich (wirkt, obwohl Orkenzombies als Untote ansonsten nicht den Zustand *Schmerz* erleiden können)
Sonderfertigkeiten: Schildspalter (Gruufhai), Sturmangriff (Arbach, Gruufhai), Vorstoß (Waffenlos, Biss, Arbach, Gruufhai), Wuchtschlag I+II (Waffenlos, Biss, Arbach, Gruufhai)
Talente: Einschüchtern 10, Klettern (keine Probe erlaubt; untote Orks können nicht klettern), Körperbeherrschung 6, Kraftakt 10, Schwimmen (keine Probe erlaubt; untote Orks können nicht schwimmen), Selbstbeherrschung – (gelingt automatisch), Sinnesschärfe 6, Verbergen 4, Willenskraft – (gelingt automatisch)
Anzahl: 1 oder 2W6+6 (kleine Horde Orkenzombies) oder 3W6+10 (große Horde Orkenzombies)
Größenkategorie: mittel
Typus: Untoter (Hirnloser), humanoid
Erschaffungsschwierigkeit: –1
Erschaffungskomplexität: primitiv
Beute: eventuell Zufallsfund (bei 1 auf 1W6 hat der Orkenzombie Geld oder Wertgegenstände im Wert von 1W6 x 1W6 Heller dabei)
Kampfverhalten: Orkenzombies gehorchen den Befehlen ihres Beschwörers und werden häufig als hirnlose Kampfsklaven eingesetzt. Sind sie freie Untote, folgen sie ihrem Hass auf alles Lebendige. Sobald sie ein Opfer bemerken, bewegen sie sich direkt darauf zu und versuchen, es mit *Bissen* zu töten.
Flucht: Orkenzombies fliehen nicht, sondern kämpfen bis zu ihrer Vernichtung, wenn sie dazu angewiesen wurden.
Schmerz +1 bei: immun gegen *Schmerz*
Magiekunde (Magische Wesen):

- **QS 1:** Orkenzombies sind schnell, blutrünstig und kämpfen bis zum bitteren Ende. Weglaufen hat keinen Zweck, aber man kann sich eventuell vor ihnen verstecken.
- **QS 2:** Von einem Beschwörer kontrollierte Orkenzombies folgen hirnlos den Befehlen ihres Meisters und lassen sich davon kaum abbringen. Sie verfallen dabei sogar in eine Raserei. Den Kopf vom Rumpf zu trennen, hat keinen Effekt.
- **QS 3+:** Orkenzombies können nicht klettern und nicht schwimmen. Sonnenlicht schadet ihnen und zerstört sie innerhalb von einigen Sekunden. Ihr Gebrüll ist furchteinflößend.

Sonderregeln:
*) *Krankheitsüberträger:* Orkenzombies können Wundfieber übertragen. Für je volle 10 SP durch sie muss mit 1W20 gewürfelt werden: 1–10 (keine Krankheit), 11–20 (Wundfieber). Ist der Held infiziert, muss eine Krankheitsprobe abgelegt werden (siehe **Regelwerk** Seite **343**; zu Wundfieber siehe **Aventurischer Almanach** Seite **130**).
Extrem lichtempfindlich: Ist ein Orkenzombie direktem Sonnenlicht ausgesetzt, erleidet er 1 SP pro KR.
Schreckliches Gebrüll: Orkenzombies können 1 Aktion verwenden, um ein schreckliches Kriegsgebrüll anzustimmen, das ihre Gegner das Fürchten lehrt. Hören Helden das Gebrüll, muss eine Vergleichsprobe zwischen dem *Einschüchtern* des Orkenzombies und der *Willenskraft (Einschüchtern widerstehen)* der Helden abgelegt werden. Gewinnt der Orkenzombie die Probe, so erleidet der Held pro Netto-QS des Orks 1 Stufe *Furcht* für 1 Stunde. Die Zustandsstufe durch das Gebrüll ist nicht kumulativ, der Held erleidet also nur einmal diesen Zustand durch das Gebrüll, nicht mehrfach (kann aber nach dem Ende der Stunde wieder davon betroffen sein).
Raserei: Orkenzombies werden durch den Geschmack von Blut in den Status *Raserei* versetzt. Sobald sie Blut zu schmecken bekommen oder im Nahkampf 5 LeP bei einem Gegner angerichtet haben, gelten für sie folgende Modifikatoren: –2 VW, +2 AT, +2 TP. Der Status hält an, bis der Gegner getötet wurde oder der Beschwörer ihn durch Einsatz eines *Dienstes* beendet, längstens jedoch eine halbe Stunde.
Meute: Orkenzombies, die gemeinsam einen Gegner angreifen, erhalten pro Ork in der Überzahl +1 AT (bis zu einem Maximum von +4 AT).
Untoten-Regeln: Für Orkenzombies gelten die allgemeinen Untoten-Regeln (siehe Seite **132**).

Orkische Elitekämpfer

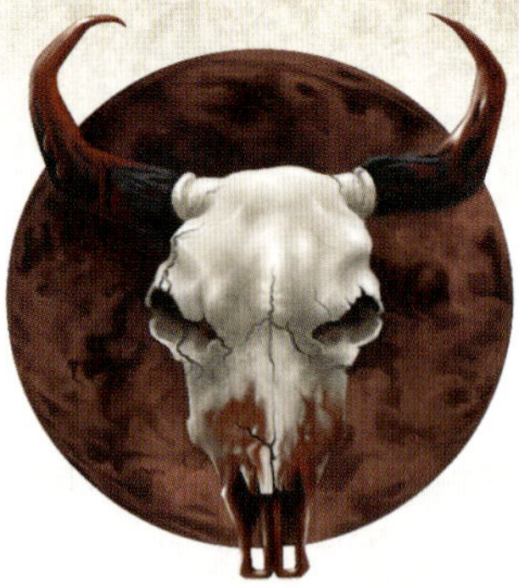

Unter den orkischen Kriegern steigen nur die Fähigsten und Stärksten zur Blüte schwarzpelzischer Tödlichkeit, der Okwach, auf. Diese Ehre wird nur wenigen zu Teil, meist folgt in einem Stamm auf zehn Orks nur einer ihrer Elitekämpfer, lediglich bei den Tordochai und Zholochai mag die Zahl höher liegen.

Orkische Elitekämpfer
MU 16 **KL** 10 **IN** 11 **CH** 10
FF 12 **GE** 13 **KO** 15 **KK** 15
LeP 42 **AsP** – **KaP** – **INI** 15+1W6
AW 6 **SK** 0 **ZK** 3 **GS** 8
Waffenlos: AT 15 **PA** 9 **TP** 1W6+1 **RW** kurz
Arbach: AT 15 **PA** 8 **TP** 1W6+4 **RW** mittel
Byakka: AT 15 **PA** 7 **TP** 1W6+6 **RW** mittel
Gruufhai: AT 14 **PA**6 **TP** 1W6+8 **RW** mittel
Speer: AT 15 **PA** 8 **TP** 1W6+4 **RW** lang
Kurzbogen: FK 15 **LZ** 1 **TP** 1W6+4 **RW** 10/50/80
RS/BE: 4/0 (Kettenrüstung) (Modifikatoren durch Rüstungen bereits eingerechnet)
Aktionen: 1
Vorteile/Nachteile: Biss II, Dunkelsicht I, Kälteresistenz, Natürliche Waffe (Biss), Zäher Hund / Schlechte Eigenschaft (Aberglaube, Jähzorn)
Sonderfertigkeiten: Belastungsgewöhnung II, Finte I (Waffenlos, Arbach, Byakka, Gruufhai, Speer), Vorstoß (Waffenlos, Arbach, Byakka, Gruufhai, Speer), Wuchtschlag II (Waffenlos, Arbach, Byakka, Gruufhai, Speer)
Talente: Einschüchtern 10, Klettern 5, Körperbeherrschung 8, Kraftakt 8, Menschenkenntnis 5, Reiten 10, Schwimmen 3, Selbstbeherrschung 10, Sinnesschärfe 8, Überreden 3, Verbergen 10, Willenskraft 8
Kampfverhalten: Die Elitekrieger unter den Orks setzen ihre Manöver geschickt ein. Ergibt sich die Gelegenheit, dann beginnt der Krieger mit einem *Vorstoß*, setzt danach auf *Finten* oder gegen besonders schwergepanzerte Gegner auf einen mächtigen *Wuchtschlag*.
Flucht: individuell (meist nach Verlust von 50 % der LeP)
Schmerz +1 bei: 32 LeP, 21 LeP, 11 LeP, 5 LeP oder weniger

Orkland-Minotaurus
Größe: 1,80 bis 2,30 Schritt
Gewicht: 100 bis 150 Stein
MU14 **KL** 9 **IN** 12 **CH** 12
FF 12 **GE** 12 **KO** 15 **KK** 17
LeP 50 **AsP** –* **KaP** –* **INI** 13+1W6
AW 7 **SK** 1 **ZK** 4 **GS** 10
Waffenlos: AT 13 **PA** 7 **TP** 1W6+3 **RW** kurz
Hörner: AT 12 **PA** 7 **TP** 1W6+4 **RW** kurz
Byakka: AT 15 **PA** 5 **TP** 1W6+9 **RW** mittel
Gruufhai: AT 14 **PA** 4 **TP** 1W6+1 **RW** mittel
RS/BE: 2/0
Aktionen: 1
Vorteile/Nachteile: Verbesserte Regeneration (Lebensenergie) II, Verbessertes Ausweichen I / Blutrausch (Auslöser: misslungene Probe auf *Willenskraft* bei Jähzorn), Farbenblind, Schlechte Eigenschaft (Jähzorn)
Sonderfertigkeiten: Vorstoß (Waffenlos, Hörner, Byakka, Gruufhai), Hammerschlag (Byakka, Gruufhai), Wuchtschlag I-III (Waffenlos, Byakka, Gruufhai)
Talente: Einschüchtern 11, Handel 0, Klettern 5, Körperbeherrschung 8, Kraftakt 12, Menschenkenntnis 0, Schwimmen 4, Selbstbeherrschung 10, Sinnesschärfe 5, Überreden 0, Verbergen 4, Willenskraft 4
Anzahl: 1 oder 1W6+1 (Herde)
Größenkategorie: mittel
Typus: Kulturschaffender, humanoid
Beute: individuell, z. B. Waffen
Kampfverhalten: Minotauren versuchen anderen Kulturschaffenden üblicherweise aus dem Weg zu gehen. Allerdings kann man sie in Rage versetzen, beispielsweise, indem man Jagd auf sie macht. In diesem Fall sind sie schnell bereit, einen Gegner anzugreifen und ihn mit Kopfstößen, Schlägen oder gar Waffen zu attackieren.
Flucht: Verlust von 50 % der LeP
Schmerz +1 bei: 38 LeP, 25 LeP, 13 LeP, 5 LeP oder weniger
*) Orkland-Minotauren sind nur extrem selten zaubermächtig. Sie besitzen dann den Vorteil *Zauberer* und haben üblicherweise mangels anderer Ausbildung eine magiedilettantische Tradition. Ihre Zauber sind an ihre Profession angepasst. Geweihte sind bei Orkland-Minotauren keine bekannt.

Orkstammeskrieger
In allen Stämmen vertreten sind einfache Orks der Kriegerkaste (Khurkach), welche einen Hauptteil der Streitkräfte der Schwarzpelze im Finsterkamm stellen. Ihre Bewaffnung ist ebenso vielfältig wie das Maß ihrer Erfahrung im Kampf und nur jene, die sich wieder und wieder beweisen, können zur Elite der Okwach aufsteigen.

Tairachschamane
Die Schamanen Tairachs, des orkischen Gottes von Magie und Tod, sind Gesandte und Vermittler zwischen der Welt der Lebenden und jener der Toten. Sie bewahren die orkische Geschichte, hüten uralte Geheimnisse ihres Volkes und sind in der Herrschaft über Untote bewandert.

Orkstammeskrieger

MU 16 **KL** 10 **IN** 11 **CH** 10
FF 12 **GE** 13 **KO** 14 **KK** 14
LeP 38 **AsP** – **KaP** – **INI** 14+1W6
AW 7 **SK** 0 **ZK** 3 **GS** 7
Waffenlos: AT 13 **PA** 8 **TP** 1W6 **RW** kurz
Arbach: AT 13 **PA** 7 **TP** 1W6+4 **RW** mittel
Byakka: AT 13 **PA** 6 **TP** 1W6+5 **RW** mittel
Gruufhai: AT 12 **PA** 5 **TP** 1W6+7 **RW** mittel
Speer: AT 13 **PA** 8 **TP** 1W6+4 **RW** lang
Kurzbogen: FK 12 **LZ** 1 **TP** 1W6+4 **RW** 10/50/80
RS/BE: 3/0 (Modifikatoren durch Rüstungen sind bereits eingerechnet)
Aktionen: 1
Vorteile/Nachteile: Biss I, Dunkelsicht I, Kälteresistenz, Natürliche Waffe (Biss), Zäher Hund / Schlechte Eigenschaft (Aberglaube, Jähzorn)
Sonderfertigkeiten: Belastungsgewöhnung I, Finte I (Waffenlos, Arbach, Byakka, Gruufhai, Speer), Wuchtschlag I (Waffenlos, Arbach, Byakka, Gruufhai, Speer)
Talente: Einschüchtern 7, Klettern 5, Körperbeherrschung 6, Kraftakt 8, Menschenkenntnis 4, Reiten 8, Schwimmen 3, Selbstbeherrschung 5, Sinnesschärfe 6, Überreden 3, Verbergen 7, Willenskraft 6
Kampfverhalten: Orkische Stammeskrieger kennen sich mit einer Vielzahl von Waffen aus. Üblicherweise greifen sie im Fernkampf an, danach gehen sie in den Nahkampf über und attackieren ihre Gegner gerne abwechselnd mit Finten und Wuchtschlägen.
Flucht: individuell (meist nach Verlust von 50 % der LeP)
Schmerz +1 bei: 29 LeP, 19 LeP, 10 LeP, 5 LeP oder weniger

Tairachschamane

MU 14 **KL** 14 **IN** 13 **CH** 13
FF 12 **GE** 12 **KO** 13 **KK** 12
LeP 36 **AsP** – **KaP** 40 **INI** 13+1W6
AW 6 **SK** 1 **ZK** 2 **GS** 8
Waffenlos: AT 12 **PA** 6 **TP** 1W6 **RW** kurz
Knochenkeule, mittel: AT 14 **PA** 6 **TP** 1W6+3 **RW** mittel
RS/BE: 0/0
Vorteile/Nachteile: Geweihter
Sonderfertigkeiten: Tradition (Tairachschamanen)
Talente: Einschüchtern 9, Götter & Kulte 12, Körperbeherrschung 7, Kraftakt 7, Magiekunde 10, Selbstbeherrschung 11, Sinnesschärfe 9, Überreden 7, Verbergen 6, Willenskraft 12
Liturgien: Nebelkrähenschwarm 11, Ogerbindung 12, Ogerruf 14, Tairachs machtvolle Erhebung von Untoten 10, Untotenerhebung 13
Kampfverhalten: Der Schamane wehrt sich mit seiner Knochenkeule und den darauf liegenden übernatürlichen Fähigkeiten.
Flucht: Der Tairachschamane flieht nicht, gibt aber nach Verlust von 75 % seiner LeP auf.
Schmerz +1 bei: 27 LeP, 18 LeP, 9 LeP, 5 LeP oder weniger

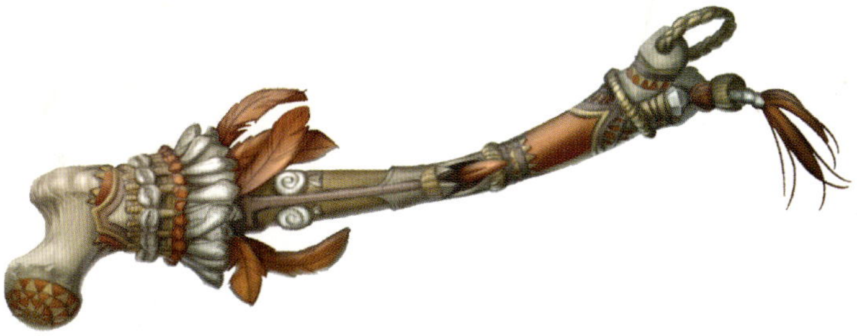

Orkische Waffen

Orks können die meisten Waffen ohne Einschränkungen verwenden, aber ein paar Ausnahmen gibt es trotzdem. Waffen der Kampftechniken *Fechtwaffen* können sie nur mit Abzügen von –2 auf AT, PA und TP verwenden. Elfen- und Zwergenwaffen erhalten (zusätzlich zu Abzügen aus der Fokusregel für Waffeneigenschaften) Abzüge von –1 auf AT, FK, PA und TP.

Arbach

Der Arbach ist eine der bekanntesten und beliebtesten Waffen der Orks und in den Regionen, die die Kriege gegen die Schwarzpelze verwüstet haben, zu Recht gefürchtet. Es handelt sich dabei um einen Säbel mit geflammter oder gezackter und zudem leicht gebogener Klinge. Einen wirklichen Vorteil besitzt die Waffe durch ihr Aussehen nicht, sieht man davon ab, dass die Zacken oder die Flämmung die Bedrohlichkeit des Angreifers betont. Die Waffe ist eindeutig für den Angriff ausgelegt und richtet aufgrund ihrer Schneidewirkung bei leicht- und ungerüsteten Zielen erheblichen Schaden an. Durch seine Griffform kann sie aber nicht mit beiden Händen sinnvoll umschlossen werden. Der Arbach wird von Orks gefertigt und verwendet, doch im Svellttal ist er als Beutestück auch immer wieder mal in der Hand eines menschlichen Kämpfers zu finden. Auch in Weiden, Garetien oder Greifenfurt hängt der eine oder andere erbeutete Arbach an der Wand eines Wirtes oder einer Handwerkerin, um ihn gegen Diebe und Ruhestörer einzusetzen oder Anlass für eine lange Geschichte über die Orkkriege zu geben.

Byakka

Neben Arbach und Gruufhai zählt die Byakka zu den typischsten Waffen der Orks. Es handelt sich um eine große, in der Regel beidhändig geführte Doppelaxt von etwa einem Schritt Länge. Das beidseitige Axtblatt ähnelt dem der thorwalschen Skraja, ist jedoch deutlich größer und schwerer. Auch besitzt die Byakka einen massiven, langen Dorn, der es ermöglicht, mit der Streitaxt auch Stiche zu führen. Der Schaft ist meist vergleichsweise primitiv aus Hartholz hergestellt, das Griffstück mit Fell oder Leder umwickelt. Viele Orkkrieger verwenden außerdem eine am Griff angebrachte Lederschlaufe, die verhindern soll, dass ihnen die Waffe im Kampf aus den Händen gerissen wird. Ihre vielseitigen Einsatzmöglichkeiten für Hiebe, wie auch als Stichwaffe, machen die Byakka zu einer gefährlichen Waffe, die fast jede Rüstung zu durchdringen vermag. Ihr Dorn kann mühelos auch Stahlplatten durchstoßen.

Gruufhai

Hinter dem Namen Gruufhai verbirgt sich ein Kriegshammer der Orks, eine brutal aussehende Waffe mit Dornen auf der Spitze und den Schlagflächen. Auch der Griff wird gern mit weiteren Metallbändern und Trophäen wie Leder oder Zähnen verziert, um das grausame Äußere noch zu verstärken. Aufgrund seines Gewichts wird der Gruufhai mit beiden Händen geführt, was auch bei den Schwarzpelzen nur den stärkeren Kriegern möglich ist, dann allerdings wird er eine Schneise der Verwüstung hinterlassen. Wie mit allen großen Hiebwaffen ist es auch mit diesem Hammer schwierig, zu parieren, allerdings kann er derartigen Schaden anrichten, dass dies bereits nach einem einzigen Treffer ohnehin nicht mehr relevant ist. Ein Kampf sollte ohnehin nicht zu lange dauern, ist das Führen der Waffe doch selbst für einen starken Ork anstrengend. Verwendet wird der Gruufhai vorwiegend von Kriegern der Orkstämme, seltener von orkischen Wegelagerern. Dass ein Mensch diesen Hammer führt, wurde bisher nicht berichtet. Auch wenn sie es nicht zugeben würden, ist der Gruufhai auch vielen Orks zu schwer für den Kampf, sie bevorzugen stattdessen den Arbach.

Waffe	Kampftechnik	TP	L+S	AT/PA-Mod	RW	Gewicht	Länge	Preis	Komplexität
Arbach	Schwerter	1W6+4	GE/KK 15	0/–1	mittel	2,5 Stn	90 HF	120 S	einf
Waffenvorteil: Gegen Gegner mit RS 3 oder weniger richtet der Arbach +1 TP an. **Waffennachteil:** Wird der Arbach von Nichtorks geführt, erhält er einen Malus von –1 auf AT, PA und TP. Der Arbach kann nicht zweihändig geführt werden (siehe **Regelwerk** Seite **266**).									
Byakka	Hiebwaffen	1W6+5	KK 14	0/–2	mittel	3,25 Stn	100 HF	90 S	einf
Waffenvorteil: Statt mit dem Axtblatt anzugreifen, kann der Held auch die Dornenspitze verwenden. Die Dornenspitze verursacht 1W6 + 4 TP. Rüstungen mit RS 5 oder mehr erleiden dadurch einen Malus von –2 auf RS. **Waffennachteil:** Wird die Byakka von Nichtorks geführt, erhält sie einen Malus von –1 auf AT, PA und TP. Nach einem bestätigten Patzer bei einer Attacke erhält der Träger zusätzlich 1 Stufe *Betäubung*.									
Gruufhai (2H)	Zweihand-hiebwaffen	1W6+6	KK 13	–1/–3	mittel	4,5 Stn	120 HF	120 S	einf
Waffenvorteil: Die Manöver *Wuchtschlag* und *Hammerschlag* sind um +2 erleichtert. **Waffennachteil:** Wird der Gruufhai von Nichtorks geführt, erhält er einen Malus von –1 auf AT, PA und TP. Nach einem bestätigten Patzer bei einer Attacke oder Parade erhält der Träger zusätzlich 1 Stufe *Betäubung*.									

Gut Handerthal
Neulowangen
Lowangen
Lowanger Svellt
Finsterer Svellt
Hiltorp
Finsterkoppen
Yrramis
Reichsend 06
Acheburg 05
07 Scheutzen
04
03
02
01
Olat
Dragentod
08 Düsterrode
Beonfirn
09
10 Wolfspfort
Hirschquell
Balsaith
11
12
13
14
Tobra
Steenbukken
15
16
17
18
19
Altenfurten
Finsterbach
Mittenberg
Distelstein
20
21
22
23
Nordwall
Norrnstieg
24
Angel der Eule
25
Nordhag
Vierlehensee
Rhodenstein
Moosgrund
Nachtschattensturm
Nebelwasser
26
27
Finsterstette
28
34
Radbruch
Firnroden
Pallingen
29
31
30
33 Gramstein
32 Dergelbruck
Waldleuen
Die Weidener Türme der Finsterwacht
Nimmerquell
Arras de Mott
Waldscheidt
Ulmenau
Weissensee
Emmeranstreu
Waldrast
Weidenhag
Dergel
Menzheim
Beldenheim

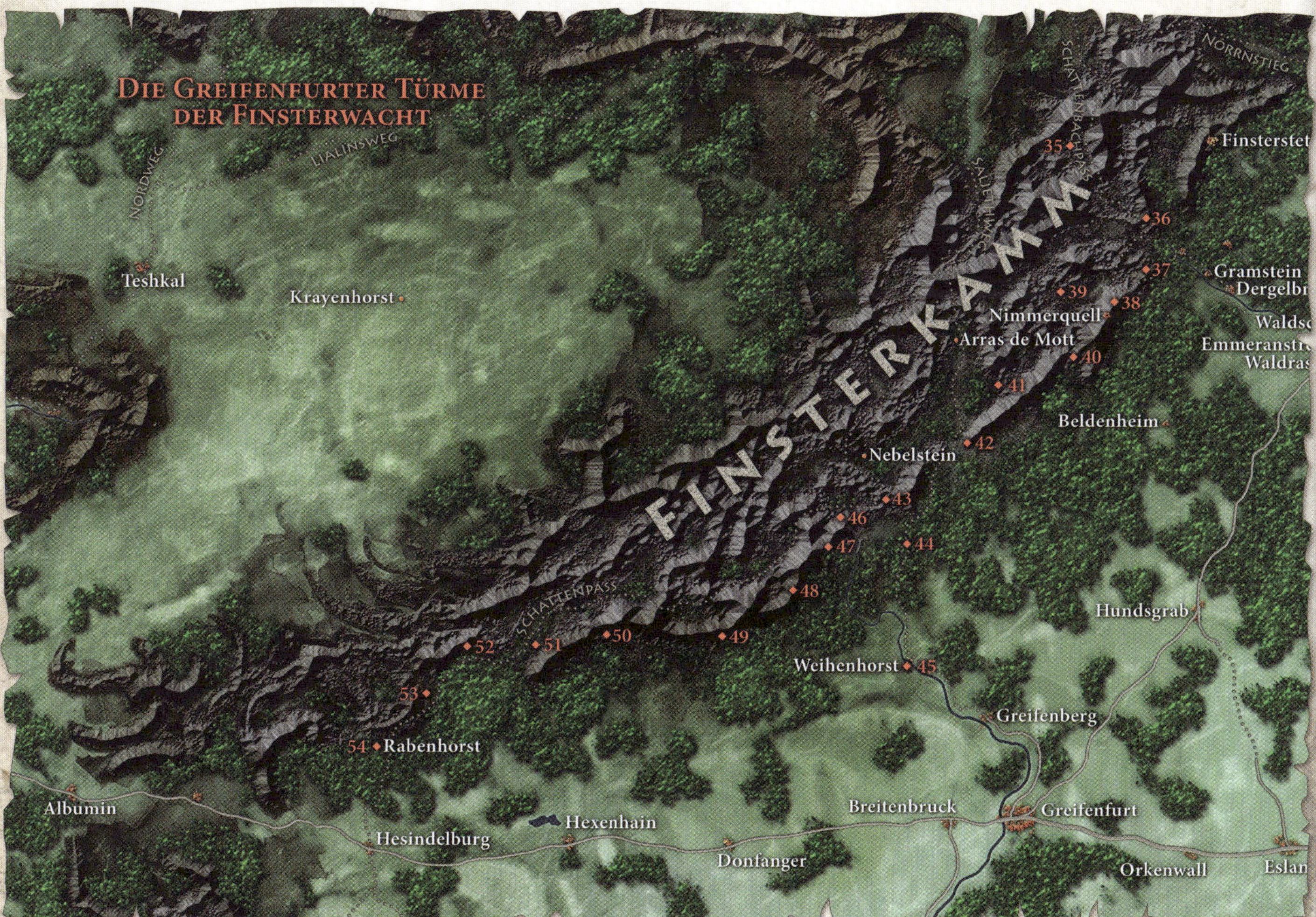
Die Greifenfurter Türme der Finsterwacht
Lialinsweg
Nordweg
Norrnstieg
Teshkal
Krayenhorst
Schattenbachpass
35
36
37
38
39
40
41
Gramstein
Nimmerquell
Arras de Mott
Finsterkamm
Beldenheim
42
Nebelstein
43
44
46
47
48
49
50
51
52
53
54 Rabenhorst
Schattenpass
Hundsgrab
Weihenhorst 45
Greifenberg
Breitenbruck
Greifenfurt
Albumin
Hesindelburg
Hexenhain
Donfanger
Orkenwall

Die Türme der Finsterwacht im Herzogtum Weiden (01-34) und der Markgrafschaft Greifenfurt (35-54)

01 Turm bei Ognin: Erster Turm von Olats Wacht (um 50 BF), der bereits unter den Priesterkaisern wieder aufgebaut und 1030 BF auf Befehl der damaligen Gräfin Walderia wieder bemannt wurde.

02 Turm Idramun: Dreigeschossiger, einzelner Turm an einem trüben Weiher am Rand des Moores.

03 Turm Schwarze Wacht: Liegt am Rande des Nebelmoors am Nordostrand des Tauberwalds.

04 Tauberturm: Liegt oberhalb eines kleinen Weilers am Nordwestrand des Tauberwalds.

05 Turm Hohensitz: Liegt oberhalb eines kleinen Weilers.

06 Feste Reichsend: Der Turm wurde schon vor langer Zeit zu einer Festung ausgebaut und zählt zu den *Wehren des Nordens*, zwischenzeitlich zerstört und wieder aufgebaut. Sitz von Graf *Emmeran von Löwenhaupt* und Vogt *Tiro von Gernbach*. Ausbildungsstätte der *Heldentrutzer Bergschützen*. Auf der Feste sind neben einigen Burgwachen auch zwei Rotten der Schwarzschilde sowie drei Rotten der *Herzöglichen Grünröcke* stationiert.

07 Hochmotte Niedersitz: Der Turm wurde 1032 BF von Orks komplett zerstört und bisher nur als hölzerner Turm auf einem künstlich angelegten Hügel (eine Hochmotte) wiedererrichtet.

08 Turm Schwarzkuppenwacht: Wird aus dem Dorf Scheutzen verwaltet und überblickt das nördliche Ende des Finsterkamms in den düsteren Schwarzkuppen, einem Teil des Dunkeltanns. Der Turm ist lediglich mit drei Schwarzfedern besetzt.

09 Turm Orkenwall: Auf Hochplateau gelegen, umgeben vom gleichnamigen Weiler.

10 Drudenturm: Einzeln stehender Turm, der nur mit drei Schwarzfedern besetzt ist.

11 Turm Mahtur: Einzelner Turm mit zwei Nebengebäuden, wird aus dem Dorf Wolfspfort verwaltet und ist nur mit drei Schwarzfedern besetzt.

12 Turm Wolfsauge: Der Turm steht im Dorf Wolfspfort, der zweitgrößten Siedlung der Baronie, in der es auch ein Gasthaus und einen Perainetempel gibt.

13 Turm Eulenstein: Zentrum des Dorfs Eulenstein.

14 Turm Krähenbecher: Teil des Boronklosters *Etiliengrund*, des einzigen Boronklosters im westlichen Weiden, das auf dem kleinen Berg *Krähensattel* liegt.

15 Turm Schwanenwacht: Holzturm nahe der Ruine des ursprünglichen Turms, der von Orks vollständig zerstört wurde.

16 Turm Widderblick: Schmaler Steinturm auf einem Felsen oberhalb der palisadengeschützten Siedlung *Widderngrund*.

17 Fogelthurm: Wuchtiger Steinturm mit Mauerring. Wird von Zwergenkriegern aus dem Volk der Finsterkammzwerge gehalten. Der Turm besitzt eine Verbindung zu einer Zwergenbinge.

18 Grüner Turm: Früher mal Teil eines heute zerstörten größeren Ritterguts in der Nähe eines kleinen Weilers.

19 Turm Bockenstein: Ausgebaut zu einer kleinen Burg. Den Bewohnern wird eine Nähe zu den Töchtern Satuarias nachgesagt. In der Nähe der Burg soll es einen Hexentanzplatz geben. Turm und Burg wurden aus dunkelrotem Buntsandstein erbaut und liegen strategisch günstig, sodass sie von wenigen Bewaffneten gehalten werden können.

20 Turm Irschenborn: Altes Rittergut.

21 Turm Wulffenfels: Auf einer Bergspitze über dem Dorf *Wulffenfels* gelegen. Die Fundamente des Turms sind deutlich älter als die Zeit der Priesterkaiser.

22 Turm Nôrrhöh: Eigentlich Grenzfeste Nôrrhöh an der Grenze des Mittelreichs. Eine Passburg auf einem Gebirgskamm am Nôrrnstieg, tief im Finsterkamm, über dem gleichnamigen Weiler gelegen. Trotz starker Befestigung schon mehrfach von Orks erobert und erst 1042 BF wieder zurückerobert. Wurde aufgrund ihrer strategischen Lage in die Finsterwacht integriert. Auf der Grenzfeste sind drei Schwarzfedern und eine Rotte Grünröcke stationiert, außerdem wird in der Passburg auch Zoll erhoben.

23 Turm Nordwall: Eigentlich Burg Nordwall, große Ritterburg, die auf einen Turm aus der Priesterkaiserzeit zurückgeht und über dem vorgelagerten Dorf *Nordwall* liegt. Sitz des Wachtgrafen *Halgan von Hirschenborn* und einer Ritterin, die ihm als Vögtin dient. Ausbildungsstätte der *Heldentrutzer Bergschützen*. Zwei Rotten *Schwarzschilde* und sechs *Schwarzfedern* sind auf der Burg stationiert.

24 Turm Rabenfels: Auf Bergkuppe gelegen, zu einer kleinen Burg ausgebaut, teilweise verfallen, wird von Burg Nordwall aus verwaltet, gute Sicht über zahlreiche Täler.

25 Turm Lichtwacht: Lange Zeit Ruine, doch nach der Beendigung eines alten Spuks und der Entdeckung einer alten Kapelle – der *Lichtwacht* – in seiner Nähe begann der Wiederaufbau zu einer kleinen Burg.

26 Düsterthurm: Vor 20 Jahren als Holzturm auf alten Grundmauern errichtet, zuletzt als Steinturm weiter befestigt, aber von Orks zerstört.

27 Turm Bernstein: Einzelner Turm auf einer Bergkuppe. Wird von Turm Orkenwacht aus verwaltet. Es ist Tradition, dass die Sprösslinge von Rittern aus dem Hinterland für 1 bis 2 Jahre in den Dienst des Vogtes der Baronie treten und einen Teil ihrer Dienstzeit auf Turm Bernstein oder Arsenthal verbringen. Sie werden dabei von drei Schwarzfedern unterstützt.

28 Turm Orkenwacht: Klassisches Rittergut mit kleinem Dorf, war zwischenzeitlich im Besitz des Ordens der Wahrung vom Rhodenstein. Wird aufgrund der Namensähnlichkeit von Fremden leicht mit Burg Orkenwacht (44) in Greifenfurt verwechselt.